怨惊春到小桃枝

黍丁 著

终章

天津出版传媒集团
天津人民出版社

常清静几乎是无措地被她拉着。他紧张得手指根根蜷缩,风好像倾倒一般,从两人身侧呼啸而过,就像是一场盛大的私奔。他们跑得越来越快,手握得越来越紧,将那满山的灯火都甩在了身后,义无反顾地跑到山下去了。

就在常清静追上去的时候,她已经冲到了楼顶。

她穿着嫁衣,跑得越来越快,越来越快,

裙角勾勒了夕阳的光。

番外

散场

275

那一瞬间,那些血色的记忆,
歇斯底里的爱恨,好像飞速地从两人身边退去,
心魔也不再叫嚣,心中的偏执和癫狂如同突然温驯的野兽,
老老实实地趴伏了下来。
好像又回到了王家庵的午后,
她跑来跑去,等着他下地回来。

壹

逢君

第1章

之前质疑的那少年儒生，脸色更是青一阵白一阵，又羞又愧，忙起身想要拦住："薛姑娘留步。"

奈何宁桃这个时候已经踩上了楼梯，少年"手"长莫及，情急之下，顺手就伸出了剑鞘欲拦。这一拦非但没拦下宁桃，剑鞘上的宝石花纹反倒钩住了宁桃的帷帽，将这帽子给拽了下来。帽子落地的一刹那，宁桃蒙了。她还没准备好迎接这光天化日之下二度曝光，回过神来后赶紧去找帷帽。

那儒生呆呆地伸着手，攥着帷帽："呃……薛姑娘？"

感受到四面八方的视线纷纷落在了她脸上，她又听到苏甜甜愣怔和难以置信的嗓音："桃桃？！"

宁桃欲哭无泪，咬死面前这少年的心都有了。

这时候再戴帽子有什么用啊！

更让宁桃心中警铃大作、汗毛都竖起来的是，人群中有人惊讶地低呼了一声。

"宁桃？那个在阆邱被仙华归璘真君带回去的宁桃？"

苏甜甜怔怔地看着她，咬紧了唇，眼里掠过了点儿被背叛的痛楚："原来桃桃你一直和溅雪在一起。"

"怪不得溅雪你说有要事要办。"苏甜甜扯出个勉强的笑，当下便推了谢溅雪一把，在众目睽睽之下跑了出去。

僵硬在楼梯前，宁桃近乎麻木地想——完蛋了。

这下邵康等人看她的目光更震惊了。

接受着来自四面八方的注目，宁桃一咬牙，忍不住转过脸来，抿了抿唇对宋淏说："先生，请您先上楼，我这里还有点儿事要处理一下。"

宋淏虽然不解，却还是体贴地点了点头："去吧。"

紧接着，宁桃走到了谢溅雪面前，顿了顿，说道："你追出去解释吧，我先出去了。"

谢溅雪一怔："桃桃？！"宁桃却已经快步离开了。

宁桃无精打采地蹲在巷口，忍不住拍了拍闷闷的胸口，倒不是因为再见到苏甜甜，而是觉得很麻烦。宁桃头大地又攥了拳头，捶了捶脑袋，忍不住原地蹦了几下。她就是不想再掺和到这些事情当中了，幸亏常清静不在这儿，否则，肯定又乱成一锅粥。

作为女配角，她是不是要原谅女主角？然后推动男女主角和好，苏甜甜和常清静手牵手走向幸福的明天？这样她就能功成身退了，就是可怜了竹马兄，一看拿的就是个温柔男配的剧本嘛。宁桃有一搭没一搭地想。

就在宁桃头痛欲裂的时候，身后突然响起了温和的、有些犹豫的嗓音："桃桃？"

宁桃转过身，正好对上谢溅雪微蹙的秀眉。他低咳了几声，面色有些苍白，三两步走上前："你没事吧？"

宁桃一愣。谢溅雪不是在和苏甜甜说话吗？苏甜甜呢？宁桃往后一看，苏甜甜确实也追出来了，正站在谢溅雪身后呆呆地看着他俩。

日光落在宁桃脸上，她的眉眼有些单薄的剔透，谢溅雪看了她一眼，垂下了眼，心里微微动容，突然意识到是他低估宁桃了。宁桃给他的感觉非常奇妙，一开始只是源于那个求救的目光，之后是这蓬勃的，好像从废墟里绽放出的生命力。

但他以为，无论如何，宁桃终究只是个小姑娘，一个有些怯弱的小姑娘。

本以为相处这段时日，能在这小姑娘心里占据几分位置，却没想到，是他先上了心。看到她走出去后，他竟然连应付苏甜甜的心思都没了。这种情况下，谢溅雪觉得脸有点儿疼。

苏甜甜只呆呆地看着这一幕，看着谢溅雪和宁桃。

宁桃摇摇头，这个时候连应付谢溅雪也懒得做："我没事，你们继续说吧。"

谢溅雪到底与苏甜甜说了些什么，有多少是关于她的，宁桃也毫不在乎，一个人行走在闹市里。

她能看到闹市里的杨柳、桃花、远处的洞庭湖，看到附近卖浆的老翁，看到店铺前挂着的旗帜。

她走得很慢，心里也很平静。

当初那些歇斯底里，那些崩溃，那些爱恨，好像已经离她很远很远了。

苏甜甜、谢溅雪、常清静也已经与她无关了。

而现在，她只想慢慢走，用自己的双脚丈量这天下，活得有价值点儿。

回去之后，宁桃私下里又去拜会了宋先生。

"先生怎么来了洞庭湖？"

宋溟也不瞒她，笑呵呵道："我老了，看这儿风光好，就想在这儿住下来，顺便拿出这半生的积蓄办个书院，教书育人。"

"桃桃，"在这儿见到宁桃，宋溟大为高兴地问，"你要不要来帮忙？"

宁桃愣了一下，颇感意外，结结巴巴地问："可，可以吗？"

办书院这么大的事？

宋溟大笑道："你不是异世之人吗？有你帮忙，我这书院想必办得要有意义得多。"

虽说是想要避开谢溅雪和苏甜甜，但顾及常清静，宁桃一时半会儿脱不开身，晚上还是要一块儿吃饭的。

宁桃扒了口碗里的饭，悄悄地，又认真地打量了一眼坐在桌对面的谢溅雪和苏甜甜，默默地想——他们看起来关系还是很好的样子。那这样她就放心了！

邵康他们也与宁桃他们共坐了一桌。

席间，邵康惊讶地问："你这几天要帮宋先生的忙？"

宁桃咬着筷子，含混不清地应了一声："啊，嗯嗯。"

她当然不可能直说是宋先生想让她帮忙办个书院。

邵康看着她，看样子好像生出了无限感慨来，本以为宁桃只是个普通的、爱打扮的小姑娘，玩心重这才来到四方楼，没想到竟然真的有真才实学，本领超了他们这一帮心高气傲的儒生很多，最重要的是，这姑娘竟然与宋先生是旧相识。而且，一想到方才宁桃离开后，四方楼内惊讶又低声的议论，邵康面上不由得一凛——仙华归璘真君。那位修真界当之无愧的天才，仅凭几十年的工夫，就迅速跻身于一众大能之列，一剑能分山劈海，贯彻天地，赢得了"剑仙"的美名，想必再过百年，"剑尊"之名当之无愧要落在他身上。这修行速度，简直比当年那个"度厄道君"楚昊苍还要恐怖。薛芝桃究竟是谁，既认得宋先生，又和那位恐怖的仙华归璘真君牵扯不清？

悄悄夹了只鸡腿进碗里，宁桃勤勤恳恳地埋头一通苦吃，努力希望降低点儿存在感，然而无法阻止这一道接一道的视线落在自己发顶，其中一道视线尤为鲜明，也尤为纠结。

视线来自一位白衣儒生，像是终于豁出去了，他举着酒杯涨红了脸站起来：

"那个薛姑娘，今日的事，我向你赔罪！"

宁桃抬起脸，惊讶地发现，这不就是之前那个质疑她又钩走她帷帽的小哥？

这桌酒席也是他主动邀约的。

这位白衣儒生，其实姓孟，本名孟狄，出身这洞庭湖附近的修仙名门孟家，一向心高气傲，说话从来不留余地，眼看着大家都没解出来，竟然让一个名不见经传的小丫头花了一刻钟的时间解出来，而且光看这身形，不过十五六岁的年纪。虽说单看外貌身量，很难看出修士的年龄，但绝大部分修士在修为小有所成之后会将自己的容貌固定在十八到三十岁这样风华正茂的年龄，鲜有把自己的容貌往十五六岁靠拢的。一般来说，那容貌十五六岁的修士，都是真的少年。一个十五六岁的姑娘，能解出宋先生的题？在恼羞成怒之余，孟狄更怀疑这里面有鬼，于是，想都没想直接说了。事后，看到这丫头竟然与宋先生是旧识，孟狄就后悔了，看来是自己有眼无珠，误会了这姑娘。

孟家家财万贯，佩剑镶金戴玉的，剑鞘上的浮雕花纹一钩，就钩住了这白色的纱布，将对方帷帽钩了下来，孟狄更是羞愧得无地自容。

没想到，面前这梳着双髻、眉眼弯弯的小姑娘，却郑重地把筷子放在了桌子上："今日之事都是误会，俗话说不打不相识，既然孟道友主动向我赔罪，那孟道友这个朋友我交定了。"

孟狄惊讶地又打量了一眼宁桃，没想到这姑娘竟然如此爽快，不由得大笑起来。

"好！薛姑娘爽快！你这个朋友我也交定了！"

一时间，宴席上觥筹交错，笑声连连。

谢溅雪莞尔看着眼前这一幕，却只有苏甜甜握紧了筷子，心里不是滋味。

夜半，苏甜甜牵着裙子，汗湿了掌心，飞一般地顺着长廊悄悄地摸了过去，直到在一间灯影幢幢的厢房前停下了脚步。

敲门前，苏甜甜犹豫了半响，但还是抬起了手，心脏扑通扑通直跳——她毕竟还没忘记自己今日的来意。常清静叛逃的消息虽还未传到洞庭，但她实在担忧小牛鼻子。

终于，厢房里传来了谢溅雪那一如既往的温和嗓音："进来。"

苏甜甜抿着唇，悄悄地推开了门，扯了扯裙角，站在门前，期期艾艾地看向孤灯下的青年："溅、溅雪。"

由于是在自己屋里，屋里又烧了炭，谢溅雪也褪下了那袭貂裘，挂在衣架上。他穿着件松青色的袍子，里面是艳红色的里衣，乌发松松垮垮地垂落在腰际，在灯光下散发着柔和的近乎青色的光泽，本应是华茂春松般的温和好颜色，此时眉梢微扬，反倒有些说不出的糜艳。

谢溅雪看到她，搁下了手中的书卷，好像把白日里将苏甜甜置于尴尬境地这一事全忘了，微惊讶又亲昵地笑起来："甜甜，你怎么来了？"

苏甜甜心跳如擂鼓，口干舌燥："溅、溅雪，我来看看你。"

犹豫一番，苏甜甜牵着裙子，像花蝴蝶一样扑上来，在谢溅雪身旁坐了下来，好奇地睁着眼睛问："溅雪，你在看什么书呀？"

谢溅雪似笑非笑："你看得懂？"

这漫不经心的嘲讽，让苏甜甜咬紧了下唇，脸色也有些苍白，或许是想到了之前被宋淏当众弄了个没脸的事儿："也、也说不定，我最近看了很多书的。"

苏甜甜厚着脸皮，咬着樱红的唇，又巴巴地凑了上去，挽上了谢溅雪的胳膊，亲亲热热地道："溅雪，你看了那么久的书，一定累了吧。我，我帮你揉揉吧。"说着，便扳正了谢溅雪的脑袋，像模像样地帮他揉起额角来。

谢溅雪既没说好，也没说不好，顿了片刻才笑道："说吧，无事献殷勤，你白日找我有什么事？"

苏甜甜便把常清静的事原原本本交代了，这一交代完，便又内疚羞愧得要哭："都是我不好，若不是我，小牛鼻子也不会三番两次入魔。"

谢溅雪容色淡淡地看着苏甜甜捂着脸低泣。

苏甜甜微微一僵，察觉到了谢溅雪的冷淡："你，你不愿帮我？"

也是了。看着谢溅雪冷淡的神情，苏甜甜缓缓放下了手，骤然回过味来。溅雪也是喜欢她的，她请溅雪帮敛之的忙，难怪溅雪不乐意。可是如今，她只想救常清静。苏甜甜豁出去了，颤颤巍巍地道："溅雪，若你愿意帮小牛鼻子，我、我便与你成亲。"

谢溅雪这才转过视线来，古怪地看着她："你想与我成亲？你急了？"

苏甜甜恼怒地红了脸："我……我不是那个意思。溅雪！你讨不讨厌！谁……谁急了啊！"

谢溅雪笑吟吟地看着她，这目光就像是在看戏。置身于这样的目光下，苏甜甜突然觉得浑身上下有些冷，指尖不由得也僵住了。他轻而易举地就掌握了两个人关系的主动权。

苏甜甜如坠冰窖，眼里冒起了泪花，在这纷乱的思绪中匆忙捕捉到了一个线头："你……你是不是因为桃桃？"

没想到话还没完，谢溅雪突然站起身，轻轻一脚就将她踢到了地板上："甜甜，从前你朝三暮四，招惹常清静，我为何不能招惹宁桃？"

苏甜甜浑身一震，难以置信地惨白了脸。

谢溅雪笑道："怎么这副表情？这样一来一往不是公平得很吗？当初你半夜闯进常清静的屋里，可和现在是一样的？"

自从离开了常清静，她自然而然地又将希望转移到了他身上。只是，将希望寄托在人身上，总要做好被人厌弃的准备。

苏甜甜轻微地战栗起来，又不肯放弃，倔强地扬起了脸，眼里隐隐有泪光："我那时都是，都是为了你！你骗人，你不喜欢她！桃桃，桃桃她有什么值得你喜欢——"

谢溅雪抬起手，打断了她的话，半跪在她面前，捧起她的脸，贴近她的耳垂，轻柔地问："你还以为你救了常清静，他就会原谅你吗？你说你愿意嫁给我？你是谁？是这九天神女？否则我凭什么要一个其他男人不要的东西？倘若你真想嫁给我，就乖乖受着。没有桃桃，我也会娶别人，娶其他娇妻美妾，她们都有一个共性，那就是对我忠诚。至于常清静，我还没那么大度去救他。"

谢溅雪想了想，又施舍般地抬手摸了摸她脑袋："甜甜，乖，这都是你勾三搭四的报应。"说完，青年又神情不变地一脚踢开了她，拢上了衣襟，踩着木屐往前去了。

屋门推开又合上，夜风好像将方才屋内的柔情蜜意全都吹散了。

苏甜甜趴在地上大哭一阵子，好一会儿才哆哆嗦嗦地重新走出了房门，却没想到在廊下隐隐看到了个有些眼熟的身影。

苏甜甜止住抽噎，缓缓抬起了脸，擦干了眼泪，声音有些冰冷："你都看到了？"

第 2 章

夜里出来上厕所，却没想到撞上这一幕的宁桃很无奈。

真是冤家路窄啊。

宁桃心情复杂，像霜打的茄子一样无精打采。

她发誓，她根本没想撞到这女主和男配决裂的画面好吗！

苏甜甜看着她，面带泪痕地笑起来："桃桃，你愿不愿意和我聊聊？"

宁桃不感兴趣，提步就走："我困了。"没想到手腕被人紧紧攥住。

"怎么？你害怕了吗？"苏甜甜盯着她看了半晌，咬了咬唇。

"我怕什么？"宁桃茫然地问。

苏甜甜却根本没有解释的意思，紧紧拽着她的手，将她拽进了屋里。看着宁桃，苏甜甜就像在看一个陌生的怪物，泪如雨下，激动地连声指责："桃桃，是我对不起你，但你就能因为这个，故意……故意接近溅雪吗？"她将自己满腹的委屈和牢骚在此刻尽数宣泄了出来，"从前在凤陵便是如此，你答应过帮我接近小牛鼻子，却自己与敛之越走越近。你明明知道的。"苏甜甜越说越激动，失望又愤怒地质问她，"而现在你又来接近溅雪，你明知道，他们二人与我的关系。"

"桃桃，你是在报复我对不对？"说着说着，苏甜甜又哭起来，胡乱伸着手擦着眼泪，抽噎道，"报复我取了敛之的心头血，用来杀楚昊苍。我告诉你没有用的，我与溅雪从小一块儿长大，这世上没有任何人比我更了解他。你以为你与谢溅雪关系很好吗？不，不是的，他不过是气我对敛之尚存余情。你不过是他用来报复我的工具。再说，楚昊苍本来就该死的。我知道你与他关系好，可他杀了那么多人。"

从被拽进屋到现在，听着苏甜甜的指责，宁桃一直没有开口。直到，苏甜甜提到楚昊苍，宁桃动了动唇，听到自己问："你当真觉得自己没错吗？"

苏甜甜道："他是自杀的，他自杀与我有什么干系？"

在这一瞬间，好像一根名为理智的弦绷断了，再没脾气的人，心中都有个触碰不得的底线。对于宁桃而言，这个底线就是家人，就是宁爸爸，宁妈妈，和她在这个世界里唯一的"爹爹"——楚昊苍。

谁侮辱了她爸妈，她恨不得和对方拼命。

都说老实纯善的人发起怒来格外恐怖，宁桃呼吸骤然急促了，眼神亮得吓人，一把提起桌上的茶壶，朝苏甜甜浇了下去，滚烫的茶水"滋"的一声，顺着苏甜甜白皙的肌肤滚过。

苏甜甜尖叫一声，脸上立刻浮现出大片大片的红印子。回过神来后，她拔步冲了上去，立刻也撕破脸面，去抢宁桃手里的茶壶。

"你当真觉得自己没错吗？！"宁桃涨红了脸，用力地喘息着，"你错就错在，不应该欺骗常清静的感情，不应该蔑视这份真诚的感情。你，常清静和谢溅雪三人之间的事，与我无关，但你不应该摇摆不定，将人最真挚的感情当作儿戏。你错就错在，不应该如此单纯，听信别人的话，害得你我二人被捉。"

"你错就错在，"宁桃沉默了一下，抿了抿唇，"不，我错就错在，不应该把你当作朋友。"哪怕她隐隐察觉出来，苏甜甜要的根本不是真正的朋友，只是一个宣泄负面情绪的、围着她转的垃圾桶,"我错就错在,相信你,同你去了雁丘山。"

丢了手中的茶壶,宁桃像是被掏空了所有力气,疲倦得再也没有同苏甜甜说半个字的欲望,转身就走,没想到苏甜甜犹不放过她。苏甜甜跌坐在地上,破罐子破摔,尖叫道:"你难道就没看到他死了之后,天下有多安定吗?他死了,对大家都好——"

言还未了,宁桃骤然转身!少女像一头发怒的小狮子一样,又像一头生了犄角的小牛,带着不死不休的架势朝她冲了过来。

"你、你干什么!"

触及宁桃的视线,猛然意识到两人之间修为的差距,苏甜甜终于慌了神,却被宁桃猛然揪住头发,拖到了墙脚的水桶前。

"你要干什么!宁桃你疯了!"似乎意识到了宁桃究竟要干什么,苏甜甜白了脸,继而又号啕大哭。

"桃桃!桃桃我错了!不要,不要——唔唔。"

宁桃死死地抿紧唇,因为愤怒脸涨得通红,无视了苏甜甜的求救和哭声,将她整张脸都摁在了水桶里。

"唔唔唔,咕噜噜。"饶是苏甜甜死死地闭紧了嘴,拼了命地摇着头,手脚胡乱蹬摆,还是不可避免地呛进了几口水。苏甜甜哭得越发厉害,咳得惊天动地,这一哭,呛进去的水却更多。"哈啊——咕噜噜。"苏甜甜猛然抬起头,刚喘了一口气,又被一把摁进了水面下。

宁桃却恍若未觉,对于苏甜甜的挣扎视而不见,也并不在乎这飞溅到了手臂上的水渍,圆脸冷硬如冰,只是不断地重复着手下的动作,一次又一次将苏甜甜挣扎着浮上来的脑袋摁了进去。最后,宁桃一脚将水桶和苏甜甜都踹开,急促的呼吸终于平复了下来。

苏甜甜跌坐于地,抖如筛糠地看着宁桃,水滴顺着她的发丝滑落了下来。

宁桃站在门前,微微侧身,身上也溅了星星点点的水渍,却浑不在意。明明一直以来都很少发怒,可是谁都不知道,原来宁桃真的发起怒是如此恐怖。苏甜甜眼里蓄满了泪水,像看着怪物一样看着宁桃——发髻散乱,冷淡如冰,眼神明亮。

苏甜甜唇瓣哆嗦了两下,反抗的勇气却在对上宁桃这冷淡的视线的刹那被抽空了,袖子、衣襟,浑身上下湿漉漉的,也不敢举手去擦,只趴在地上不断地呕吐,几乎将隔夜饭都吐了出来,一边吐,一边跌坐在这一地秽物中号啕大哭。

酸臭味在空气中弥漫开来，宁桃推开门，冷若冰霜地离去。

　　宁桃疯了。她疯了。

　　苏甜甜坐在这一地秽物中，牙齿咯咯打战。一想到方才宁桃那冷淡的视线，苏甜甜不由得打了一个寒战，吓得蜷缩成了一团。

　　许久之后，她才抽泣着从这酸臭恶心的秽物中爬了起来，跟跟跄跄地往外走。她要去找谢溅雪，告诉他宁桃究竟有多疯！宁桃死里逃生一次之后就疯了，现在不过是骗人的表象。

　　一想到自己如今这满身秽物的恶心模样，苏甜甜便又咬紧樱唇，忍不住大哭出来。她一向娇生惯养，哪里受过这种委屈？她跟跟跄跄扑倒在谢溅雪门前，将门拍得哐哐响，屋里却空无一人，毫无回应。

　　"溅雪？"苏甜甜将嘴唇咬得几乎快滴出血来，脑子里嗡嗡直响，犹不甘心地继续拍门。

　　直到——谢溅雪的嗓音在身后响起。

　　"甜甜，你找我？"

　　苏甜甜一个激灵，缓缓转过身，放下了手，呆呆地看着不知何时已出现在她身后的青年。

　　"溅雪？"谢溅雪不知是何时出现在她身后的，也不知在她身后站了多长时间。一看到谢溅雪，苏甜甜眼泪掉得愈加汹涌，恨不得立刻扑上去诉说自己的委屈。

　　可是一想到自己如今这满身秽物，她又感到无地自容。

　　"宁桃疯了。"苏甜甜手足无措地坐在地上，喃喃地大哭，"溅雪，宁桃疯了，你知道她对我做了什么吗？！"

　　谢溅雪缓缓走近，容色有些冷淡，俯下身打量着她。少女已经全然没了从前的明艳，那素来骄傲的小脸此刻泪痕交错，鬓发间还沾着未消化的饭粒。

　　谢溅雪站定，对上苏甜甜的视线，微微一笑："知道。你被摁在水桶里的时候，我便在门外看着。"

　　苏甜甜僵住了，恍若被一道惊雷劈过，难以置信地僵在了原地，张大了嘴，杏子眼睁大了几分。便是眼下如此狼狈的模样，少女也显得娇俏动人。谢溅雪的眼中并无多少情谊，甚至掠过了一丝微不可察的嘲弄。

　　"'我与溅雪从小一块儿长大，这世上没有任何人比我更了解他。你以为你与谢溅雪关系很好吗？不，不是的，他不过是气我对敛之尚存余情。'"谢溅雪慢条斯理地复述着方才苏甜甜的话，"我想，我得澄清一点。"

"甜甜，你并不了解我，我们相处数十年，你也不曾了解我，我也并非气你与常清静尚存旧情。并不是哪个男人都非你不可的。"

谢溅雪的目光似怜悯又似冷酷无情，落在苏甜甜身上时，苏甜甜脑子里嗡嗡直响。

今日发生的一切太多也太快，对于一只一向不学无术的狐狸而言，她的脑子已经无法支撑她将这些事想清楚。

她呆呆地跌坐在地上，看着谢溅雪，眼里闪动着惊惧，就像是在看一个陌生的怪物。

第3章

她呆呆地跌坐在地上，看着谢溅雪。

谢溅雪眼里露出了一股冰冷的厌倦，径自扯下一截袖子。从前苏甜甜还算有用，如今不过是个弃子，身为弃子非但未摆正自己的身份，偏还要四处惹事。

布料如游蛇般，顺着苏甜甜裙摆蜿蜒而上。

等布料缠绕上颈间之时，苏甜甜才意识到谢溅雪的用意，尖叫着跌跌撞撞扑倒在了谢溅雪面前："溅雪，你做什么？"

帛布渐渐收紧，勒得苏甜甜面色通红，眼里流露出对死亡的恐惧："溅雪！溅雪！我错了！溅雪……求求你不要，我下次再也不乱说话了。"

事到如今，她还是没明白，谢溅雪究竟是为了什么要杀她。

少女断断续续地哭叫道："我保证，我保证我只爱你一人，我错了……"

生的渴望让她扑倒在谢溅雪衣摆前，却又被一脚踢开。少女娇俏的脸蛋渐渐涨成了紫红的猪肝色，胡乱地伸着手想要去扒下脖颈间的帛布，奈何这么多年怠懒，不学无术，修为低下，无从下手。最终，她只是"喀喀"地咳了两下，瘫软在了地上，眼神逐渐涣散，嘴里还颠三倒四地念叨着："我错了，我保证……保证只爱你一人……"

将长廊上这一切收拾妥当，谢溅雪这才不紧不慢地重新行走在廊庑之下。

经过宁桃住处时，见门半掩着还未关上，他此刻心情不错，笑吟吟地推开门，轻轻走了进去，入目，便是趴在桌子上的栗色脑袋。

谢溅雪微微一愣，这才意识到少女已经睡着了。她头枕在胳膊上，白皙的脸上如同初春的桃花，白里透着红润，只是眼下青黑，看上去有些疲惫。

若非他亲眼所见，光看这张圆脸，绝对想象不出来她方才究竟都做了些什么。想到少女冷着脸，将苏甜甜摁在水桶里的一幕，谢溅雪几乎又要"噗"地笑出声。

这姑娘死里逃生过一次之后，比他想象中更冷心冷情。

思及此，谢溅雪不由得垂下眼细细端详着面前的小姑娘，搁在桌上的指尖微微一动，伸出手，很轻很轻地落在少女鬓角缓缓摩挲了一番。

月色落在这屋内，骤然反射出一道刺眼的光。

谢溅雪掣出袖口的匕首，冰凉的匕首贴着少女的脸，如蛇般游动，隔着薄薄的细腻的肌肤，好像能感觉到这肌肤下血液的流动。

这蓬勃的生命力似要穿透冷刃而来，让他放慢了呼吸，良久，谢溅雪才缓缓吐出一口浊息，笑了一下，将匕首又收入袖口中，摸了摸少女的脑袋。这几天的相处，还是让他心软了。

与苏甜甜相比，她还能活上多久，端看她自己造化。

三日后，洞庭城中。

熙熙攘攘的长街上围了不少过路的行人，众人彼此交谈议论，倒吸凉气，目光直直地落在这街中央："真可怜啊。"

"是啊，这小孩活不成了。"

"啧啧，偏偏撞到了茅家的车驾。"

街中央，半跪着个妇人，正抱着怀中业已断了气的孩子，哭得几乎快厥过去。

众人摇着头连声叹息，却又纷纷道——

"谁叫他撞上了茅家的车驾呢？"

"但这也不能怪这孩子，这孩子在道旁玩得好好的，谁知道这茅家的车驾便横冲了过来。"

众人口中的茅家，在修真界并不算名门世家，原是风水堪舆的世家，周易八卦、奇门遁甲无一不通、无一不晓。但在这洞庭地界，茅家有着举足轻重的地位，甚至能一手遮天。

新得了一只灵兽，正欲驾着兽车好好奔驰一番，未曾想撞死了一个小孩儿，茅家少爷也觉得晦气，心中又急又怕，慌忙驾车逃离了现场，这一路上又撞死了不少行人。这事儿传到时任茅家家主茅长怀耳朵里的时候，茅长怀差点儿气得背过气去！

虽说他家家大业大，但这自古以来，防民之口甚于防川。自家坑爹儿子茅子默撞了人就跑，这车驾还没跑出多远，便被愤怒的民众拦住了。下了车，茅子默竟然还破罐子破摔，叫人尽管去报官："报啊！我看谁敢抓老子！"

　　茅家毕竟不善于战技功法，就在茅子默差点儿被愤怒的民众一拥而上撕碎之际，幸得茅家护卫赶到，赶快将自家惹是生非的小少爷提溜了出去。

　　"你可知道错了？！"看着跪在下面的儿子，茅长怀暴跳如雷地吼道。

　　茅子默扯着嗓子，不满地对吼："我错个屁！不就撞到个凡人吗！我们家还摆平不了这事儿了？！"

　　谁家弟子没干过点儿骄奢淫逸的事儿，不就是个凡人吗？找关系拿钱摆平就是了。就算激起什么民怨又如何？这些凡人难不成还真能把他们茅家怎么样？

　　茅长怀几乎气得两眼翻白。

　　的确，撞到几个凡人在修真界不少名门世家看来算不上什么大事儿。自家的孩子犯错，误伤什么人，找关系一抹就干净了，顶多避个把月的风头，到那时，百姓早就将这事儿抛之脑后。

　　但看着这明显死不知错的茅子默，茅长怀还是气得倒吸了一口冷气，脑门青筋突突直跳："你给我出去！滚去禁闭！什么时候知道错了，什么时候再给我出来！"

　　茅子默死死地盯着茅长怀看了一眼，眼神几乎要将茅长怀烧出个洞，这才不甘不愿地站起身，出门时还将门板摔得哐哐震天响。心情烦躁地往前走了几步，想到这不久前在道旁捡到的姑娘，茅子默心情这才好了少许。

　　这话还要从三天前说起，当时他新得了一只灵兽，正欲驾车奔驰一番，却未曾想在道旁看到了个昏倒的小狐妖。在这狐妖身上也不知道发生了何事，她衣衫褴褛，臭气熏天，眼看着快不行了。

　　茅子默这混迹风月场的老手，愣是皱着眉捂着鼻子拨开了这狐妖的头发，给她塞了颗价值连城的保命丹药，这才没错过一位美人儿。要不是因为捡到这姑娘，他至于神思恍惚，驾车撞了人吗？越想心中越不痛快，茅子默一脚踹开了房门。

　　屋里，苏甜甜如惊弓之鸟般地跳起来："道友？"

　　看着这小狐妖泪眼含娇的模样，茅子默心头怒火稍平，摆了摆手，懒洋洋道："没你事儿呢，你回去歇着吧。"

　　苏甜甜这才又犹豫地坐了回去。茅子默看她眼眶还是红的，神思恍惚，仿佛适逢突变，便提步上前安慰了两句。

苏甜甜仰起小脸勉强地笑着，有些心不在焉。

她并不知道溅雪身上究竟是发生了什么，为何要这般对待她。

一回想不久前这窒息的痛苦，苏甜甜止不住地瑟瑟发抖，泪如雨下，天知道她如今有多想念常清静。

溅雪变了、疯了，小牛鼻子疯了，就连宁桃也疯了。

她本应立刻去找小牛鼻子的，正如从前他入了魔，她唤醒了他那般，她本应不管不顾地去找他，抱住他，陪伴他，唤醒他。可想到谢溅雪她又害怕，不敢随意走动，只好寄人篱下，委曲求全。

"咦？"茅子默惊讶地看着她，"你说你是凤陵弟子？"

美人在怀，茅子默嗓音不由得柔和了下来，掐着苏甜甜的下颔，饶有兴趣地问。

苏甜甜眨眨眼睛，红唇微动，杏子眼睁得大大的，仿佛蕴着流光："是，我是凤陵弟子呀，道友可否帮我回到凤陵？凤陵必有厚礼相赠。"

美人不可多得，茅子默心里不大愿意放手，看着少女天真烂漫的模样，茅子默随口应了几声，笑道："这是自然的了。"

就在两人正并肩坐在床上小声说着话之际，茅府已经大变了样。

茅长怀做梦也没想到事情竟然会变成这样。

他瘫坐在地上，大口喘着粗气，面容因为恐惧扭曲成了个古怪的模样，一边喘一边咬紧了牙道："茅某怎么从来都不知道，何时得罪了仙华归璘真君？

"我都已测算出那宁姑娘的方位！真君当真要做这言而无信之人？！"

茅家的府邸装饰得不可谓不精心，飞阁跨梁，廊腰缦回，府内数楹修舍，嘉木葱茏。藤萝掩映之下，一带清流绕着山石流过，萝茑叶蔓倒垂，落花逐流水而去。而如今风雅逸趣的宅邸里，却是修舍坍塌，嘉木化灰，一带清流漾成了一条血色的罗带。

这一切的始作俑者，却是如今正被罚罪司全力追捕的常清静。男人猫眼冷淡地垂着，一身粗简的葛布道袍，白发如霜垂落在腰后，眼里的冷冽如同秋霜冰湖。他的年纪在修士中不算最长，甚至还没满百岁。但凡见过他那柄剑出鞘的，都不敢轻视于他。那把胭脂色的剑，掣开薄薄的血雾，好像雾气中绽开的妖冶的桃花，强悍又霸道。

听闻茅长怀咬牙切齿的叫骂声，常清静眼睛微微一动，平静地说："你杀了人，杀人偿命。"

茅长怀不明所以，脑袋一热，怒道："呸！你如今作这副模样给谁看！谁人不知你亲手杀了自己的恩师！"

察觉到自己说了什么，茅长怀心中便咯噔一下，暗叫一声"不妙"，自己真是昏头了，竟然拿张浩清来激他。

但话一说出，便如泼出去的水，他硬撑着冷笑道："杀人？我杀了什么——"

这声质问卡在了嗓子眼儿，脖颈一凉，面前一道冷光乍然浮现。茅长怀无声地张了张嘴，鲜血自脖颈喷涌而出。他"咚"地跌倒在地，直至死前也没弄明白这一切究竟是因何而起。

常清静执剑静立了半刻。

虽说早已与师尊约定，也早料到今日这番局面，但在叛离蜀山之后，常清静还是感到了一阵久违的茫然。

他不知该往何处去，也不知该做什么，只能静静地等着罚罪司的追捕，静静地复盘着当年楚昊苍的经历，想从中找出那位阴谋家的蛛丝马迹。

他还不够疯，常清静深知。与楚昊苍相比，他还不够疯。当年楚昊苍叛离阆邱后杀了不少人，若想要成为第二个楚昊苍，他还需要更疯癫。

光杀那些作恶的妖已经不够，他开始杀人。

找上茅家是个意外。

前几天他沉默独行于洞庭，身后突然传来一声低泣："仙长留步。"

常清静循着视线看去，却看到一位妇人头发散乱，木然地跪在街旁，怀里抱着一具僵硬的男童尸体。

妇人虽然叫住了他，却并不看他，只是神思恍惚地看着地面，气若游丝地说："求仙长留步，替我儿报仇，我愿倾尽家财……若钱财不够，愿为仙长做牛做马。"

妇人自称家中幼子被茅家人撞死，茅家一手遮天，她申冤无门。这些天里她求遍了过路修士，却无一人愿替她报仇。

常清静微微一怔，从街角突然冲出来一个汉子，伸手推了那妇人一把，低吼道："你有完没完！茅家那是我们能招惹的吗？"

家里的男人不理解她，觉得她不可理喻，扯着她胳膊拉她回家，她死死咬紧了牙，声声泣血，固执地一字一句重复："求仙长替我儿报仇。"

男人终于无计可施，颓然地跪倒在地上，抹着眼泪哭求道："求求你了，别争了，这么多天了，叫双儿下葬安息吧……死也好歹让他死得安生点儿不行吗？！"

……

这世间修行宗门林立，但凡大族必有污垢与阴私，他并不算个执刑者，也并无权力裁定他人的罪恶以此量刑。他所做的这一切，不过是在找一个折中的办法，一个既不至于伤及无辜，又能照计划一步一步走下去的办法。

放出一道剑气，循着剑气常清静在茅子默门前站定了，这一路杀下来，常清静有些冷淡地合上了布满血丝的眼，与其说是疲倦，倒不如说是厌倦。心魔仍在耳畔喋喋不休，引诱着他将这茅家满门皆灭。他如今更像是在走钢丝，游走在维持一线理智和堕魔的边缘。

常清静敲响了门，屋里茅子默一愣。

苏甜甜轻轻推了他一把，昂起脸问道："你不去看看吗？"

茅子默心下有点儿烦躁，看着烛光下少女纯洁好奇的脸，又歇了一半的火气，扯起唇角笑了一下："行，那我且去看看。"

第4章

茅子默走到门前，刚一打开门，便察觉到心口一凉。他视线缓缓下移，怔怔地看着没入自己胸口的这一道剑气，又看向这道剑气的始作俑者。倘若不看眼中的血丝，常清静神情姑且还算平和。

"是幻境吗？"越过常清静，茅子默向后看去，看到这断壁残垣，这火光冲天，血流成河，不由得茫然地喃喃道。这是幻境吗？他不是在家里吗？这地狱景象又是怎么回事？

"啊啊啊——"

身后苏甜甜的尖叫打破了这近乎妖异诡谲的气氛。从苏甜甜的方向正好能看到洞穿了茅子默胸膛的剑气。茅子默身形晃了晃，目光下意识地看向了苏甜甜的方向。

少女披头散发地跌坐在地上，眼里汪着两捧眼泪，抓着脑袋尖叫着，惊惧地看着他胸前的剑刃。

"茅道友你你你你——"苏甜甜哭道。

他怎么了？

茅子默骤然回神，目光落在胸前，终于清楚地看到了自己胸前的剑气，意识到刚刚发生了什么之际，却也眼前一黑，骤然失去了意识。不可一世的茅家小少爷就这样不明不白地丢了小命。

常清静眉梢微微一动，似有所觉地往屋里看去。

苏甜甜吓得眼泪滚滚而下，拼命地往身后缩，然而在看到来者之后，却又僵住了。她放下了手，嗓音颤抖，难以置信地重复着问："小、小牛鼻子？"

"小牛鼻子是你吗？"直面死亡的恐惧终于又被与爱人重逢的喜悦所冲散，苏甜甜泪流满面，跌跌撞撞地扑了上来，"小牛鼻子，太、太好了！你没事！"

苏甜甜号啕着，像从前在扶川谷那般，扑上来抱住了青年劲瘦的腰身，将自己的眼泪全都抹在了常清静的道袍上，小声抽泣道："小牛鼻子你醒醒，你醒醒。"

溅雪不帮她，她只能靠她自己，对于自己能唤醒常清静这件事，苏甜甜深信不疑。

已经够了啊，她和常清静这般彼此折磨。苏甜甜扬起脸，眼泪纵横交错，痴痴地描摹着他依然清冷俊秀的眉眼，忍不住想，这样互相折磨的日子已经够了。

她坚信常清静还爱着她，并且是爱惨了她，哪怕她骗他取了他的心头血，他依然还爱着她。否则这么多年来，他为何和其他妖过不去，偏偏又不愿伤害她？而且，刚刚她突然抱了上来，他并未推开她。苏甜甜越想，唇瓣便哆嗦得越厉害，情不自禁地踮起了脚尖，将这红唇凑上。

常清静错开了视线。

倘若是几十年前，他还是那个初出茅庐的小道士时，或许会有所触动，当年的他，自大、傲慢又愤世嫉俗。可现在，目光落在苏甜甜身上，他却感觉到一阵淡淡的厌倦萦绕在心头，厌恶于这无休无止的纠缠，厌恶于她的自私和愚蠢。他厌倦她，就像是厌倦曾经的自己。

这股厌倦感越来越深，常清静冷淡地推开了苏甜甜，转身便走。

和当初因苏甜甜入魔，解铃还须系铃人不同，他如今很清醒，正因为清醒，便越发厌倦。

苏甜甜被他推倒在地，面色略微苍白，凄惶不安地问："小牛鼻子，你当真不愿意原谅我了吗？"

孟玉真和孟玉琼脚程飞快。

自从得了常清静出现在洞庭的消息后，玉真和玉琼提着一口气，日夜不停地下了蜀山，一路往洞庭而去。

孟玉琼神情还算镇静，但孟玉真这一路上已经偷偷哭了好几回。他眼眶发红，鼻尖发酸，触及玉琼担忧的视线后，又移开了脸，抿着唇，一言不发，脸色阴郁，难看至极。

这是背叛，常清静这是背叛！

孟玉真咬牙一脚踹开了茅府的大门，眼里蕴含着深深的痛楚与恨意。枉孟玉真一而再，再而三地相信他，将他视作小师叔，可他呢？他任凭魔念吞噬己身，杀了掌教！

玉琼倒想说些什么，可话到嘴边，看着茅府血流成河，尸横遍野，却又倍感荒谬无言了。杀了掌教是真的，这从蜀山一路而来犯下的杀孽也是真的，他们能在心里替常清静解释，又有谁替这些枉死之人解释？

走到一具已经僵硬了的尸身前，孟玉琼蹲下身，伸手在这尸身眼皮上一抚，帮他合上了死不瞑目的眼。

两个人一路穿过廊庑，循着剑意在门前停下了脚步。

孟玉真攥紧了手里的剑，咬紧了牙根看着这屋内背对着他的身影。

白发垂腰，腰身匀称而清瘦。

饶是在来的路上，就已经下定了决心，做好了准备，看见常清静之后，孟玉真还是眼眶一热，脱口而出："小师叔。"

常清静闻声微微转头，看到神情复杂，并肩站在门前的玉真、玉琼后，眼里似乎掠过了一抹转瞬即逝的惊讶，随后又是一副冷淡的表情。

对上了常清静这血红的眼珠，瞥见他眉心郁结的黑雾，孟玉琼浑身发凉，玉真脸上情不自禁流露出的激动也凝固了。

"这都是你杀的？"孟玉真深深地吸了口气，眼眶发红。

孟玉琼一言不发，任由孟玉真嗓音沙哑，通红着眼质问常清静，打从一进门开始，他就看到了苏甜甜，却也没心思再多问，倒是苏甜甜面露震惊："玉真道友？玉琼道友？"

只是没一个人有心思搭理她。

常清静没有否认，全盘认下："是。"

孟玉真僵住了。

只要常清静说一个"不"字，哪怕一个"不"字，他都会相信常清静，相信常清静是有苦衷的，杀了掌教也是有苦衷的。

"你知道你在说什么吗？"孟玉真仿佛被抽空了所有力气，笑了一下，轻声问道，"小师叔，你哪怕说一个'不'字我都会相信你，你知道你在说些什么吗？"

常清静面色不变："掌教是我杀的，茅府中人也是殒命于我剑下。"

"你闭嘴！"孟玉真陡然怒喝拔剑，剑尖直指常清静，"你知道自己在说些什么吗？！"

苏甜甜似被这一幕吓蒙了，尖叫着冲上来，挡在了常清静面前："孟道友你们在做什么？！"

"苏姑娘，退下。"孟玉琼目光死死地盯紧了还在对峙中的两人，脸色不好看。

苏甜甜娇声大喝，怒目而视道："我不退！你们谁敢动小牛鼻子试试。"

苏甜甜披头散发，面色惨白得像鬼，昂首挺胸一声不吭。孟玉琼有些烦躁。为了保护心上人以死相逼本也没错，可是也不看看眼下是什么场面。苏甜甜这泪盈于睫的模样分明是感动了自己。

"苏姑娘，不想死，就退下。"孟玉琼语气重了几分。

苏甜甜一头青丝铺散在腰后，眸中泪光点点，看着楚楚可怜。

常清静似乎也不愿再与他们纠缠下去了，旋身化光欲走，却被孟玉真放出飞剑拦住。

"你不准走！跟我们回蜀山！"孟玉真咬牙切齿道，"今日，你不在这儿将这些事交代清楚就不准走！"

常清静侧头看去。

孟玉真突然哈哈笑起来，少年笑着笑着，眼里好像有悲怆的泪水落了下来，抬手一挥竟招来一把长剑。

剑身细而长，形如胭脂色，与常清静的本命剑极为相似，只是这剑身之上有火光流散。这是孟玉真的剑，名唤"凰火"，乃是当初照着"行不得哥哥"的模样重新锻造而成的。

"凰火"拦在了常清静面前，孟玉真双目猩红，一字一句道："解释清楚，不解释清楚，你休想走！"

"想走，就踏着我的尸体走！"话音方落，少年已愤怒地出剑！

锵然一声——

常清静袍袖一动，袖间滑出一道剑气相抵挡，剑锋相对间，火星四溅，流光四溢。

常清静神情漠然，剑光每一次劈砍，几乎都裹挟着无尽的杀威，仿佛面前与他交手的不是自己的小师侄，而是个再普通不过的妖邪，逼得孟玉真气喘吁吁，脖颈间青筋暴起，眼看就要招架不住。

和常清静交手的孟玉真自然也能看出来对方下手之冷酷无情。恐怕他稍一松懈，这剑光便会一剑轰碎他脑袋。每一次死里逃生，都在一点一点消磨着他对常清静的信任。

如果说刚刚是他有意逼常清静对他出手，想看看常清静心里还有没有他，还有没有少年相伴的情谊，而常清静这每一次出剑、挥剑，都将两人之间的过往尽数杀灭。

这一剑，常清静沉默地杀死了当初的那个他。

那个青涩的、渴望着朋友、惴惴不安的少年，手肘僵硬着，将道书轻轻推到了孟玉真手边。

在少年笑着道了声谢后，他这才终于微不可察地松了口气，神色软化了少许，耳郭也泛起了红霞。

这一剑，常清静亲手杀死了当初一同练剑的那个他。

少年垂着眼，指点着孟玉真与孟玉琼剑术上的疏漏之处，却又怕两人生气，口干舌燥、心跳如擂鼓。

一剑又一剑，他将过往时空中千千万万个自己，连带着年少时相伴相护的情谊，一一亲手杀死。

到最后，孟玉真却快崩溃了，少年神情颓丧，原本还怒火横烧的目光，终于黯淡了下来。

他再也没有了握剑的力气，被一剑击中了丹田，打飞出去。

"玉真！"孟玉琼骇然变色，飞身上前接住了胞弟。

孟玉真咽下一口血沫，看也没看还在汩汩流着血的丹田，惨笑道："小师叔，你疯了吗？入魔对你究竟有什么好处？你知道你在做些什么吗？"

常清静不言不语，握剑的手又紧了紧，生智的心魔犹在喋喋不休。自从杀了师尊之后，心魔出现的频率比从前更高了。这世间罪恶千百种，弑师为大罪，杀了张浩清能助力魔核养成，他魔念越深，魔核便越纯粹。可他毕竟也是人，一个会痛、会流泪、会崩溃的活生生的人。不敢再看孟玉真和孟玉琼，再待下去，常清静怕自己终将被魔念吞噬，坠入万劫不复的深渊。

似乎是看出了他的意向，孟玉琼陡然开口。

"常清静，"少年眼神空洞，凄怆地笑道，"你要是敢走，我就不认你这小师叔。

"你只要敢迈出这一步，从此之后，你我之间恩断义绝，再见面时，便是兵戎相见，不死不休之日。"

常清静静静地看了他一眼，脚步一转，就要离去。

"小师叔，小师叔！"见到常清静这般决心，孟玉真终于绷不住了，像个孩子一样号啕大哭，嘶吼出声，"你别走，求求你别走，小师叔，求求你……"

"玉真……"玉琼愕然，鼻尖发酸。他性子含蓄内敛，不如孟玉真外放，多少痛楚往往都是打落牙齿和血吞，此时也忍不住要流眼泪。

孟玉真一把推开了他，跌跌撞撞地扑倒在地，费力揪住了常清静的衣摆，面色惨白，泪如雨下："小师叔，求求你，求求你。我给你下跪。"

孟玉真眼神空洞地跪在地上，朝着常清静磕了一个又一个响头。

"小师叔，别走，求你别走。你要是走了，我便再也不承认有你这位小师叔。"

常清静指尖发出一道剑气，斩断了被玉真紧握在掌心的衣摆布料，还是走了。

"你若走了，蜀山怎么办？"从方才起便一直没多说什么的孟玉琼突然开口。

常清静脚步一顿，沉默了半晌，原本挺直的脊背，好像终于被压弯了，嗓音轻而哑："蜀山交由你。"言还未了，便已快步走出了屋，一路奔向游廊。

愣愣地目睹了这一切，苏甜甜如梦初醒般地跟了上去。

常清静面色漠然，眼珠血红，如一只从地狱爬上来的、没心没肝的修罗恶鬼，毫无平日里那光风霁月、清冷俊俏的模样。

"看到了没有！他们不信你！嘴上'小师叔'说得倒好听！却压根没坚持相信你！就你这种人，还妄想做救世主？你做不到的。"心魔狞笑，"你做不到，你控制不了自己，控制不了自己的杀欲，早晚会毁了你师尊的心血。你现在是不是很想杀人？那就杀吧，别管那些有的没的，是恶的还是善的，想杀就杀。"

"敛之！"

一道微颤的嗓音自背后响起，苏甜甜一步一步，缓缓往前，畏惧又心酸地看着不远处的常清静。看着他道袍染血，衣衫褴褛的模样，她有很多话想要和他说。既然谢溅雪不愿帮她，她便亲自同小牛鼻子说。当初她既然能唤醒他，那么这一次也一定行。

苏甜甜抽噎着道："对不起敛之，是我做错了，都是我不好，我不该重回蜀山打扰你，不该，不该害你再度入魔。"

常清静乜斜了她一眼，眼神冷冽如霜刃："滚开。"

勇气充盈于心间，苏甜甜放声大哭："别这样下去了，让我们重新开始吧，我带你走，我们一道儿回蜀山，回蜀山认错，向天下人认错。不论天下人如何对待你，我都会陪着你。这一次，我会永远永远陪着你——"

苏甜甜的哭声与心魔的狞笑渐渐重合、扭曲。

这么多年过去，他一路斩妖除魔下来，对这些伎俩已经见怪不怪。当局者迷，旁观者清，当年他身在局中不觉，如今站在局外，看着苏甜甜一言一行，嬉笑娇嗔，心中忽而生出淡淡的厌烦——既厌烦于苏甜甜，也厌烦于当初的自己。识人不清，愚钝自负。正如一出戏看太久也会腻味，如今再看一眼好像都成了浪费时间。

苏甜甜犹在喋喋不休，自以为是地诉说着自己的深情，末了，擦了把眼泪，抽噎一下，欲要再走上前来，想要用一个拥抱感化、救赎面前的青年，然而，迎来的却是深入胸口三寸的剑光。

这一剑刺穿了苏甜甜的心脏，苏甜甜似乎做梦也没想到迎接她的会是常清静的一剑，这一剑裹挟的力道，震碎了她的五脏六腑。她想开口，张了张嘴，却说不出一句话来，唇角咳出了血沫。这一剑，击碎了她五脏六腑的同时，也击碎了她自以为是的深情。

她自以为所有人都爱她，自以为谢溅雪和常清静爱她爱得发狂，宁桃忌妒她忌妒得发狂。她只需像当初在凤陵仙家那般，高高兴兴，悠闲懒散，像个花蝴蝶一样转来转去，扬起骄傲的小脸，随意施舍自己的芬芳与甜蜜就足够了。

这一剑终于将这一切击碎了。

苏甜甜倒了下去，临死时，眼睛茫然地圆睁着，似乎想不明白事情是如何发展到这一地步的。常清静不是爱她的吗？他不是爱她爱得发狂，爱得再度入了魔吗？为何要杀她？

苏甜甜的身躯一点一点僵硬，面色渐渐呈现出一种死人的青白色，再也没了当初的娇美动人，看着甚至有些扭曲和恐怖。

常清静收剑，脑子里嗡嗡作响，眼神却是冷的、清明的。

或许魔念真的在这一刻侵染了他的大脑，他静立在血泊中，脚下是苏甜甜死不瞑目的尸体。

常清静如释重负地合上眼，唇瓣皲裂，神情惨淡。

杀了苏甜甜之后，没有愧疚，没有不舍，他竟然有种解脱之感，好似将过往的狼狈、痛苦，过往的错尽数埋在了剑下。

常清静一只一只重新戴回了手套，神志无比清明，静静地想，他杀了苏甜甜这事若是传出去，凤陵势必会针对他，这样距离他和师尊要达成的目标，又近了一步。

而这清明对于地上的尸体而言，又倍显讽刺。

第5章

动手敲晕了玉真，将玉真安排妥当之后，孟玉琼似有所觉地猛然惊醒。

等等！苏甜甜！

他竟然差点儿把苏甜甜这一茬儿忘了。小师叔入魔太深，苏甜甜却还自以为能拯救常清静，这姑娘怀揣着莫名的自信贸然接近常清静，定然不会有什么好下场。

孟玉琼急得冷汗直流，飞快推开门冲入了院子里。

茅府太大，他就像个无头苍蝇一样到处乱撞，等终于循着剑意找到两人的踪迹时，什么都晚了。

玉琼死死地盯着地上已经断了气的少女，浑身一震，四肢百骸惊得好像过了电。

苏甜甜已经没了呼吸多时，直挺挺地躺在地上，四肢僵硬。

生前她被众星捧月，死时，却无声无息地躺在了茅府的角落里，脸色灰白中透着死人青，毫无声息，胸前露出一个狰狞的血洞。

那位骄蛮的苏姑娘终究是为自己的天真和愚蠢付出了代价，从前倒是有宁桃跟在她身后帮着收拾烂摊子，如今没了宁桃，苏甜甜仰躺在地上，身下的鲜血已经干涸了。

孟玉琼一时无言。

他与苏甜甜并未有多少感情，甚至因为当初她欺瞒了小师叔这事儿，对她略有恶感。

苏甜甜倒霉就倒霉在，她误以为爱情就是人生的全部。她坚信她与小师叔是苦命鸳鸯，是被世人阻拦的天作之合，却忘了爱情建立的基础是虚假，这一切崩塌之后，残存的爱意又剩下几许？

她忘了人总会变化的，一段错误的、失败的爱情在人生的占比或许不过一个指头大小，常清静也已经不是当初那个被她骗得团团转的毛头小子，清醒之后他比任何薄情郎都来得冷淡无情。

孟玉琼一步步走近苏甜甜，叹了口气，上前收殓尸身，又抿唇去联系凤陵仙家。

宁桃是被冻醒的。

门没关，冷风呼呼地倒灌入屋内。

宁桃迈动沉重的双腿，昏昏沉沉地关上了门，抽了抽鼻子。

愤怒之后，冷风好像将大脑吹成了一团糨糊，脸蛋也被身上的高温烧得通红。

关上门之后，宁桃沉默了片刻，低头看了眼袖口，鼻间仿佛还能闻到这淡淡的潮湿的水渍味道，可是她却好像记不清刚刚自己究竟做了什么。

这感觉就像是在清醒中步入了一个梦境，灵魂抽离了躯壳，而她好像在迷雾般的梦境中做了很过分的事。

宁桃上下打量了一眼自己的手脚，手不是手，脚不是脚，陌生得令人心惊。精神恍惚到感觉不到自己的存在，就仿佛从身体中抽离了出来，冷静地打量着自己。这已经不是第一次了，是为了老头儿还是为了自己？任由怒火支配自己的理智，烧毁一切，是件非常畅快的事，可是这无异于将一切推向了极端，别人会将她视作疯子。她恐怕早就疯了。

一股强烈的自恶感油然而生，宁桃深吸了一口气，转身去打了盆水，用毛巾蘸着水一点一点将自己拾掇干净了。

宁桃眼睛一眨不眨地盯着水盆看，看着水面一点点被血色染红，倒映出了柳易烟等人的脸。又来了，宁桃苦涩地想，如果这真是个书中世界就好了，她就不必再为老头儿伤心，不必再为杀了柳易烟他们而愧疚，不必为了苏甜甜而愤怒。

别这样，别这样。宁桃一遍一遍告诉自己，深吸了一口气，用力甩了甩脑袋，胡乱擦了把眼泪，又故作矫情地、元气满满地蹦跶了两下。

"你受我百年功力，去做你想做的事吧，有这修为傍身，你不要害怕。"

她没有害怕，醒来的这一年半以来，她就没受过委屈，没被任何人欺负过。

这世界上鲜少有人能打过她，这是老头儿给她的第二次生命，她不能就这样糟蹋了这条命，否则，老头儿要是在地下看到她，肯定气得要毙了她。

她还有琼思姐姐，还有小扬子，还有蛛娘，还有宋先生呢！她不能放任情绪自流，做个叫人厌恶的疯子。

……

所谓有人的地方就有江湖。

就算是佛修、儒修，明面下的争斗也只多不少。

宋溟要在洞庭湖修建"白鹭洲书院"，或许也是为了转移注意力，这几天宁桃几乎为这事儿跑断了腿。

一是开办书院之处，各种书籍、笔墨纸砚的采购工作；二就是各种……呃，外交工作了。

要知道这洞庭湖附近本来就有三所书院，分别是明理书院、松柏书院与洞庭书院。如今又多出来个白鹭洲书院，另三家书院虽心生不满，却畏惧于宋溟的名望不好表现出来，私底下使了不少绊子。

宁桃一边低头看着手里的单子，一边走出了书铺。

"四书五经这些都差不多了……还有些释义……"

"怎么样了？"守在门口的孟狄问。

宁桃抬起眼，晃了晃手里的单子笑道："比对过了，都差不多。"

孟狄也忍不住咧嘴一笑："嘿，桃子你这办法真好，你是怎么想到由书院采购一批书，让学生们轮流循环使用的。这样没钱买书的儒修们也都有书看啦。"

宁桃眨眨眼："我们那儿就有这个传统。"

不过主要是为了环保。

话到一半，街心突然传来了一阵动静。

"欸，那是西洲馆的姑娘吧？"

"啧，茅少爷死了，这几天西洲馆可不好过啊，哈哈。"

"要说茅府也是作孽哦，因果轮回，报应不爽。"

"也不晓得是哪个如此心狠手辣，这茅府上下全被杀干净了。"

西洲馆是洞庭湖附近有名的销金窟。

宁桃和孟狄互相觑了一眼，诧异地齐齐往街心的方向看去。

但见街心，一队乐人，擎着一二女童舞旋，乐伎们歌喉婉转，姿容清艳，身姿袅娜如柳，载歌载舞，罗袜生尘，洒下一路的香氛。

宁桃动了动鼻子，愣了一下，有些心动。

好香！

好像是种淡淡的莲花香气。

这些章台女伎平日里都爱用些熏香，宁桃也没放在心上，惦记着正事，匆忙拽着孟狄离开了长街。

晚上，对着桌子上这一沓厚厚的单子，宁桃双眼蒙眬，困得眼睛都快睁不开了，打了个大大的哈欠。

明天就是白鹭洲书院的"开院大典"，这几天她忙着大典上这大大小小一应事宜，就没睡过一个好觉。

拿起桌上的冷茶咕咕噜噜一饮而尽，宁桃强打起精神继续奋笔疾书，核验逐项事宜。

明天才是一场硬仗。

那三家书院，至少绝不会是真心来道贺的。

白鹭洲书院就修筑在洞庭湖附近，依山而建，不远处便是八百里洞庭湖浩浩汤汤。入目，是一座双层飞檐单门，其上悬挂着"白鹭洲书院"的横额，字迹遒劲飘逸。往前深入，但见重檐灰瓦，溪水潺潺，更有一方池塘，塘中栽种着荷花，饲养着不少鲤鱼，池塘中设有一亭，名为"枕流亭"。又往前，是白玉铺成的广场，中间为供奉先贤的祠堂"礼圣殿"，左侧是讲堂"原道堂"，右侧是经楼、藏书楼。两旁环绕青瓦白墙的书舍。

与寻常的凡人界书院不同的是，白鹭洲书院开辟了几排廊屋厢房，用作"实验室"。这些当然是宁桃的手笔。

此时书院广场前，人山人海。

白玉铺成的广场，往前看，是礼圣殿，礼圣殿下的石阶层层垒高，广阔威严。

顾忌常清静，宁桃没有上前陪着宋淏迎宾，而是戴着个帷帽，满头大汗地穿梭在广场里帮着维持秩序。

踮着脚尖，宁桃有些担忧地往高台上看了一眼，

高台上坐着十几个青衣儒修，样貌清癯，风骨挺拔。

在这些儒修中，更坐着一位白发苍苍的老者。

这老者名叫殷德海，是如今儒修中的大能，在治学上虽不如宋淏，但在修为上却是拔尖，是这回松柏、明理和洞庭这三所书院一并请来压场子的。

饶是宁桃、邵康他们已经打足了十二分的精神，然而，这大典上还是出了意外。

伴随着一声尖叫，一个身段妖娆，容貌楚楚可怜的女人冲上了广场。

"救命！"

宁桃浑身一震："怎么回事？！谁喊救命？"

谁也没想到广场上会突然冲出个女人，一时间纷纷站起身，厉声呵斥道："怎么回事？！"

女人一扑倒在广场前，便跌坐在地，掩面哭泣道："有人，有人趁着人多眼杂，想对我图谋不轨。"

宋淏皱紧了眉，却还是吩咐身边的小童将这女人扶起："你慢慢说。"

"你可还记得是谁非礼你了？"有人问。

宁桃循声看去，皱紧了眉。

开口问话的人，身着一身青衣，容色冷淡，背负长剑，正是殷德海。

看多了各种套路，宁桃心里陡然升起一股不祥的预感，心里咯噔一下，果然就听那女人嘤嘤地哭道："我、我不记得了，我只记得那人穿着白衣，身形很高大。"

白衣！

这两个字无异于投下了一颗炸弹，广场上众人不可置信地低着头，互相议论起来。

宋淏的神情已有些难看。

白衣。

松柏书院穿青衣，明理书院穿黑衣，洞庭书院穿杏色的衣袍。

唯独白鹭洲书院的学生才穿白衣！

这岂不是暗指白鹭洲书院的学生非礼人家姑娘！

"不妙。"谢溅雪轻声说，"其中有诈。"

"在书院开院大典上就闹出这等丑闻，那日后这白鹭洲书院也休想开下去了。"

宁桃全神贯注地盯着那位姑娘打量了半晌，突然拨开人群快步走了上去。

"桃桃！"邵康说，"你去干吗！"

宁桃充耳不闻，一路走到了广场中央，在女人面前蹲下身，皱起了眉问："是谁叫你来的？"

女人脸上还挂着眼泪，愣住了："你……你这话什么意思？"

宁桃蹲下身，叹了口气："我问你，是谁指使你来的？"

此话一出，人群中已经有数人变了脸色。

女人脸上的神情有些勉强，慌乱地移开了视线："你、你在说什么？"

宁桃眉头皱得更紧了，抬起眼直视着女人："你不是普通人吧，你是西洲馆的吗？"

宁桃的声音不大也不小，却足够在场的人听得一清二楚。

女人浑身一个哆嗦，更加慌乱了："你在胡说些什么？！什么西洲馆，我没听说过！"

"你身上有股莲花的香味儿，这股香味儿我之前闻到过。"宁桃平静地说，"这是西洲馆的姑娘才会熏——"

话音未落间，殷德海突然容色俱厉地直起身："你是何人？！"

宋淏皱紧了眉："殷长老见谅，这是我的学生，薛芝桃。"

殷德海脸上立刻有些挂不住，又看了宁桃一眼，像是看个不知天高地厚的小辈，有些恨铁不成钢地说："这姑娘遭人非礼，就算你想帮书院洗脱嫌疑，也不可空口白牙地污蔑人家姑娘清白不是？"

这一顶大帽子凭空扣下，明面是为了书院着想，实际上却被打成了污蔑姑娘清白，白鹭洲书院护短包庇。

宁桃直起身，冷静地说："是不是，派人去西洲馆查查就知道了。我在街上遇到过西洲馆的姑娘游街,曾经闻到过这种香气。我怀疑这事另有蹊跷,是有人特地安排她来砸场子,诋毁书院的名声。"

殷德海嘴角狠狠抽动了两下,又急又怒。

宋淏面色凝重,心知这事有蹊跷,殷德海有鬼,不愿宁桃牵扯其中,忙低声催促:"桃桃还不快下去?"

宁桃摇了摇头。

殷德海冷笑:"胡搅蛮缠,不敬师长,这就是宋长老教出来的学生?"

"也罢,我这就派人去西洲馆查查。"殷德海皱了皱眉,又弯腰亲自搀这姑娘起身:"姑娘莫怕,此事发生在白鹭洲书院内,我们定会还姑娘一个清白。"

真是一个不徇私包庇、有风度的大儒。

一个是年仅十五六岁的小姑娘,一个是德高望重的大儒,究竟信谁已经不言而喻。

在场众人好奇地盯着这广场中央,私下里议论纷纷,只当是这姑娘情急之下,上前故意搅乱场子。

"这难不成真是白鹭洲书院的学生干的?"

"这殷长老不愧是当世大儒啊,果然高风亮节。"

殷德海这才看向宁桃,转头吩咐身侧洞庭书院的学子:"去,先将这位不懂事的小姑娘带下去。"

然而就在这时,一道圆融的剑光陡然自礼圣殿前划过!

众人只觉得眼前骤然一明。

白玉铺成的广场中央,霎时间,光华暴涨!剑光从天而降间,显露出一道挺拔又高大的身影来。霜白的长发,葛布道袍,还有那把细长的胭脂色长剑。

常清静垂着眼,眼睫半敛,长剑悬停在半空。袍袖微扬间,已立在了广场中央。

宁桃一颗心几乎快蹦出了嗓子眼儿,睁大了眼。

常清静?!他怎么在这儿?!

宁桃慌忙地下意识摸上了帷帽,忐忑地想。

她、她被发现了?

广场中有儒修颤抖着喊道:"是……是仙华归璘真君!"

仙华归璘真君!

邵康与孟狄齐齐一愣!

男人容色极淡,神情漠然,猫眼湛然有神,一道剑气自指尖发出,就将宁桃身后这两个洞庭书院的弟子击退了三丈远。

在场众人，无不哗然。

众所周知，剑修倘若修行到一定境界，有形之剑与无形之剑已并无什么区别。彼时，剑道已成，仅凭心剑剑意，就可任意驱使剑气，与真剑无异。

宋溟心中也是一惊。

仙华归璘真君怎会在此，他不记得他请过这位？

更何况近日这修真界不是有传言，仙华归璘真君常清静弑师之后，叛逃蜀山，如今正被罚罪司追捕？

青年这一身葛布道袍上确实沾染了血渍，眼神冷厉如刀，眉间萦绕着不散的戾气。

当下便有人疾呼道："常清静，你竟还敢出现于此？！"

常清静却恍若不闻，长剑入鞘，走到了宋溟面前毕恭毕敬地行了一礼："晚辈常清静拜见宋先生。"

宋溟身为一介大儒，醉心于学术，自然对这些修真界的八卦知之甚少。

虽然内心惊疑不定，宋溟却并未表现出来，微讶之后，旋即又收敛了心神："真君怎会来此？"

常清静："家师仰慕先生已久，曾言，若得机会必定要与先生结交，晚辈来此，实乃为了完成家师遗愿。听闻先生在此地开办白鹭洲书院，晚辈特地前来恭贺。"

常清静神情平静地从袖中拿出贺礼，递给了一旁的小书童，好像浑然未察觉到这一句话砸下去，究竟有多少人瞠目结舌，又有多少人火冒三丈。

这简直是赤裸裸的挑衅了。

众人不由勃然变色："常清静你这个畜生！杀了自己师尊，还有脸在这儿说替你师尊完成遗愿！"

人群之中，宁桃浑身一震。

杀了自己师尊？这又是怎么回事？

遥遥一瞥间，但见青年风姿挺拔，气质淡然，周身却好像有种奇异的气质，戾气与道家的清之气微妙却又和谐统一地交融在了一起，叫人隐隐有些望而生畏。

递出贺礼后，在殷德海难看的面色下，常清静缓缓上前几步，袍袖微扬间，左手指尖陡然发出一道光华灿灿的剑气。

紧跟着，是第二道，第三道。

三道剑气，统统砸在了礼圣殿阶前，白玉阶前碎玉飞溅，光华散去，这阶前已留下了三道威压迫人的剑意，隐隐环绕。

常清静这才收手，沉声道："这三道剑意，是晚辈遵循师尊遗愿送给书院的贺礼。"

有这三道剑意护持，日后谁再想砸场子也得掂量一二。

在场观礼的众人又惊又惧，没想到这童颜白发的青年又开了口。

"还有一事，是晚辈的私事，望先生恩准。"

就在这时，宁桃敏锐地察觉出来了不对，变了脸色，一步，两步，三步，猫着身子悄悄往人群中退去——

"哎哟！"孟狄叫了一声，怒目，"谁踩我……唔唔唔——"

宁桃急得跳起来，一把摁住了孟狄的脑袋，捂住了对方的嘴："不准说话！"

"欸，薛姑娘？"孟狄瞪圆了眼。

宁桃急得欲哭无泪："别说话了，你快帮我挡挡。"说着就往孟狄身后缩了缩。

宋淏愣了半秒："何事？"

孟狄虽然不解其意，但看到宁桃的确着急，还是乖乖地上前一步，将宁桃挡在了身体后面。

常清静说："带一个人走。"

孟狄只觉得眼前一花，略一恍神的工夫。广场上那道挺拔清俊的身影不知何时，已经缩地成寸，一步跨到了两人面前。

在众人注目之下，这位白发猫眼的仙华归璘真君，眉眼沉凝，动了动唇，看向了面前的小姑娘。

"桃桃，跟我走。"

……

第6章

"桃桃，跟我走。"

五个字，一字一顿，珍而重之。

此话一出，全场鸦雀无声。

有人立刻认出了这不是之前那个发言的姑娘吗？！

到了这个地步，意识到躲着也没用了，宁桃叹了口气，干脆摘下了头上的帷帽，仰起脸与常清静对视。

孟狄张大了嘴，惊讶得好像能吞下个鸡蛋。

在仙华归璘真君面前，这小姑娘显得如此稚弱。她身上的衣服穿得大胆又鲜艳，桃红色的裙子像是春日里绽放的桃花。

少女的脸朦胧在浅金色的阳光下，眼睛里好像也流转着融金般的光芒。

饶是做好了心理准备，面上没什么表情，常清静却还是像被烫伤了一般，呼吸猛然一室。

少女像是披着阳光一样耀眼，她身上凝聚着当初那些珍贵的回忆，凝聚着他们最意气风发的时光，却反衬得他满身鲜血，脏臭难闻。

从蜀山叛逃至今，他杀了不少人，手上沾染了不少血，这一路而来，行事不可谓不极端冷酷，可在这一刻，常清静身上的力气好像瞬间被抽空了。

在宁桃面前，他感到局促，感到窘迫，感到无所适从，好像还是那个青涩的小道士。在她面前，他无地自容。

在决定这么做前，他便已经做好了准备，承受众人的怒骂和唾弃，这些流言蜚语也未曾伤他分毫，在亲手杀了师尊之后，他的道心比从前更为坚定。

可是在这一刻，常清静却忍不住想，宁桃会怎么看待自己？她会不会失望？玉真跪倒在自己面前的绝望哭喊，玉琼冷静过头的决裂，薛长老的巴掌，吕小鸿愤怒的唾弃，这些人和事在眼前一一闪现。

众叛亲离的痛，说着容易，亲身承受时，常清静几乎快被压得喘不上气来，这种痛，无异于拔鳞之痛，尤其对一个向来多情的道士而言。

在与玉真和玉琼决裂之后，他不自觉地去追寻宁桃的目光，不自觉地去追寻她的信任和认可。哪怕给他一点点信任。

可是宁桃没有。

宁桃猛然回神，看着常清静只觉一股寒意从脚底蹿升至天灵盖，全身上下的血液都冻结了。

常清静，杀了张浩清，杀了他的师尊。

青年俊朗的眉眼间依稀可见当初那个小道士的风采，倘若仔细看，便能看出，青年眼里泛着的细微的红光，一瞬间，好像又弥散于这洞庭莲花湖光间了。

这股气息，她再熟悉不过了。

常清静身上第一次出现这股气息的时候，她险些死在了他手上，而现在他又入了魔，看这副模样，明显是入魔已深。

宁桃不自觉一步两步，步步往后退："我不和你走。"

常清静神情不变："和我走。"

"我不和你走。"宁桃深吸了一口气，努力让自己冷静下来。

她虽然只与张掌教有短短几面之缘，但也知道张掌教对于常清静而言意义非凡，他是常清静的授业恩师，简直是把常清静当自己的亲孙子看。

结果现在却告诉她，常清静杀了他？

"噌"的一下，仿佛有一股无名怒火从心头升起，烧得宁桃喉口干涩，身上的力气好似被抽空了，蔓延在心底的只剩下了一片失望。

宁桃眼睛有些酸涩。

在这一刻，当初那个小道士好像真正地死了，死在了她心里。

她能理解他被苏甜甜欺骗了感情，能理解他入魔之后神志全无差点儿错杀了她，这一切都是出自她对当初那个正直热血的小道士残存的感情。

可现在，没人逼迫他，是他自己杀了张浩清，同时也亲手杀了他自己。

常清静不置可否："你我曾是旧友，你与我走，顾念昔年情谊，我能保你一命。"

不，不是这样的。

话虽然是这么说，常清静动了动唇，内心仿佛有个声音在徒劳地叫嚣。

不是这样的，远不止这么简单。

宁桃静静地看了他一眼："我不和你走，常清静，我的态度从我离开蜀山起，你应该就知道了。你和我的确曾经是朋友，但现在，就让它到此为止吧。"

一瞬间，一切好像都安静了。

"你若不与我走，"常清静停顿了很久，才缓缓道，"罚罪司定会像对付楚昊苍那般，利用你对付我。与我走，我能保护你不受伤害。"

人群骚动起来：

"呸！常清静你休想血口喷人！"

"你疯了！你当所有人都和你一样下作吗？"

"够了。"谢溅雪突然道。

他不知何时从人群中走了出来，将宁桃扯到了自己身后，挡在了她面前，看向常清静："常道友，够了。"

谢溅雪道："我不知晓你身上究竟发生了何事，罚罪司也并非你想象中这般下作。"

谢溅雪一向温和，此刻神情却有点儿难看："你若真将桃桃当朋友，便不该当众逼迫她，让她成为众矢之的。你可知晓以你如今的声名出现在这儿，对桃桃说这些话，将会对她日后造成多大的困扰？"

众人的怒骂声在此刻一一远去，宁桃心平气和地一直等到谢溅雪说完了，这才又稍微加重语气，重复了一遍："你走吧，我不和你走，我和你之间都结束了。"

宁桃站在谢溅雪身后，抬眼看常清静，她的神情平静。

谢溅雪呈保护的姿态，咳嗽了几声，又伸出手将她牢牢护在了身后。

常清静身形微动，他此行的目的，本来便是与宁桃当众决裂，抛出"罚罪司利用宁桃"这句话，先发制人，逼得罚罪司不敢也不能再利用宁桃。

明明目的已经达成，然而在真正与宁桃决裂的这一刻，竟恍若有一股尖锐的疼痛猛然袭来。

谢溅雪在她身边保护着她。

常清静想，比起他，宁桃更愿意相信谢溅雪。

常清静说不上来这是什么滋味，却觉得自己如今实在有点儿滑稽和可笑。做了这一切，最终是感动自己，到头来，都是他一个人唱独角戏。

宁桃之于他而言，是不同的。不同于苏甜甜，不同于薛素，不同于吕小鸿，不同于玉真和玉琼。

他没有朋友了。

一个朋友都没有了。

他必须用上些力气，才能握紧手中的剑，毕竟离开白鹭洲书院后，他还需要依靠手中的剑杀出重围。

他辜负了宁桃的信任，又有什么立场再强求她的信任？这时所有的痴缠，好像都变成了不识抬举，他或许可以继续若无其事地讨好，若无其事地继续痴缠，甚至可以若无其事地再次将她打晕带走，哪怕这举动会将宁桃架在火炉上烤，哪怕心魔呼之欲出，哪怕有个声音在他耳畔疯狂诱惑——

"你还愣着干什么？！你不是想带她走吗！那就带她回去啊！把她关起来，关在只有你一个人能接触到的地方！你也知道的，你这是在保护她而已！你只是为了不让她受到凤陵的伤害！"

常清静缓缓地收紧了手指，哪怕内心的欲望已经几乎扭曲地滔天而起，哪怕手指关节都捏得微微泛白，也还是什么也没说，若无其事般地微微颔首，说了句："好。"

说完这句话，常清静这才又转身走向了那跌坐在广场前的女人。

女人在他的威压下抖如筛糠。

常清静淡淡地抛出自己打探到的消息："西洲馆玉娘，哪些事该做，哪些事不该做，望你好自为之。"随后便化光离开。

眼前光华渐渐散去。众人还停留在震惊中没能回过神来，眼睁睁地看着他化光离去，虽然愤慨不平，却没一个人敢上前来。

至于宁桃，虽然众人窥探的视线落在她身上，但她连在意这个的力气都没有了。看吧看吧，宁桃自暴自弃地想，反正都已经决裂啦，也没啥好看的。察觉到落在自己身上的一道视线，宁桃一抬眼，就对上了殷德海复杂的目光。对上殷德海的视线，宁桃努力打起精神，缓缓露出个灿烂的笑容，果然看到殷德海浑身一震，露出个像是被雷劈了般一言难尽的表情。

洞庭、明理和松柏三家书院的长老、学生之辈面色俱五彩缤纷。

至于白鹭洲书院的学生，则还沉浸在竟然见到了那位仙华归璘真君的激动之中。

"我没看错吧！真君在我们书院阶前留下了三道剑意！"

"欸，你激动个啥啊！还叫什么真君呢，这如今都是人人喊打的过街老鼠了。"

"哈哈哈我不管！你们看洞庭他们的脸色，洞庭他们不畅快我就畅快。"

"那女人真是西洲馆过来砸场子的？"

"能不是吗？常清静都说了，他骗我们做啥？"

第 7 章

数月后。

昨夜才下了一场雨，湖水涨微波。

一艘小舟系在了洞庭湖岸上的杨柳桩子上，蒙蒙细雨之下，一个白衣少年躬身出了船舱，走下了船。

"这便是白鹭洲书院了。"船夫大笑道，伸着手遥遥一指。

只见远处蒙蒙细雨之中，有一座青瓦白墙的书院，书院前还有老农借着一犁雨水在赶牛耕田。

这少年生就冰雪之姿，皮肤白得有些孱弱，容貌极美。

提起白鹭洲书院，船夫眼里露出了点儿自豪之色："小公子你来这白鹭洲书院可算是来对地方啦。"

洞庭城中四大书院，白鹭洲书院后来居上，当属第一。

少年低声道了谢，一路向前。

路上碰上了几个儒生，儒生们面露忐忑之色，一边交谈一边往书院的方向走。

瞥见这少年，那几个儒生忍不住拔高嗓音喊了句："这位小公子留步！"

少年顿了脚步，转过身。

那几个儒生忙追上去，面露笑意："这位小公子也是准备拜入白鹭洲书院的吗？"

少年垂眸，神情既不显得热络也不显得过分疏远："嗯。"

那几个儒生倒不在意这少年的神情，反而长舒了口气，看上去高兴极了："太好了！我们也是前往白鹭洲书院求学的，不如一道儿结伴而行吧。"

说话的儒生，穿着件宝蓝色的长衫，笑吟吟地拱了拱手："在下姓全，名绍元。这两位是我同伴，也是船上认识，准备一道儿拜入白鹭洲书院的。"

"这个穿青衣的，是黄星阑。这个穿白衣的姓丁，名嘉木。不知道小公子如何称呼？"全绍元问道。

少年："我姓李，叫李寒宵。"

"岁暮阴阳催短景，天涯霜雪霁寒宵。"全绍元赞道，"好名字。"

白衣少年，李寒宵，也就是常清静。

在和宁桃决裂后，到底还是不放心，常清静便特地使出分身，化作李寒宵拜入白鹭洲书院。

这一路上，全绍元三人都十分热情。

他们几个都是仰慕宋溟的名望，千里迢迢赶来洞庭的，刚到这儿，人生地不熟的，心里也十分忐忑，见到同是拜入书院的常清静，便忍不住上前结交。

在前往书院的这截路上，一直都是全绍元三人在说。常清静沉默地听着，偶尔问到他的时候，才有应和。

"听说那位蜀山的归璘真君特地在礼圣殿前留下了三道剑意。"黄星阑兴致勃勃道，"若能拜入书院，我定要去这礼圣殿的阶前好生瞻仰一番。"

丁嘉木忍不住感慨万千地叹息了一声："这话还是少说为妙，谁人不知那位真君入了魔，如今可算是过街老鼠，人人喊打，不过他倒也算为书院做了件好事。"

黄星阑浑不在意："啧，就算入了魔，这剑意也是天下一绝嘛，可恨我们不过一介儒生，还未入道。"

"哈哈。"全绍元大笑道，"就算入了道，成了儒修，难不成还能和这些天生剑骨的剑修比？而且这位可是蜀山张掌教的弟子，是我们比得上的吗？"

丁嘉木和黄星阑俱笑起来："倒也对。"

"算了，算了，不说这个了。"

常清静平静地听着全绍元三人谈论着仙华归璘真君，始终一言不发。

越往前走，道路越开阔。

这时，常清静动了动长眉，微讶地发现，书院前一截路竟然都是农田。时不时有农夫弯着腰冒着雨在田间耕作。

或许是看出了常清静的惊讶，全绍元笑着解释道："据说这都是那位薛姑娘的意思。"

"哦，你不知道薛姑娘是吗？"细细地端详了一眼这少年，全绍元了然道，"这位薛姑娘，名薛芝桃，是太初学会的成员，更是宋先生的学生。"

全绍元他们三人来白鹭洲书院前，是做了充分准备的，对这些白鹭洲书院的逸事如数家珍。

见这少年一路而来，寡言少语，垂着眼，面色苍白，料想他必定是因病性格沉闷，对这些事也不甚了解。

全绍元、黄星阑、丁嘉木三人交换了个眼神，看着常清静的目光多了点儿同情和怜惜。

"这洞庭湖附近的土地肥沃，薛姑娘心地善良，不忍这土地白白浪费，便和宋先生商量将这些土地让出给附近的百姓耕种。"

"听说，薛姑娘还说，这里有书院，人口多，日后商业、农业都会发展起来的，还能带动这周边的……这周边的经济什么的？"

说起这些事，黄星阑笑容灿烂："宋先生仁善，非但将自己的藏书尽数捐进了藏书楼里，还自己出钱购买了一批书籍给家贫的学生用呢。

"家贫的学生，还能凭借每旬的成绩考核领取赏钱，据说这叫助学金和奖学金。"

而且白鹭洲书院并不像其他书院一样，只重经文义理。更设有"格物堂"（实验室），供学子钻研这世间万物的变化，这万事万物的规律。宋先生还特地去请了一批算学大家，购置了一批算经供大家学习。

四人一边兴致勃勃地说着一边往前走，脚步都不由得加快了几分。

走过田埂，再往前就到了白鹭洲书院，一进书院，就能看到廊柱下刻着的书院规训。

"望诸生，辞受举止，皆浑厚质真，无浮华佻达之习。"

"望诸生，专心致志，以浑厚质直之姿，为崇实务本之学。"

"文行并修，明体达用，处为真儒。"

除此之外，还有些看上去有点儿格格不入的大白话，诸如"书籍是人类进步的阶梯"之类的。

这一路上，不时有三三两两的学生在交谈着什么。

再往前，就是那白玉广场和礼圣殿，以及礼圣殿前的三道剑意。

对自己留下的这三道剑意，常清静不是很感兴趣，低声请辞之后便去了斋夫那儿报到。

原道堂内。

宁桃趴在桌上，痛苦地打了个哈欠。自从和常清静决裂之后，她也就失去了跟着谢溅雪的意义，主动向谢溅雪辞别。本来她是打算建成书院之后，就去找琼思姐姐的，奈何张琼思以为她一时半会儿归不了队，与小扬子、蛛娘天南海北地又不知道跑到哪儿去了。没办法，她只能暂且待在洞庭，将全身心都投在了建设白鹭洲书院上。

虽然在宋先生建设书院的过程中，她提了不少建议，但书院建成后，她也必须学习。

白鹭洲书院也按照学习进度的不同分了不同的班级，分别为上馆、中馆、下馆。而她这学业水平，只能分在下馆。

低头默默地在稿纸上胡乱画了几笔后，好不容易快挨到下课了，学院的张先生冷不防地走了进来，宁桃浑身一个激灵，手上的笔戳歪了，在纸上拉出一条粗重的墨痕来。

张先生不是来主持纪律的，他身后竟然跟着个容貌陌生的白衣少年。领着这少年走到台前，张先生这才停下了脚步，目光在原道堂内环顾了一圈："这位是新拜入我们书院的同窗李寒宵李道友，分入了我们下馆中学习。李道友，你上前来，与众人打个招呼。"

宁桃立刻就精神了，好奇地看着这抱着书的少年。

少年上前一步，那浅色的眼眸在原道堂内扫了一圈，嗓音清冽如碎玉，又垂下眼："在下姓李，名寒宵，见过诸位道友。"

张先生微微颔首，又下了吩咐："李道友，你就坐在……坐在……嗯……"
看到宁桃身边空着。

张先生道："坐在薛芝桃旁边吧。"

少年闻言，顺着张先生手指的方向抬起头来。他眸色极淡，落在宁桃身上的时候，宁桃心里蓦地生出点儿古怪的错觉，但很快又对这位"转学生"露出了个商业化的、无可挑剔的礼貌笑容。

少年抱着书，缓缓来到她身边坐下，却是一言不发地看向了前方。

宁桃忍不住多看了眼这位新来的同桌。同桌兄长得可真好看哪，就是身子骨看起来好像不大好，有些病恹恹的样子。坐姿好端正！

这一节课下来，宁桃都有点儿心不在焉的，脑子里放空，神游天外。

这很正常。不论睡了多少年，一朝醒来，宁桃还是个高一的姑娘。身边多了个陌生的新同学自然浑身别扭，忍不住频频留意。

作为"同桌"，她应该表现出对新同学的友善。可是，同桌兄太高冷，完全没有给她释放出善意的机会啊！

宁桃屏住了呼吸，垂着眼看着这位新同桌的胳膊肘，心跳得有些快，不好意思地抿紧了唇，怎么都有点儿无所适从的别扭。

而且，不知道是不是错觉，她总觉得，这位李寒宵李同学老是让她想到……常清静。

曾经的暗恋有多狼狈、有多可笑，宁桃垂着眼，郁闷地在纸上又胡乱画了几笔。她已经不愿意多想了。别看她面对常清静的时候，还是一副平静自若的样子，实际上，只有宁桃知道，这不过是她维持自尊的一种方式。她对常清静的态度主要就两个字——爱过。眼下她看开了，绝交了，只想好好生活。

这节课之后就是饭点。好不容易挨到下课，宁桃立刻就把这位新同桌抛在了脑后，飞快站起身打算往斋堂冲。

却没想到，刚刚这一节课下来一直很高冷的同桌兄，主动开了口。

"薛……薛姑娘……"常清静皱了皱眉，不大自在地低声说，"请问斋堂在何处？"

"啊？"宁桃愣了半秒，这才猛然反应过来，作为新同学，李寒宵不知道斋堂在哪儿是情有可原的。

"啊……啊！"宁桃立刻露出个作为同桌的友善笑容，欢快地说，"李同学，我带你去吧！"

常清静抿了抿唇，目光不自觉地有些闪躲："好。"

和陌生人接触，宁桃脸蛋有些红。倒不是因为这位李寒宵李同学长得实在是过于帅气了，哪怕这位李同学是个姑娘，她都会脸红的。想找些话题聊聊，又不知道怎么开口，这一路上，两人局促又沉默。

在宁桃目光之外，常清静微微侧身，静静地看着身旁的少女。

宁桃在白鹭洲书院很受欢迎，来到斋堂后没一会儿，就有不少人笑着同她打招呼。

宁桃捧着个餐盘问："你有什么喜欢吃的菜吗？"

常清静："并无。"

"那要不尝尝这个，"少女弯着腰，扶着膝盖，煞有介事地指着窗口后面的小鸡腿，笑道，"这个小鸡腿是白鹭洲书院的一绝！"

顺着窗口这一路走下来，常清静动了动握着餐盘的手指，低头看着被宁桃给塞了满满当当的餐盘。

午后的日光下，常清静看着少女如数家珍般地絮絮叨叨。

可能是察觉到了常清静又沉默了下来，宁桃愣了一下，猛然意识到，她好像……一不小心就给这位李寒宵同学打了不少菜。

宁桃脸有点儿烧得慌："不用担心，这顿我请！"

不等常清静有什么反应，宁桃便飞快地跑去结了账。摸了摸荷包，长舒了口气，她抬眼笑道："走吧！"

端着餐盘，两个人找了个位子面对面坐下。

李同学刚拿起筷子，又垂下了眼，问："薛姑娘，可有什么喜欢的菜？"

"我？"宁桃愣了一下，摇摇头，"我不挑的，不过我喜欢吃肉，吃重口味一点儿的。"

面前的少年微微颔首，表示自己知道了。

之后又是一阵无话，两人默默埋头苦吃。

宁桃吃着吃着觉得煎熬。谁能想到这位李同学竟然这么沉默！

孟狄捧着个餐盘走了过来，一眼就看到了两个面对面埋头苦吃的脑袋。

"桃子？"孟狄惊讶地问。

宁桃抬起眼，惊喜道："孟大哥！"

"孟大哥"三个字落入耳畔，常清静握着筷子的手不由得顿了顿，看向了面前这白衣儒生。

少年容貌清秀，乌发如墨，虽然穿的是白鹭洲书院再普通不过的弟子服，但从发带、靴子等不起眼的角落依然能看出华贵。

看到孟狄，宁桃不由得长舒了一口气，眼睛一亮，宛如看到了救星。

孟狄好奇地看向常清静："这是？"

常清静搁下筷子，敛眸沉声："在下李寒宵，今日刚拜入白鹭洲书院，是薛姑娘的……"

话到此处，不由得微微一滞，顿了半晌，终是说出了疏远的"同窗"二字。

"是薛姑娘的同窗。"

"哦哦。"孟狄恍然,"李道友你好。"

他捧着餐盘顺势就在宁桃身边坐了下来,笑道:"我刚刚还以为看错了,没想到真是桃子你。"

宁桃往嘴里塞了一筷子米饭,含混不清地说:"孟大哥你也下课啦。"

"是啊。"孟狄愁眉苦脸地叹息了一声,"最近的课业越来越难了,唉。"

两人并肩坐在一块儿,离得很近,神态自若地交谈着些课堂上琐碎的趣事。

宁桃笑得眉眼弯弯的,眼睛眨也不眨地看着孟狄。

曾经她也会这样的,咬着筷子,含混不清地笑着和他说些什么。

常清静的目光落在了面前这白花花的米饭上。

米饭粒粒分明,饱满晶莹,却看得他没了胃口。

白鹭洲书院虽然有食不言寝不语的规矩,但书院的学生们年纪大多不大,好不容易从繁重的课业中挣脱长舒了一口气,斋堂中说说笑笑一片。

常清静缓缓地攥紧了手中的筷子,却从来没有这般清醒地意识到,这些热闹都与他无关,几十年过去,心性改变,他亦不是当初那个少年。坐在这儿,更觉格格不入。

第 8 章

常清静尽量移开了视线。

看到孟狄,宁桃高兴得甚至连这位李同学都忘记了。

孟狄如今在上馆求学,课业比在下馆时要繁重许多,有时候,往往要十天半个月才能见到一次。

絮絮叨叨了好长时间,宁桃这才察觉出来有点儿不大对劲。转头一看,却见到那位李寒宵同学垂着眼,面前餐盘里的食物基本没有动过。

少年沉默地坐着,苍白的侧脸朦胧在浅金色的日光下,眉眼剔透,看上去透明得有点儿可怜。

宁桃脸色腾地就涨红了,懊恼得想给自己一拳,说是带新同桌熟悉环境来着,结果看到孟狄激动地把新同桌都给忘了!

"李……李同学。"宁桃小声地呼喊,努力把话题往这位李寒宵同学身上带。

常清静脊背不由得一僵:"嗯?"

"说起来,你从前在哪里上学呀?"

常清静:"我……体弱,家人为我延请了先生,我一直在家上学。"

"在家上学？"孟狄笑起来，"李同学家境肯定不错。"

常清静颔首道："略有些田产。"

孟狄也是人精，一眼就看出宁桃铆足了劲儿，"上蹿下跳"般地使劲儿带动这位李寒宵同学，努力不叫这位新同学感觉受到忽视。

既然宁桃都这么努力了，孟狄也跟着宁桃一道儿努力让这位新同学感受到白鹭洲书院的热情。

几句话下来，话匣子渐渐打开，餐桌上的气氛终于缓和了不少。

然而即便如此，常清静心里却依然很清楚，宁桃的友善只因为他是"李寒宵"，只因为他是个病弱苍白的少年，而不是常清静，不是那个仙华归璘真君。

等到吃完了饭，和常清静一道儿走在回原道堂的路上，宁桃忍不住想：这位李同学虽然话少，看起来沉默腼腆，但其实是个很有礼貌的好少年呢。

"李同学接下来有什么安排吗？"

"并无……"

宁桃停下脚步，转过身提议道："那我带你四处转转，熟悉熟悉环境吧，你看怎么样？"

常清静："好……"

其实吃完饭后，宁桃一般都会去小睡一会儿，不过考虑到这位新同学实在太过内向了，宁桃还是打算先带他转转。

其实两个人之间的关系，不是东风压倒西风，就是西风压倒东风。宁桃也算不上多外向的性格，有时候甚至还有点儿胆怯。和李寒宵并肩走在路上的时候，她紧张得都不知道手该往哪儿放了。但是李寒宵性子拘谨，她的勇气莫名其妙地就涨了上来，行为处世都大方活泼了不少。

白鹭洲书院很大，午休这短短的时间是逛不完的。宁桃和常清静只能走马观花地去飞霞亭听了会儿松涛，去九曲涧边赏了会儿曲水流觞，去饮虹塘前凭栏喂了鲤鱼，又去藏书楼上登高望远。

这样做的后果就是下午的课，宁桃困得眼睛都快睁不开了，却还是费力地支着眼皮硬撑着。

身旁小姑娘的头点来点去的，常清静终于忍不住开口："薛姑娘若是想睡一会儿，我可以帮姑娘挡着，留意先生的动静。"

宁桃一愣，睁大了眼，红着脸慌忙摆摆手："不不不，不用了，我还能继续撑着的。"

这才第一天就给新同桌留下这种印象，那多不好。

常清静没有强求："若是薛姑娘撑不住了，在下的话依然算数。"
　　这句话诱惑力实在太大了，宁桃硬撑了半天，终于撑不住了。李寒宵依然脊背挺直，目不转睛地看着讲台上的授课先生。
　　宁桃眼里饱含着泪水，忍痛地扯了扯李同学的袖口："那个，李同学？"
　　少年极为敏锐地微微转头："什么？"
　　宁桃红着脸："刚刚，那话，还算数吗？"
　　常清静浑身一僵，好半天才道："算的……"
　　宁桃小声地说："那麻烦你啦。"
　　说罢，心满意足地往课桌上一倒，一颗毛茸茸的脑袋栽了下去。
　　常清静胳膊肘好像都僵硬了，少女栗色的发丝落在了他小臂上，轻轻地挠着肌肤，微痒。
　　常清静有一时的恍惚。
　　宁桃睡得很熟，她又怎么会知道，当少女毛茸茸的脑袋靠过来的时候他有多紧张。
　　少女栗色的发顶被阳光晒得有些发烫，浑身上下就好像一个暖和的小太阳。
　　而他，又要付出多少忍耐，才能克制住内心这扭曲的心魔。
　　他脊背僵硬，又缓缓放松下来，近乎贪恋、窃喜般地静静感受着这久违的温暖。
　　一直到，宁桃睁开了蒙眬的睡眼，打了个哈欠。少女飞快地抬起眼看了眼讲台上的先生，小声地问："我睡多久了？"
　　常清静："不久。"
　　宁桃感激地看着他："李同学，谢谢你。"
　　少年似乎有些始料未及，好半天，这才轻轻地"嗯"了一声，搁在桌面上的手指不由攥紧了些，因为紧张。
　　"薛姑娘……不妨叫我寒宵。"
　　宁桃愣了一下："啊？"
　　寒宵？
　　这好像进展太快，太亲密了点儿？
　　宁桃觉得尴尬，却又不好意思拒绝新同学的好意，只好支支吾吾、含糊地"嗯"了一声。
　　"李、李同学也可以叫我桃子。"
　　常清静浅色的眼眸看向了宁桃，心里突然跳得很快。

"桃子。"他迟疑地开了口。

那一瞬间，那些血色的记忆，歇斯底里的爱恨，好像飞速地从两人身边退去，心魔也不再叫嚣，心中的偏执和癫狂如同突然温驯的野兽，老老实实地趴伏了下来。

好像又回到了王家庵的午后，她跑来跑去，等着他下地回来。

这几十年过去，经历了这么多，青丝成白发，在她面前，他好像还是当初那个少年，那个"小青椒"，而"桃子"这个称呼，就像是他从回忆中偷来的。

常清静他当然能看出宁桃的尴尬，他觉得惶惶不安，却又如此……庆幸，以至于，他有意识地忽略了这个称呼的交换不过是宁桃出于礼貌才主动开了口。

宁桃现在觉得这位李同学有点儿古怪了。说是高冷吧，但交换昵称这事也进展得太快了。可这事毕竟是不值一提的小事，很快宁桃就把这事抛在了脑后。

比起这个，最让宁桃蒙的是，李同学非但高冷，还有点儿"呆"，总是心不在焉，魂游天外的模样。

其实这也不能怪常清静。他一半分身位于白鹭洲书院，本体却一直在逃避罚罪司的追捕，罚罪司忌惮他，派出的多为绝杀榜上的高手。他元神分出一半，修为上就已经低人一等，必须凝注心神，全力以赴，才不至于死在这一场又一场的追捕之中。

"李寒宵"在上着课的同时，常清静却在经历着一场又一场的血战。

拔出了深入腰腹三寸的剑刃，就地一扔，常清静擦了把脸上的血，扫了一眼这地上的残尸，脸上看不出什么死里逃生的轻松与欢喜，淡漠得很。任何一个人，在经历过这种不分日夜，不死不休的追捕之后，心态都会变得淡然。

常清静收回了视线，远在白鹭洲书院的李寒宵也同时收敛了心神，除却因为过度运用功力，消耗元神，面色略微苍白了些，看不出什么异样。

察觉到好像有人在看着自己，一转眼对上李寒宵同学的目光，宁桃一愣："李同学，你没事吧？"

……

回答她的唯有一片沉默，李寒宵就这样看着她，浅色的双眸平静淡然，看得宁桃整个人都不自在了起来。

半晌，李寒宵才闭上了眼，嗓音有些沙哑："我没事，只是有点儿累。"

她不会知道，方才他究竟经历了多么惊心动魄的一战。

宁桃身上有种奇特的、令人心静的力量，温暖，并不灼人。

常清静紧绷的神经松懈了下来，只要看着她，便觉得他还是当年的小道士，她还是当年那个跌跌撞撞的异世界的姑娘，他们携手而行，匆忙之中结成的友谊粗糙而温暖。

常清静沉默地细细描摹着宁桃的脸，只要看着她就够了，只要看着宁桃，他便能意识到自己还是活着的，并非一个杀人的机器，自己身上还有着人性。

宁桃的神情有点儿古怪：呃，上个课而已，至于这么累吗？！

第二天一大早，宁桃刚到原道堂，李寒宵也跟着走进了屋里。

少年抱着今日要用的书，依然垂着眼，如凌霜的青松般端正毓秀。

他这一路鲜少和别人有接触，孤冷出尘，却唯独在踏入原道堂后，抬眼看向了宁桃。一看到宁桃，常清静便低声道："早。"

无人知晓，修真界威风凛凛的仙华归璘真君，每天第一句的打招呼究竟要用多少勇气，开口前又要斟酌几次。

宁桃："早！"

少年却站在书桌前没有动作。

桃桃奇怪地问："你不坐吗？"

少年这才动了动，突然从袖子里摸出个油纸包，吞吞吐吐地说："那个，这个，给你……"

"这是我刚去斋堂买的梅菜饼。"常清静低声说，"早饭。"

考虑到昨天他贸然交换称呼的行为，常清静又硬邦邦地强行挽尊："礼尚往来。"

桃桃立刻就被感动到了。虽然这位李同学的确高冷了点儿！但实际上是个外冷内热的好人啊！不愿辜负对方的好意，桃桃接下了这梅菜饼，迅速揭开油纸包咬了一口。

"好香！谢谢你！"

果不其然，李寒宵僵硬的身子又放松了下来，这才走到桌前落了座。

上课的时候，桃桃还在想着这梅菜饼出神。李同学人这么好，她也必须郑重道谢有个表示才行。想到这儿，桃桃悄悄撕下了一角稿纸，提笔。

"今天的梅菜饼，谢谢你！"

想了想又画了个圆圆的笑脸，表情符号版的，然后红着脸搓成了个小纸团偷偷丢了过去。

一个小纸团从天而降，落在自己手边，常清静似有所觉地看了眼宁桃。

少女脸蛋红红地示意他展开看看。

展开一看，一个圆圆的笑脸便立刻跃入了眼帘："今天的梅菜饼，谢谢你！"

在李寒宵展开字条的那一刻，宁桃后知后觉地又觉得臊得慌，把头埋在了胳膊里，不敢抬头再看。

因此也没看到，少年的呼吸骤然急促了几分，捏紧了字条的手用力到泛了白。

一股强烈的悔意，在此刻如同巨大的铜钟猛地撞上了心扉，撞得他眼前发黑，几乎喘不上气来，又像是有一只大手攥紧了心脏，待到手缓缓松开，弥漫在心底的只剩下一阵酸。

和从前一样，宁桃自己自制了个笔袋，又从笔袋里翻出了课程表。

"下节课是——剑术课。待会儿要一起去上剑术课吗？"宁桃用胳膊肘轻轻撞了撞常清静，问道。

白鹭洲书院的学生，除了要学习经文义理，还有礼、乐、射、御、书、数这君子六艺，在这几门课之外，更有修士都要学习的"剑术""战技""丹药"等。

不过这几门是选修课，大家择其中一门学习就是了。在下馆的时候，这几门课书院的学生都会走马观花地上一遍，等升入中馆的时候，再决定选修哪一门。

考虑到剑术课上要一对一练习，宁桃主动发出了邀约。

过了很久，她才收到了李寒宵字条的回复："不必说谢。"

虽然只有这短短四个字，桃桃却已经很高兴了。

李寒宵的回复果然也不出她的意料："好。"

剑术课就安排在这礼圣殿前的白玉广场。当初仙华归璘真君留下的三道剑意，正好方便白鹭洲书院的学生观摩。剑痕深入石阶，剑气凝聚，保石阶不碎。剑意如山川大河，气魄厚重，颇有些"山随平野尽，江入大荒流。月下飞天镜，云生结海楼"的分天彻地磅礴之感。

宁桃指着那石阶转头对常清静道："呃……这是蜀山那位仙华归璘真君留下的三道剑意。"

不可否认的是，在走到礼圣殿前时，常清静的心不由得稍稍提起，他想知道宁桃是如何解说这三道剑意，又是如何看待他的。

他早已经过了注重陌生人评价的年纪。他心知，仙华归璘真君这个身份，有人仰慕，恨不能成为他，有人却恨之入骨，恨不能亲手了结他的性命。这些，常清静统统不在意。可是此刻，他抿紧了唇，从未像现在这般不安和紧张。

少女说起"仙华归璘真君"来，神情平静，宛如提起个陌生人，言简意赅地介绍完，就走到一边拿起了剑："李同学，你来和我一起练习吧。"

"李寒宵"同学实在有点儿出乎宁桃的意料了。

宁桃坐在石凳上，气喘吁吁地擦了把汗，惊讶地看着不远处还在练剑的少年。

由于他刚转学到白鹭洲书院，跟不上剑术课的进度，大家练完休息的时候，他还在练。

少年抿着唇，眉眼沉肃，重复着枯燥无味的"挥剑""收剑""挥剑""收剑"之类的动作。

其实对于常清静而言，他必须收敛心神，注意压制住肌肉的记忆，尽量伪装成一个刚拿剑的新手。

要知道，便是这平平无奇的劈砍之类的动作，也能暴露出蹊跷来。剑道之大成者，就连劈砍这类的动作也能做得圆融利落，毫无滞涩之感。

太阳高悬在半空，很快，少年便被热出了一身的汗，高高束起的马尾此刻也被汗水浸湿了，湿漉漉地粘在了白皙的脖颈后面。汗水濡湿了眼睫，少年脸上浮现出剧烈运动之后的红晕。

李寒宵没困，宁桃看都看困了。

春天的阳光还不是很晒人，刚刚运动完消耗了巨大的体力，宁桃坐在石凳上打了个哈欠，拍了拍自己的脸，强迫自己打起精神，站起来胡乱走了几圈。

一个熟悉的声音却从背后传来："桃桃？"

谢溅雪微讶地看着不远处在树下活动筋骨的少女，宁桃被太阳晒得脸色发红，无精打采，看着就像个耷拉着脑袋的鹌鹑。

"谢……谢道友？"宁桃震惊地放下了手，"你……怎么在这儿？"

自从当初她与谢溅雪辞别之后，谢溅雪便离开了洞庭，算算时日，她都快两个月没见过他了。

青年面色苍白，忍俊不禁地看着她："我倒想问问你，怎么好端端地蹲在这儿？"

谢溅雪快步走上前，目光落在了少女红扑扑的脸蛋上，目光微微一闪，不知为何突然有些手痒。圆圆的，红红的。总感觉，很好捏的样子。身体快意识一步，那白皙微凉的手，就已经捏了把宁桃的脸。宁桃往后弹出几丈远的距离。

谢溅雪的手立刻有些尴尬地，不上不下地停在了半空。看了眼自己的手，谢溅雪缓缓垂下了眼睫。

"不好意思，"宁桃尴尬地说，"我……我……不大习惯。"

"没事。"谢溅雪眉眼弯弯的，眼里漾开笑意，"是我唐突了。"

"桃子，对不住。"

宁桃捂着脸，郁闷地哀叹了一声："呃……没关系。"

两人说说笑笑间，往前走着，却没料到在礼圣殿前看到了李寒宵。

李寒宵似是已经练完了剑，静静地站立在不远处看着他们二人，极淡的眼眸倒映出这一幕。

谢溅雪拥着貂裘眉眼弯弯地笑，手上的动作如此自然，反观宁桃，脸上红得近乎滴血。

"李道友你练完剑了？"宁桃愣了一下，走上前问道。

常清静："嗯。"

谢溅雪大老远赶来，怎么说宁桃都得一尽地主之谊，眼看李寒宵也练完剑了，便随口向李寒宵辞别。

"我朋友来了，李道友，我们不如……先就此别过？"

常清静猛然意识到自己其实并没有什么立场去阻拦，或是去插入两人之间，然而他却又不愿旁观宁桃跟着谢溅雪走开，嗓子紧了紧，低声问："我……能不能与你们二人同去？"

宁桃一讶："啊？这……这也行？谢道友你呢？"

谢溅雪："我自然是无异议的。"

将宁桃的尴尬和茫然尽收眼底，常清静安静地站在一边，心里五味杂陈。

他自己当然也知道，他这提议的确有些不识好歹的尴尬。从前，他与宁桃亲密无间，如今却要厚着脸皮挤进谢溅雪和宁桃之间。

谢溅雪到来之后，宁桃注意力大多放在了谢溅雪身上，对李寒宵的关注自然而然淡了不少。

两个人一路上说着白鹭洲书院的事儿，李寒宵跟在两人身侧，这些话题都轮不到他插嘴，他插不上话。

他不主动开口，也不主动请辞离开。

宁桃与谢溅雪说说笑笑的时候，他便错开视线，目光一一扫过白鹭洲书院的一草一木。

谢溅雪好像每次都很容易被宁桃逗笑，总是"噗"地笑开，旁若无人地伸手去摸小姑娘的脑袋瓜。

"欸，"宁桃郁闷道，"谢道友，别摸了别摸了，再摸头发就油了。"

两人之间这旁若无人的张力，容不得第三者。

谢溅雪笑道："我看书院比我上回来时又好看了不少，那边的池塘原来是没有的吧？"

"这池塘是新挖的。"一说这个宁桃就来了精神，笑道，"叫饮虹塘，我带你去看看！"

就这么一边说一边走，过了好一会儿，宁桃才察觉到哪里不对。

身边空荡荡的，好像缺了点儿什么。

对了，李寒宵呢？

不知不觉间，少年已经被他们拉下了一大段的距离，常清静远远地缀在他们身后，眼睑低垂，身形淡得好像一抹随时便要隐去的月光。

可有可无。

第9章

"桃桃，怎么停了？"谢溅雪惊讶地问。

宁桃摸了摸鼻子，尴尬又愧疚地红了脸。说得太投入，完全把李同学给忘了！李寒宵太沉默，就连他什么时候掉队的宁桃都没反应过来。

常清静看到，宁桃与谢溅雪交谈了些什么，少女好像这才意识到掉队了一个，红着脸磨磨蹭蹭地走了过来。

"李同学。"

宁桃的目光落在了他脸上，常清静动了动手指，从未像现在这般紧张，像等待宣判一样，等待着她接下来要说出口的话："桃桃。"

她会说什么？他要如何应对，才能将她在谢溅雪身上的注意力重新拿回来？

宁桃张了张嘴，走到了李寒宵面前，有苦难言。

她也不懂为什么如此高冷的李同学，今天非得跟着她和谢溅雪。问题是，李寒宵光是走在身边，就飕飕地往外直放冷气，全然没有和谢溅雪沟通的意思。这让宁桃觉得头痛，想了想，宁桃委婉地问道："李同学，你还好吗？你走了这么长一段路，身体还受不受得住？要不要，回去歇歇？"

这是逐客令。

宁桃回头的欣喜迅速被一股寒气所取代，常清静僵立在原地，明晃晃的日头照在头顶，少年脸色苍白得犹如梅瓣，剔透得仿佛血色顿失。

"我没事。"常清静干裂的唇瓣动了动，回答道。

不应该是这样的，他应该多说一些。

当年，宁桃初入异世，茫然无措，只能小心翼翼地讨好他，他也看出了宁桃的讨好。后来，她喜欢上了他，越发在意他的一言一行。

彼时他与苏甜甜走得近，未曾留意到那个被他们甩在身后的宁桃。

而眼下，这个局外人成了他，他终于真真切切地体会到当初她的难堪与无措，不被需要、不被关注、可有可无的隐形人。

当初的宁桃又是如何故作无事地摸了摸书包上的挂饰，鼓着脸追上去的？

大多数人唾手可得的不知珍惜，等到失去了，才感到懊悔。因果循环，报应不爽，当初他有意无意间对她做的这一切，都在此刻，一笔一笔尽数偿还。

常清静这骤然泛白的面色，落在宁桃眼里，让宁桃更加无语了，一个头两个大："真的不用吗？你脸色很差。"脸色都白成这样了，还逞什么强啊！少女奇怪地看着他，仿佛觉得他不可理喻。

清楚地看到宁桃眼里流露出的"无语"，常清静知道，这是看"奇葩"的眼神，桃桃从前和他解释过"奇葩"在她那个世界有另外一个意思。她好像将他当成了个不懂事的，急欲摆脱的"奇葩"。

谢溅雪远远地站在一边，也奇怪地看着他。

他的坚持在这一刻，好像成了笑柄。身为两人眼中的"奇葩"，顶着这异样的视线，常清静眼皮颤了颤，固执道："当真不必。"好像这样就能挽回一丁点自尊，尤其是在谢溅雪面前粉碎的自尊。他能借用"李寒宵"这个身份，重新在她身边，已经是莫大的侥幸。更遑论，他还有许多事要做，这偷来的片刻时光已经足够。

宁桃看他固执，彻底放弃了劝说的念头。常清静直面这视线，厚着脸皮继续跟上，刚迈出一步，心中突感惴惴不安。

"李寒宵"面色一冷，这股不安他再熟悉不过，这代表着他"常清静"的本体，出事了。

常清静在一处空无一人的林子里，蹙眉打量着面前的灌木丛，执剑沉声道："出来。"

话音刚落，面前已多出了几个罚罪司打扮的修士，恨声质问道："常清静，你好生猖狂，竟然还敢出现在人前！"

"我问你，茅家灭门惨案可是你做的？！"

当初在白鹭洲书院大典上贸然现身，他就已经做好了被罚罪司追上的准备，常清静神情不动，复归平静，一边出剑，一边评估来者的深浅。

分出一半元神之后，他功力削弱了不少，若想要活命，行事不得不谨慎。面前这几位修士他曾有印象，算是罚罪司中的翘楚，也是绝杀榜上排名靠前的高手。

这几人原是结义兄弟，所用的法器各不相同，常结成法阵出击，有个诨号"阆邱五雄"。

杀了自己授业恩师这事儿，是畜生才能干出来的。这五人朝他怒目而视，看起来恨不得用目光杀死他，话音未落间，纷纷亮出了兵器，业已出招。刀枪剑戟和锤子同时挥出，在半空中裂开一道呼啸的劲风，五人脚下踏出法阵，织成严密的杀网，五种兵器配合默契无间。

常清静身形微微一动，避开擦着脸颊而过的锤子，剑意上摩云霄。他无意和这五人纠缠，剑光挥动，硬生生劈开了一道口子，直掠了出去。

对方一个踉跄，有些招架不住后退了几步，怒道："拦住他！"

刹那间，但见数排银针暗器如骤雨打荷般迎面扑来。

常清静迅捷地将头略微一侧，四散的剑意将这数根银针一一打落于地，目光落在了前方不远处。

不远处站着个身披斗篷的来客，身量修长袅娜，是个女子打扮，斗篷一掀开，露出个身着粉色裙衫，姿容俏丽的女人。

常清静呼吸猛然一窒，瞳孔微眯。

秦小荷巧笑嫣然："常道友，许久不见了。"

和两个病号一起出游是件十分痛苦的事，宁桃带着谢溅雪四处走了一圈，未料还没走到一半谢溅雪又低声咳嗽起来，坐在饮虹塘上的亭子里，宁桃有些担忧地看着眼前的谢溅雪。

"我没事。"又是一阵剧烈的咳嗽之后，谢溅雪放下了抵着唇瓣的右手，莞尔摇头笑了笑。

"真的没事吗？"宁桃不大相信，犹豫地问，"要不，我给你拍拍吧。"

谢溅雪温和地摇了摇头，垂着眼去看栏杆下那些鲤鱼，低叹了一声："其实我很羡慕这些鱼。"

这方小池塘之所以叫饮虹塘，乃是因为日光洒落在水面上时，波光粼粼，宛若烟霞飞渡。池塘中饲养了不少鲤鱼，这些鲤鱼被学生们喂得格外肥硕，曳尾在池水中。

宁桃好奇地看了一眼，硬是没看出这些胖鲤鱼有什么多独特的地方。

"锦鲤化龙，"谢溅雪笑了一下，"这是多么美好的愿望。"

宁桃不知道说什么，只好点点头表示附和，老实说，每次看到锦鲤她只能庸俗地想到"转发这条锦鲤"……

偏头仔细打量了一眼谢溅雪的面色，宁桃有点儿放心不下，不知道为啥，竹马兄的气色每隔一段时间好像都会发生点儿改变。有时候，红光满面，气色看上去好上不少，与健康的正常人无异。而有时候，看上去又面色惨白如雪，泛着点儿病态的青色。

"可惜了。"身旁的青年好像又苦笑着叹息了一声。

宁桃疑惑地抬起眼，却只看到了谢溅雪拿着一枝柳条，莞尔逗弄着这饮虹塘里的鲤鱼，好像说话的根本不是他。

宁桃突然想到李寒宵一直没进亭子，不由得朝外看了一眼。李寒宵又不知怎么回事，像块木头一样，直愣愣地戳在亭子外面一动不动。

"李同学？"宁桃走近了讶然问道。

李寒宵神情苍白，一言不发。

宁桃浑然不知，常清静这时候，在进行多么惊心动魄的过招。

从刀光剑影中匆忙分出一瞥心神，李寒宵眼睛一动，看向宁桃："我没事。"

另一厢，只这一瞬的分神，常清静已被秦小荷连同这五人牢牢架住，刀枪剑戟锤，分别架住了常清静脖颈、肋下、手脚等处命门关节。

最正中的秦小荷面露惊诧之色，这高手之间过招，最忌讳的便是分神，而刚刚常清静竟然在对战中走了神！

转念一想，秦小荷便明白了，冷笑连连。

这恐怕是瞧不起他们呢！虽然不知道常清静的修为缘何一夕之间下降了这么多，但功力下降如此，分明已是丧家之犬，竟然还高傲如斯，敢在战斗中轻敌分神。

"不愧是仙华归璘真君，"秦小荷出言讥讽道，"敢在对战中分神，这份胆色，奴自愧不如。"

常清静没说话，是他低估了他们，也高估了自己，这五人比他想象中要厉害许多，而他元神一分为二，修为大不如前。

只是这份漠然落在秦小荷眼中却无异于挑衅了。

虽然李寒宵说自己没事儿，可这身形分明都在打摆子，而这脸色分明白得像纸一样。宁桃看了一眼天上这毒辣的太阳，有些心软，关切地伸出手："我扶你去亭子里歇歇吧。"

李寒宵道:"好。"

少年单薄孱弱,像是任人采撷的小白花。毕竟是个刚接触不久的异性,站在李寒宵面前,宁桃有点儿无从下手,咬咬牙,豁出去挽起了李寒宵胳膊,扶着他往楼梯上走。

指尖一碰上少年的肌肤,宁桃心里咯噔一下,好冰。

太阳这么大,李寒宵的皮肤竟然还冷得像冰块。

那些乱七八糟的心思一扫而空,宁桃凝神道:"慢点儿,小心台阶。"

李寒宵又不知怎么回事,脚下一个踉跄,带着宁桃也一个趔趄,脚下一扭,两个人差点儿抱团齐齐滚下去。

疼!

一股钻心的疼痛顺着脚踝一路攀升,宁桃倒吸了一口凉气,疼得眉梢一抽,好在眼疾手快及时稳住了身形,扶住了李寒宵。扭头一看,少年面色惨白如雪,额头上有豆大的汗珠滑落,口中轻轻溢出了一声微不可察的闷哼。

这是又犯病了的意思?

宁桃神情一肃,也来不及顾及自己这扭伤的脚踝,赶紧一瘸一拐地拖着李寒宵往亭子里去歇歇。

好在,这个时候谢溅雪也察觉到了点儿不对劲,看着他俩差点儿一骨碌齐齐滚下去,忙走上前问道:"桃桃你没事吧?"

"我没事。"

别看李寒宵腰瘦腿长的,实际上该长的肉一点儿没少长,重得要命。在谢溅雪的帮助下,宁桃气喘吁吁地把李寒宵拖进了亭子,擦了把脸上的汗,关切地拍了拍少年的肩膀。

"李道友,你还好吗?"

李寒宵呼吸愈加急促,面色更白,眼神盯着未知的虚空,像是已经分不出心神来留意这边的动静。

"让我来。"谢溅雪蹲下身,从袖子里摸出个小瓷瓶拔开瓶塞,往李寒宵嘴里喂了颗药丸。

过了一会儿,李寒宵好像终于有了喘息的余力,目光渐渐有了焦距,落在谢溅雪身上,浅色的双眸幽深得复杂,哑声道:"多谢。"

谢溅雪笑道:"无妨,道友你多歇歇。"

拿着空了的瓷瓶,谢溅雪看向宁桃,关切地问:"桃桃,我方才看到你脚崴了，可有事？"

"啊，你说这个啊。"宁桃掀起裙角，看了一眼，不太在意地随口道，"没事，我揉揉过会儿就好——"

谢溅雪突然蹲下身，捧起了她的脚："我来吧。"

谢溅雪的手正在脱自己的鞋袜，宁桃一个激灵，差点儿跳起来，胡乱地扭身去躲："不用！真不用！"

谢溅雪的手却稳稳地攥住了她的脚踝，将她的脚放在自己膝盖上，眼里无奈："久病成医，让我帮你看看，你不是好得更快一些。"说着，已经动手脱去了宁桃的鞋袜。

异性微凉的指尖落在她脚踝上，宁桃只感觉谢溅雪碰到的地方鸡皮疙瘩都一颗颗冒了出来。然而鞋袜脱都脱了，她这个时候再往后躲已经失去了意义。

"呃。"强忍住抖落一地鸡皮疙瘩的冲动，宁桃道，"多谢道友。"

谢溅雪眉眼低垂，也不抬头，很认真的模样："你我之间，不必言谢。"

宁桃：呃，自己怎么不知道自己和他什么时候这么亲密了？

不过比起这个，她更担心天这么热，刚刚这一路走来，万一闷出了脚臭就尴尬了。她好歹也是个姑娘，要脸的。

谢溅雪不懂宁桃这一颗纠结的少女心，手指在脚踝上缓缓摩挲："是这儿？还是这儿？"

宁桃不自在地蹬了一下脚，脸红得像滴血："对对对！就是这儿！"

她虽然不是这个时代的人，但也知道古代女子的脚相当重要。春宫图的女主角即便脱得一干二净，脚上的鞋袜却还是整齐的。在这种情况下，帮着揉脚踝的动作，都好像带上了一丝若有若无的暧昧。

"哈哈哈，怎么样？仙华归璘真君可料到自己也有今天？"

绣鞋踩在男人修长的五指上，又用力地踱了踱，秦小荷快意地大笑，牵着裙子俯身看向这趴在地上的男人。

常清静趴在地上，半张脸都埋在了泥土中，白发上沾满了灰尘。

秦小荷的绣鞋上附着了一层灵力，每每用力踩上他手的时候，都恍若有千钧重力。当初常清静一剑击碎了她的金丹，她耗费许多时日，付出了巨大的代价才将体内这颗金丹修补好。

至于这代价。

秦小荷凄凉地笑起来。

她一个孤女，无权无势，唯有一副以色侍人的皮囊，眼下这阆邱五雄可不就是她用身体换来的裙下之臣吗？

定了定心神，秦小荷再度看向常清静。昔日高高在上的真君，此时此刻像条狗一样趴在地上，染血的白发凌乱地垂在鬓角。刚有起来的意思，立刻又被秦小荷一脚踩进了泥地里。很快，男人这冷峻的脸上立刻就被地上的碎石划出东一道西一道的血痕，脸颊和眼皮都高高肿了起来。

饶是如此，他依然一声没吭。

秦小荷那张娇媚动人的脸上立刻有些扭曲，绣鞋缓缓下移，落在常清静手背上，使劲儿一蹍！重若千钧的力道一寸一寸蹍过去，能清楚地听到骨头咔咔碎裂的动静。这修如梅枝的手立刻软绵绵地垂了下来。

剑修最注重手，只有一双好手才能运剑。看着自己这软绵绵的手掌，常清静硬是咬牙撑住了，一声没吭。

秦小荷觉得不痛快，咬着牙，目光在常清静身上又睃巡了一圈，想着要如何折磨他才能让自己感到快意，要如何折磨他，才能撕破这人虚伪的假象，听到他痛哭流涕，看到他哀声求饶。

这世上没有人是生来就挨得住疼的。常清静也是，挨不住疼了，就想点儿别的，比如说宁桃，想到少女栗色的长发，焦糖般温暖的瞳仁，紧紧地跟在他身后，涨红着脸小声地喊"小青椒"。他闭上眼，将自己浸入这一汪仿佛渍了蜜的、无忧无虑的过往岁月中，任由岁月淹上了眼睛，淹没了脑袋。这样就不疼了。恍惚间，有血水流进了他的眼睛里。

秦小荷见到了，弯腰揪起他头发，逼迫常清静抬起脸，用力给了他两个耳光。打人不打脸，没有比打脸更羞辱人的方式，好像不这样不足以宣泄她心中的愤怒和恨意。

秦小荷："真君心性当真远超旁人，到了这地步，竟然还不唤一声疼？"

"你不喊，我替你喊。你知不知道这么多年，这么多日日夜夜中，我有多疼！我疼啊！我一想到我妹子我就疼得喘不上来气。我把这苦这疼都咽了下去，吃进去，吞进去，就等着今天……"

"你还是人吗？"秦小荷凄声说了半晌，低下头去看常清静。常清静还是那副油盐不进的模样，冷若霜刃秋锋。秦小荷像是失了力气，惨然地笑起来："你还有感情吗？我都怀疑你不是个人，哪有人到了这地步都不吭一声的？喂，我说，你是不是蜀山做的傀儡啊？"

血水流进了眼睛里，常清静一眨眼，将它挤出去。他对秦小荷的往事不甚感兴趣，实际上当初杀的那只狐妖，长什么样他都记不住了。

心想到李寒宵久久不回神始终不大好，宁桃怕要担心起疑，常清静又咬牙分出一缕元神回到了李寒宵体内。

白鹭洲书院里的少年眼神猛然间有了焦距，眼珠子一转，看向宁桃的刹那，呼吸都安静了。

谢溅雪怀里捧着少女白皙的足弓，一边帮她揉着脚踝，一边抬眼朝她笑。

滴滴答答，是血落在地上的声音。常清静呼吸间是泥砾草叶的味道，疼过之后的伤口开始泛着股辣意，耳畔嗡嗡作响，秦小荷的挖苦、嘲笑、崩溃的呼喊，都在这一刻模糊。

他以为，他已经做好了准备，做好了远远守着宁桃，偿还自己过往错误的准备。

他将自己浸没在过往的岁月中，细数着两个人当初的情谊，就不会疼。

然而，看到宁桃和谢溅雪的亲密无间，在这一刻，常清静却突然发现，外人施加于肉体上的疼，却远远不如宁桃施加于自己身上的。

可是这一切却又都是他自作自受，自讨苦吃，他自作聪明扮演了个"李寒宵"的角色，这个局外人的角色来得甚至比常清静和宁桃更为生疏。

谢溅雪帮她又一一穿好了鞋袜，宁桃立刻扯着裙子从石阶上跳了下去，目光和他对上，惊讶地问："李道友，你好些了吗？"

李寒宵没说话，过了半晌，他才开口，慢慢地，轻轻地，艰涩地"嗯"了一声。

情绪的崩塌往往也只是一夕之间。他不是神，只是比别人更能忍一点的肉体凡胎。那一刻，千里之外的常清静弓起了脊背。

秦小荷察觉到不对劲，愣住了，喘息着看着常清静。

常清静长发都垂落在了血和泥水里，发丝滑落挡在脸颊前，挡住了那双平日里精致却冷漠的猫眼。他咬着牙，眼眶却红了，红得像犯了错，却又不知道如何挽回的少年。

然而常清静身上露出的这软弱和动摇，又快得好像只是秦小荷的幻觉，只一刹那间的工夫，常清静就又站了起来，咽下一口血，苍白的脸色好似大病一场，抬手唤来"行不得哥哥"，强行破阵。

虽说，剑修的手是全身上下最为宝贵的东西，但剑道大成者，已可化有形剑为无形剑，掐个剑诀便能成剑。倘若人剑合一，与本命剑融为一体，更能以心御剑。

所谓局外人便是如此，虽然不过咫尺的距离，却亦如天涯海角般遥远。她有她的生活，他亦有他自己的生活。

没有人想到常清静都到这地步了，竟然还能爬起来，非但能爬起来，甚至还有余力运使无形剑气。

无形剑气破空而去，只在空中留下了点儿散落的星芒，昭示着确实有一道剑气经过。剑气掠去丈远，一剑钉死了未来得及反应的阆邱五雄中的"刀"。

破了这法阵一角，接下来的法阵就好破许多了。剑光翻飞腾挪间，飞溅的火星，燎起了阵阵火苗。

眼看常清静攻势突然变得狠戾而猛锐，其余四雄皆亡命于他剑下。见势不妙，秦小荷眼疾手快地立刻飞身撤出。

林子燃烧起来，熊熊火焰中夹杂着焚烧尸体的焦臭味儿，扭曲的火光恍若上古巨兽投下的荫翳，常清静背对着燃烧的森林坐下来，安静地处理伤口。

放下手，常清静又看了一会儿火光。

元神一日之间，跨越高山大川，最终落脚于白鹭洲书院，归位于一个名叫李寒宵的病弱少年身上。

第10章

谢溅雪这一次回来，孟狄与邵康也很是惊喜，吵吵嚷嚷着说要晚上一道儿去吃蜀中的火锅。

谢溅雪特上道儿，笑着说好，他来请客。

鉴于凤陵仙家财大气粗，宁桃他们也没和谢溅雪客气。

说说笑笑中，唯独常清静片刻沉默。

三大仙门之中，当属凤陵最富裕，阆邱位列第二，至于蜀山，蜀山倒也有不少香火钱，只是这钱大多布施去了，弟子却穷得叮当响。哪怕早已位及真君的常清静也是如此，这几十年来就没存下来过什么钱。

察觉到常清静的沉默，谢溅雪主动笑问他："李道友也一起同去吧。"

常清静思考了一下。自尊心让他不愿接受谢溅雪的请客，然而宁桃也去了……常清静顿了顿，主动低头，再度厚着脸皮黏了上去："也好，多谢道友。"

吃饭的地点就敲定在洞庭湖旁的八方楼内，除了宁桃几个，孟狄还叫来了几个相熟的书院学生，说是大家伙儿一起吃饭热闹。

"八方楼"这名字本来就有会聚八方来客、五湖四海天下菜肴之意，楼内各地域各口味的菜色应有尽有。

点了个火锅，孟狄吵着闹着要上酒。

宁桃特地跑到后厨，问后厨要了点儿小米椒、麻油、葱和香菜。

"李道友，你有所不知，"邵康大笑道，"每回来吃火锅，桃桃总要跑到后厨要这些东西，说要配着这蘸料吃，才好吃。"

孟狄补充道："我们一开始还不信，后来一尝，嘿，还真好吃！"

宁桃闻言，自豪挺胸："这是我们家乡的吃法。"

这个世界吃火锅还不兴配着蘸料，宁桃一边说着朝常清静递了个油碟过去："喏，李道友，你可要试试看？啊，对了。"

常清静伸手去接的刹那，宁桃又将油碟收了回去。

手落了个空，对上常清静愣怔的视线，宁桃意识到了自己的冒失之处，尴尬道："我就是忘了这一茬儿，想问问道友你吃不吃辣。"

毕竟李寒宵身子骨这么弱，刚刚又好像犯了病，宁桃心道，辣椒这种东西估计是不能吃的。

李寒宵："能。"

宁桃傻眼："啊？"

李寒宵伸手接过了油碟："我能吃。"

宁桃默默地收回了手，困惑地想，她还以为李寒宵更偏爱淡口的呢。

这一想，宁桃一愣。

等等，她怎么会下意识认为李寒宵喜欢淡口的？眼前好像有一个身影在宁桃脑子里不断地打着转。

李寒宵接过油碟之后，便夹了一筷子的肉片蘸上了调料。

看着李寒宵专心致志地涮着肉，这张秀美的脸似乎渐渐与另一张脸重合。

宁桃动了动唇，有些无奈地垂下了眼。

常清静。

李寒宵实在是太像常清静了，常清静也喜欢吃淡口的。

宁桃沉默了。她虽说已经放下了昔日那段伤心的暗恋，但常清静带给她的影响几乎已经深入了骨子里，这些细节如同不散的阴魂，往往在某一刻突然给她一下。

就在这时，李寒宵猛地呛了一下。

"咳咳咳。"

邵康吓了一大跳，孟狄筷子上的肉片"啪嗒"又掉回了锅里。

谢溅雪："李道友？"

众人注目之下，李寒宵那张苍白的脸此刻正泛着不正常的红晕，被辣椒呛得惊天动地，呛得眼泪都冒了出来。

"没事……"常清静呛得嗓音沙哑，眼泪直飙，艰涩地道，"我没事。"

好辣。宁桃竟然喜欢吃这么辣的吗？

宁桃也被惊了一下，连忙倒了杯水送到了李寒宵面前："喝口水缓缓。"

自己调的油碟辣到了人，宁桃十分不好意思，内疚地端走了李寒宵面前的油碟："他家的小米椒确实有点儿辣，我放多了。这样，我重新调——"

"不必。"明明已经被辣到说不出话来了，少年却还是哑着嗓子，费力地挤出了几个字，拦住了宁桃，"不用。"

等喝完了一杯水，缓过来了劲儿，常清静清凌凌的眸子直对宁桃，哑声道："我能吃。"

宁桃这回着实有点儿无语了。她深刻地觉得，这位李同学着实奇葩。

"不是，你犟个什么啊。"宁桃无力地嘟囔道。但李寒宵非要吃，她也不好拦着别人不是。只好又帮李寒宵续了杯茶，不放心地往他面前一推。

"行，那你记得多喝点儿水。"

解决了李寒宵，宁桃起身去帮谢溅雪弄蘸料。

"老规矩？"宁桃问道。

"老规矩。"谢溅雪含笑道。

常清静蘸着油碟的身形一僵，眼睁睁看着宁桃端了碗花生酱回来。

深深地吸了口气，尽量不作他想，常清静开始动筷子。

今天这火锅又刷新了常清静对于宁桃的认知，他并不知道，原来宁桃竟是这么能吃辣。他明明记得，他们二人从前在王家庵时，宁桃的口味要……正常许多。如今看来，常清静默然想，恐怕是在迁就他。他已经鲜少与人在一张餐桌上共食。火锅这种东西又是大家伸着筷子去捞，去抢的。从前做蜀山执剑小师叔的时候，他地位便超同龄人一头，这几十年来，他位及真君，地位崇高，更是高高在上，足下不沾红尘。如饿狼扑食般抢吃的这事儿常清静没做过。这一批菜刚下锅，便被宁桃、孟狄几人一扫而空。常清静握着个空筷子，伸不出去也收不回来。

宁桃余光一瞥，嘴角一抽。李道友明显是没经历过天朝学生下课狂奔食堂的阵仗。抢来一片肉，宁桃往李寒宵盘子里一放，语重心长地说："道友，吃这个你得抢。"

李寒宵似乎是握着筷子做了会儿心理建设,在下面几盘子菜熟了之后,手忙脚乱地也开始跟着人抢。一开始浑身都不自在,额前冒汗,颊侧的黑发被雾气一蒸,湿漉漉地粘在肌肤上。后来抢得面色发红,甚至暗搓搓用上了剑招,抢得那叫一个快准狠干净利落,菜一熟,立刻便被常清静一扫而空。与其说常清静是放飞自我,倒不如说他是解放了本性。

看得宁桃几人目瞪口呆。

宁桃默默扼腕:这就是教会徒弟饿死师父吗?

这位李道友低眉顺眼、沉默不言的,竟是恐怖如斯。

对上众人的视线,常清静垂眸,将盘子里的肉尽数拨到了宁桃碗里:"给你。"

宁桃受宠若惊地张大了嘴:"我……我不用。"

常清静顿了顿:"你教我的。"

来自不大熟悉之人的善意总让人压力山大,宁桃想了想,拿着碗,又拨了一半回去,一人一半,这样最好。

接下来再吃火锅,完全不用宁桃自己操心。身边的李寒宵几乎操办好了一切,他低着眼不声不响地往宁桃碗里放肉,足足放了小山那般高。

宁桃感谢加拒绝了几次,李寒宵依然我行我素,宁桃干脆也放飞了自我,恭敬不如从命,吃得满嘴油光,不亦乐乎,顺便礼尚往来地往李寒宵碗里各种夹菜,心道:下次定要好好回报李同学哪,嗝。

孟狄终于看不下了,要再这样吃下去,得让宁桃和李寒宵全吃完了!

"喝酒,"孟狄一招手,大呼道,"来喝酒!有菜无酒算什么!"

喝酒自然是要行酒令的。在这个世界待了那么长时间,宁桃发现,其实有些酒令和真心话大冒险并无什么差别。就比如现在吧。酒过三巡,翻开签文,宁桃醉醺醺地打了个酒嗝,字正腔圆,一字一句地对着签文念了出来。

"呃,与左邻共饮一杯交杯酒?"

她的左邻是——

宁桃心口一跳,忍不住抬眼看去。

谢溅雪莞尔以对:"是什么?我看看?"

是谢溅雪。

"这个这个,"宁桃捏着签文,浑身发热,硬着头皮道,"要不这个就算了吧。"

孟狄几人哪里肯放过她,大笑着拍着桌子催促:"喝喝喝!怕什么!"

这个世界男女大防本来便不甚严格,更何况之前孟狄与邵康几人抽到过更过分的。

孟狄朝谢溅雪挤眉弄眼道："桃桃抽中了要和道友你共饮一杯交杯酒呢。"

谢溅雪面上飞快掠过一抹诧异之色。

常清静却是僵住了，忍不住看向宁桃的反应。

谢溅雪迟疑地说："要不此局便作罢了，我替桃桃罚酒三杯就是了。"

邵康："这哪行，桃桃抽中的，哪有你罚酒的道理，再说你——"

他拼命挤眉弄眼。

谢溅雪对宁桃这诸多照拂，邵康他们除非瞎才看不出来。邵康耳语道："谢道友，你不是喜欢桃桃吗？你得把握机会啊。"

众人拍桌起哄，却唯独宁桃喝得头昏昏沉沉，硬生生没有领会到这意思。

常清静面色有些难看，伸手想拦，却被孟狄抱着胳膊挡了下来。

"李道友，"孟狄神情严肃地教训道，"这时候你就别添乱了。"

常清静顿了半秒，嗓音喑哑："我如何添乱了？"

孟狄轻轻捣了他一胳膊肘："谢道友喜欢桃桃你还看不出来吗？桃桃与谢溅雪两人之间就差一层窗户纸啦。宁拆十座庙，不毁一桩婚。"

"宁拆十座庙，不毁一桩婚"。

这一句如当头一棒，常清静道："谢溅雪喜欢宁桃？"

"喜欢啊。"

常清静道："那宁桃与他……"

"桃桃应该也是喜欢谢道友的吧。"

"你说宁桃喜欢他，"常清静敛眸，"可有证据？"

"我上回还看到桃桃脚扭了，谢道友去背她。"孟狄悄悄地说，"还有上上回，我看到谢道友偷偷亲桃桃额头呢。"

常清静不动声色地攥紧了酒杯，霎时间这宴席中的酒气与雾气好像化作了千万把薄刃，扎得人鲜血淋漓。

抬起眼环顾了一下四周，众人都在大笑起哄，都在撮合宁桃与谢溅雪，却无一人留意他这儿的动静。

这熟悉的格格不入之感，让常清静觉得孤独，他抿着唇，一颗心像是被丢进了火锅里，沸腾着，煮烂了。

宁桃深吸了一口气，端着酒杯醉醺醺地站起来："那就喝，谢道友请了！"

古代版真心话大冒险喝一杯交杯酒算什么，现代做俯卧撑这种都有。刚刚孟狄他们抽到更过分的签文都照做了，轮到自己的时候扭扭怩怩的只会败兴。

谢溅雪"噗"地笑了，也落落大方站起身，柔声道："好。"

两人手臂交缠，脑袋凑在一起，亲密无间地一同饮下了这交杯酒。谢溅雪的眼眸是浅褐色的，喝酒的时候，也温和地一眨不眨地注视着宁桃。

接下来又行了多少酒令，常清静已经没有了印象。

轮到他时，掣出的签文中却写道："抽中此签者，吐露一件秘密，若不从者，则罚酒三杯。"

秘密。

常清静一愣，在心里搜寻了半圈，除却和师尊的约定，竟没找到一件可以称为"秘密"的，他行事一向坦然敞亮，古板无趣到连"秘密"这种东西都没有。

常清静并不是情绪外露之人，想了很久，他鬼使神差地在众人注目之下站起身。

少年姿容清冷，一举一动仿佛都带着点儿冰雪寒意，一站起身，周遭的喧嚣也受其影响，不知不觉安静了下来。

"李寒宵"眉眼低垂，傍晚的斜阳为其秀美的面容镀上了一层柔和的金芒。

"我……曾经喜欢过一个姑娘。"常清静平静道。

这话一出口，满座皆惊。

宁桃差点儿被酒呛到。李同学竟然有喜欢的姑娘！

顿时，八卦之火在宁桃心中熊熊燃烧了起来，宁桃激动得眼睛发亮，直拍桌子。

八卦是人之天性，这个劲爆的消息一抛出，孟狄几人也差点儿喷了。

主要是李寒宵这不食人间烟火的模样，说他暗恋个姑娘实在让人……叹为观止。

"我与她，少年相识，相伴相护，彼此相携历经了许多风霜磨难，冒重险践畏途。"少年垂眸，"可我那时心高气傲，不识风月，辜负了她一番心意。"

"她，"李寒宵动了动唇，沉默良久，似乎在给这姑娘找一个合适的定义，然而最终，唇间也只吐出了两个字，"很好。"

"我配不上她。她交友甚广，既娴文史，又通究时政，去过许多地方，对各地风俗了如指掌。我自愧不如，心生惧意，怕失去。毕竟在她这一众好友之中，我算不得什么特殊之人，不过占据了与她相识更早这一优势。于是，便自作主张，不谈风月，只做肝胆相照的腹心之友。那时，我并不知晓她对我其实也是有意的。后来，又过了许久，等我开窍之时，或是移情，又或是因为天性风流多情，阴差阳错之下，与另一位女子纠缠不清，为那女子伤她甚深，她对我失望至极，已不愿再同我有任何瓜葛。"

还是三角恋？宁桃瞠目结舌地想。

看李寒宵这不食人间烟火的模样，宁桃腹诽，看不出来还挺渣的。

说着说着，"李寒宵"默然片刻，合上了眼，喉口滚了滚，嗓音清冷中隐约可见几分颤意。

"我，还是很喜欢她。只是与她终究陌路。"

他性子内敛，在众人面前，或者说在宁桃面前说出这番话，已是破天荒的举动。

他自欺欺人，用"李寒宵"这个身份面对她。可是身为常清静，他们之间已经没有了和解的余地。

常清静太骄傲，骄傲到甚至于在王家庵臆测她忌妒苏甜甜抢了她的风头这才想要比拼书法。

太自负，自负于自认为的周全计划，轻而易举地一次又一次舍弃了她。

太愚蠢，愚蠢到认不出那道背影。愚蠢到一次又一次残忍地伤透了她的心。他亲手杀死了一个少女对他绝望又卑微的爱意。

一言毕，李寒宵错开了视线，神态颇有些狼狈。外强中干地绷紧了下颌，仿佛这冷淡的容色便是他将自己包裹保护起来的盔甲。

宁桃等人面面相觑。

隔了一会儿，孟狄站起身，一巴掌拍到了常清静肩膀上。

"李道友，想……想不到啊。没想到你还有这段往事。你之前怎么说的？她已经不愿搭理你了？"

"怕什么。"孟狄语重心长地说，"去追求她啊。"

"李道友，"谢溅雪忽道，"你当初喜欢她的时候，可曾追求过她？"

常清静一愣。

看到常清静脸上这茫然的神情，孟狄心下已明白了七八分。

"你未曾追求过她，怎么就知道她不愿再理你了？"

宁桃也忍不住感叹，这姑娘之前喜欢过他，又是近水楼台，又是革命情谊的，李道友竟然还能把这一副好牌打烂成这样。

常清静冷淡的神情略微松动了些，垂眸道："我……身体病弱。曾有人预言我活不过多久，再追求她不过给她平添困扰与伤心。"

邵康忍不住插嘴："那你说这话什么意思？你心里定还是有其他想法。"

常清静动了动唇:"我希望与她能回到过去,像从前那样做朋友。"

"呃,"孟狄挠挠头,"这样也行?"从朋友做起倒也行。

孟狄:"那我问你,你可知道她喜欢吃什么,穿什么,喜欢什么颜色,讨厌什么?"

"是啊。"宁桃兴致勃勃地插话,眼神亮晶晶地出谋划策,"既然她讨厌你了,你就重新改变她对你的印象嘛。"

"你不要自怨自艾。"宁桃伸着筷子,醉醺醺地敲打着杯子,从筷尖流泻出一串叮叮咚咚的清音。

"我们家乡那边有句话是,好的感情是会让自己成长为更好的人。"

宁桃不大适合灌鸡汤,红着脸挥舞着筷子小声地说:"你若盛开,呃,蝴蝶自来?大概就是这么个道理。李道友,你不妨试试看,试试看,为了这姑娘变成更好的人,去追上她。我相信,这姑娘也会很欣慰的。"

李寒宵怔住了。

少年就这样聚精会神地看着她,浅色的双眸中好像翻涌着些说不清道不明的感情。

看得宁桃一愣,有些丈二和尚摸不着头脑。

李寒宵,他这样看着她干吗?!宁桃悚然地想,她又不是那个姑娘!

熟读了各种互联网文学作品的宁桃,脑洞大开,思绪一个飘忽,总不是在这儿把她当成替身了吧。

打住!

好在李寒宵在此时也终于错开了视线,少年袖中的手掌攥紧了些,像是在克制又像是在忍耐,最终,如盔甲般包裹周身的寒意骤然散去。

常清静垂眸,眼里涌动着自己也未能察觉出的温柔,嘴角半抿出一个细细的、小小的弧度,恍若雪莲怒放,白昙夜香。

"好。"

孟狄又扯着常清静坐了下去,披着李寒宵壳子的常清静明显不大适应这亲密的接触,身子默默一歪,又被孟狄扳正了:"来来来,继续喝酒。"

此时,席间众人看着李寒宵的目光已非当初的"商业",反倒多了几分同情和怜爱之意。

接下来众人再灌宁桃酒,看出来少女已经喝高了,脸色绯红。常清静深吸了一口气,伸出手臂去挡。

"我来喝,你不能再喝了。"

宁桃:"啊?"

孟狄小心翼翼:"李道友?"

少年深吸了一口气,端起酒杯一饮而尽。

一杯、两杯、三杯……凡是灌向宁桃的酒,统统被常清静半道儿截和,一饮而尽。

蜀山苦寒,虽说允许弟子饮酒暖身,但常清静算不上多擅长饮酒。只在宁桃沉睡的那段时日,他流浪四方,才学会了借酒消愁,靠喝得烂醉如泥来麻痹自己,放逐自己,不做他想。

他酒量浅,这一通喝下去,呛得面色通红。

看着这清冷端方的少年眼泪直冒,固执又狼狈的模样,孟狄几个也不敢吱声,只当他是说了往事伤心,借酒消愁呢。

这场酒席一直维持到深夜才堪堪散局。

谢溅雪起身整衣,温声道:"桃桃,我来送你。"

常清静艰难地扶着桌子,晕乎乎地站起身:"我来。"

宁桃打了个酒嗝,抄起话都说不利索的常清静,看向谢溅雪:"没事,我和李道友一起回去。"

宁桃她不傻,当然能看出席间众人的撮合。但她并不喜欢谢溅雪,也没觉得谢溅雪有多喜欢她。既然这样,最好还是在该避嫌的时候多多避嫌。李寒宵这模样,放他一个人回去,她也不放心。

桃桃和李寒宵互相搀扶着走出了酒楼,两个醉鬼没走几步,脚下齐齐一个趔趄,骨碌碌滚作了一团。

这一摔,将宁桃酒意摔清醒了大半。察觉到摔下去的一刹那间,一具温软的人体垫子垫着她,宁桃僵硬了半秒,目光缓缓下移。

李寒宵快被她压吐血了。

常清静:呃,好重。

少女看着娇小,但分量却是实打实的。

"没事吧!"宁桃一跃而起,尴尬又羞愧地伸手去扶李寒宵。

"没事。"少年闷声道。

宁桃凑近看:"李道友,你流血了。"

摔下去的时候,被地上的小石子划了一道,少年苍白的颊侧立时见了红。

宁桃忧心忡忡地掏出一方帕子,摁在了李寒宵脸上:"你先捂着。"

少女柔软的指腹隔着帕子紧贴在颊侧,像是温柔的抚摩。对上宁桃担忧的目光,常清静面色更加苍白,这回却是紧张极了。紧张得心跳如擂鼓,"咚咚咚"响个不停。连开口说一句"没事"都好像成了一件要耗尽所有力气的难事。

两个人互相搭了把手,摇摇晃晃地站起来。常清静身形又猛然停滞住了,紧跟着面色大变,扶着墙吐了出来,一股酸臭味被夜风一吹,迎面扑来。

宁桃:原来男神脸的李道友也是会呕吐的,而且吐出来的东西着实有点儿恶心。

常清静吐了个昏天黑地,身形僵硬如同棒槌。

好恶心。

闻到那股迎风吹来的酸臭味,常清静如遭雷击,四肢僵硬近乎不可屈伸。一方面想要维护自己的形象,另一方面生理状况容不得人控制。帮宁桃挡了太多酒,胃里翻江倒海,一波接着一波,无论如何都刹不住,常清静彻底自暴自弃:吐吧吐吧。

目睹"李同学"这整个人都不好了的表情,宁桃又是一愣。这看上去吐出来的不是酒和火锅,怎么像是把魂都吐出来了?她这回已经没有帕子了,只能把捂伤口的帕子又拿下来,递到了常清静面前:"擦擦嘴,凑合凑合?"

揩去嘴角的秽物,常清静攥着帕子,顺着墙根弯下了腰。胃里难受得像是有一把重锤抡了过去,少年身形佝偻得像只虾子,乌发散落在颊侧,挡住了波光潋滟的眼睛。很奇怪,明明遇到秦小荷之时,五指尽碎之痛他尚能忍受。如今宁桃一站在他面前,连这昔日不放在眼里的胃痛,却好像成了打仗一般的大阵仗。

许久之后,常清静垂眸忽道:"桃桃,多谢你。"

"你谢我什么?"宁桃茫然地问,"你是说刚刚的事?"

宁桃:"举手之劳,举手之劳。"

谢她什么?

少年眼眶微红。

谢她愿意给他一个机会。

谢她的温柔与包容。

谢她,曾喜欢上彼时那个一无是处的他。

第 11 章

翌日。

肚子好疼。

宁桃倒吸了一口冷气，趴在桌子上疼得汗流浃背。

早知道就不作死喝那么多酒，吃那么多辣椒了，现在生理期疼得她恨不得当场昏厥。这感觉就像是一把大刀搠开了肚子，搅得五脏六腑稀巴烂。明明她之前倒也不这么疼的，难道是这么多年上山下海作死作的？

"桃桃，我回来了。"一个清冷的嗓音浮动在脑袋上。

宁桃有气无力地抬起头打了个招呼："李同学，早啊。"

少年沐浴在晨光中，手上提着两个油纸包，俊秀的面容于晨光中有些看不分明。

由于生理期疼得快要爬不起来，宁桃只能恳切地请求李寒宵帮忙带份早饭回来。

李寒宵将手中的油纸包递给她："给。"

"啊，多谢。"宁桃打起精神看了一眼自己的早饭，不由得为之一振，是肉馅的大包子。

白鹭洲书院的包子皮薄馅多，肉馅不腻，咬一口满嘴流香。

"可好些了？"少年在她身旁坐下。

"好多了好多了。"一口滚烫的肉包子入肚，安抚了宁桃饥饿的胃的同时也稍稍缓解了小腹的疼痛。

"这个给你。"李寒宵突然转身，从怀中摸出个水囊。

"这是——"宁桃拔开塞子喝了一口，惊讶道，"红糖水？！"

宁桃愣住了。

红糖水，专治姨妈疼的。问题是李寒宵怎么知道她来姨妈了？这事儿她又没和他说！

常清静略显不自在地舔了舔干涩的唇角，别开了目光，耳郭微红。

常清静知道宁桃的生理期，但是李寒宵不知道。

"我……方才在食堂看见有卖这个的，不少姑娘买。"常清静低声说出了一早就准备好的说辞，"我想或许味道不错，便也买了两份。"

宁桃：呃，那是人家姑娘生理期吧！

于是，在宁桃的目光中，面前这清冷出尘的少年又不知从哪儿变出个水囊，当着她的面，将这姨妈期特供的红糖水一饮而尽。

"喝吧。"常清静故作平静道，"很甜。"

美少年当着自己的面一本正经地喝姨妈期特供红糖水。

宁桃嘴角一抽，顿时觉得身下愈加波涛汹涌了起来。但李同学也是好心，误打误撞正好成全了她。

宁桃不再多想，诚恳地道了谢，捧着水囊一饮而尽，一股暖流顺着胃里直达小腹，暖洋洋的很是舒服。

"李同学。"宁桃戳了戳李寒宵的手臂。

这个时候再看李寒宵，怎么看怎么亲切动人。

"嗯？"

宁桃小声地说："谢谢你。"

常清静嗓音微滞，耳郭烂漫地红："举手之劳，不必言谢。"他会学着成长为一个优秀的人，在他有生之年对她好，尽量收拢一切妒意，尊重她的一切，

常清静目光直视讲台，用力按下了心头的悸动。

虽然李同学温柔又体贴，但毕竟是个异性。作为女孩子，宁桃还是更喜欢和女孩子一块儿玩。课间时分，便和班里几个交好的女同学手牵手去上厕所。

没想到李寒宵蓦然出声："桃桃，你去哪儿？我能否与你同去？"

宁桃：啊？！

其他女同学：啊？！

其中一个姑娘眉开眼笑道："李同学，我们去茅厕呢，你也要一起来？"

还未说完，顿时笑倒一片。

常清静眉梢一动，这几十年来磨炼出的道心，隐隐有崩塌之势。

眼神落在憋笑憋得快岔气的宁桃身上，又如被火燎着了一般，匆匆避开，脸上也不动声色地飞速蹿红。

看着少年这难得窘迫的模样，几个小姑娘又笑作一团。

宁桃几乎快笑疯了，忙收敛了笑意，咳嗽了几声："李同学，喀喀，我们上完茅厕再来带你一起玩啊，哈哈哈哈哈哈。"

等上完厕所回来之后，几个姑娘还没忘打趣道："李同学，来，一道儿玩啊。"

没想到少年竟然真的站起身，走到了她们之中。

这都是些姑娘，李寒宵虽然身体孱弱，但个头儿却很高。

经过刚刚那么一番动静，常清静又成长了，面色不变，眼睛眨都没眨一下，坦然道："好。"

这回轮到几个小姑娘震惊了。

李寒宵今天是吃错药了不成？这还是那个吝于言辞，高高在上的李道友吗？

自打李寒宵来到白鹭洲书院之后，他这松风水月般清冷俊秀的容貌，吸引

了不少姑娘的注意，私下里更有不少姑娘暗暗为之倾心。但这位李道友，性格也正如他这名字一样，如霜雪般淡漠出尘，不可接近。除了对自己身边的同窗宁桃态度要稍霁两分，对其他人态度却都是疏淡有礼。

但今天这又是要和她们上厕所，又是要和她们一道儿玩的？

小姑娘们彼此递了个眼色，存了点儿好奇的心思，继续说起方才在茅厕里热切交流的话本剧情。

"你说到哪儿了？"

"对对对，就是薛二娘与李三郎互许情谊之后，李三郎回到家中向父母说明情况，但李三郎他们家嘛！簪缨世族，钟鸣鼎食的大家，大名鼎鼎的李氏。李家家主当然不愿意……更何况李三郎已有婚约在身……"

"可是《风月谱》？"一旁的李寒宵冷静地开口插话。

宁桃震惊："李道友你怎么知道的？"

常清静低下头，脸上微赧："我也看了。"

常清静自然不愿承认自己是偷看了小姑娘桌洞中的书，只为了和宁桃有些共同语言。只是，他从来不知道宁桃竟然喜欢看这些。

之前在蜀山他不过囫囵吞枣看了一点儿，从未像现在这般静下心一本一本去看，一本一本去研究。

这《风月谱》讲的是庶人女子薛二娘与高门士族李三郎之间的故事。李三郎被人暗害，正巧碰上了薛二娘，便不顾薛姑娘的意愿强行与之欢好……

总而言之就是一本十分香艳的话本，讲述的内容也十分简单粗暴。只是这两位主角，一位姓薛，一位姓李。

看的时候，常清静只觉着白纸黑字触目惊心，合上眼，这字里行间竟然都成了薛芝桃与李寒宵。

几个小姑娘兴趣大盛："李道友除了《风月谱》还看过什么？"

没想到李寒宵竟然一口气报出了好几个名字，甚至他对这些话本内容的了解程度还远超了宁桃等人。

"等等，李道友你说的《风月谱》中的这段剧情我怎么没印象？"宁桃狐疑地凑近了。

常清静身形微滞，看着少女皱紧了眉凑近了，顿觉口干舌燥，心里像是揣了只活蹦乱跳的兔子，不敢多加对视，只好合上眼，尽量稳住了嗓音："确有这段。"

没想到这一闭眼，又是薛二娘和李三郎打架，不，是薛芝桃和李寒宵打架的画面。

宁桃左思右想还是觉得不对劲。

她确定《风月谱》里的确没有李道友刚刚说的那段，等等，该不会是——

宁桃福至心灵，又往前一步。

常清静浑身一个激灵，鸡皮疙瘩都层层冒了出来，不住蹙眉，不明白宁桃为何在这个时候走近。他眉心紧锁，心跳如擂鼓，咚咚咚作响，脑子里妖精打架打得更欢乐。

"桃桃……你……我……"一滴汗水自额前滑落，常清静俊脸飞红，眼神游移，嗫嚅道。

"李道友，"宁桃上前拍了拍常清静的肩膀，沉痛地叹了口气，"你买错书了，这是盗文。"

常清静：什么？！

和现代一样，古代书商与原作者也常常饱受盗版侵权之苦恼。如果宁桃没记错的话，《风月谱》是作者董大交由清江堂刻印的，像李寒宵刚刚报出的那段，清江堂未曾刻录。分明是其他书坊盗用翻刻又画蛇添足加上去的番外。

宁桃："你看到的《风月谱》是谁写的？"

常清静："董太？"

宁桃憨笑："这是盗文啊！盗文！盗文可耻！李道友你买到假的了！"

不知道是不是分不清董大和董太这事儿打击到了李寒宵，等到下午上课时分，李寒宵全身上下好像都笼着一层低气压，一副自暴自弃，阴郁厌世的表情。无论宁桃如何好言安慰也无济于事。

傍晚下了课，宁桃收拾书包刚走出原道堂，便听到身后传来了些小声的讨论。

"薛芝桃最近和李寒宵走得也太近了吧？"

"她不是与凤陵仙家那个谢溅雪一起的吗？"

"我听说她还和那个常清静有些不清不楚的干系。而且，什么薛芝桃啊，我听说她明明叫宁桃！"

"这里不是书院吗？她这未免也太过不知检点了，竟然在原道堂里就和李寒宵拉拉扯扯的。"

"桃桃？"同伴不解地看着骤然停下了脚步的宁桃。

"哦，我没事。"宁桃用力甩甩脑袋，加快脚步追了上去。

听到这些议论，宁桃倒没有多生气，只是没想到自己有朝一日也能成为学校里大家议论的那种不检点的姑娘。

学校里或多或少都有这种女孩子，她们大多比同龄人更早熟，因为会打扮会化妆在同龄人中脱颖而出，她们与男生走得更近，便有不少风言风语。

这事儿宁桃根本没放在心上，不过她没想到的是，过了几天这些传言非但没有刹住，反倒愈演愈烈，演变出了好几个版本。

比如说，她踩低捧高，嫌弃常清静名声一落千丈，甩了常清静，勾搭上谢溅雪。现在却又不满足于谢溅雪，还与李寒宵牵扯不清，要让李寒宵成为她的裙下之臣。

这些传言，宁桃听过也就忘了，全然没有放在心上。这么多年过去了，她也已经不再是王家庵那个在意别人目光的姑娘。别人的目光与自己有什么关系？你的自我价值从来就不是建立在别人的认同之上。别人的目光不会化作利箭，不会化作毒液，它伤害不到你的肉体分毫，如果说造成了影响，归根结底不过是自己没有放过自己，自己在伤害自己罢了。

宁桃不在意，常清静却做不到不在意，这些传言，落在他身上，他不觉有什么，但落在宁桃身上，他觉得如鲠在喉。

随着传言愈演愈烈，等到傍晚放学之时，少年站起身，眉眼冷肃，悄悄地跟上了几个还在叽叽咕咕的姑娘。如果他没记错，传言正是从她们口中传出的。

"啊？真的？"有人睁大了眼，诧异地问道，"薛芝桃她真的曾经夜半去勾引李道友？"

"不可能吧？她看上去不像是能做出这种事的啊？"

"谁说不可能了。"另一个姑娘煞有介事地嗤笑一声，"别人可都看见了。李道友喝得醉醺醺的，她乘机就扑了上去。"

众人皱紧了眉。

"真是……"

"啧啧……真没想到，真是知人知面不知心。"

"还有上次啊上次……"

她们纷纷表达了一番对这种行为的轻蔑和唾弃，又将自己与宁桃之流的姑娘划分开来。

等这几个姑娘走到四下无人之处时，常清静略一思索，身形节节拔高，转眼间，就已化作了个鹤发童颜的青年男人，手上胭脂色的细剑熠熠生辉。

往前一步，常清静蹙眉挡住了她们的去路："道友留步。"

几个小姑娘一愣，茫然地睁大了眼。

青年男人眼眸是极淡的琉璃色，猫眼上挑，俊美冷峻，浑身上下不染纤尘，如青竹覆雪，澡雪精神，更兼有种和光同尘之淡然，就是面色苍白，似是抱病在身的模样。

目光落在男人的眉眼时，几个小姑娘你看看我，我看看你，俏脸飞红。

这人是谁？怎么从前在书院没看到过？他长得这么好看却没有听说名姓，不应该呀。

有胆子大的姑娘往前迈出一步，紧张地问："道友有什么事吗？"

常清静答："薛芝桃。"

几个小姑娘浑身一个激灵。

常清静垂眸问："书院里有关她的谣言，可是几位道友传出的？"

几个小姑娘脸上的羞怯之意顿时烟消云散，心里头旖旎的心思一扫而空，警惕道："你……你是谁？拦我们干吗？"

"你有病吧？"有个高个儿的姑娘恼怒地瞪了常清静一眼，"薛芝桃和我们有什么关——"

"等等！二娘！"另一个姑娘失声尖叫，截住了高个儿姑娘的话头，"这……这人好像……好像是常……"

常？

众人眼珠转了一转，目光不可置信地从常清静身上扫过。

常——清——静。

那位叛逃蜀山，亲手杀了张掌教的仙华归璘真君。

恐吓小姑娘这事儿让常清静觉得有些不自在，却还是尽量端住了，下颌绷得紧紧的，猫眼淡淡一扫。在尸山血海里摸爬滚打了这么多年，目光像是在冰雪中浸透了，便是不含杀意，看人也让人两股战战，胆丧魂飞。其实不用常清静他做些什么，只是沉默，周身这股强大的气息，便足以使百里之内的群妖望风而逃，不敢靠近。

面前的小姑娘们哪里见过这阵仗，个个往后倒退了半步，腿软了。

"你……你是仙华归璘真君？！"

"你……你怎么在这儿？！"

看着面前几个姑娘吓得面色苍白，冷汗如雨的模样，常清静微微皱眉。

这一皱眉传递出的信号，引起了误解。

她们年纪不大，也没敢做过什么伤天害理之事，只是忌妒作祟，嘴碎了点儿。此刻眼见修真界大名鼎鼎的仙华归璘真君亲至，又是为了宁桃，想到这位真君杀人如麻的传言，几个姑娘终于绷不住"哇"的一声哭了出来，颤颤巍巍地抱在了一起。

"啊啊啊!"

"真君、真君饶命,我们不敢了,再也不敢了呜呜呜。"

常清静很无奈,他根本没有想到会把小姑娘吓哭。

默然片刻,常清静蹙眉道:"众口铄金,三人成虎。宁桃是我之好友,你们乱传谣言,实非君子所为。你们若是向她道歉,向书院澄清事实真相,我便不同你们计较。"

对方号啕:"真君饶命,我们一定照做,一定照做……"

常清静又说了几句,这才放她们离开,几个姑娘立刻抱头鼠窜,屁滚尿流地跑开了。

仙华归璘真君对她们而言就像是传说中的人物,而宁桃却是实打实的身边的同学。听说是真君在乎宁桃,她们其实根本也没多相信这事儿,谁能想到这竟是真的!

第二天,宁桃刚到教室,便看到班上几个姑娘,拉拉扯扯,面色惨白地一齐走到了她桌前。

"薛……薛道友。"

宁桃茫然。

班里这几个姑娘跟她根本没什么接触,今天主动找上来怎么回事?而且怎么还一个个眼眶通红,瑟瑟发抖的?

"书院中有关道友的传言,是……是……"这几个姑娘咬紧了牙,羞得面色通红,几欲滴血,"是我们传出去的。"

"是我们忌妒薛道友人缘好,与谢道友、李道友交好,这才、这才……瞎传了这些谣言。"

"希望道友大人不记小人过,原谅我们吧!"

宁桃茫然了,她是不是错过了什么重要的东西?

宁桃下意识地扭头看了一眼身边的李寒宵。

少年面无表情地朝她微微颔首,别过了视线,摸出水囊喝了一口。

"喀喀喀……"呛得惊天动地,面色飞红。

没想到这事还没完,这几个女同学根本不是单纯向她道歉这么简单。她们不但向她道了歉,甚至还在书院的告示栏上贴了道歉信,言辞恳切,就是字迹有些歪歪扭扭,好像写的时候手抖得厉害。

这事儿在白鹭洲书院还引起了不小的风波。白鹭洲书院的学子自然厌恶这种造谣的人，好几天，这些人在书院都未曾抬起头来。

"桃桃，你知道吗？上次传你谣言的那几个，"孟狄拍桌大笑，"被宋先生劝退啦。"

宁桃：什么？

她皱了皱眉："是因为我？"

"倒也不全是为了你。"孟狄道，"宋先生嘛，性子坦荡，眼里揉不得沙子，最厌恶这些玩弄把戏、恶意造谣生事的，说是白鹭洲书院不欢迎这样的学生，杀鸡儆猴，以儆效尤。"

君不见当初苏甜甜拿着介绍信拜见宋先生，都落了个没脸。

孟狄感叹道："也不知道这几个是中了什么邪，竟然跑去道歉，向全书院承认这事儿是她们做的。良心发现？倒也不至于。不过她们都是女子，又是被宋先生赶回去的，回去之后，只怕艰难。谣言能杀人，也该她们尝尝这个中滋味。"

这场风波来得快，去得也快，还没等宁桃回过神来，一切就已经尘埃落定。

几日后，宁桃坐在石凳上，昏昏欲睡地看着李寒宵练剑。

困得眼睛都快睁不开了，她还在努力帮李寒宵数数。

"一千零一……一千零二……"

自从上回她和李同学剑术课上搭了一次伙之后，她和李寒宵便成了固定搭档。少年练剑时一丝不苟，每一个动作几乎都做到了极致。而在帮着数数的宁桃看来，枯燥到了极致。

好困，不行，撑不住了。

"一千零五十……一千零五十一……一千零……"

到最后嘴里叽里咕噜地已经不知道在说些什么，宁桃脑袋一点，彻底坠入了梦乡。

常清静收了剑，不经意间就看到了歪着脑袋睡倒在了石凳上的少女。

少女脸颊被太阳晒得通红，歪在石凳上，长长的睫毛覆盖着眼睑。

时光飞速穿梭，好像回到了王家庵的午后，她搬着个摇椅，蜷缩在椅子上晒着太阳睡午觉，大黄趴在小姑娘脚下。他顶着满头大汗，脸色被太阳晒得也没好到哪儿去，红得像个猴屁股。刚替人做法事归来，便看到了这静谧的一幕，看到了自己的好朋友睡得香甜。他不敢惊动她，屏住呼吸走上前，帮她盖上了衣服，朝大黄默默使了个眼色。

第12章

宁桃睡得毫无防备。

常清静垂下眼。

他已经不再是当初那个青涩的，守在朋友身边便能感到满足的小道士。

这一刻感情如同山洪一般奔腾而出，正因为心知自己的命运、自己的结局，他不敢在她醒着的时候有任何逾矩的举动。

将死之人，想要靠近却又不敢靠近，不敢存有任何奢望。

宁桃好像做了个梦，梦里有一只蝴蝶落在了自己唇瓣上。

蝴蝶微微振翅，柔软的蝶翅轻点她的嘴唇，很轻柔，也很快，像是怕惊动了什么，飞快地飞走了。又像是夏日的傍晚，天际的夕阳慢慢地沉下去了，只留下绚烂的火烧云，在这晚霞中，有蜻蜓点水，匆匆掠过湖面。

然而没等宁桃反应过来，天际突然风云变化，大雨将至。

蜻蜓和蝴蝶都消失了。

她感觉唇瓣上有点儿疼，好像有个模糊的人影在亲她。

亲亲亲她？！

宁桃一个激灵，慵懒的困意立刻消失了个无影无踪，差点儿跳起来！

然而，眼皮上却盖上了一只手。

冰凉。

另一只手绕到她背后，反手扼住了她手腕。

来人将她压在石凳上，含住了她的唇瓣肆意轻吻。

呼吸间，好像有夹着细雪的微风拂面而来，又好像带着点儿……降真香的气息。

宁桃急得胡乱抬脚去踹，但对方却硬生生地承受下了这些攻击，身子微微一颤，一动不动，继续去亲她。

手腕被箍得紧紧的，凉意好像渗透了肌肤。

十几岁的小姑娘哪里接触过这种亲吻，很快双腿就开始发软，在这攻势下软化成了一摊水，差点儿哭出来。

不行，好奇怪。

不知过了多久，来人这才放开了她。

宁桃猛然睁开眼！入目，却是明晃晃的日光自树荫直射了下来，眼前却空无一人。

宁桃愣了半秒，人……人呢？

下意识地又摸上了自己的嘴唇，嘴唇上好像还残留着唇齿交缠时的气息。

是梦吗？

宁桃呼吸急促，惊疑不定地左右看了一眼。

远处的白玉广场上只有几个白衣儒生在练剑，确实没有其他人。

宁桃惊愕地想，她难道真的做了个春梦？

还没等她想明白，不远处突然又响起了个微凉的嗓音。

就像是飞琼碎玉般寒意透人。

"桃桃。"

宁桃一个哆嗦，做贼心虚般地赶紧放下了手，尴尬地看着不远处的李寒宵。

"呃……李……李同学？"

李寒宵站在不远处的树荫下。

他好像刚练完剑，呼吸急促，喘得厉害，脸色也比平常红上不少，乌发散乱地粘在白皙的脸颊上，衣衫凌乱，看起来有些狼狈。

做春梦刚醒来就被李寒宵撞到，宁桃闹了个大红脸，尴尬得几欲撞墙。

"呃！呃……李同学你练完剑了？"

话音未落，就看到少年突然合上了眼，狼狈地扭过头，像是努力在平复自己的心绪一般。

"嗯……嗯。"

宁桃这个时候心脏狂跳，也察觉不到李寒宵的异样。

石凳被太阳晒得发烫，坐在石凳上简直就像是坐在烙铁上一样。

一想到刚刚那个旖旎的春梦，宁桃咬了咬下唇，涨红了脸，觉得再也坐不下去了。

"李同学，我……我想到了还有事情要做！我先走了！"

说完，迅速脚底抹油地溜走了。而李寒宵竟然也没有拦她。

常清静闭上眼，修如梅骨般的手攥紧了手中的木剑，越是想静心，呼吸就越发急促，本来只是想浅尝辄止，却没想到竟然一发不可收拾。

宁桃心跳如擂鼓，一路跑出去老远的距离，这才停下来，默默抱住头。

她想不明白啊！她为什么会做春梦啊！而且这个春梦，还这么……这么……逼真。

一想到刚刚那场梦，宁桃蹲下身，心脏还在剧烈地跳动着。

老实说，作为一个喜欢看言情小说的网瘾少女，之前搜索词条一般都是什么"男主占有欲强的言情小说""男主爱吃醋的言情小说""男主黑化的言情小说"……

一想到刚刚在梦里被摁在了石凳上，眼睛被盖住，宁桃羞耻得无地自容。是她这种小说看太多了吗！

摇摇头，努力将这些乱七八糟的想法甩出脑子，宁桃站起身往外走。撇开这春梦的事暂且不提，她今日和竹马兄谢溅雪约了在书院大门前见面。

谢溅雪在白鹭洲书院待了没多久，便又要折返凤陵去了，宁桃是去给他饯行的。

宁桃缓缓地往大门的方向走，谢溅雪远远便看到了她。

宁桃今天穿得很简单，素色的上袄和下裙，裙摆绣着些杏花纹，这几天晒得有点儿黑了。

少女嗒嗒嗒地朝他跑来，谢溅雪看到她，眉眼一弯，有意无意地问道："桃桃，李道友没和你一起吗？"

桃桃茫然："没啊。"

谢溅雪叹了口气，笑道："你们两人总结伴而行，今天没看到李道友我还有些惊讶。"

桃桃含糊地应了一声，也不知道回答什么，倒是谢溅雪主动提起去见见孟狄、李寒宵等人。

宁桃拧起了眉头，不知道是不是错觉，她总觉得谢溅雪好像对李寒宵很感兴趣。不过谢溅雪感兴趣，宁桃只好重新打起精神，硬着头皮，带着谢溅雪回到了白玉广场前。

李寒宵竟然还没走，怔怔地站在树荫下，周身冷峻的气息消弭于无形，竟然略显呆萌。

"李道友，"宁桃紧张地走近了，"谢道友来了。"

却没想到李寒宵仿佛被火烫到了一般，猛然惊醒，扭头看了她一眼，脸色红了大半，呼吸急促。

"桃桃，你、你怎么来了？"

宁桃：搞得好像做春梦的是他一样。

"我、我带谢道友来的啊。"宁桃不自在地捋了捋耳际的发丝，仿佛也被传染了结巴，脸上也开始热了起来。

常清静一愣，目光越过宁桃落在了谢溅雪身上，周身那些旖旎的不安的小心思立时烟消云散，浑身上下如坠冰窟，被一盆冷水从头至脚浇了个彻底。

动了动没什么血色的唇："谢道友。"

谢溅雪恍若未觉少年骤然变了脸色，上前轻声笑道："李道友，许久不见。"

常清静敛眸不语，这一路上一直维持着这么个默然的状态跟着他们。

找到了李寒宵，本来是打算去找邵康与孟狄的，却没想到在半路上就遇到了孟狄。

孟狄同几个儒生一道儿，面色凝重，急匆匆地往书院正门的方向赶。

宁桃差点儿以为自己看错了："孟狄？"

孟狄扭过头，也是一脸惊讶："桃子？谢道友？"

"你这是去干吗？"宁桃察觉出孟狄神情不对，皱眉问，"孟大哥怎么这么紧张？是出什么事了？"

孟狄眉眼沉肃，叹了口气："书院里有个新来的学生不见了。"

谢溅雪一愣："不见了？是怎么个不见了？"

不见的学生名叫黄星阑，是前段时间刚拜入书院的学生。

听说前不久有人来书院通知，说是黄星阑的母亲在家摔了一跤，起不来了，叫他回去看看。

而黄星阑这一走，竟然就走了十天半个月。

书院学生离去前都要向书院的司事请假，黄星阑外出的时限已经远远超出了当时请假的时限，百善孝为先，本来拖延个两三天，负责这事儿的司事也不在意。

后来黄星阑的两位好友见黄星阑迟迟未归，再这样下去就是违反学院的学规，他俩急了眼，试着联系黄星阑未果，这才专门去黄星阑家里走了一趟，却没想到，黄星阑那位孤寡的老母正坐在家里好端端地做着针黹活儿，问到摔跤的事，更是茫然。又问到黄星阑，说是这十天半个月都没回家，两人这才意识到不妙，赶紧上报。

而孟狄作为白鹭洲书院的管事学子，得了消息这才急急忙忙地外出寻找。

"黄星阑。"

提到这个名字，常清静微微一怔，秀眉微微蹙起。

宁桃敏锐地察觉出来了点儿不对劲，错愕地抬起眼问："李同学你认识这位黄星阑？"

毕竟少年一向沉默寡言，从不主动开口。

常清静:"曾有一面之缘。"

他们几人出了书院,一边走一边说,转而又进了一家酒楼内坐下来详谈。

从这酒楼往外看,不远处就是洞庭城有名的销金窟——西洲馆。

孟狄扶着脑袋苦笑:"现在这情况就是,有人说曾经在几天前,在西洲馆内看到过那位黄道友。"

宁桃绞尽脑汁地想:"难道是说,黄道友根本没回家,这几天一直待在西洲馆里?就像电视剧话本演的那样,呃,喜欢上了个西洲馆的姑娘?"

谢溅雪煞有介事地歪着脑袋想了想:"唔,这也并非没有可能。"

"现在的情况就是——毫无头绪。"孟狄苦笑。

扭头看了一眼不远处的西洲馆,孟狄涨红了脸悄悄地说:"所以,我打算去西洲馆里看看情况。"

宁桃心里一跳,眼睛一转,主动提议:"我和你们一起!"

话一出口,宁桃就察觉到李寒宵和谢溅雪好像多看了她一眼。

宁桃也有些红了脸,放下了手,小声地说:"孟大哥,你也知道我修为如何,我跟着你们去也算个战力嘛,万一有个好歹,我也能帮上忙啊。"

孟狄有点儿动摇,怀疑黄星阑的失踪和怪力乱神有关,宁桃的修为他是见识过的,他们几个加起来估计都没这姑娘修为高深。

谢溅雪不大赞同地看着宁桃:"桃子,那地方腌臜,而且你是姑娘——"

宁桃将头摇得像拨浪鼓:"没事儿!我戴帷帽就行了!再说,之前除妖的时候这些事儿我见得多了。"

宁桃和谢溅雪的交谈声在常清静耳畔响起,两人挨得很近。

宁桃双手合十,眨眨眼努力哀求道:"孟大哥,谢道友,求求你们了,带我一个吧。"

这样的生活太无趣了,她、她也想给生活来点儿不一样的嘛。

少女诚恳得几乎都快把头搁在桌子上磕得砰砰响了,却唯独没有留意到李寒宵对这件事的态度。越发显得少年形单影只,格格不入。

常清静微微移开视线,去看窗外的杏花。如洗的蓝天下,一枝杏花斜斜地探入了朱红色的栏杆前。最终孟狄和谢溅雪还是先后屈服了。

宁桃他们一直待到入夜,这才离开了酒楼,前往西洲馆。

几人毕竟也是第一次来到这声色犬马之地,站在西洲馆的大门前都有些紧张,就连常清静也有些轻微的不自在。

和宁桃在电视里看到过的那些青楼都不大一样,西洲馆远远看去,还是比较正经的，甚至有些清简朴素。洞庭城文人墨客较多，哪怕是秦楼楚馆也为了贴合这些文人骚客的口味，装模作样地打扮了一番，青瓦白墙，显得风雅脱俗。

远远看上去，就像是妖冶的荡妇故作知书达理的贞洁烈女，未将妇德女戒放在眼里，偏又装出矜持高高在上的模样。每一个角落，无不彰显着心思。

走进去只看到假山水榭，亭台楼阁，此时刚刚入夜，西洲馆内挂上了琉璃灯，昏黄的灯光下，隐隐传来了些琴瑟之声。廊下花木扶疏，种着些芭蕉、湘妃竹与精心修建过的松树。

"你说黄星阑？"

面前的女人像是刚刚睡醒，云鬟散乱，衣冠不整，星眸潋滟，懒散地趴在桌子上，拨弄着面前的古琴。

《左传》有云："君子之近琴瑟，以仪节也，非以慆心也。"琴素来是君子之器，这价值千金的古琴就在女人的手下响着。

这女人正是老鸨口中所说的"接待过黄星阑"的妓女——玉娘，也就是之前在白玉广场前来搅场子的那位。

看到玉娘的那一瞬间，孟狄和宁桃惊愕地张大了嘴。

"你你你你！"

"是你！"

女人"噗"地笑起来，玉指又闲闲地拨动了两下琴弦，看上去全然没有了之前的狼狈，眼波流转间，目光从这几个青年儒生面前一一扫过，又在常清静和谢溅雪身上多停留了半晌。

"这么惊讶做什么？要我说，该惊讶的是我，小姑娘你怎么跑到这儿来了？"玉娘柔媚地笑道，朱唇微启，吐出的话语却仿佛淬了毒一般，句句带刺，直逼宁桃。

"之前在广场上的时候不是挺义正词严的吗？"女人三两步走上前，轻佻地挑起了宁桃的下巴，嘴角勾出个嘲讽的笑，"怎么现在就愿意屈居身份跑到这腌臜的地方来了？"

察觉到下巴被高高抬起，一眼对上女人这慵懒妖媚的眉眼，宁桃十分不争气，脸红了。

玉娘有点儿惊讶地看着她，这倒是出乎她的意料了，本以为这种圣贤书里浸淫着的姑娘，心气儿一定高，被她戏弄必定羞愤欲死。

她一向看不起这种女人，整天奉"妇德"、《女戒》为圭臬，眼高于顶，假清高。都是讨好男人的手段罢了，还好意思看不起她们，真是笑死人了。

然而在宁桃这儿就不一样了，宁桃脸色涨红地想：漂亮的小姐姐，谁，谁不喜欢啊。

第13章

看到小姑娘这副呆头鹅的样子，玉娘反倒"噗"地笑出声。

这一笑，原本还有点儿紧张的气氛顿时松弛了下来。

"说吧，"女人收回手，重新坐回了琴案前，懒懒地问，"你们要打探什么消息？"

谢溅雪脸色微红，低咳了一声，垂着眼从袖中摸出了两锭银子："敢问姑娘可听说过黄星阑这个名字？"

"黄星阑，"玉娘眼眉一扬，娇媚地笑起来，"的确是听说过的，然后呢？"却是不肯再往下继续透露半个字。

谢溅雪自然明白玉娘的意思，又垂着眼摸出了一锭银子："黄星阑是这儿的常客？"

玉娘这才露出个笑意，给了个模棱两可的回答："是，倒也不是。"

"敢问姑娘，姑娘最后一次看到黄星阑是什么时候？"

"我想想，十多天前吧？"

谢溅雪眼睫毛微颤，又是一锭银子加了上去。

"可否具体些？"

"那我得好好想想了……大概……"玉娘露出个不大确定的表情，"十四天前？"

常清静皱了皱眉——十四天前。

黄星阑是十五天前失踪的。也就是说，他离开书院后，紧跟着就去了西洲馆，接着再没了踪迹。

谢溅雪正准备开口。

啪！一锭银子抢先一步已经摁到了桌上，孟狄面色凝重地问："姑娘可知道黄星阑往哪儿去了？走之前可有透露什么内容？"

玉娘大笑："我是接客的，管客人去哪儿干吗？"

线索在西洲馆里断了。

她虽然不认识这位黄星阑，但毕竟是书院的学生，突然失踪了，到时候势必连累书院和宋先生。

宁桃愁眉苦脸地叹了口气，趴在二楼的栏杆上往下看去，但看到飞梁跨阁间影影绰绰的纱灯灯光，烘出一团暧昧的红雾，远远望去像是重楼起雾。

　　"李同学，你怎么看？"宁桃偏头去征求李寒宵的意见。

　　谢溅雪和孟狄还在屋里同玉娘交谈，看这架势是势必不会放过任何线索了。

　　常清静道："我曾见过黄星阑一面。"

　　这个她已经知道了。

　　宁桃换了个姿势，不抱希望地皱着眉追问："有没有什么发现？"

　　"他……"常清静顿了顿，考虑到自己接下来要说的话，含蓄地换了个措辞，"他阳气未散，精气充足，看起来并非这儿的常客。"

　　过了这么多年，他已经不再是当初那个提到这些事就会脸红的小道士，但宁桃不一样，她从苏醒至今，未满双十，不过十多岁的年纪。

　　宁桃恍然大悟："你是说他还没有那啥？"

　　费尽心思含蓄表达的常清静不知如何回答。

　　察觉到身旁少年一瞬的沉默，宁桃回过神来，又涨红了脸。好像"处男"这个词，对于李寒宵来说确实有点儿奔放了，毕竟他们认识也才半个月呢。沉默了一瞬之后，常清静反倒微不可察地轻轻弯了弯唇角。他忘了，宁桃本就是这种性子，当初在王家庵时，也直接说出"那玩意儿被剁了"这种话。对这种事，在查案这种不该忌讳的时刻，她向来坦荡。她生活的那个时代，人人都直白大方，正因为心中磊落，故而大方。

　　"这是我们那儿一位文学大家的话。"

　　如今看来，的确如此，倒显得他思想下流局限了。

　　"你说，他有没有可能还在这西洲馆内，根本没有离开？"默默思索了片刻，宁桃提出个大胆的想法。

　　常清静颔首："未尝没有可能。"

　　少女跃跃欲试："那好！我们先分头找找看。"

　　等到李寒宵离开后，看着李寒宵的背影，宁桃沉默了半响，皱了皱眉。

　　刚刚她和李寒宵离得有点儿近，总觉得好像闻到了股隐隐约约的降真香的味道，和梦里那个味道如出一辙。这个味道，她只在常清静身上闻到过。

　　"他阳气未散，精气充足。"

　　少年清冷的声音仿佛还回荡在耳畔。一个看上去普通的凡人儒修，是怎么能看出来对方到底阳气散没散的？

　　要不眼神是X光，要不就是修士。不不不，就算眼神是X光那也看不出来！

宁桃谨慎地想了想，最终决定，还是不随便猜测了。随便猜测他人并不是个好的习惯，当务之急，还是在黄星阑失踪的这个案子上。

重新打起精神，宁桃长长地吸了口气，继续投入了查案大业。

她虽然戴上了帷帽，但身形娇小，依然能看出是个姑娘。他们给足了老鸨银子，这些龟公就算是明知道她是个姑娘也不会赶她出去。

而令宁桃惊讶的是那些在西洲馆"工作"的……姐姐。

说是姐姐，其实她们的年纪与她都差不多大，看到这小姑娘穿梭在廊庑下，都纷纷扯了她衣袖，小声嘱咐她。

"小心点儿。"

"往这边走，那儿有个酒鬼。"

"别乱跑，我去给你找个龟公，你要去哪儿，让他带着你就是了。"

面前的女人看起来也不过双十的年纪，生着张清秀的鹅蛋脸，却浓妆艳抹，笑起来眼角有些疲惫了。

女人脸上露出个有些无奈的笑："我们在这儿是走不掉了，年纪轻轻就被糟蹋，当然看不下去你这么小的姑娘也被轻薄。"

她们拯救不了当初那个年轻彷徨无助的自己，却能多照拂照拂这个小姑娘。

据女人自己说，她姓刘，不妨称呼她刘三娘。

没想到，宁桃跟在女人身后，却还是碰上了不长眼睛的醉鬼。

"三娘？"男人摇摇晃晃，浑身酒气地扑上前，攥住了她的手腕，"你……你怎么在这儿？"

手指勾着在女人白皙的手腕上轻轻摩挲了两下："怎么不去服侍人，跑这儿来了，那正好，"男人大笑，"正好来服侍我。"

笑着笑着，目光一顿，忽而看到了身后的宁桃。

"这是？"

刘三娘反握住男人的手，笑起来："这个啊，这小姑娘来西洲馆查案呢，有正经事儿，人是修士，金贵着呢，你可别乱碰。"

修士？俗话说酒壮怂人胆，男人看着宁桃的目光有些闪烁，心里暗自不屑。不就一个小丫头片子吗？说什么修士？"一个小丫头片子是修士？"男人红着脸，恼怒道，"三娘你这是在把我当傻子蒙呢？！啊？！都来这儿了，还说什么办正经事？"言还未了，蒲扇般的大掌就扇了过去！

宁桃神情遽然一变："刘姐姐小心！！"身形一动，已飞身上前，将这醉鬼一脚踹开。又看到刘三娘面色煞白，宁桃沉下了脸，咬紧了牙，迅速掰下了一根竹子作刀，高喊了一声："刘姐姐别怕！看我来教训他！"

却未料到，一道剑气更快一步，常清静袖中手指微微一动，指尖迸射出一道剑气，眼疾手快地将男人半条胳膊都砍了下来！宁桃刚飞身上前，立刻就被男人这断臂间喷涌的鲜血溅了一脸，眼睁睁看着男人胳膊掉了下来，砸在了地上，而男人捂着伤处惨叫连连。

宁桃愣愣地扬起头，苍茫的夜空之下，还闪烁着一道弧形的剑气轨迹，正如一条写意挥洒的银河，信手拈来又兼具赫赫威严。

就在不远处李寒宵苍白着脸，静静地看着她，手上的剑还在滴血。

这绝对不是李寒宵能运使出来的剑招！

宁桃大脑疯狂运转间，常清静已经走到了她面前，低声道："桃子，我有发现。"

发现？宁桃错开视线，尽量将注意力转回案子上，用力点了点头："好，你等等，我待会儿和你去。"

找来龟公将这些事暂行处理之后，告别了刘三娘，宁桃这才看向常清静："李同学你等一下，我去叫孟大哥和谢道友！"

孟大哥和谢道友这两个泾渭分明的称呼，让常清静眉头微微抽动。

不知道是该高兴还是该妒忌。

至少，宁桃总是有意无意地在主动与谢溅雪保持着距离。

"等等。"就在宁桃拔步欲走的刹那间，常清静主动出手拦住了她，秀眉微蹙，"先别叫……孟狄与谢道友。"

宁桃愣了半秒，紧紧地盯着他看了一会儿。

这清亮的视线看得他有些紧张，他抿紧了唇，错开了目光。

他当然不能说，他是在怀疑谢溅雪。

从一开始，他便怀疑谢溅雪，怀疑谢溅雪与谢迢之勾结。

好在，宁桃用审视的目光打量了他半晌之后，又移开了视线，叹了口气，顺从了他："好了，我知道了。"

"跟我来。"常清静转身。

两人借着夜色的遮蔽，一路穿过弯弯绕绕的回廊。

这让宁桃生出了种古怪的错觉，就好像……曾经她和常清静穿梭在万妖窟里的时候。

少年，极淡的眼眸，降真香，如出一辙的清冷个性，还有那道剑意。这些线索渐渐串联在一起，最终组合成了个宁桃自己都不敢相信的答案。他总不至于是……常清静吧？这个念头刚一浮上水面，宁桃就迅速把这念头又给摁了下去。

她不愿意这么想。

"李同学，你……你这剑法……"宁桃斟酌了片刻，企图套话，有些口干舌燥地问，"是从何处学来的？"

没想到李寒宵倒也坦荡，清冷的嗓音隔着夜色传来。

"我少时体弱，家父为我请的老师中，有一蜀山老道，我便跟着那老道学了点儿剑术，用以自保。"

宁桃低下头，又默默思量了半响。

蜀山老道……

他那一招，确实是像蜀山的剑法。

降真香，也是道士们多用的香料。毕竟她只与常清静亲密接触过，也没逮着其他蜀山弟子仔细闻他们身上是不是有降真香的味道。

夜的荫翳下，常清静身形略微一僵，又画蛇添足般地补充了一句。

"我也只会这一招。"

身后的少女"嗯"了一声不再说话了。

她发现了？

常清静口干舌燥地握紧了手中的剑，难得重新感到紧张起来。

他已经很少感到紧张了。

"真君"这个名号并非任意一个修为有所成就的修士都能得到，凡是有诸如"真君""仙君""道君"之类名号的修士，要么是一宗的长老，要么是于这四海晏清有一份助力。他是后者，这么多年来与人、与妖交战，常年游走于生死血光之中。他早晚会死。想通这一点后，便很少感到"紧张""忐忑"之类的情绪。

常清静身形僵了僵。

或许是重新扮作少年的缘故，抑或仅仅是在宁桃面前的缘故，在她面前，他好像又成了当初那个初出茅庐的小道士常清静，成了那个优柔寡断、傲慢自负的少年。

她熟知他所有的不堪。在她面前，他犹如赤身裸体。

常清静此刻心绪纷乱浮动，也没留意到自己刚刚究竟经过了个什么地方。

身后的少女却是刹住了脚步，冒冒失失地轻轻叫了一声。

"啊。"

常清静回眸的一刹那，就看到宁桃突然一个激灵，像颗炮弹一样飞一般地蹿了过来，隔着夜色，也能清楚地看到她脸上的红晕。他的思绪晃晃悠悠，这才重新落到实处，落回人间，清楚地听到了人间的情爱……

虽然刚刚嘴上说着"阳气"，但真正直面这个，对宁桃的挑战性还是太高了，心脏在那一瞬间，跳得几乎快蹿出了嗓子眼儿，脸颊窘迫地烧红，手也不知道该往哪儿摆。

都怪西洲馆的装潢太过小资，又太过附庸风雅，这一路走来都是琴瑟鼓乐之声，让人忘记了这是青楼！

宁桃喉口一颗心脏狂跳的瞬间，一抬眼的工夫，正好隔着夜色和少年撞了个正着。

少年的目光让人想到了清霁素朝，想到了"绛雪明玄夜，丹霞凝素朝"，又冷又清。而此刻这清冷的视线在触及她目光时，也微有闪烁。

宁桃尴尬得都快哭了："李、李同学，我们快点儿走吧。你说的线索在哪里？"

却浑然没有察觉到，少年的视线怔怔地落在了她唇瓣上。少女的唇瓣其实算不上多娇艳，粉色的唇瓣上泛着点儿死皮，走了太久，她还没喝过一口水。

可是他什么都看不到了，看不到远处的灯火，清冷的月色下，只能看到她唇瓣一张一合，栗色的发丝落在她唇畔。

半晌，常清静才移开视线："好。"

第14章

刚刚这一出，彻底打乱了宁桃的思绪。

这……这也太尴尬了。

宁桃烧红了脸，仓促之间也无暇再多想，如幽魂般昏昏沉沉地跟着常清静走到了发现线索的地方。

少年突然停住脚步，宁桃一个没刹住，直接撞上了少年清瘦的脊背。

揉了揉泛酸的鼻子，宁桃努力眨眨眼，将眼里生理性的泪水憋了回去，从李寒宵背后探出一个头来。

"就是这儿了吗——哎呀妈啊！"

在他们面前的，是一口荒草掩映着的废弃水井。

此时的井口前却趴着一具早已腐烂变形的尸体，但看衣着应该是个男人没错。

宁桃只看了一眼，就差点儿吐了出来。

"抱歉。"常清静忙伸手架住了她，皱了皱眉，低声道，"是我吓到你了。"

"没有没有，不关你的事。"

少年袖口间若有若无的降真香气钻入鼻腔内，终于让宁桃觉得好受了不少，宁桃揉了揉鼻子，咽了口唾沫，努力战胜内心的恐惧，往前又走近了两步。

这尸体看上去已经死了有不少时日了。

"这、这是你发现的？"宁桃惊讶地问。

"是。"

"他……他就这样摆在这儿，没人发现吗？"

常清静蹙眉："我行至这口废井前，察觉出不对，没想到却捞出了这一具尸体。"

看上去不应该是黄星阑呀。

宁桃拧紧了眉："这是黄星阑吗？"

"不能确定。"常清静顿了顿，"在确定他的身份前，需要我为其超度。"

宁桃这才又想起，李寒宵说他幼时曾有个老道师父，然而心里那股古怪的感觉却越来越浓了。

按下这些心思，宁桃问："需要我帮忙做什么吗？"

少年言语疏淡有礼："不必，桃桃你站到我身后来。此人惨死，想必怨气深重，待会儿我为其超度时恐怕会波及你。"

"好、好。"宁桃懵懵懂懂地点点头，乖乖地站到了少年身后。

只看到少年脚下踏出法阵，手上结印，俊美得有些疏离的眉眼凝重，反手拍出了一排明黄色的符箓。

丹砂画就的符文红得像血。

此时夜色四合，月色惨淡。

伴随着少年眉眼凝重，口中念念有词，突然周遭就起了一片大雾，这大雾将这废井都遮满了，天上的云翳遮蔽了月亮。

宁桃看着看着，突然觉得目眩心摇，浑身上下竟然使不上力气。

就在这时，常清静动手接住了她："桃桃，别怕。"

宁桃艰难地扭过了头，一回头便撞上了少年清凌凌的眼。

"好、好。"

李寒宵眼里看不出什么异样来："你是受这怨气影响，离我近点儿便好了。"

"嗯。"

像个浑身没骨头的软体动物一样靠在李寒宵怀里，宁桃觉得害羞，咬紧了唇，努力克制住心里这翻涌的尴尬与羞涩，眼睫毛颤抖得厉害。

毕竟、毕竟，她才和这位李同学认识没多久。

低低地"嗯"了一声之后，宁桃干脆将脸埋在了少年衣襟中，窘迫得几乎抬不起头来。

离得越近，这降真香的气息便越明显。

饶是在这种环境下，常清静也不由得微微一僵。

他能察觉到少女这依赖和信任。这久违的依赖与信任却是对"李寒宵"这个身份。

常清静无暇再多想，也不愿再多想，动了动手指，抿着唇默不吭声地将她搂得更紧了点儿。

魂魄甫一落地，便飞一般地蹿入了浓雾中，不知往何处去了。

宁桃察觉到，李寒宵突然收紧了扶着她的腰身，带着她就冲了出去，断然厉喝道：

"追。"

森森阴风如刀直割面颊，宁桃被常清静带着，跟跟跄跄地追着，奔波在夜色中。

跑出了西洲馆，跑过了街头巷尾，最终却在一处宅邸前停下了脚步。

那个魂魄，一扭身立刻消失了个无影无踪。

"这……这是……"宁桃刚刚站稳，就不由得愣在了原地。

"你认得？"常清静侧身。

"这是，"宁桃盯着这夜色中宅邸的轮廓，忍不住失声惊叫，"这是谢道友的住处。"

常清静移开了视线："这里怨气很重。"

少年合上了眼，袖口一柄黑鞘的小剑蓦然从掌心射出。剑光直摩云霄，将四周照耀得如同白昼，面前的大门轰然裂开。

常清静抬脚："走吧。"

宁桃：啊？！

她那一句"要不我们回去找谢道友拿钥匙"，立刻不上不下地卡在了嗓子眼儿。

眼看着李寒宵的背影消失在了夜色中，宁桃立刻快步跟上。

他们二人逐剑光而行，穿梭在廊庑下。那剑光在宁桃头顶盘旋了两三圈后，忽而又作流星坠地，拖着明耀的星轨钻入了泥土之中。

和阆邱剑派的穷卖艺的不同，凤陵仙家财大气粗，作为凤陵仙家的小少爷，谢溅雪的小金库自然也是十分丰厚。

这宅邸修筑得风雅，花木扶疏，飞梁跨阁，苍松偃蹇。地面俱用平整的石砖块块铺成，石砖上雕有牡丹等各色纹路。

宁桃眼睁睁地看着，就在剑光钻入地面不久——

突然！地面铺设的砖石寸寸崩裂！！无数道剑光破土而出！砖石乱飞，剑风横射，噼里啪啦地便砸在人身上。

没等宁桃作何反应，身旁的少年就已经更快一步，袍袖一扬，将她挡在了身下。

李寒宵那瘦长苍白的手横在她额头前，护着她脑袋，那些砖块便纷纷砸在了他手上，少年那一双修如梅骨的手很快便见了红，鲜血顺着青筋突起的手背流下。

宁桃看在眼里，觉得喉口好像被堵住了，忙轻轻从李寒宵怀中脱出，从腰侧拔出了刀。刀气一震，在这些碎石逼近之时，赫赫的刀气便将这些碎石震作了齑粉。

老实说，她根本不用李寒宵的保护，这些砖块她自己就能解决。

这些砖块被剑光一块块撬开后不久，剑光止息，终于露出了砖面下的东西。

宁桃手里的刀没握住，当啷一声落在了地上！

这……这是！

宁桃睁大了眼，又惊又惧地看着眼前这一幕，心脏立即飙上了二百码的高速！

此时明月挣脱浓雾而出，挂在树梢，幽景如画。

银辉泼洒，清楚地照见这砖面下竟然全都是死尸。

这些尸体死亡时间各不相同，有男有女，有老有少。有些刚腐烂不久，有些已经呈白骨化。远远望去，白骨累累，尸横遍野，竟然一眼看不到尽头。

身边的李寒宵明显也被震住了，露出了极为震惊的神色，好半天都没说出话来。

谁能想到追逐着怨气而来，竟然追到了竹马兄的宅邸，又在竹马兄宅邸发掘出这么多尸体。

下意识地，也算人之常情，宁桃立刻就联想到了谢溅雪身上。

是谢溅雪干的吗？可是……谢溅雪他病弱体虚，温温柔柔的，看上去没有什么脾气，或许正因为病弱，反倒格外热爱生命。虽然相处的时间不长，但宁桃好几次都看到了谢溅雪救治受伤的小动物。如果真是谢溅雪干的……宁桃动了动唇，一时语塞。这得多变态才能干出这种事儿啊。

宁桃："要……要通知谢道友吗？"

身旁的李寒宵终于开了口，嗓音听上去还是没有多少波动："走吧，我们将他这宅邸弄成这样，想必瞒也瞒不下去。"

这一路上，宁桃心里七上八下。好不容易回到了西洲馆，听完李寒宵说明事情经过，谢溅雪也怔在了当场，露出了个"当场震惊"的表情。

"尸……体？！你说谢道友家中地下全是尸体？！"孟狄失声惊叫。

有李寒宵说明情况，宁桃不动声色地留意着谢溅雪的神情变化。

青年的神情先是震惊，继而有些慌乱，最后归于凝重，皱着眉站起身："我去看看。"

单看神情变化，好像也没多大问题。倒是一个很正常的"家里发生命案"的房东表现。

宁桃有点儿拿不定主意，却还是没有放下戒心。毕竟一般变态杀人犯心理素质都十分强大。她与谢溅雪，或者说，她单方面对谢溅雪，其实并没有多少感情。这一切可能归咎于苏甜甜，谢溅雪毕竟是苏甜甜的竹马。

宁桃她不笨，能明显地察觉出来谢溅雪对她好像有淡淡的好感。

但苏醒之前那些事横亘其中，又有苏甜甜竹马这一层身份，无论如何，她都不会对谢溅雪生出多少感情来。

孟狄是跟着他们一道儿回到发掘现场的，一看到这满地死尸，孟狄胃里几经翻涌，最后"哇"的一声，扶着树吐了个天昏地暗。

在月色照耀下，这些死尸几乎铺满了整个场地。

看到孟狄这反应，宁桃顿时觉得，她刚刚的反应好像也没什么可丢人的了。

宁桃露出个沉痛又同情的表情，诚恳地询问道："孟大哥，你不要紧吧？"

"我……我……"孟狄刚抬起头，还没说完两个字又低下头，继续吐，"呕……"

谢溅雪面色惨白，看上去也是欲吐不吐的模样："这、这，这究竟是怎么回事？"

常清静淡淡道："谢道友你在此地居住了这么些时日，便没察觉出异样来？"

谢溅雪缓了好一会儿，这才露出个苦笑："并没有，我也不是什么神仙，若知道这下面埋了这么多具尸体，早就搬得远远的了。"

"可是，这不科学啊。"宁桃蹲在地上，忍着恶心仔细端详，伸出手指道，"你看这几具尸体明显刚腐烂不久，总该有气味的。"

谢溅雪笑意更加苦涩："或许是用了什么能掩盖气味的术法也未可知。"

"总而言之，"宁桃看着这"满坑满谷"的尸体，皱眉道，"先查清楚这些尸体的身份吧。"

没想到只是为了调查一个失踪的黄星阑，却牵扯出这么多命案。由谢溅雪暂且落下一道结界，将宅邸封印，在回书院的路上，宁桃头都大了。

谢溅雪今天是不能住在那儿了，也跟着他们回到了书院借住。宁桃和李寒宵同属于下馆，住的地方近，也同路。

少年沉默寡言，走在李寒宵身侧，宁桃也觉得不自在。尤其是一想到今天的剑光、道家术法、降真香气……这些线头牵在一起，总把李寒宵往另一个人身上引，越想，宁桃就越觉得头疼。

安安静静地一块儿走了半截路，动了动唇，宁桃犹豫地开了口："李同学，今天、今天的事多谢你。"

常清静停顿了一瞬："举手之劳，不足挂齿。"

然后又是一路无话，终于走到了斋舍前。

常清静停下了脚步，想说些什么，却又找不到什么话题。他与她之间的话题，非但比不上孟狄，甚至连谢溅雪也比不上。

谢溅雪是凤陵仙家的弟子，谢迢之有野心，今天这些尸身，谢溅雪定脱不了干系。这些话他却没有立场说出口。

宁桃见到谢溅雪时是很高兴的，笑起来时，眼里好像落了温暖的金色弧光。在发掘出这些尸身后，她愿意无理由地相信他。

他能用什么身份来说这话？常清静无言，用这相处还未满一个月的局外人的身份？抑或是"常清静"这个连他自己都已经厌恶的身份？

饶是思绪百转千回，动了动唇，最终只有一句有些疏淡清冷的："时间不早了，桃桃你早点儿安歇。"

"嗯。"

"对了。"宁桃自顾自地往前走了几步，突然又转过身来，最终还是犹豫地问出了口——

"李同学，你熏香吗？"

"李同学，你熏香吗？"

将整个人都没入了浴桶中，常清静蹙眉抬起手臂，细细闻了闻，这香气……很明显吗？

这一句话仿佛一记警钟，提醒了他。

他今日暴露的已经足够多了。

"是。"回廊下,孱弱文秀的少年缓缓颔首,"我熏香,熏降真香。师父曾说这香有祛除邪祟的功效,我自小病弱,也习惯了熏这香。"

如果暴露了会怎么样。

水滴濡湿了乌黑的长发。

她是他少年时最对不住的人,是亲手剜了她心的人。即便他能借着这李寒宵的身份,也只能借用一时,而非一世。难道他要一世都披着李寒宵这身份吗?

早晚她会知道真相,到那时,他更没有了见她的理由。

微潮的空气将降真香的淡淡气息氤氲在浴桶中。这封闭的空间,让常清静感到一瞬的恶心和反胃。

思及此,常清静解除了护体的气劲,又拿起了一旁的丝瓜瓤刷,沉默地从胳膊开始刷起,将全身上下刷了个遍,用力到骨节泛白,肌肉绷紧,手背和小臂青筋突显,似乎不把全身上下刷脱一层皮绝不罢休。无论如何,都绝不能让宁桃察觉到自己的真实身份。

好像是淡了一些。抬起小臂细细地闻了闻。常清静眉头皱得更紧,还不够,还要继续刷。刷到几乎见了血,猩红的血丝如玉絮般凝结在这肌肤之下。

依然还不够。

不够不够。

还是有降真香的味道。

不够!

常清静被这股若有若无的味道折腾到眼尾猩红,太阳穴突突直跳,乌黑的长发湿漉漉地披散在肩头。

从来没有哪一次,他这么厌恶"常清静"这个身份,只想以"李寒宵"这个名字生活。好像这样就能掩盖曾经对宁桃做的那些事,好像这样,就又能粉饰太平。

不够,不够,必须洗干净这味道。

肌肤终于不堪这折腾,丝瓜瓤刷下漫出了淡淡的血色,落入水中,很快又融于了水。

直到血腥味终于掩盖了空气中这降真香的气息,常清静这才丢了丝瓜瓤刷,从水中站起。

斋舍中空无一人。来之前他同斋夫交代,不希望有人打扰,希望能一人静养,故而这屋里只有他一个人。

常清静沉默地看着面前的铜镜。

他心里很乱，手指微微一动，又摸上了嘴唇，唇瓣上好像还残留着余温。

忽而又想到了今天，想到了少女红着脸龟缩在他衣襟前，想到了白玉广场的石凳。

铜镜中那面色苍白羸弱的少年，渐渐也有了变化。少年身量如同抽条般节节攀高，最终化成了个霜目剑眉的男人，男人白发垂落，猫眼半敛。

这些变化，无时无刻不在提醒着他，他已经不再是当初的少年，也不再是当初那个"小青椒"。

这几十年里，他为斩妖除魔走过无数地方，于男女情事懂得更多，一颗心却如同死水一般波澜不惊，然而在此刻，蓬勃的欲望却生根发芽。

男人缓缓抽下了腰带，褪去了身上的葛布道袍，露出修长结实的肉身来。肌肉流畅结实，刀枪剑戟，道道伤痕遍布，新长出的嫩肉翻张，格外丑陋和恐怖，像是被针线寸寸缝起的木偶。

静静地看了半晌，常清静这才拢起了衣衫回到床前闭目躺下。

这等恐怖的身体，就连他自己也不愿多看一眼。

梦里烛火幽微。

这是剑冢的松馆，馆外风雪大作，松雪簌簌。他俯下身去亲吻她，白发垂落在脸侧、锁骨、胸膛。

她太小了，这么多年过去，他早已比她高出许多，他双臂微微一揽，就能轻而易举地将她禁锢在他胸膛前。

她好像承受不住他的重量，努力想要推开他，圆圆的脸蛋红得几乎滴血，她哭着喊他："小青椒。"

他却固执地俯下身去亲她，如霜白发微微晃动。他修长的双腿压住了她的双膝，将她的手腕拉高，拉到头顶，摁在了枕头上，紧紧攥住。

每一次亲吻，心脏血肉好像开出了花。花枝蔓延而上，一寸一寸，在血肉，在骨缝，在经络间，开出了花。

常清静睁开眼，猫眼死死地盯紧了虚空中并不存在的一点。

斋舍中，冷清得只有他一人。

花枝旋即又收紧，藤蔓上的尖刺好像深深地刺入了血肉，勒得他呼吸越发急促，每一次呼吸好像都是鲜血淋漓。

白发铺散在枕头上，苍白的大腿几乎有些难耐地支起。

桃桃。

桃桃。

心魔好像在耳畔叫嚣。

她是他曾经在万妖窟救下的。

他是她初到这个异世见到的第一个人。

他们的青春期，是一路相伴相护跌跌撞撞走过的。

他们熟悉彼此。

她是他的桃桃。

不是谢溅雪，不是孟狄，不是宋居扬，不是任何人的。

是独属于他的桃桃。

第15章

"这便是近年来的案卷了。"面前这洞庭县的主簿怀抱着高高的一沓案卷，满头大汗，匆匆走了过来。

宁桃立马伸手去接："啊，谢谢！"

常清静亦道："多谢。"

洞庭县的主簿是个温文儒雅的中年男人，闻言不禁苦笑：

"不打紧，只是县里出了这么大的案子要麻烦仙长们多多费心了。"

坐在花厅里，宁桃埋头去翻刚刚主簿抱来的这一沓案卷。

这些都是洞庭县近年来失踪的人口和死亡的人口，这些案卷积压已久，略一翻动，半空中便浮起了细小的尘灰。

这是项大工程，案卷一抱来，主簿静立了一会儿默默退了下去。

谢溅雪、孟狄、宁桃、常清静更无一人说话。

这不查倒还好，一查，宁桃惊愕地发现，洞庭县短短数年来竟然失踪了不少人！

隔了好一会儿，这才传来了孟狄的声音。

"这儿，这儿，和这儿。"孟狄神情凝重地将面前这案卷调了个位置，对准了宁桃几人，伸着手指点了点。

"你们没发现，这几个人失踪的时间都有规律吗？"

宁桃凑过去一看，拧紧了眉。

"赵大，熙宁三年二月……马博玉，熙宁三年五月……张缘，熙宁三年八月……这是每隔三个月都有一人失踪了？"

坐在位子上，宁桃绞尽脑汁、冥思苦想。

古代的刑侦技术毕竟不如现代发达，再加上这又是个怪力乱神的修行世界，每个月失踪点儿人，各地方习以为常。

毕竟这些人要不就是被妖吃了，要不就是被猛兽吃了，要不就是路遇强盗，想查也没处查去。

而宁桃和常清静误打误撞发现的那些尸体，纯属意外。

"西洲馆那儿的呢？"宁桃问，"西洲馆那儿的怎么说？"

今天一大早，她与李寒宵就先来了洞庭县的县衙，孟狄与谢溅雪则是先行去了西洲馆。

谢溅雪摇摇头，轻叹了一声："西洲馆那儿的老鸨说，这在秦楼楚馆不算什么罕见的事儿，顶多是喝醉了不小心跌进去的，那地方人迹罕至，故而也没什么人发现。"

宁桃眉头皱得更紧了点儿，脑子里突然灵光一现，又迅速将这些案卷往前几年多翻了几页。

一目十行地在这案卷上浏览了一遍，咬着笔又画出了几个圈。

"这是——"孟狄面色略白地惊叫了一声。

这案卷上的年份，赫然已经到了"寿光四年"，从寿光四年到熙宁三年，这当中过了三十多年。

"对方作案已经持续了三十年。"宁桃放下笔，神情凝重地说。

三十年前，对妖或者修士而言不过一瞬，对凡人来说却是近乎漫长的半辈子了，也就是说，这就排除了凡人作案的可能性。

"对方肯定是个很有耐心，很细致的人。若是用人性命来修炼，"宁桃摩挲了一下茶杯，缓缓分析，"容易走火入魔，贪得无厌，而这个人，却十分克制自己，每隔三个月才杀一人。"

常清静抬眼："问题是，他是如何能在神不知鬼不觉的情况下，将这些尸体埋入谢道友宅邸下的？"

谢溅雪微微一愣，敏锐地察觉到了面前这少年若有若无的敌意。

少年虽然苍白孱弱，但看着他的眼神尤为冷淡疏离。

谢溅雪不由得垂下眼，细软的眼睫毛便微微一颤，于日光下显得分外温软，又兼之他本就病弱，此时更有些可怜的风采。

青年眉眼如玉，无奈地苦笑："李道友，我知道你怀疑我。"

"这些尸身便埋在我之宅邸下，我也无处辩解，但只有一样，"谢溅雪看向宁桃，低声道，"桃桃，你也知道，我平日里在洞庭待的时间不多，凤陵那儿事务繁杂，三个月的时日我也不一定能来这儿住上一回。"

宁桃点点头，表示认同。

这事儿她是知道的，谢溅雪半年指不定才到这儿住上一次，还是为了探望她。

孟狄不赞同地看向了常清静："李道友，这就是你的不对了，这八字还没一撇呢，怎么先怀疑上同伴了。"

常清静目光落在点头如捣蒜的宁桃身上，又落在了眼露不满的孟狄身上，最后是垂着眼无奈苦笑的谢溅雪。

常清静手指紧了紧。理智告诉他，此时最好什么都不要说，然而，少年却还是眉眼冷淡地冷声道："我只是公事公办，谢道友嫌疑的确最大——"

孟狄："李同学你——"

"不必了，"谢溅雪笑容微涩地打断了孟狄的话，"李道友也是好意，死了这么多人，道友心性纯善，必定心急。"

孟狄不赞同道："那也不能随便怀疑人呀。"

宁桃撑着下巴想了一会儿："谢道友，你这宅邸是你自己购置的吗？"

少女眉头微拢，目光灼灼，问出的话却尖锐得可怕，一针见血。

谢溅雪一愣："桃桃，你的意思是？"

少女抬起眼，也不多说话，静静地等着谢溅雪的回答，眸光流转着温润的光泽。

谢溅雪顿了顿："这宅邸确实不是我购置的，是凤陵的一位管事帮我购置的，平日也多由他来打理。"

孟狄恍然大悟地猛一合掌："我觉得，我们得去问问这管事。"

将这些名单重新抄录了一份交给了主簿，接下来就只能拜托县衙里的衙役们循着这名单挨个走访。

一看到这份长长的名录，主簿立刻变了脸色，也察觉到此事非同小可，忙道："好好，今日实在是劳烦诸位仙长了。"

看出主簿的忧虑不安，谢溅雪也不留他，低声安慰道："主簿不必忧心，这事儿本不该由凡人界的法司来管。修士妖魔神通广大，若有心杀人，凡人很难发觉其中蹊跷，稍后我会将此事移交给修真界罚罪司。"

听到这话，主簿的脸色才稍微好看了点儿。

"我知道了，多谢仙长宽慰。"

等主簿抱着案卷行色匆匆地离开后，宁桃与谢溅雪则站在主簿衙的阶前，并肩看着主簿衙前的老槐树。

老槐浓荫如盖，如幢竖盖张。
　　阶下水绕石阶，有潺潺之声。
　　宁桃犹豫了半晌，开口道："谢道友，今天，李同学的事儿你也别往心里去。"

　　此时，李寒宵与孟狄尚留在花厅。
　　准确地说是，常清静被孟狄单方面地留在了花厅内。
　　"欸，我说你这样可不行啊！李道友，"孟狄神情严肃道，"你这样冷淡，是交不到朋友的。"
　　照孟狄看来，这位李同学着实有点儿孤僻到不合群了，他有必要肩负起照顾新同学的责任。
　　"就算你真怀疑谢道友，你也不能就这么大咧咧地说出来啊。"孟狄一脸恨铁不成钢。
　　少年神情淡淡，低声动了动唇，道了声谢，便起身走了出去，也不知道是听进去还是没听进去。
　　孟狄一怔，忙不迭地追了上去："欸，李道友！你有在听我说话吗？"

　　"我知晓，"谢溅雪唇角半弯，"李道友毕竟也是好心。"
　　"此事我嫌疑毕竟最大，我倒也怕你们为我起了争执。"
　　"我相信你。"宁桃忽然道。
　　"嗯？"谢溅雪微讶。
　　宁桃鼓起勇气，抬起脸："我相信你，人一定不是你杀的。"
　　少女眼神很认真，她看着人时，总是这样。此时站在老槐树的荫翳下，更显得褐色的瞳孔幽深。
　　谢溅雪有些始料未及，愣了半晌，这才漾起了抹笑意："桃桃，多谢你。"
　　"说实话，我倒是很羡慕李道友，他虽不善言辞，性子冷淡，但想说什么话便说，想做什么便做，从不顾忌旁人脸色，直白得坦荡，不像我这般虚伪。"谢溅雪自嘲般地笑了笑，"说出来不怕你笑话，我自小体弱，幼时没多少人愿意同我玩，为了能和大家一块儿玩，我便养成了这副没脾气的性子。怕与人置气，怕人嫌弃我。"
　　冷不防听到这悲伤往事，宁桃神情复杂地踮起脚，拍了拍对方的肩膀。
　　"呃……你也可以的，相信自己！加油！"

"李道友——"

孟狄刚一追出去，李寒宵便停住了脚步。

"李道友你怎么？"孟狄皱皱眉，纳闷地看了这少年一眼。

循着这少年视线往前一看，更加惊讶："那不是谢道友和桃子吗？"

远远望去，少女昂着脑袋，踮起脚，努力拍了一下青年的肩膀。

青年愣了一下，旋即又"噗"地笑开，笑得眉眼弯弯，乐不可支。

目睹这一幕，常清静忽道："我想到还有东西落在了花厅，我去拿。"

说罢又转身独自往花厅去了。

孟狄一头雾水："李道友？"

第16章

这回去凤陵仙家算是要出远门了。

特地与宋先生告了假之后，宁桃有些惆怅。

蹲在溪水前，戳了戳溪水中的倒影，宁桃深吸了一口气，告诉自己没关系，蜀山都已经走过来了，常清静、谢溅雪、苏甜甜都见到了，也不怕这一遭了。

身后传来了谢溅雪柔和的嗓音："桃子，来吃饭。"

"哦好！"宁桃定了定心神，飞快掬起一捧水洗了把脸走了过去。

这回去往凤陵仙家，孟狄便没再同他们一起了，他负责留守洞庭继续调查这些线索。

谢溅雪与李寒宵正坐在篝火前烤鱼。

李寒宵平静地转动手上的树枝，极淡的眸子被这火光一照，却也显得温暖了不少，薄唇秀眉，挺直的鼻梁，分外俊美好看。

谢溅雪看到她来，便笑了，将手里的烤鱼递给她："桃子，给你。"

宁桃有些受宠若惊："多谢。"

她埋头咬了一口，抬起眼笑道："好吃。"

的确好吃，这鱼烤得外焦里嫩，此时还滋滋地淌着油。

宁桃惊讶地问："这怎么都不腥呢？"

谢溅雪眨眨眼，笑道："这是由我特殊处理过的，当然不腥了。"

宁桃讶然："是术法？"

谢溅雪："一个能祛除味道的清洁小术法罢了。"

常清静垂着眼，默不吭声地收回了原本已经递出去的烤鱼，自己咬了一口。

宁桃一边吃，一边有一搭没一搭地同谢溅雪说话。

等到这些鱼都吃完了，三人这才和衣而卧，准备休息。

拨弄了两下面前的篝火，谢溅雪莞尔道："明日就到凤陵了，到时候我再请桃桃你吃些好吃的。"

宁桃不好意思地点点头："谢道友，那我就先在这儿谢过你了。"

凤陵。

这个地方对于常清静而言，并不是什么值得回忆的地方。

一直到入夜，常清静都并未入睡。

他坐在微红的篝火旁，眼睛低垂，看着不远处已然睡熟的宁桃。

此时春夜已经渐渐地暖和了起来，少女靠近篝火而睡，身上还披着谢溅雪的衣服，脸颊被热得微微泛着潮红。

在凤陵，他做了很多错事，也辜负了她。

常清静动了动手，他的手好像在此刻缓缓地摸上了少女温暖的发顶，顺着白皙修长的脖颈，他的指尖在脖颈顿了顿，又一路往下，抚摸着她的脊椎骨，一节又一节。

常清静闭上眼，在心中缓缓勾勒她肌肤的触感，是温暖而又柔软的。暖和得他掌心一阵又一阵地摩挲，舍不得放开。可最终，他也不过是收紧了指尖，移开了视线，不敢再去看她。

越靠近凤陵，他好像越没了底气去面对她。理智告诉他，他不应该自私地贪恋这温暖，洞庭城里的尸身也在告诉他，这事与凤陵脱不了干系。

留给他的时间不多了。

他知道宁桃是十分念旧、重感情的人，倘若他陨落，即便再恨他，她也定会伤心。

最理智的做法，是与她保持个恰当的距离。正如李寒宵突然出现在她生命中一样，他也会在某一日突然离去，再也不复相见。

据谢溅雪说，那位为他购置洞庭宅邸的管事姓钱，凤陵仙家的人都尊称一句"钱姑姑"。

"钱姑姑？"宁桃惊讶地打断了谢溅雪的话，没忍住插了一嘴，"那这是位女修？"

"是。"谢溅雪顿了顿道，"桃桃，你其实是见过她的。"

宁桃大脑飞速运转，猛然抬起头："我想起来了。"

宁桃皱着眉一点一点慢慢回忆："是之前我们刚到凤陵的时候，那个接待我们的女管事嫂嫂？"

"便是她。"

可是，想到当初那位管事嫂嫂笑眯眯又很温和的模样，宁桃实在没有办法把她与那些命案联系到一块儿去。

"不管怎么说，先去看看吧。"谢溅雪叹息。

钱管事就居住在距离凤陵仙家府邸不远处的巷子里。

三人在一处民宅前停下了脚步，由谢溅雪上前敲门。

"请问，钱姑姑可在？"

笃笃笃……敲了好一阵子，这才有人开了门。

来人是个十四五岁的少女，面容惨白，眼眶微红，像是大哭了一场。

门一开，看到谢溅雪，少女扶着门失声叫道："谢小少爷！你怎么来了？"

宁桃与常清静看到这一光景，俱是一愣。

谢溅雪眉头已经皱了起来，向来柔和的目光微含严肃："青萝，这是怎么回事？你哭过了？"

被唤作青萝的少女，听闻谢溅雪这话，眼泪霎时间夺眶而出："呜呜……小少爷，我……"

"钱姑姑呢？钱姑姑在吗？"

少女呜咽着拼命摇着头，哭得愈加激烈了起来。

谢溅雪似有所觉地追问道："钱姑姑呢！"

"我娘……我娘……"青萝终于绷不住了，"我娘今早被人发现在屋里自尽了。"

自尽！

宁桃浑身一震，与常清静面色俱是一变。

他们刚追查到这儿来，钱管事就自尽了，这到底是巧合还是另有阴谋？

谢溅雪面色倏然大变，宁桃眼前一花，他已掠出去三丈远，直奔灵堂。

站在灵堂前，宁桃没有上前，茫然地看着那位叫青萝的少女哭得上气不接下气，看着这钱家人来来往往，容色哀戚。

就在这时，身旁李寒宵突然抿了抿唇，开了口："桃桃，你信吗？"

事到如今，宁桃无论如何也不相信这是自杀。

"太巧合了。"宁桃摇摇头，"我不信。"

常清静道："那就去看看。"

话音未落，身旁这一向沉默羸弱的少年，竟然已先行一步跨入了灵堂，宁桃愣了半晌，这才忙跟了上去。

常清静目光自这灵堂内扫过，看着钱家人哭成一片。

钱管事是在今早被人发现的，她早年与夫婿和离，便带着女儿独自生活。今天一早，青萝见她一直未起床，便敲门去叫她。未曾想到推开门，却看到钱管事已经死在了屋里，桌旁还有一封遗书。大致是说自己这些年来在凤陵仙家做事，利用职务之便做了不少错事，贪污了不少钱财，起初只是因为孤儿寡母，抚养青萝艰难，这才想方设法弄些银钱来，然而人心不足蛇吞象，这日子一久，尝到了甜头，便违背了当初只为抚养女儿的初衷。这几日，凤陵在查账，她心知早晚会查到自己身上，心中愧疚，便打算以死谢罪，只求凤陵留下青萝。

"凤陵这几日在查账？"常清静问。

"我却没想到会是如此，"谢溅雪叹息了一声，"其实，这钱姑姑在凤陵做了这么多年的事，不过是贪污了些银子罢了，远远要不了她的性命，顶多……"

顶多赶出凤陵仙家，这一句话谢溅雪并未说出口。

常清静径直走到了棺材前，在众人惊愕的视线中，拧着眉沉声询问："青萝姑娘，请问我能掀开这棺木，看一眼令慈的尸身吗？"

青萝被这出格的要求震惊了，茫然地看着面前的少年，问："你……你这是什么意思？"

常清静垂眸，原原本本地将在洞庭城的所见所闻重新叙述了一遍，只是顾虑到对方的情绪，又换了个说法。

"此事怀疑到了令慈身上，令慈一直疼爱谢道友，谢道友是我们的朋友。令慈此时自杀，矛头势必要对准到令慈身上，我们不愿令慈死后还遭受这不白之冤。"

言罢，常清静抬眼定定地看向青萝："望姑娘准许。"

青萝年纪不大，先是丧母后又听到这一席话，已是六神无主，下意识地回眸去看前来帮着操办后事的舅舅："舅……舅舅……"

钱家舅舅面露犹豫之色。

谢溅雪与这小郎君都是男人，这开棺验尸，毕竟于理不合。

宁桃想了一会儿，主动请缨道："那先让我看看吧。我是女人，看看钱姑姑的尸身想必不会冒犯了钱姑姑。"

"桃子？"谢溅雪眼里的惊讶之色几乎快溢出来了。

李寒宵同样也看向了她。

在众人的注目之下，宁桃舔了舔干涩的唇角。

其实她也是有点儿害怕的。她不是什么逞能的超级英雄，只是偏偏让她撞上了洞庭城那遍地的死尸。那么多死尸，不知里面又有谁的祖父母，父母亲，儿子女儿，兄弟姐妹。不继续追查下去，她觉得于心不安。或者说，但凡换作任何一个正常人，都不会坐视不理，冷眼旁观。

"让我来吧。"宁桃鼓起勇气这么说。

钱家舅舅："这……这也行。"

于是在场众人便都退了出去，只剩下青萝与钱姑姑娘家的几位女眷陪同。

宁桃深吸了一口气，走到了棺材前，俯下身移开棺盖。

女人惨白的、发青的脸立刻跃入了眼帘。

第17章

这张脸跃入眼帘时，宁桃扶着棺材板的手僵了僵，脑子里飞快掠过了不少血红的画面。

飞溅在半空的血液，雁丘血色的夕阳，耳畔纷乱的尖叫。

甩甩脑袋赶紧将这些纠缠不休的梦魇甩了出去，宁桃赶紧又将注意力放在钱管事的尸体上。

说真的，宁桃本来以为自己会害怕的，然而令她感到意外的是，她仅仅是害怕了一秒，注意力便全放在这具女尸身上了。

和常清静同行的那段时间，她勉勉强强也锻炼出来了点儿捉妖办案的能力，再加上她从以前看过的那些刑侦剧中得来的经验，也算能凑合应付眼下的局面。

宁桃趴在棺材前，神色凝重，恐惧好像在此时消散了，灵堂里钱家女眷的议论声也在此时远去，她眼里只剩下了这具尸体。

钱家那些女眷看着这鲜亮的小姑娘，竟然趴在棺材前，盯着具尸体看得目不转睛，哪怕这是她们的亲人，她们看她的目光，也像是见到了一个怪物，一个鬼。

半晌，宁桃这才扶着棺材，面色凝重地站起来，走到了门外。

常清静问："可查到了什么线索？"

"没有，"宁桃摇头，"我找不到蹊跷的地方。"

"硬要说蹊跷，那就是这是一刀毙命的，在脖子前。"

宁桃脑子里也很乱。她总觉得这事儿没那么简单，哪有这么巧合的事，他们刚找到这些尸体，一转头钱管事就因为这事儿自杀了。便一股脑地把自己想的全都交代了，想让李寒宵顺便帮自己分析分析。

"按理说，自杀者会有些试探伤，但钱姑姑没有。若说是他杀，钱姑姑身上也没有抵抗的痕迹。"

"对了，"宁桃突然想到了一茬儿，猛地敲了一下自己脑门，转头去问青萝："青萝姑娘，请问你母亲会刀法或者剑法吗？家里可有刀剑？"

"刀法，剑法？"青萝愣愣地，"我娘倒是有修为的，她是法修，却并不会刀剑，家中也没有刀剑，不过，你要是指菜刀，倒是有的。"

宁桃、常清静和谢溅雪三人面色登时一变。

宁桃一个激灵："钱姑姑脖子上切颈的伤痕是明显的剑伤。这凶器是钱姑姑平常接触不到的，那这剑伤究竟是哪儿来的？"想通这一点，宁桃立刻加快了脚步，"青萝姑娘，我能去你娘屋里看看吗？"

穿越前看的那些刑侦剧告诉宁桃，有时候案发现场能暴露很多信息。

少女年纪小，此时一看这架势，也察觉到蹊跷，虽然悲痛，却还是点点头，慌忙带路："好、好。"

一路上，宁桃边走边分析："如果是他杀，没有抵抗伤，说明这凶手的修为一定比钱姑姑要高。"

青萝和母家家眷面面相觑，看着宁桃的眼神又变了，畏惧之中多了几分诧异、几分敬佩、几分复杂。

常清静看了她一眼。

少女脚步很快，口齿清晰，分析得头头是道。如今她全身心都放在了这件案子上，对外界的反应浑然未觉，自然没有察觉到众人落在她身上的目光。

宁桃说得口干舌燥，感觉嘴皮子都快秃噜了，喘口气的工夫这才意识到不对。

怎么……怎么没人说话了？都看着她干什么？

呃。

宁桃一瞬茫然又一瞬尴尬："李同学、谢道友、青萝，你们看我……看我干什么？"

谢溅雪这才好像猛然回神，不由得失笑："只是听桃桃你分析得头头是道，十分有条理，一时呆住了。桃子，你这些都是从哪儿学来的？"

一个小丫鬟怯生生地惊叹："姑娘你懂得真多。"

原来是为了这个，宁桃有些脸红，小声地说："从我们那个世界的书上，话本上看来的。"

常清静眸光动了动，一时默然。

人有时候总是会因为太过亲密，而忽视了身边的人，忘记了身边那个人也很优秀。

宁桃便是如此。

在摆脱了这些束缚她的枷锁之后，她就像一棵挺拔的小松，呼吸着新鲜的空气，沐浴着阳光，便迅速地成长了起来，比他们任何一个人都要勇敢、正直和强大。

而他们便是她急于摆脱的陈腐的浊息。

宁桃脸红地胡乱摆摆手："我这顶多算是个人建议，不能作为参考的。"末了宁桃还没忘征求身边少年的意见："李同学，你怎么看？"

李寒宵顿了半晌："桃桃，我与你看法一致。"

好不容易走到了案发现场，宁桃深吸一口气，小心翼翼地走了进去。

如果是他杀，肯定是有处理现场的痕迹的，多年刑侦剧经验告诉她，绝对不能放过任何一处细节。比如说血迹是不是到处飞溅的啦，现场有没有拖拉的血痕啦，擦拭地面的痕迹啦。

虽说最好不要带着主观臆断勘查现场，但宁桃心里莫名认定了这就是他杀。而且杀人的凶手十分灵敏狡猾。这个时代不像现代能接触到多如大海般广博繁杂的信息，修真界这一众修士杀了人鲜少有毁尸灭迹的，而这个凶手竟然有处理和布置现场的意识，从这一点上出发，凶手定然是个谨慎的人。

几个人进了屋，在征得了青萝的同意后，将屋里小心翼翼地都调查了一遍。

突然间，常清静在柜子前停住了脚步："这里。"

说这话的时候，宁桃还蹲在地上，费力地检查着地上的痕迹。

少年定定地将手探入柜子里，略一摸索，果决地一掰。

听到动静，宁桃和谢溅雪都抬起眼，走了过去，不约而同地问："什么？"

"咔嗒"一声，细微的机关响动。

常清静垂眸将那东西拿了出来。

宁桃面露惊讶。

竟然是个蓝色的布包袱。

"去看看。"常清静率先迈开脚步，走到了桌前，将这布包袱摊开了。

包袱一摊开，首先露出的是几件换洗的衣物。

宁桃指着衣服："春夏秋冬，都齐全了。看上去，好像是要去远行的样子？"

常清静继续垂着眼往下翻。

再往下，是一沓厚厚的银票，还有户籍与路引。这路引上的日期表明就是最近几天。

宁桃慢慢地收敛了思绪，大脑飞速运转："这是钱管事为自己准备的，能为自己准备这些东西，这就表明，她是想逃跑的。"

一个为了逃跑做了万全准备的人，为何会自尽，而且切颈的伤痕又是由从前接触不到的东西造成的？

但这还不够，她还需要佐证。

宁桃转身看向青萝。在看到这个包袱后，小姑娘浑身一震，泪水夺眶而出，几乎快哭晕了过去。

看着青萝哭的模样，宁桃心里有点儿发酸，犹豫了一下，伸出手握住了她的手，像是想要传递点儿温暖和力量。

"青萝姑娘，请问你母亲平日里是个怎么样的人？"

青萝放声大哭："我娘……我娘，她性子好强，我也不信她会自杀的，她……她从前带着我苦了这么多年，受了那么多委屈，都硬生生咬牙扛过去了。她能带我讨饭，带我睡狗窝，她不认命的。"

"这就够了。"宁桃错开视线，不忍心再继续看下去了，轻轻地说。

谢溅雪："可是，这样一来，那遗书又是怎么回事？"

走出钱管事的住处后，三人站在廊下，谢溅雪有些举棋不定。

宁桃叹了口气："再查查看吧，这些线索和这时间都表明钱管事的死肯定没有那么简单。"

没想到这事情越来越难办了，感觉好像误入了什么个大案子、大阴谋。

宁桃几乎一个头两个大。

"我想回凤陵仙家一趟。"纠结了半晌，宁桃主动开口，"我想继续查查看，谢道友可以吗？"

谢溅雪无奈："当然可以，这事毕竟已经牵扯上了凤陵。"

常清静："我陪你。"

谢溅雪笑道："时候不早了，李道友就算是要陪，也得早些歇息，我们明日再出发吧。"他看着常清静的目光不闪也不避，这目光对于一向温和的青年而言，甚至可以说是有些失礼。

常清静错开目光，并没有多说什么。

宁桃揉揉脑袋，表示认同："那……那先找个客栈住下吧。"

钱家出了这种事儿，愿意让他们一通调查现场，宁桃已经很感激了，更不好意思再觍着脸继续打扰。

常清静："好。"

夜色苍茫，一天星斗辉明。

常清静却没有入睡。

他在想宁桃。

这个时候，宁桃或许已经睡熟了，或许还没睡。她睡得一向比较晚，这个时候十有八九还悄悄蒙着头躲在被子里，借着烛台的光偷看话本子。

薛素曾愤怒地质问他对宁桃究竟是什么感情。

"你要是喜欢她，那就娶她，我保管没有异议！可是现在，你这样算什么？不说喜欢她，也不说不喜欢她，就将她困在蜀山！"

他不知道，可是现在一个隐隐约约的答案，在心底浮现。

常清静又忍不住抬手摸上了自己的嘴唇。

微凉，很薄。

从前宁桃曾经半开玩笑地说："小青椒，我们那儿有个说法，说是嘴唇薄的男人薄情！"

"但我觉得，你一点儿都不薄情。"少女撑着下巴，认认真真地打量着他，"你多情啊。"

他薄情吗？

常清静想了又想，最后又放下了手。

对苏甜甜他甚至都做到了多情，而对于她，他的确是薄情的。

人与人之间的亲密关系会伤害到彼此，他不懂，不知她的心意，一次一次以友情和信任为刃将她伤得遍体鳞伤。他曾经自认为是最了解她的，如今，他忽然明白，他其实什么都不是。

常清静身子僵了又僵，闭上眼躺了许久，终究是没有酝酿出任何睡意，只好起身走到窗前看月亮。

宁桃也没睡着，她也没看话本，就这么躺在床上叹着气看月亮，像条咸鱼一样，光着脚，蹬着腿，栗色的长发披散在枕头上。

之前在钱管事家的时候尚未表现出来，而眼下，她终于表演不下去了。一闭眼，脑子里翻来覆去的便是钱管事的脸。

女人惨白的、死气的脸。

睁开眼，天上的月亮好像也变了。

她视力变差了，看月亮都有重影了。宁桃揉揉酸涩的眼睛，闷闷地想，月亮渐渐与钱管事那惨白的、死气的脸重合，又突然地，变成了柳易烟的脸。

柳易烟惊恐地睁着眼，看着她就像是在看个怪物。

柳易烟的脸又不断变化，变成了刘慎梁，变成了扶川谷中那一个个修士，那一个个被她亲手杀了的修士。

宁桃猛地哆嗦了一下，一个激灵，霎时间就好像又被吞入了漆黑的深渊，一直往下坠，一直往下坠。

死活睡不着，宁桃干脆翻身下床，趿拉着鞋子慢吞吞地走出了客栈，走到了天井里，坐在石阶上看月亮。

看了半晌，又换了个姿势，躺在了青石板上。身下的青石板已经生了苔藓，湿冷，但躺在这上面反而能给她带来点儿喘息的余力。

眼泪不由得夺眶而出。

又哭了。

又来，又来，到底有完没完了！

沉默了半晌，宁桃默默伸出胳膊，盖住了眼皮，心里十分苦涩无力。

放过她吧。

从她醒来后就老是梦到柳易烟和刘慎梁他们，估计是被她杀了之后这帮大兄弟心怀怨念，不把她拖入地狱誓不罢休。

常清静心里很乱，脑子里嗡嗡直响，偏在这时窗外楼下传来了点儿动静，他五感一向敏锐，下意识地向窗外投去了一瞥，目光触及这动静来源的刹那，愣怔在了原地。

宁桃？

常清静站在窗前，从他的方向，能将下面的天井尽收眼底。

没想到会在这个时间、这个地点看到宁桃，常清静一怔，原本焦灼的心思不由自主地缓缓安定了下来。然而，接下来目睹的这一切，却又让常清静喉咙里像堵了什么东西，干涩地说不出一个字、一句话来。

月色下，宁桃披散着柔软的栗色头发，趿拉着拖鞋，突然走到了天井里面，坐了下来。少女在天井里静静地坐了很久，久到裙角和绣鞋都沾染了夜露后，这才换了个姿势，躺了下来，用小臂轻轻遮住了眼皮。

目睹这一幕，常清静胸口好像缓缓地结了冰，又好像全身的血液一并涌入了胸腔。

这才发现她在哭，宁桃在哭。

小姑娘偏着头，肩头一颤一颤的，栗色的长发服帖又柔软地挡在了脸颊前，泪水顺着下颌滚了下去。

他很少看到宁桃流眼泪。此时看到，除却茫然之外，更多的是震动与担忧。

少女好像一直都有用不完的活力，精力充沛。放风筝、看月亮、看话本、吃梅菜饼……她毫不吝啬地透过这些林林总总的小事向周围人散发着温暖，感染着别人。而此时此刻，在这无人的深夜里，宁桃在哭。

常清静很明确，这几天来似乎并没有什么值得她伤心的事。

可是，她为什么在哭？

小姑娘哭的时候也是无声的、木然的，眼泪纵横地往下淌。却有泼天的悲伤，如同鲜血一般缓缓从她身下溢出，抽空了她所有的生命力。

她像是一个精心化了妆的布袋，木然地躺在了地上，被随意丢弃。

这才是真实的她。枯萎、颓废、阴郁、没有生命力，像是一个永远在散发着负能量的怪兽。

他僵立在原地，手扶上了窗棂，紧紧捏着窗框，唇瓣顿失血色，心里缓缓冒出个令他都冒冷汗的念头——一直以来，她都是这样的？

天井不远处有一口水井。少女浑浑噩噩地走到了水井前，往水井里看了一眼又一眼，最后，又默默蹲下身，抱住膝盖，小声地抽泣起来。

好像有一个惊雷在头顶炸响，炸得常清静本就苍白的面色更加苍白。这个念头甫一生起，顿时，生活中那些曾经被他忽略的细节，同时浮上了心头。

难怪他总觉得宁桃有些古怪，有些异样，她好像比从前更加活泼，比从前更加爱说话了点儿，这就好像是在无声的自救。

常清静僵立在原地，浑身上下顿时如同一只破了洞的口袋，能听到风呼啸而过的动静，心里好像被一只手揪了起来，刀绞一般。

原来那些活泼与笑容全是装出来的吗，她究竟在为什么而哭？

眼下似乎并没有什么值得她难过和伤心的事，那她哭泣的原因就只有一个，这原因显而易见，呼之欲出。

常清静几乎不敢再深入往下想，这又像凭空一个响亮的耳光扇在了他脸上。常清静眼睫毛微颤，唇瓣也不由得哆嗦起来。

他忘记了她醒来才短短一年半，这时间根本不足以支撑她走出来。她身上的伤痕和疮疤一直都在，这些伤痕最终化为了她日日夜夜的梦魇。

在看到宁桃赤着脚缓缓走近水井的时候，常清静瞳孔紧缩，并指掐诀，几乎就要出剑！

好在宁桃没有跳下去，她只是默默地蹲下身，像是失去了所有依靠一般滑落了下来。

别这样，别这样。

宁桃一遍一遍告诉自己，眼眶发红地想。

这个世界上有很多地方她还没走过，有很多神奇的东西她还没看过。塞北江南，名山大川，她都想一一去看，用自己的脚步去丈量。纵使心底苍茫，纵使明白这些景色、这些人和事，对自己而言其实并未有多大的吸引力。她还在努力地一遍遍勾勒，一遍遍告诉自己，去看看，去接纳这个世界的美好。说不定，哪天等她老死了，她就能回家了。

他紧绷的身子猛然放松，因为紧张，眼前一片黑，不由得扶着窗框，低低地喘息了几声。

刚刚那一瞬间，常清静几乎以为他又要失去她了。

她裙摆单薄，衣袂飞扬，苍白得像是一泊极淡的盈盈月色，下一秒，就要化作点点荧光消散在这月夜中。

常清静扶着窗框的手捏紧了点儿，默然凝视着天井中的少女。

她只是蹲在井口前，就好像有一股莫大的，无法自制的悲伤从她身上散发出来，攥住了他的心脏。

常清静唇瓣几乎紧抿成了一条线，他恨不得立刻下楼去问问她，恨不得立刻下楼去安慰她。

可是他不能，就算用"李寒宵"这个身份，他也无颜面去面对。

常清静剧烈地颤抖了起来。

曾经薛素的愤怒质问，在此时此刻全都有了回答。

他喜欢她，喜欢宁桃。

他喜欢宁桃，不单单源于那份少年的心动，不单单源于愧疚，也不单单是她身上的由内而外的温暖。

他只是喜欢她，喜欢她……喜欢她……

他说不出任何理由，任何借口。

在这几十年来日复一日的描摹中，幡然醒悟的痛苦中，愧疚中，他喜欢她。或许他喜欢的是她正义、勇敢、灵慧、专心、好学，他喜欢她身上的蓬勃向上的韧性，喜欢两人一起放风筝，喜欢赏月，喜欢兔子糕点，喜欢话本，喜欢……年少时弃之如敝屣的美好，在重新拼凑中，一点一点清晰。然而，他的"喜欢"却在曾经，统统化为了刺向她的利刃。

正因为她坚韧，正因为他们是这一路行来的默契的同伴，所以，在偃月城，他选择放弃了她；正因为她勇敢，所以在杜家村，他同意了让她一人涉险。

他将她置于"朋友"与"伙伴"的位子上。比起那时的苏甜甜，宁桃是个让他省心，让他放心，值得信赖和托付的朋友。

这一切不过是他一厢情愿的自以为是。

她……也只是个刚到异世茫然无措的姑娘。

他亲手摧毁了她的心上人。常清静不够格下楼，李寒宵也不够格。他没有资格，没有颜面再用"李寒宵"这个身份去接近她，去安慰她。

明月落在窗前，落在了少年极淡的眼眸中，一汪浅淡的月色，像是一汪琥珀色的酒光，在他眼里倒映出蜷缩成一团的小姑娘。

他不敢再往前一步了，短短的楼梯像是刀山，每往前踏出一步，他都会被扎得鲜血淋漓。

宁桃哭了一夜，而在未知的角落里，常清静静默地守候了一夜，守到霜落肩头，衣角也被雾气浸湿。

第18章

第二天一早，宁桃是揉着脑袋出门的。

疼疼疼疼！

一晚上没睡，头痛欲裂不说，还心律不齐，心脏跳得飞快，莫名紧张和心悸。

虽然出门前已经打了井水用冷毛巾敷过眼睛了，但这眼皮看上去还是有点儿红肿。对着镜子，宁桃叹了口气，伸手碰了碰眼皮。不只红肿，还有黑眼圈啊！就这副尊容回到凤陵，她自己都觉得羞耻，虽说不求风风光光回去打脸吧，但求能意气风发，精神百倍嘛。

宁桃一边腹诽着，一边深吸了一口气，尽量元气满满地推门下楼，没想到正好在门前撞到了李寒宵出门。

少年今日穿着件高领的白袍，脖子前的盘扣矜持得一颗颗全都系好了，饶是系到了脖子下面，也显得脖颈修长。乌发垂落在颊侧，眉眼俊秀，肤白如玉。

大早上看到美人，尤其是清冷的冰美人，是件十分赏心悦目的事情，原本红肿刺痛的眼睛，好像覆盖上了清凉之感，十分舒服。

"啊，李同学早——啊欸？！"

不是好像……眼前骤然一黑，确实是覆盖上了什么清清凉凉的东西。

常清静上前几步，走到她面前，伸出手，盖住了她的眼睛。

耳畔传来少年清冽的嗓音："这是凝玉膏，能活血化瘀。"

宁桃愣了一秒，脸色立刻涨红了。

被……被发现了！她红肿的眼皮！这是何等可怕的洞察力！

"啊，哈哈，谢谢。"宁桃不自觉小了嗓音，打着哈哈，"昨天我其实一晚上没睡，在偷看话本来着。"

"这话本实在太感人了，说起来不好意思，我哭了一晚上。"宁桃揉着鼻子，心虚地说，"本来以为没人发现的，没想到被李同学你发现了，都怪那话本写得太好——"

"好了。"

少年突然退开半步，垂下了手。

与那一双修长的手一同垂下的，是一帘柔软乌黑的眼睫毛。

不知道为什么，李寒宵没有抬眼去看她。

这突如其来的冷淡，让宁桃有些心悸，宁桃上蹿下跳地继续试图挽尊："李同学，你想知道这话本讲的是什么，我讲给你听。这个话本讲的是啊……接着……然后……后来……最后……"

常清静："走吧，一同去用早膳。"

坐在餐桌前，宁桃还在持续挽尊，一边往嘴里送了点儿酸萝卜，一边叽叽叽继续说。

"最后啊，男女主角都殉情了。"

常清静目光落在她发顶一瞬，又错开了视线。

倘若这在以前，他定然会欣喜两人之间的亲密。

可是这亲密，如今就像是刀。

这有点儿像她曾经给他说过的小美人鱼的故事。小美人鱼为了能够接近王子，同海中的巫婆交易，放弃了自己美妙的嗓音换来了人的双腿，然而每走一步，却如同行走在刀尖上一般。

此时此刻，他甚至不愿意要这亲密，不愿意多看她，不敢多看她。

她就像一支短烛，燃烧着自己，生命被烧得迅速融化，迅速崩塌了下去，那团光却在固执地照耀着别人。

他害怕，他再多看她一眼，罪恶会将他吞噬。

虽说李寒宵同学并没有表露出明显的反应，但偶尔也附和两句，表明他是认认真真听了进去的。

少年平常就是这个模样，宁桃也没有生疑。

托李寒宵的福，等到谢溅雪下楼的时候，果然没有察觉到蹊跷。

"抱歉。"谢溅雪缓缓走下楼梯，看到已经坐在桌前吃饭喝粥的两个人，露出个苦笑，"让你们久等了，我昨夜一直在想钱姑姑的事——睡得有些晚。"

宁桃握着筷子的手一顿，又猛然想起谢溅雪算是钱管事一手带大的。如果这事儿和谢溅雪当真没有半点关系，钱管事死了，谢溅雪心里定然是伤心的。

青年平日里很是注重仪表与礼节，而今日，长发半拢，袍袖也有些皱巴巴的。

"谢、谢道友，"想说些什么，话在嘴里打了几个转，最终宁桃只说出来一句，"节哀顺变。"

言语安慰，在这个时候能起到的作用很小，多说无益。

"好。"饶是如此，谢溅雪却还是抬起头，很轻地点了一下头，露出个笑，"桃子，多谢你。"

吃完早饭之后，一行人便准备起程去凤陵仙家了。

宁桃不动声色地走到了常清静身边，悄悄扯了扯少年的袖口，小声地说："对了，李同学，刚刚谢谢你。"

"举手之劳，无足挂齿。"

或许又意识到这句有些冷淡，少年顿了半晌，又默默补上了一句："桃桃，若你下次有什么伤心的事……我……我是说，若是下次再看到什么伤心的事，心中郁结难消，不妨来找我。在下虽然不善言辞，却是个很好的倾听对象。"

宁桃缓缓睁大了眼："李同学，你是什么天使下凡啊！"

其实不用李寒宵再给出什么反应了，他这个性格能有这个态度，能说出这种话，简直就是活脱脱的小天使！

"好好好，我知道啦！"宁桃忙不迭地握紧了少年的手，用力晃了晃，"谢谢你，李同学！"

常清静浑身一僵。

少女的手心很温暖，她握着他的手时，暖和得简直像捧了个小火炉。

而宁桃明显也察觉出来了自己的动作相较于两个异性而言有些不妥，立刻故作坦然地收回了手，虽然心里明白这不过是她们那个世界表现友好的一种方式。

抽走的那一瞬间，常清静手指微微一动，不自觉伸手想要去攥紧这抹暖意，指尖一动，却还是没有抓住。

肌肤相触的刹那间，宁桃哆嗦了一下，不知道是不是错觉，总感觉李寒宵手指好像动了一下，擦过了自己的掌心。

是错觉吧，一定是错觉吧！

李寒宵性子这么冷淡的一个人，怎么可能擦她的掌心呢？她又不是什么绝世大美人，叫人一见钟情，二见倾心的那种。

胡思乱想间终于来到了凤陵仙家。

定了定心神，宁桃抬起眼看向面前这宏伟的山门。

几十年后的凤陵，与宁桃记忆中的凤陵并没有多少显著的差别。坐落在水天交接处，云生云灭，重廊飞阁。清霁素朝之下，明光浮动，云雾缭绕，恍若仙境。

谢溅雪的到来，在凤陵仙家引发了不小的震动，而最让凤陵弟子瞠目结舌的是，跟随着谢溅雪而来的宁桃。

还在演武场练剑的一众凤陵小辈俱面露不解之意，看着似有震动的师兄师姐们。

"宁姑娘，宁姑娘回来了？"

"宁姑娘竟然没死？"

听着诸位师兄师姐的议论，小辈们终于憋不住了，迟疑地看着不远处正在同金桂芝交谈的那位姑娘。

"师兄师姐，这个宁姑娘很厉害吗？"

他们辛辛苦苦拜入凤陵，在凤陵还没上两年，乍一看到这些平日里冷然严肃的师兄师姐今日竟然全都这么大反应，一个个立刻就蒙了。

这看上去就是个普普通通的凡人姑娘啊。而且年纪看上去和他们也差不多。

凤陵师姐摇摇头，叹了口气："你们还小，不懂。"

……

"金师姐。"宁桃眉眼弯弯地站定了，笑吟吟地喊道。

看着面前这小姑娘，金桂芝心里五味杂陈，虽然早就收到了谢溅雪的传信，但谁能想到宁桃真的没有死，今日又活生生地站在了她面前。

小姑娘今日穿了件红色的袄子，越发显得皮肤白皙。

想说些什么，话到嘴边又堵住了，最终只摸了摸少女的发顶："桃桃，这么多年你过得好吗？"

宁桃一口答道："挺好的！"

金桂芝一颗心这才稍定，又露出个温和的笑。

宁桃忍不住牵着金桂芝的手，小声问："师姐，楚前辈在吗？"

"你是说楚沧陵？"金桂芝道，"那你问得不巧了，他这几日出去了。家主这些年也一直在闭关。"

金桂芝她本来倒也想提一嘴苏甜甜，自从苏甜甜随凤陵弟子去了趟蜀山之后便再没回来。苏甜甜失踪这事儿，并未引起凤陵的注意，联系常清静叛逃蜀山一事，用脚指头想想也知道苏甜甜干吗去了。

敏锐地察觉到宁桃没问有关苏甜甜的事，金桂芝便也没再提。

毕竟，这要是换成她经历了宁桃经历的这一切，她与苏甜甜之间也没朋友可做。

想到这儿，金桂芝不免又感到可惜。

……

不远处的演武场，几个小辈弟子还在交头接耳。

"金师姐好像也认识这位宁姑娘呢。"

"还有谢少爷，不过那个少年是谁？"

金桂芝抬眼看向了从方才起便一直没说话的常清静，好奇地问："这位道友是？"

谢溅雪温言替他介绍："这位是李寒宵，是桃桃在白鹭洲书院的同窗。"

"原来是桃桃的同窗，"金桂芝笑起来，"那李道友一定与桃桃关系很好了。"

宁桃站在一边看着低声与金桂芝交谈的李寒宵，心里咯噔一下，悚然一惊。

或许是故地重游的缘故，凤陵仙家难免又让她想起了苏甜甜，如果她当真穿越到一本书里的话，李同学该不会……又是个什么男二剧本吧？

宁桃不确定地猜测着。

越看李寒宵越想常清静，越想越觉得有可能。

和苏甜甜接触了那么久，对于苏甜甜的性格宁桃也算有几分了解，看着李寒宵，宁桃眼含同情，心里由衷地萌发了点儿同盟之情，赶紧拽着少年走到一边去了。

未能料到袖口被少女拽住，李寒宵一愣，旋即愕然地睁大了眼："桃桃？"

小姑娘拧着眉头，盯着他左看看右看看，神情凝重。

沐浴在这种目光下，常清静突然感到一阵忐忑与紧张，轻轻拢起了眉头，垂下袖中的指尖动了动。

她，这是，在吃醋？

思及此，少年耳根不由得红了点儿，像是刚出窑的白瓷泛着点儿细腻的红。

宁桃："嘘，我偷偷和你说，凤陵仙家有个叫苏甜甜的姑娘，她曾经是我的朋友，我是指，嗯，曾经。"

"但是后来我们俩有了点儿过节，反正这种事，哎呀……也说不清楚的。"

宁桃掣出了一枚留影玉简,递到李寒宵面前,严肃了神情,循循善诱地问:"你看这留影玉简上的苏姑娘长得漂亮吗?"

李寒宵没有回答。

眼看李寒宵没有回答,宁桃心里咯噔一下,又涌出了点儿不祥的预感,忙问:"这位苏姑娘长得漂亮吧?"

李寒宵依旧没有回答。

眼看李寒宵还是没有回答,宁桃越发痛心疾首:"我和你说,漂亮的姑娘,我们远远欣赏就好了,这位苏姑娘和常清静,啊,就是那个仙华归璘真君,其实是一对儿。"

常清静眼睫毛一颤:"你是从何处听来的……传言?"

"这怎么能是传言呢?"宁桃皱了皱眉,"我实话和你说,常清静我也认识。"

"他俩之间的恋情我当初就不慎掺和了一脚,他们俩那是互相爱慕已久,现在在死磕,以后还会继续死磕,就这样缠缠绵绵直到天涯的你懂吗?他们那叫相爱相杀,虐恋情深,我们这种普通人就别瞎掺和了,他俩谈个恋爱是那种杀对方全家的,可怕得很。"

宁桃以过来人的语气,语重心长地拍了拍少年的肩膀。

"如果你在凤陵看到了这位苏姑娘,千万要记住一句话,好看的姑娘远观就好。常清静和苏甜甜谈恋爱,我们就别上赶着去当炮灰了。"

常清静:"好,我明白了。"

少年神情略微僵硬地轻轻颔首,又径直走到了金桂芝身前,低声道:"金道友,能否借一步说话?"

宁桃有气无力地抓抓头发,也不知道李寒宵听进去没有,忙举起手:"金师姐你们等等我!我也有话想和你说。"

……

"你是说钱管事?"在听闻宁桃与李寒宵的来意后,金桂芝也明白了此事非比寻常,若有所思地皱起眉,"我与钱管事接触甚少,但她与溅雪关系不错。"

"钱管事从前是服侍家主的,后来溅雪病弱,家主便将她拨给了溅雪,具体的,我便也不清楚了。"

李寒宵忽道:"方才金道友你说岭梅仙君在闭关?敢问道友可知晓仙君为何而闭关?"

金桂芝:"长辈之事,非是我等小辈能妄言的。"

宁桃想了想,正欲开口继续问点儿什么,却被突然赶上来的谢溅雪打断了。

谢溅雪快步走上前，温和地问："桃子，李道友，你们怎么不多待会儿？"

宁桃尴尬地说："呃……谢道友你和你的同门这么久没见说些体己话，我们两个外人凑上前去打扰那多不好意思。"

谢溅雪忽道："不打扰。"

"什么？"宁桃茫然地问。

青年在她面前站定了，拢了拢貂裘，弯唇看她："我是说不打扰。"

"桃桃，"青年一字一顿，翘着唇角，嗓音温和，"你不打扰。"

常清静和金桂芝眉心俱是一跳。

宁桃则是心里一跳，那股异样的感觉又涌上来了。

宁桃动了动唇，愣愣地看着谢溅雪。

谢溅雪……这话是什么意思？他没察觉到自己的语气和态度都有点儿暧昧……或者说撩吗？

宁桃这个时候是真的糊涂了，看着谢溅雪的眼神简直就将"莫名其妙"这四个字写在了眼睛里。

不是，她怎么没发现谢溅雪其实是个风流多情的人物，当着其他人的面撩她这算个什么事儿？

就在这时，李寒宵蓦然跨出了一步，挡在了她身前，嗓音沉着冷清："谢道友与同门说完话了？"

谢溅雪只微笑，看了眼宁桃的表情，便什么都明白了，忍不住叹了口气。

从前在洞庭城的时候，他便有意与苏甜甜接触，想作弄宁桃，看看她的反应。然而宁桃的反应实在让他有点儿失望。

本以为经过这段时间的相处，总该又有点儿其他反应了，却没想到还是如此。

苏甜甜于他可有可无，宁桃却不一样。谢溅雪如今却分外爱戏弄宁桃。相处这么长时间，宁桃当真对他并无半分感情吗？谢溅雪心想。

拦在宁桃面前的少年，眉眼虽然清冽，言辞虽然有礼，但秀眉微蹙，嗓音如碎冰般冰冷，占有欲几乎明晃晃地溢了出来。

谢溅雪迎上了常清静的眼，轻轻地笑起来："李道友不必忧心，已说完了。"

宁桃这个时候却无暇去管谢溅雪与李寒宵之间的暗流涌动，皱了皱眉道："说完了，那就先查案吧。"

谢溅雪与李寒宵都惊讶地看了她一眼。

半晌。

谢溅雪失笑:"也好。"

李寒宵:"嗯。"

为了提高效率,三人选择分头行动。

天气已然转热,阳光明晃晃地炙烤着大地。

宁桃在凤陵仙家走了一圈,凤陵仙家占地面积十分大,一路寻访下来,晒得宁桃面色通红,浑身冒汗。

不行了,好热。

灵力也驱散不了这股热意,宁桃擦了把汗,坐在树荫下的栏杆上休息了一会儿,正巧就看到李寒宵从灼目的日光中走来。

"李道友,你查出来点儿什么了吗?"

李寒宵摇头,低声说:"钱管事在凤陵仙家与人为善,从未与人交恶。"

两人将查到的线索一一进行交换,得到的答案却都没什么价值。

"你不觉得很奇怪吗?"宁桃甩了甩昏沉沉的大脑,强忍着热意分析道,"一个人就算性格再好,也不可能没有人说她坏话。一个正常的有自己七情六欲的人,难免是有缺陷的。"

"在凤陵仙家这些仆人口中,钱管事完美得简直不像个……"宁桃顿了顿,"真人。"

李寒宵蹙眉接着分析:"你是说,这是她伪装出来的假象?"

"总而言之,我觉得这位钱管事有问题。在钱管事之上肯定还有个大BOSS。"宁桃小声说道,"钱管事顶多算是个替人做事的中等BOSS。"

李寒宵:"BOSS……是何意?"

"意思可多了去了,我这里的意思是指反派、大坏蛋、阴谋家。话本中专门给主角添堵,做坏事的。因为我们误打误撞发现了尸体,大BOSS这才杀了钱管事以灭口,故意伪造钱管事畏罪自杀的假象。"

就在宁桃和李寒宵讨论的时候,又有两三个小丫鬟小跑到了树荫下避暑。

"这天越来越热了。"

"快要入暑了吧?"

"唉,要是家主还未闭关就好了,往常这个时候,家主都会在府上布下个法阵,这法阵之中,四季如春,哪会这么热!"

这几个小丫鬟七嘴八舌地说着。

"也不知家主什么时候才能从梦魇缠身中走出来。"

"我觉得一定是楚昊苍的缘故,家主心善,自从杀了自己这位昔年好友后,便一直没从这心魔中走出来,天天做噩梦呢。"

"不知道这次谢郎君回来后,家主会不会叫谢郎君去见面?"

"自从家主闭关之后,也就只有谢郎君才能偶尔见家主几面。"

"唉,这些年谢郎君也不着家了,天南海北到处跑,也不知道究竟是在忙些什么。"

这几个小丫鬟七嘴八舌地说着,说得正热烈间,突然有谁失声惊叫了一声。

"呀,是谢郎君!"

几个小丫鬟立刻绷直了身子,朝正从不远处走来的谢溅雪敛衽行礼。

"郎君好。"

"见过郎君。"

谢溅雪明显也被这天热得够呛,苍白的面色泛着红,叫这几个小丫鬟起来:"这天太热了,你们起来说话。"

几个小丫鬟起来之后,却互相推推搡搡的,看着有些紧张。

谢溅雪温和道:"下次不可再妄议家主了。"

几人这才松了口气,飞一般地小声告饶离开了。

谢溅雪走到了宁桃和李寒宵身前:"桃桃,李道友,你们回来了?可有查探到什么线索?"

"没有。"将目光从这些丫鬟身上收回,宁桃摇摇头,"没找到什么有用的线索。"

谢溅雪无奈:"我这儿也没什么有用的线索,不过,不着急,慢慢来便是了。"

入夜。

宁桃神志清明地推开门走出了屋。

对于白天那些小丫鬟说的话,她一直耿耿于怀。

这次回到凤陵仙家,她总觉得如今的凤陵和当初的凤陵似乎不大一样,具体哪儿不一样,宁桃说不上来,只觉得好像少了点儿出尘的仙气,多了点儿叫人不大舒服的冰冷和黏腻。

加快了脚步,宁桃心里扑通直跳,悄悄摸到了李寒宵门前,敲响了门。

少年也不知道在里面做些什么,宁桃在门口蹲得脚都麻了,门才被打开。

李寒宵看到她,那张冷冰冰的棺材脸上露出了个惊愕的表情。

"桃桃?"嗓音中带着点儿困惑,"你在这儿做什么?"

黑夜中,李寒宵秀眉半蹙,眼里略含困惑。

"我、我来找你。"

蹲太久，宁桃颤巍巍地站起身，起身的刹那间，一阵天旋地转："脚，脚麻了！"

她眼前发黑，双腿一软，差点儿栽下去。

好在一双手及时捞住了她："我扶你去休息。"

宁桃一愣。

出乎她意料的是，李寒宵虽然看着羸弱，但接住她的臂弯结实有力，手臂上的肌肉紧实，腰细腿长。

"我没事。"口干舌燥地推开了常清静，宁桃大脑空白，将自己的来意瞬间忘了个干净，"呃，李同学，时候不早了，你要去睡就去吧。"

常清静："那你？"

找我做什么？

这五个字默默被常清静吞入了肚子里。

"我，我还有点儿事。"宁桃大脑混乱地说，"我来就是想说，呃，李道友你能不能帮我望个风，我想四处逛逛，找点儿线索。"

常清静："我陪你一起去。"

"不用！"

少年选择以缄默作为回应，表达了自己的态度。

"那好吧。"多一个人毕竟多一份战力，想到李寒宵惊艳的剑光，宁桃屈服了，"那你跟着我。"

常清静不解地问："桃桃，你准备去何处？"

宁桃深吸了一口气，眉眼沉凝："我想去看看谢遝之。"

"金师姐说谢遝之如今正在闭关，那些小丫鬟又说，谢遝之如今正在被梦魇缠身，"宁桃皱眉道，"我总觉得这些小丫鬟和谢溅雪出现的时机都太巧了，我想去看看。"

李寒宵拧眉："倘若是有心人布局引你前去，你待如何是好？"

"我也是这么想的，"宁桃说，"可是，眼下线索全无，只有明晃晃摆在我们面前的这条线。将计就计，顺着这条线往下走，总比到处抓瞎要好得多。"

而李寒宵也十分够意思，虽然眼里掠过了一瞬的惊讶，却还是二话不说，舍命陪了君子。

谢遝之居住的庭院离得不远，两个人借着夜色，悄悄地摸入了庭院中。

一踏入庭院中，便看到一团黑气缭绕，浮于屋顶，这漫天的黑雾，肌肤一接触，冰冷刺骨。

哪怕已经做好了准备，刚踏入庭院中，宁桃只觉得眼前一花，心里咯噔一下，暗叫了一声不妙。

还是中招了。

随即，整个世界都天旋地转起来。

第19章

黑雾顺着衣摆缭绕而上的时候，常清静面色微微一变，立时觉察出了不对。

他旋即又安定了心神，心想，凤陵仙家主攻神识，神识一脉，又以谢迢之为个中宗师，当真如此。

这雾气兴许是谢迢之的手笔，大雾已经将他与宁桃两人尽数覆盖，身边不见了宁桃的踪影。

常清静薄唇半抿，不敢掉以轻心，蹙眉凝神，专心致志地往雾气中走去。

他与宁桃踏入的分明是谢迢之所住的别苑，但脚下的路却恍若有千里之远，走了许久也未曾见到尽头。

越往前深入，雾气便越浓，这雾气浸没全身，每吸入一缕，便可乱人心神，引动人心头杂念。

饶是常清静运功抵挡，依然避无可避地中了招。

放弃了抵挡，常清静放下了手，静静地看向眼前这一幕。

大雾中，隐约一道窈窕的身影。

是苏甜甜。

少女仰着小脸，"嘻"地笑开："小牛鼻子！"

苏甜甜宛如花蝴蝶一般，提着裙子围着他蹦来蹦去："小牛鼻子，我喜欢你啊。"

常清静垂眸，心里大概摸清了这雾气是针对什么而来的。

这雾气针对的无非人心中弱点，大多数幻境也都是如此，十多年前，他曾遇到的那只虘兽亦然。

伫立在浓雾中，常清静静静地看着苏甜甜或笑或哭，诉说着对他的爱意。

在杀了师尊、与蜀山长辈亲朋决裂之后，他道心经过锤炼，比以往更加坚定。这幻境无非想引动他心中愧疚之情。有过当初破局的经验，常清静发出一道剑气，劈碎了面前的苏甜甜，继续往前走。

云雾如幕布般自两边散去，显露出了一座清雅朴素的宅邸。一眨眼的工夫，常清静便从一个成年男人，变成了一个小手小脚的幼童，正被一位美妇人牵着蹒跚学步。

"哈哈哈，我们家阿奴可真乖哟。"美妇人往他背后推了一把，"快，你爹在前面呢，阿奴快去找爹爹。"

常清静抬眼看向前方，不远处，站着一位与他容貌八分相似的中年文士，望着幼子笑容满面，目光和蔼。

拜入蜀山，一别红尘数十年，他几乎都快忘了父母亲朋的容颜。

感受着手上传来的淡淡温度，常清静默然半秒，挣开了父母的手，继续往前。

往前，雾气化作了熊熊燃烧的火焰，昔日的"家"付之一炬，化作一捧焦土。年幼的常清静跪在废墟上，眼珠血红地去扒这些瓦砾，将这废墟中已经烧作焦炭的断肢拖到一边的空地上，努力拼成个全尸。

常清静目不斜视，平静走过。

雾气旋开即合，最终又化作了白雪皑皑的蜀山。少年快步行走在人群中，面色窘迫，脸色黑得像块石头。在他身后，是十多个笑得东倒西歪的少年。

"嘻，我们小师叔，这蜀山上威风凛凛的执剑弟子，这么大了竟还穿着开裆裤。"

汉之前，人们常着"绔"，那时指代的便是开裆裤，在裤子外穿一层裙裳。自魏晋起，人们便开始穿上了有裆之裤，开裆裤多为幼童穿着。

张浩清将他带回蜀山，自然不可能一一教他这些琐事。

他便这样糊里糊涂一直穿到了少年，直到，某次维护蜀山戒律之时，与人过招，剑风撩起了裙摆，立时便有蜀山弟子大叫起来。

戒律是维护不下去了，常清静收起剑转身就走，脚步踉跄，恍若落荒而逃。他作为执剑弟子的尊严扫地，自那之后，常有蜀山弟子见到他便小声议论。

这一次，常清静指尖发出一道剑气，一剑劈碎了眼前的雾气。

道旁的雾气聚拢，化作一位白发的仙翁，温和地看着他，朝他招了招手："敛之。"

常清静嗓子一哑："师尊。"

张浩清笑问他："后悔吗？"

常清静攥紧了手掌，跪下行了一礼："弟子不悔。"这才起身离开。

起身的刹那，雾气又变。

这一次，常清静毫不迟缓的脚步却顿住了，神情微微动容。

面前是宁桃。

他预料到宁桃早晚都会出现，也在心中做好了准备。他以为，他见惯了幻境中的她，"杀"了她数百次，早已波澜不惊，这幻境中如果有什么是他不怕的，想必就是"桃桃"。

可是，常清静高估了自己。

面前站着的少女，与以往的高高兴兴的模样大不相同。她面色惨白，总是梳得整齐的发髻散落，披着长发，眼泪无声地从颊侧滑落，犹如一只孤魂野鬼。

常清静心中一动，心里泛起了也不知是什么滋味。

这是之前他在客栈看到过的宁桃。

宁桃的目光并未落在他身上，她只是往前走。

常清静猛然惊觉，不知从何时起，地面竟然变作了陡峭的悬崖，宁桃一路向着悬崖走去，在他面前跌入了无尽的深渊。

安静。

四周安静得仿佛只能听到常清静的呼吸声，如一盆冷水兜头浇下，常清静遍体生寒，脚下再也动不了一步。

崖畔的风呼啸而过，四周的景色逐渐扭曲，又聚拢成一个新的幻象。

还是宁桃。

这一次她从万丈高楼上一跃而下，在他面前粉身碎骨。

在这幻境中，宁桃一次又一次，自戕于他面前。

"我本来布下这幻境就是想探明你的真实身份，虽早有预感，却还是没想到李寒宵竟然当真是你。"雾气中传来了一道熟悉的嗓音，这语气三分惊讶，三分了然。

这道声音来得正好，常清静凝神细听，强行挥剑劈散了雾气，大步走了过去。

取而代之的是一个颀长清瘦的背影，昂着头站在廊下。

谢溅雪笑道："李道友，或者该称呼你常清静？"

看到谢溅雪，常清静并不意外，抽动了一下眉毛，平静地说："果然是你主动将我们引向此地。洞庭的命案是出自你的手笔？钱管事也是殒命于你手中？"

谢溅雪笑了笑："是我没错。我本是想转移你们的注意力于家主身上，没想到你们俩倒没被这几句话所迷惑。"

常清静没吭声。

他与张浩清一早便怀疑谢迢之是那个为了飞升而无所不用其极之人。倘若谢迢之真是那个阴谋家，他须精心保养自己的真元，不能使它为外物所玷污。杀人容易招致怨念魔念，他绝不会用杀人这个方式突破心魔。

谢溅雪落落大方地一一应了，笑着走到常清静面前："此地就我们两人，常道友你本就对我抱有敌意，那我也无须再另行遮掩。"

"洞庭那些百姓的确都是我杀的，"谢溅雪道，"你也知道我身子骨不好。虽说喝了你那半碗心头血，延长了寿命，可我这病体却并无任何更改。"

谢溅雪淡淡道："我自小就羡慕那些能跑能跳的孩子，羡慕他们有一具健康的身体。我这一生唯一的目标也就是能像普通人一般健健康康地活着，能跑能跳，能修炼。托你那半碗心头血的福，我如今已经不用日日担心自己哪一天会突然地死去，但这还不够，我还要一副强健的体魄。于是，我炼化那些人的生气为自己所用。却没想到让你们误打误撞发现了我埋尸之地。哦，钱管事是个替死鬼，可惜又被桃桃觉察出不对劲之处。"

常清静眉梢微动，蹙眉道："你告诉我这些做什么？又为何选择这个时候现身？"

谢溅雪苦笑："不是我想现身，而是我不得不现身，桃桃太聪明了。我今天下午虚晃的这一招，你们都未曾中计。她这么查下去，我早晚都会暴露，你们都已经进入了凤陵地界，总归已经是瓮中的王八。我此时不现身更待何时？"

常清静："桃桃呢？"

谢溅雪："她很好，只是暂且被幻境困住，不得脱身。常道友，我们做个交易吧。我知道你想保护她。"

"我很喜欢她。"谢溅雪轻轻笑起来，"她和我很像，是我的同类。一样死气沉沉却向往着生，向往着活。"

常清静转动脖颈，面色转瞬之间苍白如雪。

"我想你也看出来了，你看这幻境，"谢溅雪仰头望去，"她一直想死。"

"我知道，在她这副生机勃勃的假象之下，是一颗怎样矛盾、痛苦、挣扎的心。"

"这都是你害的。"谢溅雪扬起个堪称憨态可掬的笑，却步步紧逼道，"你害了她，害她从一个无忧无虑的小姑娘，到如今不得安宁，日日想死。

"你亲手杀了她不说，又自欺欺人，将她困在蜀山。你所做的这一切与其说是为了弥补她，倒不如说是为了让自己心里好受一点儿。她为了应付你，又要每日做出这副乐观向上的模样。她自己都活得生不如死，却还考虑你的心情，怕你疯，怕你入魔，愿意和你从头开始。"

常清静面色越发苍白难看了。

谢溅雪攻势却陡然一缓，又笑起来："你也知道你害她日日想死，所以你在幻境中看到了她一次又一次自戕于你面前。常道友，我说得对不对？"

"伤害既已造成，弥补不过是为了让自己好受一点儿的自欺欺人。不论你做什么，这道疤还在，永永远远一直都在。"谢溅雪嗓音轻柔，笑意温润，"桃桃她不会因为你折磨自己就原谅你，也不会因为你感到愧疚，更不会因为你喜欢上她，便原谅你。"

"哈哈哈，你如今扮作另一个人的模样，接近她，学着……你以为这样她就会喜欢上你了吗？"

他和谢溅雪都知道，这一切都是个一戳即破的可怕的幻象。

常清静眉目清冷，截断了谢溅雪的话："你和我说这些，是为了什么？"

谢溅雪拊掌笑起来："那我们就步入正题吧。你若是愿意做我的药人，供我日夜取血调养身体，我便放了她。"

果然如此。常清静神情不动，除了面色略微苍白，看不出谢溅雪刚刚这番话对他的影响。

谢溅雪："常道友，你说要是让桃桃知晓李寒宵就是常清静，常清静就是李寒宵，她会作何反应？你说她是相信你，还是相信我？"

常清静神情微凛。

谢溅雪后退了一步，失笑道："我戳破了你的真面目，你便想杀我了？我知道你杀了张掌教，可怜张掌教待你若亲子……杀戮解决不了问题。你难道要将知道秘密的这些人一个个全都杀个干净吗？"

"更何况你如今杀不了我，分出了一半元神，光凭这半身的修为想杀我远远不够。常道友，你不妨考虑一下，"谢溅雪道，"这也是为了桃桃好。"

"我不与你做交易。"常清静不为所动，闭了闭眼，长剑在手，"与你做交易，无异于与虎谋皮，桃桃我自己会救，你，我必须杀。"

却没想到话音刚落，谢溅雪露出了个笑，一挥手，骤然撕开了眼前这漆黑的浓雾。

"桃桃，你可都听到了？"

雾气散去，凤陵仙家终于回归了本来的面目。

宁桃静静地站在庭院中，愣愣地看着常清静，眼神复杂至极。

李寒宵，或者是常清静脸色微变，这才意识到被谢溅雪算计了。

常清静神思动得极快，刹那工夫，便已下定了决心。

既然被宁桃知晓了事情真相，他也无须再遮掩，当即指尖发出一道剑气，朝着谢溅雪心口刺去。

常清静骤然发难，速度极快，这一剑携山川浩荡之势，直扑谢溅雪！

谢溅雪眼中掠过了惊愕与一瞬的慌乱，没想到他竟然动作这么快，在宁桃面前依然面不改色敢对他下狠手。

"你心志真是坚定到可怕。"谢溅雪身形一动，四周又分出数十个幻影。

常清静平静地又刺出一剑，一剑砍下其中一个幻影的头颅："以后的事以后再说，杀你，我不愿浪费时间。"

谢溅雪毕竟只擅长医毒和幻术，修为不敌常清静，隐隐已落了下风。

数十个幻影，已被常清静砍得只剩下两三个。

常清静一路提剑追杀，鬓发散乱，杀得瞳仁微微泛红。

就在这时，一道刀气突然加入了战局，一刀别开了这明锐的剑光，将谢溅雪护在了自己身后。

常清静手上的剑光一顿。

宁桃迎上了常清静的视线，眼里很平静，是一种失望至极的平静："你不该骗我的。"

"李道友，"宁桃护着谢溅雪且战且退，苦笑了一下，张了张嘴，哑声道，"我这么信任你。"

方才，她不慎被卷入了幻境，是谢溅雪将她从幻境中救了出来。救出她之后，谢溅雪又立刻去找常清静。

两人的对话声隔着浓雾依稀传来。

——你说要是让桃桃知晓李寒宵就是常清静，常清静就是李寒宵，她会作何反应？

——我戳破了你的真面目，你便想杀我了？我知道你杀了张掌教，可怜张掌教待你若亲子……杀戮解决不了问题。你难道要将知道秘密的这些人一个个全都杀个干净吗？

常清静、李寒宵。

那惊才绝艳的剑术，若有若无的降真香气，对她莫名的善意……这些线索都串联在一起，得到了个再明显不过的答案。

其实她早有预感，早有所怀疑，但还是选择了信任。

怒火烧尽之后，宁桃已经不会再为常清静的"堕落"而感到愤怒和失望，心里只剩下一片冰冷的死寂。

她想不通，常清静为什么会变成现在这副模样。

苏甜甜对他的影响难道就这么深吗？他难不成就这么爱情至上吗？

事已至此，宁桃懒得再和常清静说些什么，说什么都说不通，多说一个字她都觉得浪费时间。

宁桃眼神清明，一刀挥出，隔开了她与常清静之间的距离，赶紧咬牙拽起谢溅雪。

"快走！"

常清静浑身浴血，脸色变了又变，最终又抿紧了唇，手握"行不得哥哥"去拦两人。

"让开，我要杀了他。"

宁桃差点儿气得七窍生烟："常清静，你有病！你是疯狗吗？你有完没完！"

常清静用力地喘息了一声，浑身煞气逼人，不依不饶地继续提剑去追。这漠然的神情，宛如一只不咬死猎物誓不罢休的大猫，看这样子隐隐又有了魔气入体的迹象。

谢溅雪被击退一丈，面色青白地喷出了一口血。

他病体孱弱，剑气却如风雷布令，疾、险、峻。

常清静眼神紧跟谢溅雪的一举一动，身上空门大开。

宁桃呼吸骤然一紧，缓缓握紧了刀柄，目光看向与谢溅雪缠斗的少年。

宁桃毫不怀疑再这样下去常清静一定会杀了谢溅雪。

就在常清静挥剑即将斩下谢溅雪头颅的那一刹那，宁桃一刀搠入了常清静的后心。

宁桃："你要杀了他，我就杀了你。"

心口一凉，常清静瞳孔微眯，手上的剑刃固执地往前递出，却还是偏了半寸。这一剑只划破了谢溅雪颈侧的肌肤。

眼里倒映出半空中飞溅的一串血珠，这一串温热的血珠飞溅到他脸上，少年这才猛然回神，感受到身上传来的一阵剧烈的疼痛。

常清静神情茫然，狼狈至极，目光缓缓下移，清楚地看到了自背后洞穿了他左肋下的长刀。

鲜血滴滴答答地滑落了下来。

常清静动了动唇，眼里隐隐的魔念烟消云散，他几乎是茫然又无措地看着宁桃，又看看左肋下的长刀。

常清静垂下眼,挥剑一剑将这长刀斩成了两截。

　　他用力地喘息了一声,拔出胸口那半截断刃,嘴角不断有血沫呕出。

　　宁桃丢下另外半截刀刃,看都没看他一眼,冲上前扶起谢溅雪,皱眉去问他的情况。

　　常清静捂住了伤口,刚刚追杀谢溅雪耗尽了他的心力,回过神来之后,眼前发黑。他努力撑起身子,不让自己摇摇晃晃摔倒在地。

　　宁桃问:"谢道友,你还好吗?"

　　谢溅雪摇头:"我没事儿。"

　　宁桃:"我扶你,你起来。"

　　拽起谢溅雪的胳膊,宁桃把自己当个拐杖,架着谢溅雪就要走。

　　常清静下意识地开口喊她,神情木木的:"桃桃。"

　　宁桃依然没施舍他半个眼神,闭上眼,深吸了一口气:"滚。"

　　扶着谢溅雪,两人相依偎着远去。

　　扶着谢溅雪,两人跌跌撞撞地穿行在夜幕中。

　　谢溅雪爆发出一阵惊天动地的呛咳声,面色苍白地努力扯出个笑。

　　"桃桃,抱歉。"

　　宁桃有些烦躁:"不关你的事。"

　　冲出院子之后,宁桃知道危机已经解除了大半。常清静没有能力在凤陵仙家的地盘上追杀他俩。

　　谢溅雪沉默了一瞬:"我也未曾想到李道友便是常道友,我进入李道友的幻境之后,竟然看到了蜀山,看到了常清静。这才想通其中的关节。"

　　宁桃目不转睛地看着谢溅雪。

　　方才和常清静缠斗了这么长时间,谢溅雪的状态也没好到哪儿去,他脸上毫无血色,却还是努力扯出个温和的笑,像是在尽力安抚她。

　　谢溅雪苦笑着抬眼看向她,黝黑的眼里好像涌动着莫名的神采。寻常人只消看一眼,便会被这视线所惑,坠入无尽的梦境中。

　　宁桃忽然开口道:"谢道友。"

　　少女神思清明,冷静极了,看上去压根儿没受影响。

　　"嗯?"谢溅雪微感惊讶,心里起疑,暗暗道:这幻术怎么会对宁桃没有用处?

　　"有句话我没有和你说吧。"

在谢溅雪微讶的刹那间，宁桃突然冷静地又从袖中掣出一把匕首，一剑捅入了谢溅雪的心口！

谢溅雪眼眸微睁。

扑哧——利刃捅入血肉的声音。

宁桃直接给了谢溅雪一刀。

谢溅雪当真是没对宁桃有防备之心，两人挨得极近，这一刀深深地捅入了谢溅雪的心脏。

一切都安静了。

谢溅雪愕然地看着没入心口的这一柄匕首，那副堪称虚伪的神态僵在了脸上。

剑刃连带着鲜血被拔出，谢溅雪气喘吁吁地捂着血流不止的胸口，僵硬而震惊地看着宁桃："你……"

捅了常清静一刀之后，又反手捅了谢溅雪，宁桃神思清明，冷淡地擦了把脸上的血："你当真以为我相信你吗？"

她又不是傻的，在这儿拍什么误会来误会去的苦情虐恋大戏，疑点这么多，自始至终她就没相信过谢溅雪。

宁桃给常清静和谢溅雪一人一刀——她拔出匕首转了一下，甩干净了匕首上的血，煞气逼人地缓缓站起身。

少女如同发怒的小狮子，眼神极其明锐冷厉。

谢溅雪恍惚间好像在宁桃的身上看到了楚昊苍的影子。

"我不管你们到底在打什么算盘，但别想利用我。"

第20章

捅了谢溅雪之后，宁桃头也不回，径自离开了凤陵仙家。

她觉得很累。宁桃疲倦地想，好像从来就没这么累过。

这一路走走停停，随便找了个客栈住了下来。尽量不去想常清静和谢溅雪这些破事。

宁桃坐在椅子上，眼睛有点儿发酸，尽量不让自己没出息地大声哭出来，只是小声啜泣。

她对李寒宵其实是有些好感的，一个长得好看对自己又好的少年，谁会不喜欢？她甚至都以为她移情别恋了李寒宵，已经彻底从暗恋常清静这段阴影中走出来了。

那天晚上李寒宵喝醉了说他有个喜欢的姑娘，她便将自己的心意埋藏在了心底没有表露出来，可谁能想到李寒宵竟然就是常清静的半身。

这让宁桃觉得自己就是个傻瓜，两次都栽在了同一个人手里。

哪怕她能理解常清静的动机，也无法原谅他。

一想到这段时间自己在常清静面前的所作所为，就几乎要被一阵难言的、窒息的尴尬吞没了，宁桃抓了抓头发，眼泪啪嗒啪嗒直往下掉。

这几天，宁桃一直都没从客栈出来。不过，这附近是凤陵仙家，客栈里来来往往的都是修士，她还是得到了点儿消息，说是他们搞出的动静影响到了谢迢之，谢迢之提前出关，转头派人去追常清静，而常清静重创了谢溅雪之后，已经从凤陵逃走了。

目睹宁桃扶着谢溅雪离开之后，常清静缄默了良久，也转身离去。

少年面色苍白，捂着血流不止的左肋，咬紧了牙根，眼眶微红。

为了谢溅雪，宁桃捅了他。

她……为了谢溅雪，不惜捅了他一刀。

虽然早就做好了被宁桃发现真实身份的准备，这一天的到来，却还是让他慌乱无措。

时至今日，常清静骤然明悟，哪怕是以李寒宵的身份同她成为朋友，相处数月，在宁桃眼里，只要和"常清静"这三个字牵扯上关系的，都是一文不值。

常清静死死地抿紧了唇，跪倒在一汪水潭前，看着水面上倒映出的少年，戾气横生，披着一身鲜血，唇瓣干裂，双眸无神，犹如一抹幽魂，一具行尸走肉。

他是真的想对她好的。

常清静睁大了眼，努力让眼里的泪水不落下来，缓缓地弓起了脊背，跪在水潭前，蜷缩得像个虾子。

她就像他少年时不甚在意摔破的琉璃瓶，他笨拙地使用一切方法，想要将这碎片一片片重新拼起来，哪怕手上被割得鲜血淋漓。

他不愿奢求更多，他真的……想和宁桃重新做朋友。

闭上眼，少年浑身颤抖起来，满脑子都是当初少女坐在船头，拍打着水花，红着脸大声唱歌的模样。霞光落在她发间，水花惊起芦苇荡中无数的飞鸟。

他想，他得去道歉。

常清静浑浑噩噩地站起身，努力静下心。

天际乌云滚滚，狂风大作，似乎是要下雨了。

他不放心她，一直都在她袖口留有特殊的香粉，循着这股若有若无的香气，常清静在客栈前停下了脚步。

他乌发披散在腰后。昔年作为蜀山小师叔，他最为注重仪表，向来一丝不乱，此刻却如同孤魂野鬼。

站在走廊上，常清静抬手叩响了其中一扇门。

屋里安安静静的，并没有任何回应。

常清静低下眼，唇瓣微颤，耐着性子，继续去敲。

咚咚咚——

不对劲。

少年站在门前，猫眼迷惘。

怎么没有任何动静？哪怕宁桃真的恨他至此，也不至于没有任何动静。他五感极为敏锐，很快就察觉到了门内传来的一阵若有若无的血腥味。

常清静面色陡然一变，挥剑劈开了面前的门。

入目是一扇素面屏风，地面上一片水渍。

门一开，浓重的血腥味儿几乎是争先恐后地钻入了鼻腔。常清静眼珠转了转，心跳顿住了，喉口仿佛也被什么堵塞了，愣愣地看着这扇素面屏风。

手脚僵硬地缓缓绕到了这扇屏风后面，"轰"的一声，像是有什么东西从他脑中炸开，常清静的唇瓣抖得越发剧烈，鬓发散落，视线模糊。

他看到了宁桃。

少女衣着完好，泡在了浴桶中。她明显是精心打扮过的，穿上了那件已经许久未穿过的蓝白色校服，梳着初见时的马尾辫，鼻梁上架着眼镜，手上戴着星星手链，背着大书包。

那只有些滑稽的，叫作凯蒂猫的白猫挂饰垂在书包边缘，浸没在了水里，手腕无力地搭在身上，鲜血顺着手腕上的刀口往外汩汩流着。

血液流向了水面，很快便与水融为了一体。

宁桃整个人都浸泡在了血水里，栗色的长发柔顺地贴在脸上，神情几乎是安详的，或者说冷静。

心脏剧烈地收缩，常清静唇瓣哆嗦得厉害："桃桃，桃桃！"

他一剑劈开了木桶，试探她的脉搏，企图帮她止血，却察觉到腕上另有一道凛冽的刀气，不断撕扯着伤口，与他的灵力相抗争。常清静不再犹豫，拦腰抱起宁桃冲出了客栈，一边往宁桃身上灌输灵力，一边往就近的医馆而去。

天际一声响雷，大雨倾盆而下，街上隐隐传来犬吠之声。因着是傍晚，又下了这么大的雨，街上门户紧闭，唯有门前悬挂着的牛皮纸灯笼，照出拳头大的烂黄色的光晕。

她手腕上的血还在流，常清静的状况也没好到哪儿去，他左肋下的刀伤崩裂了，鲜血从布料中渗了出来。

两人身上的鲜血交融在一起，汇聚成一道儿，仿佛亲密的相拥，但很快又被滂沱的雨水冲刷得一干二净。

灵力灌注入少女胸口，却恍若泥牛入海，毫无反应。有好几次，常清静几乎疑心她已经死了，颤抖着手指忙去探查她微弱的呼吸，脚下未曾留意，直直地跌了个跟头，摔得头破血流。

雨水打湿了头发，常清静撑着湿滑的青石板路面，忙爬起来，跪倒在地上去检查宁桃的情况。

刚刚这一跤，她从他怀里摔出，一头磕在了地上。

常清静狼狈地扶正了她的脑袋，双臂将她揽得更紧，跌跌撞撞地又往前继续跑。

他从未如此痛恨过自己的虚弱和无力。

少年苍白的唇瓣抖得厉害，眼前蒙着一层水汽，失去了焦距，表情看上去几乎快哭了。

如果他没有分身，如果他没有执意追杀谢溅雪……他不至于修为损耗如此，不至于连抱着她驾起剑光飞越而去都做不到。身上单薄的衣袍被雨水淋湿了，又湿又重地粘着肌肤，透着股瘆人的凉意。

常清静抱紧了宁桃，又用力擦去她脸上的雨水，往怀里抱紧了点儿，尽力替她挡雨。

他不能再失去她了。

常清静惶恐不安地想，他曾经差点儿亲手杀了她，而如今又杀了她一次。

将湿漉漉的头顶埋入了她脖颈间，眼泪顷刻间淌了出来，常清静呜咽了一声。

哪怕这么多年过去，哪怕他成了世人眼中的归璘真君，他突然意识到，在宁桃面前，他依然是当初那个总是将事情搞得一团乱的无能少年。

这是他这一生中，所跑过的最漫长的路，所经历的最黑的夜。

青石板路一经雨水冲刷，石板上的青苔湿滑不堪。他跌跌撞撞的，好几次都要摔倒。寂静的长街，仿佛是亡者的街道，除了几声犬吠，就只剩下了他踉跄的脚步声和恐惧的喘息声。

医馆内亮起了烛火，常清静僵硬地坐在长凳上，看着面前人来人往，呼吸间是草药微苦的气息。

有医女好心地递给了他一杯热茶，蹲在他面前柔声问："别担心，这姑娘没事儿了，这是你什么人呀？"

常清静喉口一窒，他发觉他竟然找不出任何一个词来形容他与宁桃之间的关系。

曾经他们是朋友，而现在——

常清静垂下眼，低声道："她是我的好友。"

"你知不知道这姑娘为何寻了短见？"医女皱眉问。

这姑娘在自己手腕上留下一道刀气，明显是死志坚决。

常清静艰涩难言，嗓音几乎快渗出血来："不知道。"

或许是因为得知了李寒宵就是常清静，可他心中却否认了这个答案。曾经在客栈所看到的画面在眼前分崩离析，伴随着谢溅雪的嗓音在耳畔不断回响。

——我想你也看出来了……她一直想死。

——我知道，在她这副生机勃勃的假象之下，是一颗怎样矛盾、痛苦、挣扎的心。这都是你害的，你害了她，害她从一个无忧无虑的小姑娘，到如今不得安宁，日日想死。

——你亲手杀了她不说，又自欺欺人，将她困在蜀山。你所做的这一切与其说是为了弥补她，倒不如说是为了让自己心里好受一点儿。她为了应付你，又要每日做出这副乐观向上的模样。她自己都活得生不如死，却还考虑你的心情，怕你疯，怕你入魔，愿意和你从头开始。

——你也知道你害她日日想死，所以你在幻境中看到了她一次又一次自戕于你面前。伤害既已造成，弥补不过是为了让自己好受一点儿的自欺欺人。不论你做什么，这道疤还在，永永远远一直都在。

宁桃好像做了个梦。

梦里是她们学校校门口，刚刚放学，校门口的电动伸缩门一打开，大家如潮水般涌出，三三两两，或是步行，或是骑着电瓶车，有说有笑。

她看到了她同桌、前后桌，他们嘻嘻哈哈地笑着，有的在捧着手机打着游戏，有的手里捧着奶茶、嘴里叼着烤肠。

她穿着身柿蒂花的齐胸襦裙，扎着双髻，站在校门前，愣愣地看着眼前这一幕，回过神来之后，疯狂地迈动步子，嗒嗒嗒地往前跑，一边跑一边挥手，喊他们的名字。

可他们却像没看到她一样。

她急得满头大汗，在他们面前使劲儿蹦跶。

终于，她同桌王怡文好像看到了她，惊讶地问："你是谁啊？"

"我、我是宁桃。"

王怡文："你骗人，你是穿越来的古代人吧？你压根就不是桃桃，你看看你现在的样子。"

她……她的样子？宁桃茫然地想。

伸出手看了一眼，看到了一截轻薄的纱袖，又低头看了眼自己这柿蒂花纹的裙摆，摸了摸系着发带的双鬟。

宁桃一个哆嗦，冷汗顷刻间冒了出来。

"你和我们根本不是一个世界的人。"王怡文说完这句话就走开了。

她一边哭着喊："我真的是宁桃！"一边用力地去扒拉发髻上的发簪和发带，脱去身上的襦裙，只穿着身单衣，在校门口大哭，胡乱喊着他们的名字。

"王怡文！周彤！叶昊！张明宇！你们等等我！"

我真的是宁桃。

我不是穿越来的，我不是古人。我是宁桃，是三中的学生宁桃。求求你们不要丢下我，我不是穿越来的异类。我回来了，我要回家，我要回家。

宁桃是哭醒的。

别丢下她，她不是异类。

睁开眼的刹那，猛然间钻入鼻腔的是微苦的草药味儿，宁桃有一瞬的恍惚，目光所至之处，是古色古香的陈设，不远处摆着一架红木大药柜，有学徒正在称草药，柜台前高高堆着几个草药包。

宁桃动了动手指，顺着手臂看去，手腕已经包扎妥当了。

一股强烈的、无法言喻的，深重的绝望在那一刻猛然席卷了宁桃的心扉，宁桃空洞地睁着眼，仰躺在床上，灵魂连同浑身的力气都被抽干。

她心里在尖啸，在疯狂地大哭大叫，然而她嗓子却好像被堵住了，喊不出口，只能将这锐利尖啸吞进肚子里，扎得她鲜血淋漓。

宁桃沉默地直起身子，泣不成声。

她没有回去，她又回来了。她宁愿王怡文他们不认得她，她也不想待在这儿了。

余光一瞥，宁桃看到了李寒宵。

李寒宵，或者说常清静，少年浑身上下湿透了，乌黑的发丝紧贴着肌肤，面色苍白得像雨夜中的鬼，唇瓣青白毫无血色。

"桃桃。"少年嗓音发颤，眼神空洞，眼角泛红，像是想要看她，又不敢看她。

宁桃默默蜷缩起身子，想努力收回眼眶里满溢的泪水："嗯。"

"不关你的事。"宁桃低声说，"我只是……只是太想回家了。"

常清静走近了点儿，却听到少女冷静的嗓音："你走吧。"

常清静眼底好像有大片黑暗蔓延开，浅淡的眸子泛着点儿深深的红，眼睛红得像只兔子。少年浑身一颤，就像是兔子竖起耳朵一个哆嗦。

宁桃颓然地用手捂住眼皮，涩声道："常清静，我是真的喜欢过你的，特别特别喜欢。我当时想要引起你的注意，做了很多蠢事，比如我故意唱那些山歌，后来我想想，又特别厌恶自己的肤浅和愚蠢，特别是苏甜甜出现之后。"

宁桃哭着说："你知道当时甜甜和我说什么了吗？她说她喜欢你，要我帮她追你。我也喜欢你啊，但是我不敢开口说，三个人的感情，好像晚说出了一步，就成了和朋友抢男人，就成了插足别人感情的第三者。那次甜甜跑出去了，你知道当时我看到了什么吗？我看到了她抱着你。我那时候真的特别羡慕甜甜，羡慕甜甜敢开口，敢大大方方地说明白自己喜欢你。"

常清静睁着红通通的眼，狠狠地扭过了头，宁桃每说一句，他呼吸就停滞了半分，仿佛呼吸进去的不是空气，是刀片。

他并不知道宁桃当初是这么想的，少年精神恍惚地想，倘若他一早就知道，他们之间再不济也不会沦落到这个地步。

"我看到了你们两个越走越近，你一点一点被甜甜吸引。你们两个当时总爱吵架，吵起来的时候眼里就只有彼此，但我当时真的特别羡慕，羡慕甜甜的活泼和肆意，活得大方，不像我，活得这么局促。"

"其实我也不想把自己弄得这么尴尬，像个怨妇，毕竟喜欢就是喜欢，不喜欢就是不喜欢。但我一直想问问你，"宁桃抽泣了一声，红着眼问，"你们两个吵架的时候有留意到我吗？有留意到被你们甩下的我吗？我当时就跟在你们后面啊。

"你说把我当朋友，可是你一次又一次都在放弃我。拍卖会那会儿，我拼了命地祈祷，希望你能来。你没来，还好我碰到了楚昊苍。"

然而，楚昊苍的下场两人不用说，也都知道。

"做假新娘那次，我坐在轿子里拼命祈祷你能来，你还是没来。"

越说，宁桃语速就越快，嗓音几乎有些尖厉。

眼前发黑，宁桃深吸了一口气，企图冷静下来继续说，却没有留意到在她这一系列言语之下，常清静眼神空洞，仿佛一个踩在了钢丝上的人，稍有不慎，便要坠落万丈深渊。

宁桃从醒来后，便一直有意无意地在粉饰太平，她的"不在意"，甚至让周围的人都以为她看开了，就好像她遭受的痛苦淡化了。

现在，她将过往的伤疤血淋淋地揭开，疼得常清静死死地咬紧了后槽牙。

小姑娘崩溃大哭："常清静，感情这种东西是会消耗的。我真的很难受，醒来之后，我每天都想死，我一想到我走火入魔之下杀的那些人，我就整夜整夜睡不好。我告诉自己要努力活下去，没关系。我告诉自己要活泼开朗点儿，于是，我故意装出比之前更大大咧咧、更活泼的个性。"

"我骗不了自己。"宁桃泣不成声，"你知道人一睁眼的时候，身在棺材里是种什么样的体验吗？我怎么喊，也没有人来救我，我喊得嗓子都哑了，我使劲儿挠棺材板，把棺材板挠花了，我以为自己又要再死一次。

"我好不容易遇到了琼思姐姐他们，开始自己的新生活了。你为什么要一而再，再而三地来打扰我，我一看到你就会忍不住想，想到从前那些事儿。"

太过强烈的感情波动，终于抽空了宁桃所有的力气，宁桃抬手胡乱地擦了两把眼泪："求求你，放过我吧。"

她求他放过她，她说一看到他就僵硬就难受，他是她恨不得甩开的赘余，他代表的就是她过往的伤痛。

常清静脑中轰的一声，魔念随之而生。

少年眼里空茫，没有焦距，完全是凭着本能走上前，乘其不备封住宁桃各处大穴。

宁桃愣了一下，霎时间便感觉浑身僵硬，动弹不得。

"常清静你——"

她错了！她不该激怒他的！宁桃心里又急又气，看着面前这眼珠子发红的常清静，感到了一阵久违的恐惧。

都说神经病情绪不稳定，她逞一时口快，招惹他干吗！他会恼怒之下干脆一气杀了她？还是干脆也砍下她的手，击碎她的丹田，像杀了张浩清一样杀了她？

宁桃警惕地看着常清静越走越近，却没想到，他竟然将她按在桌子上，垂着眼睛去亲她。

少年几乎偏执、着魔、失去意识般，眼珠血红地去亲她，滚烫的手牢牢地扶住了她的腰身。

"桃桃、桃桃，对不起……对不起。"少年梦呓般地道，散落的乌发间，露出猩红的兔子眼。

他扣住她的腰身用了很大力气，亲她的时候，浑身发颤，好像是卑微地讨好，胡乱地亲吻着她的鬓角、额头，鼻尖。

常清静在亲她。

只是这个念头，意识到这个想法，就让宁桃浑身上下忍不住哆嗦起来，一阵强烈的恐惧油然而生，随即翻涌而上的，是一阵恶心。

她曾经暗恋过他，暗恋中的小姑娘当然也会幻想心上人甜蜜的吻，但绝对不是像现在这样。

伴随着吻一路往下，好像有什么温热的液体落在了宁桃肌肤上。

常清静哭了。

宁桃如遭雷击，难以置信地转动脖颈。少年低泣、哀求，众人眼中一剑震慑八荒的剑仙，此刻抖得像个鹌鹑，唇瓣也是冰冷的。

如果说一开始常清静的吻还算克制，可到最后，像是失了控制，变成了陌生的、贪婪的、濡湿的吻，好像只有这样，只有这样亲密的贴合，亲密的结合，才能将她揉进自己的骨血，才能再也不分开。

宁桃挣扎得很厉害，却还是被他压得喘不上气来。

她被迫仰着头，他的手垫着她的后脑勺，胡乱地亲她。

宁桃终于受不住，又哭了出来。

少年面色苍白中泛着潮红，眼神清明又夹杂着令人心悸的汹涌的感情。

她虚岁十六那年来到了这个陌生的异世，之后一年半的时间暗恋常清静，醒来后又一年半的时间，如今不过刚满十八周岁。

小姑娘哪里有过这种接吻的经验，经历这一切，眼泪止不住地往下淌。

就在这时，常清静好像终于回过神来，魔念散去，看着面前羞窘得哭了出来的宁桃，他面色惨白，眼里终于流露出了点儿畏惧之意。

"桃、桃——"

言还未了，禁锢刚一松开，少女突然弯下了脊背，当着他的面"哇"的一声全吐了出来。

常清静猝不及防地就被吐了一脸，怔在原地，秽物沿着乌黑的发丝滴滴答答地流了下来，又顺着道袍往下滑落。

屋里霎时间安静得可怕。

宁桃眼前发黑，胃里一阵翻涌，又恶心又愤怒。

她昨天到现在其实都没吃什么东西，吐的大多是酸水，吐到最后，胃好像都要被呕了出来。

常清静冷不防被她吐了一脸，呼吸陡然安静了下来。

宁桃眼里不加掩饰的厌恶，令他如坠冰窖。

发丝上犹粘连着秽物，常清静想，原来，他令她厌恶到了这种地步。

沉默了半响，常清静什么也没说。

她与他之间身高差距太大，若想要帮她揩去唇角的污渍，跪下最好。

于是，他默然地半跪在了这一地秽物面前，沉默地想要帮她揩去唇角的污渍。

宁桃却一偏头，躲过了，嗓音沙哑，却还是那句话："常清静求求你放过我吧。"

屋里安静极了，夜风夹杂着大雨从门前的布幔中卷入，周遭安静得好像能听到两个人的呼吸声。

常清静缄默不言，直起身，脑子里机械性地缓缓重复着那句：求求你放过我吧。

她求他放过她。

他抽身站起，嗓音喑哑："好。"

跌跌撞撞，孑然一身地迈入了那场夜雨中。

第21章

常清静这一走就是大半年。

自那天他孤身一人走入夜雨中，黑夜仿佛将他吞噬了，他再也没有出现在宁桃面前，也鲜有消息传来。

偶有消息，无非也是谢迢之出关，严令罚罪司追捕常清静。罚罪司的修士一次又一次追上了他，一次又一次重创了他。

他受伤不知不觉间已经在修真界是个值得庆祝的好事，人人喜气洋洋地互相庆祝，迟早必将他捉拿归案。

半年后。

江南一艘乌篷船上，孤舟青灯，月华收敛，夜雨如注。

宁桃披着蓑衣，头戴斗笠，提着盏鱼灯，矮着身子匆匆忙忙钻入了船舱，冰冰冷冷的夜雨胡乱地在脸上拍，夜雨乱打鱼灯，摇曳出迷离的水漾般的微光。

这艘船不大，船舱里却满满当当地堆了不少书篓。

"这雨下得好大！"费劲擦了把脸上的雨水，解开身上的蓑衣，宁桃叹了口气道，"不知道什么时候才能到诸暨。"

自从那次与常清静分别之后，宁桃又回到了白鹭洲书院念了两个月的书。两个月后，张琼思和宋居扬一行终于忙完了手头上的事，前来接宁桃离开。

四人向宋先生辞别，又继续天南海北地到处跑，去了云南滇池、金沙江、腾冲，去了蜀中，去了巴水、荆州……

张琼思盘腿坐在船舱中，膝上放着张地图，在图上勾勾画画。

他们已经游历了不少地方，这回是受宋先生所托，前往绍兴府诸暨县拜会宋先生一位好友——梅大俊，对方亦是一位算术大家。

见过了山川地理之广博，天文星辰之深邃奥妙，四个人一边走，一边充实自我。

换了一身干净的衣服，宁桃趴在船舱里，也开始记自己的学习日记。

"易传曰，仰以观于天文，俯以察于地理，穷理之事也，儒者格物致知将以顺性命之理而立天地之道……这大半年里，我和琼思姐姐跑了许多地方……"

他们四个年纪小，其中以张琼思学识最为广博，然而即便是琼思姐姐也没到能著书立说的年纪，所能做的不过是四处游学顺便完善现如今的地理志。

这回前往诸暨，又是受宋先生所托，帮着这帮大儒打下手，梅先生如今正忙着将自己学习天文历法之心得汇作一本书，他们就帮着订讹补漏，查查可有什么计算错误。

打了个哈欠，宁桃揉了揉眼睛，合上了日志。

苏醒之后，她非但解了毒，而且身体更加健康，皮肤更白了，就连视力也回归到了正常水准。

有了前车之鉴，宁桃对自己这双眼十分之爱惜，在摇晃的船舱里、晦暗的灯光下看书是大忌！做了会儿眼保健操，将日志往枕头底下一塞，宁桃闭上眼开始睡觉。

她对现如今的生活十分满意，见识了天地之辽阔，才意识到从前困于方寸之间的自己有多狭隘。

第二天船靠了岸，又步行了一段时间，终于到了梅先生的居所。

才到住所门口，刚巧在门前碰到了不少儒生，当中也有太初学会的师兄师姐，最让人意外的是，宁桃竟然看到了本应还在白鹭洲书院的邵康和孟狄。

将宁桃的震惊收入眼中，孟狄笑道："怎么？桃子，看到我俩就这么惊讶？"

邵康解释道："宋先生也叫我们来打下手。"

"欸！琼思，桃桃，你们来得挺快嘛！"师姐招招手笑道。

其余几个并非太初学会的学子看了眼宁桃、蛛娘和小扬子都面面相觑。

怎么来了仨小孩？

在场的学子外貌大多已二十多岁或三十多岁。这回帮着梅先生著书，订讹补漏并非易事，来的大多也是年纪稍长的师兄师姐。

问题是这仨小孩跑来是干吗的？

"哦，这是宁桃、宋居扬和蛛娘，都是一块儿来帮忙的。"太初学会师姐笑道。

众学子：啊？骗人的吧！

梅先生是位样貌清癯的文士，白发整齐地梳拢入鬓角，眼角的细纹很深，看人时目光温润和蔼，却毫无老年人的混浊，只觉得清明。

宁桃和张琼思从前在学会见过梅先生一次，这回算是久别重逢。

宁桃和小扬子一进屋，中气十足地大喊了声："梅先生！"

"学生见过梅先生！"

梅大俊此刻正在侍弄花草，放下了手里沾着泥的剪刀，诧异道："咦？你们来得这么快？吾还以为你们至少要正午才到。"

短暂寒暄之后，梅先生领着他们往里走，和蔼地看着宁桃他们，嘴中却吐露出最恐怖的话语："这么长时日没见，待会儿定要考考你们的学识，看看你们可曾懈怠。"

四人顿时如遭雷劈。

宁桃心脏立刻停跳：呃，开学考什么的最凶残了好吗！

蛛娘颤巍巍道："先生，我能不能不考啊……"她是妖怪，刚开智还没多久的妖怪，最笨了好吗？

梅先生淡定道："不能。"

张琼思默默揽蛛娘入怀："乖乖，不哭啊，小乖乖。"

梅先生家中不大，却遍栽嘉木，青瓦白墙亘以绿水。

"吾平生无所好，唯嗜书与花。"梅先生笑着伸手指点，言谈间颇有几分自豪，和刚刚那个一来就要开学考的恐怖大佬恍若两个人，"这是四季海棠、牡丹、芍药，这是……"

在指向一团粉色的小花时，梅先生顿了顿，捋须笑道："这我便要考考你们了，你们可知晓这是什么？"

这就像宁爸爸，宁爸爸生平无所好，唯爱花，爱酒，爱看网络小说，爱下棋。可以说是天下中年男人之模板。每当家里来人时总要向客人显摆一番自己侍弄的花花草草。

跟着宁爸爸摆弄花草久了，宁桃蹲在这丛小花面前多看了两眼，略一思索："先生这个是不是扶桑绣线菊？"

"扶桑绣线菊？"梅先生诧异地道，"你竟然知道此花，这的确是从扶桑传来的。"

看着宁桃的目光中已多了几分赏识。

"不错，看来这段时日的游历的确长进了不少。"

"哦，这个你们应当是不陌生了，"梅先生指着不远处黄澄澄的佛手柑笑道，"听闻你们前不久刚从闽地折返。"

"这是佛手柑。"察觉到梅先生的考较之意，宁桃道，"里面肉白无子，味短而香馥最久，置之室内，香气弥久而不散，南人以此雕镂花鸟，做蜜饯果实甚佳。"

十多个人边走边交谈，来到屋里，梅先生叫他们坐下，又从室内拿出来了一沓卷子，大笑道："听闻你们要来，这是我前几天便为你们准备好的卷子，做吧。"

末了，还十分贴心地补充了一句："我就在这儿看着你们，不急。"

十几个学生差点儿齐齐淌下热泪来：先生，我们不需要你如此上心的！

谁说古人算术不好的？比如说隋唐之后，我国《开元占经》所载《九执历》中便曾经介绍了天竺传来的正弦函数表。这卷子上的题目难到宁桃拼命抓头发，绞尽脑汁，头都快炸了。

好不容易做完了，也到了正午时分。

众人崩溃的表情似乎是愉悦了梅先生，梅先生眉眼含笑，大发慈悲地叫他们去吃饭，又叫几个年纪最长、成绩最好的学子在东厢房帮忙批改试卷。

这卷子上都为历算题，题目艰涩难懂，计算复杂，又融入了不少西洋那边的几何题型，比如说《授时历》中的这个"弧矢割圆术"，即与求解球面直角三角形的方法是类似的。又或者是《授时历》中的这个"招差法"。

其中一个师兄批着批着卷子突然睁大了眼，将这卷首翻来覆去地看了几遍，没错，这上面的确写着"宁桃"这个名字，也就是今天上午看到的那小孩儿！

如果他未曾记错的话，这似乎是经他手下批改的得分最高的卷子了。

师兄立即有点儿怀疑人生，以为是哪里出了错，忙又仔仔细细核算了一遍。

没错，的确是最高的分数。

而且这小姑娘答题十分工整，有逻辑，写得一手好字，看着十分让人赏心悦目，这字体他竟然生平未曾见过。

"你们都来看看！"师兄用力拍了拍桌子，惊叹道，"你们都来看看这卷子可有什么问题？"

其余的师兄师姐纷纷凑过头来，也倒吸了一口凉气，聚在一起又检查了一遍，的确是没有问题，加分上面也没有特别宽容。

这卷子是梅先生亲自出的，有三道题尤为难，这小姑娘竟然能考出这么高的分数，简直就是奇迹。

"这个姑娘叫宁桃？！"师兄乙捧着茶杯，兴奋地说，"我们这小师妹天资竟然如此之高。"

就在这时，一位太初学会的师姐刚好打了水从屋外走了进来："你们在说什么呢？"

"你看看，"众人激动地抖了抖卷子，"你们太初学会的小师妹的卷子。"

"哦，宁桃啊，"太初师姐伸头看了一眼，又不感兴趣地收了回去，"这正常。"

在场众人：呃，虽然不知道是怎么回事，但总感觉好像莫名其妙地被太初学会的狠狠表现了一把。

某师姐丙恶狠狠掐住了太初师姐的脖子，怒道："给我装！继续给我装！"

在场众人都是来自各儒门学会，对于这些好苗子个个都是思之如狂，太初学姐这无形装腔最为致命，立刻招来了众怒，笔墨纸砚于空中乱飞。

而此时此刻，以张琼思为首，蛛娘、宋居扬、邵康等几个小的正鬼鬼祟祟地蹲在廊下商量正事。

"蛛娘，"张琼思肃然道，"你确定没有走漏风声？"

蛛娘猛摇头："没呢没呢。"

"小扬子！"

小和尚抬头挺胸："到！"

张琼思用手指着他："东西都已经准备好了？"

邵康道摸摸下巴："待会儿就等吃晚饭的时候给桃桃来个惊喜了。"

"惊喜个鬼。"刚从东厢房里偷摸过来的孟狄，崩溃大叫道，"还给宁桃过个鬼的生日！"

四脸蒙：什么？

孟狄捶胸顿足："我刚刚偷看完成绩回来！你们知道宁桃考了多少分吗？！"

邵康似有预见，颤巍巍地问："多……多少？"
孟狄："满分！"
四人异口同声："我去！"
那他们刚刚出去对答案的时候，宁桃竟然还特一本正经地说好几道题不会写，这次一定考得很差了！用宁桃的话来说就是，这个可恶的学霸！
"就这样你们还打算给学霸过生日！"孟狄一手捂住胸口，一手颤巍巍地指控道，"过个鬼的生日，就地埋了吧。"

前几天宋先生又在书院中抓壮丁去绍兴诸暨，帮梅先生打白工。
想到宁桃就在那儿，过几天就是她生日了，孟狄和邵康是主动请缨的，为了能来，甚至还遭受了宋先生好一番试题轰炸摧残，美其名曰考考他们有没有这能力。
——却没想到啊。
几人扼腕叹息，内心翻涌着深深的忌妒，学霸竟然如此之恐怖。

考完试之后，宁桃就饿了，揉着饥肠辘辘的肚子走到厨房。
宁桃抽了抽鼻子，心道好香。
扶着门框，宁桃探出头来激动地问："大娘，今天是烧了什么好菜吗？"
却没想到厨房里忙活着的厨娘看到她，竟然"哎哟"叫了一声："小祖宗你到这儿来干吗？"
宁桃羞赧道："我、我有点儿饿了。"不甘地继续抻着脖子看，"大娘，今天烧的是什么菜呀？"
厨娘没回答她的问题："饿了啊，那你等等。"一转身走到蒸笼前，揣了个馒头塞到了宁桃嘴里，"给，先吃这个垫垫肚子吧。"
被一个馒头就打发了，宁桃也不失落。叼着个馒头，她像条小狗一样兴冲冲地从厨房里蹿了出来："琼思姐姐！今天梅先生烧了好多好菜——"
话音未落，但见孟狄几人一脸怨念地盯着她看。
宁桃默默地咽下嘴里的一口馒头，硬着头皮问："怎么……怎么了？都盯着我看干什么？我脸上有东西吗？"
孟狄森森一笑，振臂一声高喝："来人给我抓住她！"
张琼思大声嚷嚷道："抬走！埋了！"
蛛娘："埋，埋了！"

这边鸡飞狗跳，岁月静好，另一边，常清静的生活就有点儿悲惨了。

果如他所料，谢迢之出关之后，打着正义的旗号，以"罚罪司司魁"的身份下令，不计一切手段将他追回。

与宁桃分别之后，半身回归本体，少年一夕之间抽条长高，变作了青年模样，只是苍白孱弱如昔日。

这么长时日的风餐露宿，日夜杀伐，就算是个钢浇铁铸、铜筋铁骨的人也熬不住这经年累月的磋磨。

秦小荷自那日见势不妙飞身离去后，便拜在了谢迢之门下，道是与常清静有旧怨。对于秦小荷与常清静的过往，谢迢之不置可否，没多问但也给了她一批手下。

谢迢之的攻势愈加猛烈，步步紧逼，在这攻势下，常清静绝无喘息之机。

罚罪司某处幽深的地下水牢内。牢狱是由坚硬的大块石板所砌成的，用的是修真界最为坚固的石料。水牢共有十八层，如螺旋状层层往下延伸。两侧墙壁浑然一体，密不透风，烛台上的灯光幽微。

秦小荷端着灯台，裙摆曳地，缓缓步下石阶。

修真界大大小小的城池中，都设有罚罪司的监牢，关押天下各地的罪犯，其中有人，有妖，也有修士。

监牢内每一层都不缺罪犯痛苦的呼喊声，越往下，声音越凄厉，而到达底层的时候，声音听起来已是气若游丝。

秦小荷一直下到第十八层，刚迈下最后一层台阶，脚踝便被冰冷刺骨的水面所浸没。

秦小荷握紧了灯台，心中暗道，若是长年累月浸泡在这冷水中，恐怕这双脚也是废了。

定了定心神，秦小荷继续往前，终于在一间水牢前停下了脚步，找到了自己要找的目标。

这是个血肉模糊的、姑且能看出"人形"的男人，霜白的长发脏污不堪地披在脸上，他下半身都浸泡在这冰冷的水里，琵琶骨被拇指大的锁链穿透。

此时他半垂着眼，沉默地看着水面上的倒影。

秦小荷朝对方笑了一笑，高高举起了灯台，照出男人的真容。

她唇瓣一张："归璘真君。"

常清静面色平静，毫无惊诧之意，淡淡地扫了她一眼，缄默不言。

任谁都想不到，这被关押在水牢底层的，竟然就是罚罪司如今通力追捕、大名鼎鼎的常清静。

任谁也做不到在罚罪司的追捕下全身而退，哪怕是昔日那位修真界最强的度厄道君。

秦小荷看着常清静的眼里有同情也有讥讽："据说是你的同门将你送入这间水牢的？是叫孟玉真、孟玉琼？"

秦小荷本来以为这是常清静的痛处，却没想到常清静依然低垂着眼，不置一词。霜白的长发铺散在水面，这水中的寒意无时无刻不深入骨缝，常清静眼睫毛微颤，水珠顺着纤长的眼睫毛滑落，沿着高挺的鼻梁上，又落入干裂的唇瓣中。

几日前，在由阆邱、蜀山和罚罪司三方合力发起的一场围捕中，他不敌众人，被玉真、玉琼所捕获，关进了这座水牢。

从开始到结束，玉真与他之间没有过哪怕一个字的交流。少年对他失望至极，将他押入水牢后，通知了谢遒之，转身便走。

秦小荷后退一步，细细地打量着常清静，忍不住冷笑道："不愧是真君，当真是道心坚定，不为外物所动。"

不过这些都不重要了。

抓到了常清静这一消息已经传回了罚罪司总部，岭梅仙君谢遒之不日之后便会赶来。

秦小荷掣出匕首，缓缓走近，目光缓缓地落在了常清静的腰腹上。

常清静一身道袍破碎发黑，浸泡在水中，薄薄地贴着肌肤。这连日以来的蹉跎使得他面露病态，瘦骨嶙峋，然而神情依然漠然孤傲。

秦小荷死死地盯紧了常清静，激动得心脏怦怦乱跳，梦游般地想——

快了，她马上就能为她和妹子报仇了。

高高举起手中削铁如泥的匕首，秦小荷咬紧牙，一刀捅入了常清静丹田之中！

扑哧——

利刃入肉的动静响起，血液飞溅上脸，感受到刀尖上传来的血肉的触感，秦小荷双目通红，脑子里嗡的一声炸开，当下神思尽没，大脑被复仇的快意所支配。

一刀又一刀深入常清静丹田，力道大到常清静甚至能清楚地看到刀尖带出的飞扬的碎肉。

吃力地喘息了一声，常清静猫眼冷凝，捏紧了指尖。他十根手指中有八根指甲都被血淋淋地剥去了，剥得很细致也很完整。

常清静咬紧了牙关，眼前仿佛有大片大片空茫的黑暗荡开，也依然硬是不发出一点儿声响。

这么多天他都是这般过来的。

罚罪司水牢底层关押的犯人多是大奸大恶之辈，越往下，刑罚越严酷。这几日以来，究竟遭受了多少非人的折磨常清静已经记不甚清。

秦小荷并不担心常清静会突然挣脱锁链对她下手，这锁链是由异铁制成，探入锁骨中，绕锁骨一圈才牢牢扣死，他如今已是任人鱼肉的阶下囚。

到最后，秦小荷干脆丢了匕首，直接把手伸进了常清静的丹田去摸。

第22章

女人的手在血肉中穿行，剧烈的痛感袭来，忍耐到了极致之后，常清静猫眼猛然收缩，随之而来的是眼睛一瞬的失焦和涣散。

而此时，秦小荷终于在他丹田中摸到了她想要的东西。

她笑起来，用力攥住，用力将这东西从常清静丹田中抠了出来，拿到眼前细细地观赏着。

这是一颗莹润的如墨夜般的内丹，被黑雾烘着，美丽得有些妖冶。

秦小荷看着手里这颗内丹，不由得失了神，喃喃自语道："原来这就是魔核吗？"

谢迢之传音于她，叫她挖出常清静丹田的内丹一探究竟。

这还是秦小荷第一次近距离看到这所谓的"魔核"。魔核是萃聚无数魔念、因果业障所养成，魔意横生，兼具蛊惑人心之效，秦小荷不敢再看，匆忙将魔核收入袖中，这才抬眼看向常清静。

"仙君嘱咐我的正事做完了。"秦小荷淡淡道，"真君，如今也是该清算你我之间的私怨了。"

说着，秦小荷走到了附近的桌子前，扫了一眼这桌上的刑具。

她对这些一知半解，在妹子死前，她甚至只是个没什么脾气的、任人践踏的草包美人。妹子的死改变了她，她是具被恨意支配的行尸走肉，只有对常清静啖其肉饮其血才能稍稍抚平她心中的怨恨。

她不懂这些刑具又如何，这并不妨碍她在常清静身上一样一样试验，搞清楚它们的功效。

秦小荷先是拿起数根铁扦，将其中一根钉入了常清静的左手掌心。

魔核被挖出，如今常清静几乎与凡人无异。

常清静浑身上下一颤，下颌绷得紧紧的，垂着眼看了一眼自己的左手掌心，手指不受主人控制地痉挛起来。

鲜血顺着掌心落入水中，顷刻间，便与污水融为了一体。

紧接着又是右手掌心，双脚脚面。

秦小荷又换了小一些的铁扦，将其一根根钉入了常清静的指腹。

男人面容冷峻，微圆微挑的猫眼却如同少年，犹含青涩的稚气。此时乌发披散在颊侧，眼睛低垂，身上伤痕累累。

秦小荷脸上露出个似哭又似笑的扭曲表情，转头去拿烧得通红的烙铁印在了他腰腹的伤口上。

常清静侧腰立时便烫出了两个焦炭黑的圆口大疤，这人肉被炙烤的味道在水牢内弥漫，饶是如此，常清静竟然脸色依然没有多少变化。

他垂着眼，一言不发。

鲜血在水面上铺开，血色久久不散。

常清静呼吸急促，浑身上下都开始痉挛起来，神情恍惚。

很冷，也很渴。

他滴水未进已有数日。

这水牢的水面下放置了一颗千年玄冰珠，寒意顺着小腿一路往上攀爬，足足透入了骨头缝里。

常清静面色通红，烧得大脑昏昏沉沉，努力拽回自己的思绪。抿了抿干裂的唇，常清静喉结滚动，咽下了一口干涩的唾沫。

自腰部往下虽然都浸泡在水中，可泡在水中的犯人纵使渴死了也喝不到这当中一滴的水。

秦小荷先变了脸色，闻到这空气中的焦味儿后，她胃里翻涌，差点儿吐了出来。

还未将这桌上的刑具用上一半，秦小荷便受不了了。她虽恨透了常清静，一心为妹子报仇，却也觉得这些刑具当真是灭绝人性，令人生厌。

女人默然了片刻，丢了刑具，转头走出了牢室，叫来狱卒动手。

"这里面的犯人，不用我说，你也知道他做了什么。"秦小荷牵着唇角冷笑道，"只要留上一口气，随便你如何折腾。"

狱卒点点头，笑道："姑娘放心吧，这些交给我们就成，没必要脏了姑娘自己的手。"

言罢，便拢起桌上的刑具，推开牢门走了进去。

他们这些狱卒都已是行刑的老手了，知道如何在留着一口气的情况下，叫人求生不得，求死不能。

狱卒道："得罪了。"便将手中的匕首贴近了常清静的大腿肌肤。

这乃是酷刑中最常见的"凌迟"。刽子手极为细致地用刀将犯人的皮肤一刀一刀给片下来，精通于此的刽子手，能在脔割人体时，而不使对方流血，或者说，只流一点血。

伴随着大腿上的肌肉被一刀一刀割下，狱卒将这些片肉又拢到一起。

常清静垂着眼，平静地看着自己血肉筋膜狰狞的大腿，神情一如旁观这场酷刑的局外人。

血流得有点儿多了。

狱卒甩了甩手，停下了动作，拎起早已准备好的冰水桶浇了过去。

哗啦——

人体受冷，脉闭血收。

这场酷刑持续了约莫一炷香的工夫。

狱卒走到桌前喝茶歇息，抬起眼打量着自己的这幅作品。

眼见常清静这无动于衷的模样，就连狱卒也不由得微微咋舌，暗自感叹了句，这道士当真能忍，如此心性和毅力，难怪能成为仙华归璘真君。

常清静并不关心狱卒施加于自己身上的酷刑。秦小荷的到来带给了他一个重要的信息。

谢迢之来了。

水牢内的狱卒警惕性很高，这几天他一直遍寻脱身之法，却苦于找不到任何行之有效的法子。

然而秦小荷挖出了他的内丹，致使他沦为一个凡人，这或许降低了狱卒的警惕性，他们盯他便没有像往常那般紧。

就在这时，秦小荷突然招手叫那狱卒出去，说了些什么。

常清静动了动唇，眼睫半敛，心知自己的机会来了，舌尖顶着上颚，自体内吐出一颗圆滚滚的珠子。

这珠子含在口中，竟灵气四溢，神光耀耀，已到了合于先天，妙禀自然的境界。灵力如游蛇般在体内游走，一路往上肢而去。

常清静眼睛一眨，毫无停顿之意，调动这颗珠子内的灵气直接断了自己的肩胛骨。

肩胛骨断裂，钩着肩胛骨的铁链松动脱出。

常清静先空出一只手，替自己把脉查探伤势，灵气入脉，不由得微微蹙眉，身上这伤，比他想象中更为严重。

来不及借这颗珠子调养伤势，常清静眉头不动地将这颗珠子往破了一个大洞的丹田中一塞，指尖运动剑气，捏作银针大小。

剑气为针，灵力为线，将这腰腹上的伤口匆匆缝合，这才转身又一道剑气劈开了其余的锁链，直掠而出。

正同狱卒低声嘱咐着什么的秦小荷，敏锐地察觉到身后一道冷而厉的剑气袭来。

"不妙！"

她心头一沉，忙转身应对。

却见一道耀眼如月华的剑芒，撕破了水牢中的黑夜。

强光所致，秦小荷与狱卒都短暂失明了一瞬。

秦小荷只觉袖中一轻，心中大呼了一声。

魔核！

然而再睁开眼时，面前哪里还有常清静的踪影。

水牢铁门被人一剑劈开，尚未弥散开的剑气如同星海游动四周，点点星芒照亮这久不见天日的地牢。

这、这不可能。

秦小荷犹如被人抽空了力气一般跪倒在这污水中。

唇瓣抖得剧烈，恐惧摄住了她的心魂。

她不可置信地伸手去接这散落的异彩剑芒，浑身发抖。

内丹都被她挖出了，常清静他怎么还能运使如此强大的剑气！

天色微明，万籁俱寂。

此时太阳尚未升起，却已有不少附近的妇人抱着一盆盆脏衣，拨开清晨的薄雾，来到溪边浣衣。

她们捶打着衣服，彼此之间有说有笑。

哗啦——

一阵水声响起。

溪水竟然自中央分开，水流分成两半。

从水中爬出个衣衫湿透，浑身是血的人出来。

附近正在洗衣的妇人们见状，纷纷尖叫着，丢了手中的棒槌、木盆拔腿就跑。

常清静无暇多管这些妇人，睫毛微颤，几乎是唯恐不及地咽下唇瓣上的水珠。

水珠湿润了唇瓣上皲裂的死皮，却无法缓解喉咙里的渴意。这点水于一个极度缺水的人而言，无异杯水车薪。

他浑身湿透，高烧烧得他头重脚轻，身上的鲜血很快被水流冲散，落在了水面。

溪面上不但漂荡着血水，还漂浮着散落的衣物，皂角和白面及诸香做成的洗衣丸子滚落在水底。

一人一道剑气，好不容易杀出地牢，常清静伤痕累累，沉默不语地跪倒在溪边，掬起了一捧水，狼吞虎咽地一饮而尽。

入口泛着点儿古怪的涩意，常清静眉梢微蹙，却还是埋头一连饮了三四口。毕竟身后的追兵不会留给他挑三拣四喝水的时间。

支着鲜血淋漓的大腿站起身，这才又从魔核中抽出本命灵剑，挂着剑跌跌撞撞往前而去。

出了郊外森林，常清静踉跄着掠入了城中。

此时雨水初霁，烟柳画桥，不远处正有女童提篮卖花，街头巷口，走卒商贩，引车卖浆的老翁，货郎的拨浪鼓从街头当啷响到巷尾。

诸暨地处江南，江南一向豪奢，诸暨百姓生活大多也平安富足。

他衣衫褴褛，蓬头垢面的模样已经吸引了不少人的注意。常清静加快了脚步，往城南的方向而去，大腿肌肉撕裂，鲜血顺着腿根滑落，连带着一股钻心的疼。

这几天下了一场雨，街上污水横流。

方才在溪畔喝的那几口水完全不足以缓解喉咙里的渴意。喉口渴得犹如炭烧，实在渴得厉害了，他便蹲下身在众人的视线之下，喝一口水洼里的污水。

耳畔忽而响起一阵佩剑相撞之声。

常清静掬着水的手微微一顿，侧耳细听。

"追！快追！"

几个佩剑的罚罪司修士很快追来，气急败坏地道："他重伤在身，跑不了多远的！"

"常清静这等魔头要是跑了，你们就以死向天下谢罪吧！"

匆忙咽下一口水，他像条狼狈的狗一样继续往前。

城南墙脚正坐着个打盹的小乞丐，常清静上前叫醒他。

"我给你这些钱，换你身上这件衣服。"

小乞丐茫然地抬起眼，看到他手心这几两碎银之后喜不自胜地忙点头同意了。

这小乞丐经年累月未曾洗澡，袖口裤腿甚至都粘上了一层虱子卵。

一套上对方的衣物，察觉到布料内爬行的虱子，常清静浑身一僵。一向足不染尘，高高在上的蜀山仙君哪里有过这种经历，硬生生按下了心头的恶心之感，抿着唇将头发以头巾包裹，混入了人流之中。

他个头高出寻常成年男子许多，不敢多作停留，一路走走停停，直待入夜，这才松了口气。

笑闹之后。

宁桃蹲在地上，悲伤地看着方才混乱之中掉落在地的馒头："馒头！我的馒头！"

"还吃这玩意儿！"张琼思恨铁不成钢地戳了戳小姑娘的脑门，不知从哪儿变出一块儿软糕往宁桃嘴里一塞，"这个都堵不住你的嘴？"

梅先生忽而从屋里走出来，笑道："晚饭烧好了，快来吃饭吧。"

宁桃闻言，双目一亮，立刻精神百倍地原地复活："来了！"

几人争先恐后地跨过门槛，迈进屋里。

看见屋内的光景之后，宁桃不由一愣。

皆因，屋里众人都围坐在桌子前，炯炯有神地看着她。

桌上菜色丰盛得简直像是在过年。

"能不给这学霸过生日吗？"众人窃窃私语道。

"可恶啊。"某师兄咬牙切齿。

某师姐双目无神，生无可恋地连连摇头："未曾想到，我们竟然被一个姑娘碾压了。"

竟然还考不过一个姑娘，这说出去脸还往哪儿搁？

小扬子穿梭在屋里，正帮着盛饭忙得团团转，听到动静，抬眼笑道："桃桃你来啦！"

肩头一沉，宁桃扭头看去。张琼思面上露出个浅淡的笑："桃桃，生辰快乐。"

桌前一众师兄师姐也纷纷站起身，大声笑道："桃桃，生辰快乐！"

梅先生举着酒杯遥遥相祝，笑得眼角细纹堆叠在一起："生辰快乐，桃子，来，到我身边坐。"

前几天他就收到张琼思寄过来的信了，说是刚巧他们来的这天是宁桃生辰。

人老了就爱热闹，梅先生乐呵呵地帮着张琼思几个瞒着，今天大一早就在忙活着买菜，又从地窖里搬出了几坛子醇香的老酒。

"生日快乐，桃子。"孟狄在她背后轻轻推了她一把，"还不快去落座？小寿星公。"

宁桃不可置信地道："今天……我的生日？"

众人一脸震惊："你学傻了吗，今天是你生日你还不知道。"

"不愧是年纪轻轻的学霸。"

"这等好学忘我的品行，实乃吾辈楷模。"

宁桃：真不是这样的。

不是说她傻到连自己生日都不记得，实在是因为她一向过的是农历生日。

每年都是宁妈妈说快到她生日了，她这才意识到自己快过生日了。在宁妈妈的照顾下，她只需要乖乖做个五谷不分、四体不勤、要干啥干啥的废物就够了。

没了宁妈妈的提醒，到了这个世界之后，每天忙着和常清静四处除妖，根本就没想过过生日这茬儿。等意识到这一点的时候，又忧伤地想起来自己生日早就过去好几个月了。

这好羞耻好尴尬，也好感动。

宁桃涨红了脸，在众人簇拥之下走到梅先生身旁坐下，紧张得几乎同手同脚。

毕竟还是个小姑娘，众师兄师姐莫名感到欣慰，虽然考得挺高的，但毕竟还是个为人处世稍显生涩的小丫头。

"来来来，喝酒啊。"

孟狄举着酒杯严肃道："桃桃，你知道孔夫子的学生中曾经有个最好学的人，叫什么吗？"

宁桃："颜，颜回？"

孟狄："对，你知道他后来怎么样了吗？"

不等宁桃回答，孟狄又抑扬顿挫道："有颜回者好学，不幸短命死矣！"

正值秋风凉，菊黄蟹肥的时候，螃蟹刚刚上市，今天一大早，梅先生就特地去菜场提了一笼子回来，只只个头儿又大又饱满。

年轻人都爱吃口味儿重的，他年纪大了，味觉没之前灵光，也偏爱重油重盐。

这一笼螃蟹都是油焖，蟹壳红通通泛着油光，雪白的蟹肉紧实，用指头抠出黄澄澄的蟹黄，鲜得像是能滴油。宁桃最喜欢吃蟹膏，入口有点儿黏，但味道比蟹黄还香，佐着酒吃风味堪称一绝。

一帮人聚在一起笑笑闹闹，不知不觉间月上中天。

宁桃喝多了酒，头晕脸红，出来站在院子里透气儿。

常清静饥肠辘辘地穿行在人群中。

他活这么大从未有过如此狼狈。

肚子咕噜叫唤了一声。

常清静浑身一僵，面皮有点儿冒热气，捂住了胃一声不吭。

他虽是修士，但到底没飞升成仙，终归还是个肉体凡胎。算算日子，他已经有将近半个月未曾进食了，身体跟不上灵力消耗的速度。

如今的身体不足以再支撑他辟谷，他若想要活下去，必须饮水吃饭。只是他将身上仅剩的钱财都给了那小乞丐，眼下已是身无分文。

常清静闭了闭眼。

一向高高在上的仙华归璘真君，于生活经验这方面实在是一窍不通。

拖着伤可见骨的大腿，常清静扶着墙，缓缓地走到巷口坐下，喘了口气。

门后的人家似乎是在办什么宴席，酒气和螃蟹的味道乘着夜风降落，一直往他鼻子里钻。

不远处几条野狗正在抢一块儿馒头。

常清静目光闪了闪，移开了视线。

从没想到自己竟然有一天能沦落到羡慕几条野狗的地步。

"你戳这儿干吗呀？"孟狄朝宁桃招招手。

"小孟？"宁桃看了一眼孟狄，青年一脸醉醺醺的模样，"你怎么出来了？"

孟狄虽然喝酒上脸，但神志还是很清醒的，就是说话有点儿磕巴："没酒了，梅先生打发我出来买酒呢。来来来，学霸陪我跑个腿儿呗。"

宁桃心想自己现在也没事儿，一口答应。

刚刚她在屋里被起哄得狠了，轻微社恐再度发作，好不容易才逃出来。这时候出门吹吹夜风醒醒酒也是好的。

大晚上黑漆漆的，夜路不好走。古代不比现代，到夜晚还灯红酒绿，一般这时候普通小县城大多已经睡下。孟狄又喝了酒，刚一出门只觉得被什么东西给绊了一下，差点儿给绊摔着，不由怒道："啊！什么玩意儿？"

定睛一看，石阶上竟然有个模模糊糊的人影。

孟狄皱了皱眉，下意识伸出手把宁桃往身后一挡，轻声道："有人。"

宁桃："谁？"

腾出一只手,高高提起了灯笼。

灯笼的光摇曳了两下,拉出几道暧昧的灯影,勉强照清楚了对方的容貌。

孟狄松了口气。

竟是个乞丐。

这乞丐生得十分高大,头巾包裹着头发,只在颊侧垂下几缕霜白的碎发。

老人？

宁桃也回过神来,伸着脑袋看了一眼,疑惑地想。

不像啊。脊背挺直,也没驼背。

但宁桃的视线扫来的时候,面前这乞丐一侧肩膀竟陡然一僵,像是被雷劈中了一般,原本还算挺直清瘦的脊背像是被什么东西压弯了,猛地扭过了头,佝偻着身子,沉默不语。

天太黑,这乞丐侧脸对着他们,头发又挡住了脸。宁桃看不清楚对方的模样,但勉强能辨别出来这是个成年男人,很是清瘦,窄腰长腿,侧脸英俊。

宁桃:这个世道乞丐都这么帅吗？

孟狄也吃了一惊：这人高马大、四肢俱全的青年男人竟然跑出来做乞丐？

转念一想,忽而又自己说服了自己。

天大地大,什么怪事没有,或许是哪个家道中落,沦落至此的可怜人罢了。

身后的大门被推开,随之走出来的是一对儿打着灯笼的少男少女。

常清静浑不在意地半合着眼,将脸靠在墙壁上休憩。走了这大半天,高烧使他脑中还是昏沉得像团糨糊。

或许是因为这一路逃过来撕裂了他匆匆处理过的伤口,伤口遇上脏污,感染发炎了。

心知自己这样坐在别人门前不大好,但他几乎已经丧失了分辨的能力,只能往边上靠了靠,尽量藏身在阴暗处,不叫这两人看见,免得平白无故吓着普通百姓。

"啊！什么玩意儿！"

两人中的少年一脚正好踩中了他脚面,常清静闷哼了一声。

那少年惊得跳起来,忙皱眉护着身后的姑娘："有人。"

那姑娘问："谁？"

那姑娘并不害怕,反倒还接过了少年手中的灯笼。两点橘红色的灯光落在了女孩浅褐色的瞳仁中。

夜风扬起了她颊侧微卷的栗色长发，她眼睛一眨，有些许好奇。

这道嗓音响起时，天知道常清静整个人都僵硬了，仿佛有蚂蚁顺着脚踝往上爬，一路钻进了心脏里，心脏鼓动了一下，全身上下的血液为之逆流，脑子里只剩下了两个字——桃桃！

第23章

常清静攥紧了掌心，呼吸急促了一瞬，又慌乱地忙屏住了呼吸。

这半年来，他曾经勾勒过无数次宁桃的容貌，却做梦也没想到会在这样的情况下重逢。

她不愿看到他，求他放过她。"放过我"短短三个字无异于诛心。他便再也没敢出现在她面前。

老天就像是和他开了个玩笑，他衣衫褴褛、狼狈不堪，甚至能察觉到虱子在肌肤上爬行的细微触感。

常清静面色略微苍白，难堪地低下了眉眼，耳畔嗡嗡作响，全身僵硬得如同木石，恨不能将自己的存在感一再压低。

他心乱如麻。无论如何，这都不是值得相认的场合。

看到是个乞丐，宁桃有些尴尬地红了脸。

大晚上灯笼直往人家脸上撑这也太失礼了。

"对不起啊。"宁桃窘迫地道歉，"我们都没想到这儿有个人。"

对方没有吭声，沉默一瞬之后，站起了身往前走。

但刚走一步，身形忽地往一边栽去。

常清静忙扶住了墙，脑子里还在嗡嗡响，脸色一会儿是冰冷的惨白，一会儿又是羞赧的红，咬紧了牙，一步一步往前挪。

宁桃敏锐地闻到了一股血腥味儿，将灯笼往前一打。

仔细一看这乞丐身上竟然被鲜血浸湿了大半，他大腿根处的血迹尤为重，裤腿下面还在淅淅沥沥地流着血。

可惜对方没有再让她多照，跌跌撞撞地离开了，宁桃更内疚了，只好把灯笼往前伸了伸，帮着照亮夜路。

匆匆忙忙买了酒回来，路过大门时宁桃不由得又多看了一眼，没想到那乞丐竟然还在。

或许是因为大腿受了伤走不了多远，他垂着眼坐在不远处的墙根下面休息，霜白的长发低垂，遮住了眉眼。

宁桃提着酒坛的手紧了一紧。

不知道为什么，对方这身高和这白发童颜让她想到了常清静。

但宁桃也知道自己是傻了，常清静怎么可能这么巧出现在诸暨，还沦为了乞丐？饶是眉眼看不分明，但隔着夜色，依然能勾勒出对方挺直的鼻梁和形状优美的薄唇，只是他唇瓣皲裂得厉害，肚子好像也在咕噜噜地响，像是好几天都没吃过东西。

常清静本也想转身离开，奈何身体实在不足以支撑他继续往前。

这一路走来，脚心的血洞崩裂，汩汩流血，将鞋底浸透。袜子粘连着伤口，带来钻心地疼。

但这倒也不是不能忍，只能说，他没有离开，或许是因为心里好像有个声音在叫嚣。

再看一眼，只再看一眼。

常清静脚步一顿，默默拣了个不起眼的角落，倚着墙根坐了下来。

本想着就这么再看一眼，等宁桃进去后就走，却未曾想到多日未曾进食，饥饿的肠胃不遵主人之意，没出息地咕噜作响。

常清静呆住。

听到对方肚子咕噜噜的动静，宁桃不由得有点儿同情面前这个乞丐了，更何况她和孟狄两个之前的确无礼了点儿。

想了想，宁桃转身把酒坛都塞到了孟狄怀里。

"你干吗去？"孟狄愣愣地问。

"我去拿俩馒头！"宁桃头也不回道。

她倒也想装菜，但菜这东西到底不如馒头干粮来得方便，实在又顶饿。

用个干净的布袋子揣了一袋子馒头，几根玉米，又装了一壶水。光吃馒头可能没味道，又去拿了俩咸鸭蛋，装了一小袋子的酸豇豆。

刚走出厨房门，宁桃又想到忘了个东西，赶紧折返去拿。

拍了拍鼓囊囊的布袋，宁桃踏出大门口，犹豫了一下，不安地想：

这也不知道对方收不收啊。

毕竟看这"乞丐"的坐姿、容貌、气度，明显是落了难的（叫"乞丐"有点儿不大合适，但她也找不到更恰当的称呼）。人家也没讨饭呢，她跑去大大咧咧地递一袋子馒头，是不是有点儿高高在上的施舍之意？

拿都拿出来了，后悔也晚了。宁桃心里纠结了一个来回，还是鼓起勇气走上前。

不管了，姑且就当作赔礼道歉了。

"那个，你好。"宁桃干巴巴地开口。

对方猛地僵硬了一瞬，像是只慌乱的兔子，匆忙地低下了眉眼，别过了头，只用侧脸对着她。

宁桃也吓了一跳，迷茫地想。

她长得也不恐怖吧，怎么他看到自己一惊一乍的？

"我觉得你可能没吃饭，要是不介意，把这个东西拿着吧。"宁桃说着就把这口袋递了过去。

袋子口没系上，隐约能看清这里面的馒头和玉米。

常清静眼睛像是被刺痛了，错开了视线。这一袋子吃食像是在明晃晃地提醒着他，他如今只是个落魄的、饥肠辘辘的乞丐。

他或许该拒绝。

莫名的自尊心作祟。

久别重逢，他不求光鲜靓丽地出现于她面前，竟也未曾想到会是现在这么狼狈落魄之态。

宁桃在施舍吃食给他。

他虽然作乞丐打扮，但到底不是乞丐，接过这袋吃的，无异于自己贬低自己。

她已经看不起他了，他唯一能做的就是抱着残存的自尊，在她面前好歹还能有几分……可取之处。

可常清静心里同时也明白，他如今饥肠辘辘，的确急需吃食来恢复精力和体力。

他已经不再是当初那个高高在上的仙华归璘真君，一袋吃的，足以让他主动放下自尊，将自尊摔在地上踩个稀巴烂。

眼看着对方一直没什么反应，宁桃豁出去了，将手里的包裹往他怀里一塞。

"这个，你先拿着吧！算、算是赔礼道歉！刚刚是我失礼了。"宁桃绞尽脑汁地努力搜寻着措辞，紧张地道，"我知道你其实并不是那个……乞丐，你这容貌和气度也不像。

"我也不知道你身上究竟发生了什么事儿。但人活在世上，哪有过不去的坎儿……"

完了，越说越鸡汤了，宁桃自暴自弃地闭上了嘴。

一场秋雨一场寒，入了秋，秋夜微凉。

常清静瞳孔微睁，像是被这袋猛然入怀的吃食给烫住了。

好暖……

常清静垂下了眼，梦游般地想。

直贴着胸口，暖和得叫他不愿意放开。

心里的这些斗争，在这一瞬间统统粉碎。

这猝不及防的善意，让常清静慌乱，受宠若惊，喉口哑得说不上话来，只缓缓收紧了包袱。

这是他逃亡路上收到的第一份善意，却还是源于宁桃。

常清静心道，他或许只是想，多接触宁桃一点儿，哪怕一点儿，这一点点的接触都是足以支撑他继续往前的气力。

常清静抿了抿干涩的唇，最终什么也没说。

不敢说话，担心一开腔就暴露，担心一开腔，就什么都藏不住了。

宁桃也没在意，目光一扫，面上不动声色，心里却是一跳。

对方的十根手指竟然全是血肉模糊的！！指甲盖像是被人齐齐整整地拔去了，两只手掌心正中也有两个血窟窿，像是被什么东西钉进去过。

难怪这人走路这么艰难了，原来竟然伤得这么严重。

动了动唇，宁桃犹豫再三，起身准备走，没走两步，又停下了脚步。

最后实在忍不住了，问："你的伤不要紧吧？我这儿有药，你要不要进来包扎一下？"

倒不是她圣母，任谁直面这伤势，都不会看到了装作没看到。

可面前的人却缓缓摇了摇头，又垂着眼，一声不吭了。

清瘦的肩侧仿佛落满了秋夜的冷霜。

得。

这个态度已经很明显了。

看对方的气质，或许是哪个世家弟子也未可知。

从她和玉真、玉琼、何其、谢溅雪他们的接触来看，这些世家弟子虽然表面上温和周到，礼数做得尽，但其实个个心里傲得很，这位落了难，终归还是有份自尊在的。

宁桃也不强人所难，挠了挠头道："那你好好休息。"转身又嗒嗒地跑进了屋子里。

于是,呼啦一声,夜风吹过,一切又都安静了下来。

冷清得像是没有人来过,宁桃的出现就像是一场梦。

飞沙走石,不远处隐隐有轰雷之声,似乎是要下雨了。

常清静怔了一下,动手解开了袋子,这里面除了水囊,竟然还有一壶酒。

常清静眼有点儿热,嘴角不由得扯出了点儿极为浅淡的笑意,他鲜少笑,宁桃之前总吐槽他笑起来拘谨。

拿了根玉米出来,常清静收敛了笑意,放在嘴边咬了一口。

玉米煮得软烂,糯而甜。

啃完了一根玉米,胃里有了点儿东西,也恢复了点儿力气,常清静又走到了墙根下面。

这府邸由围墙围着,他将脸轻轻贴在围墙上,又顺着墙滑下,靠着墙根静静地坐了一会儿。隔着一堵墙都能清楚地听到里面嘻嘻哈哈笑闹的动静。

忽地,常清静他突然听到了"生辰"两个字。

愣了一下,常清静低下头,突然抽出了"行不得哥哥",使劲儿一拽,拽下了剑上的剑穗,又走远了。

大晚上,大多店铺已经关门歇业了,他好不容易找到一家当铺,当了这剑穗换了点儿银两,又去首饰铺子低声下气地恳求,买了支簪子攥在了掌心。

摊开掌心,看了眼手心里的簪子,路上敲别人家屋门,问人买了副纸笔,这才走回了"梅府"前。

常清静沉默地前行,尖锐的簪子握在掌心微凉,他却觉得浑身发烫,绕着梅府走了两三圈,把信和簪子都放在了大门口,敲了敲门,转身离开。

过了一会儿,门开了,开门的竟然正巧是宁桃。

远远地,他看到她有些茫然地睁着眼,打量了一下这空荡荡的街道。

没人啊。宁桃想。

她没看到这地上的发簪,左顾右盼着,又嗒嗒嗒地跑回去关上了门。

"谁呀?"张琼思问。

"不知道,门口没人啊。"宁桃困惑了。

张琼思浑不在意:"那可能是走错了,走吧,回吧。大家都还在等你呢。"

宁桃的嗓音一点一点地低了下去,忸怩窘迫地说:"其实真没必要等我。"

张琼思一巴掌呼在了她脑门上:"小寿星公,不等你等谁啊。"

常清静浑身发冷地走上前,拿起了发簪,重新攥在了手心。

靠着门又坐下来。

一扇门隔绝了屋里的欢声笑语。

力气仿佛在这一刻被抽空了，这一路淋着雨走来，他脑子里昏昏沉沉，已经没力气再想东想西，手指颤抖得厉害，将发簪重新拢入了怀中。

常清静是在一片稻草堆里醒来的。

他醒来的时候，小乞丐就蹲在不远处盯着他使劲儿地瞧：长得真好看啊，像是冰雪雕成的人，哪怕像个破麻袋一样被甩在稻草堆上，也依然霜雪出尘。

青年面色潮红，眉头紧蹙，像是做了个噩梦，柔软的长发铺散在身后，胸前起伏得厉害，伤口还在往外渗着血。

小乞丐看着他这还在往外冒血的伤口，犹豫了一下，没敢上前。他还记着他刚刚上前差点儿被一道剑气削飞了脑袋呢。

对方虽然浑浑噩噩地昏睡着，但像只警惕性极高的刺猬，高大的身躯团成了一团。

"你醒啦。"一个声音响起。

今天上午见到的那小乞丐，远远地蹲在一边，捧着根玉米在啃，眼神关切又警惕地盯着他。

常清静没去计较这根分外眼熟的玉米和地上明显被翻过的袋子，动了动唇，嗓子干得像是能滴出血来："是你？"

"我一直在找你，"小乞丐拘谨地笑道，嘴边还挂着玉米粒，"我觉得你给我的钱太多了，不大好意思拿。"

说着，小乞丐丢了手里已经啃了个干净的玉米芯，在衣服上擦了擦手，走上前来，想扶他坐起来。

常清静一偏头，冷淡地问："他们嘱咐了你什么？"

小乞丐僵在了原地："什么？什么他们？"

常清静看了他一眼，没有力气再和这小乞丐虚与委蛇，手指一动，发出了一道剑气。

小乞丐跳起来，惊恐地伸着手胡乱挥了挥，辩解道："你等等，我没恶意！我、我就是想扶你起来坐坐！"

下一秒，小乞丐哑口无言。

青年已经缓缓坐直了，长发披散在腰后："我不知道他们对你说了什么，又吩咐你做什么事。"

常清静没看他，只是打量着如今身处的环境。

这是一座不大的城隍庙，如今是深夜，四下无人，唯有灯火点点。

"但我这儿有一事交给你，你帮我将这封信带给他们，说是转交给岭梅仙君，便也算完成了他们让你做的事。"

小乞丐的气焰一点一点弱了下去，张了张嘴，方才酝酿了一肚子的话顿时变成了个屁放了出去。

面前这人说的话的确没错，他的确是有预谋而来的。

今天上午他刚和对方换了衣服，拿了银钱，还以为天上掉馅饼终于掉到了他头上，却没想到还没走几步远，就被人拦住了。除了刚开始抓他这阵仗有点儿吓人，看清他的脸后，对方倒也没为难他。只说他们是罚罪司的修士，前来抓捕一个叫"仙华归璘真君"的罪大恶极之人，就是今天上午和他换衣服的那个。要是之后又看到了，务必过来通知他们，必有重谢。心里惦记着这事儿，于是，这一天，他都在城里晃悠，晃着晃着竟然还真让他捡到了这位昏倒在别人家门前的"仙华归璘真君"。

咽了口唾沫，小乞丐动摇了。俗话说，吃人嘴软，拿人手短。那几个什么罚罪司的，明显是想要这位的性命。

这位好歹给了他这么多钱，他转身就把人家给卖了是不是忒不仗义了点儿。他鬼使神差地没立即通知那什么罚罪司，而是费了好大力气先把这人搬到了城隍庙里。

小乞丐盯着那信看了一会儿，最终屈服，小心翼翼地蹭上前，接过了信，没忍住问："你……你真是那个什么仙华归璘真君啊？"

常清静没吭声，方才说了这几句话，几乎就用光了他的力气。

小乞丐心道：这人……还挺傲的。

结果下一秒，对方就又打了他的脸。

常清静缓缓闭上眼，道："嗯。"

青年嗓音沙哑，多说一个字好像都费力。

小乞丐惊了。

对方虽然看着傲气了点儿，却还是回答了他的问题，话虽不多，但也算一直在附和，没让他自己一个人空叨叨。

或许是出于礼节，又或者是……

管他呢。

这位"真君"没狗眼看人低，他心里很是喜欢。

那几个什么罚罪司的，说话彬彬有礼，看他却还是有点儿嫌弃的。

有了能交任务的信，想到这近在咫尺的赏钱，小乞丐心情很好地抱来了一堆木柴生火烧水。生火的空当，便自顾自地说了起来。

常清静既不轻视他，也不同情他，与他偶尔低声说着话。

小乞丐自称小林，孤儿，从小就靠乞讨度日，见惯了别人冷眼，也见惯了别人同情的眼神。好不容易碰到个人竟然把他当个正常人交谈，还没计较他吃了人家一根玉米，大为感动。

很快，水烧开了，小林给常清静倒了杯热水。

常清静喝了，又靠着墙微微喘息。

小林说话嗓门儿矮了下去，没再打扰他。

虽然喜欢他，但让自己帮忙叫大夫这是没门儿的。他们这种乞丐生了病都是靠自己硬扛着，眼前这个，也只能指望他多扛一会儿了，熬过这一阵病就好了。

第24章

第二天天还未亮，小林带着常清静转移阵地。

这城隍庙早上人来人往，人多眼杂，不好再待下去。

安置好了常清静之后，他怀里揣着信照着之前罚罪司修士留下的地址走了过去。

本以为这仙家约定的地点，不是什么洞仙福地，好歹也是个什么高门大户吧，却没想到只是座江南城镇再普通不过的民居。青瓦白墙，并无任何独特之处。院中绿柳低垂，摆着些花花草草，种着些佳蔬菜花。守在院子里的人却并非常人，个个身佩刀剑，容貌扎眼，一身萧肃的杀气。

踏入正中的那件屋舍，便看到有几个修士正坐在一圈榉木椅上议事，小林有些迟疑。单看这屋子，那什么罚罪司倒真像是朴实无华，没啥架子，为民请命的。常清静他真的犯了什么罪大恶极的事不成？可是他也不像啊？

小林想破了脑袋也没想出个所以然，那厢坐在主位的修士已然抬起眼看向了他。

谢遝之神情沉稳淡然，手畔搁着一杯茶却未曾动过。

小林紧张得浑身冒汗，托出早已准备好的说辞，将信一并奉上，偷偷觑眼打量着这位岭梅仙君。

这位岭梅仙君，当真如同一枝经霜的梅花，梅骨天成，容貌峻拔中不失秀美，眉梢微拧，自有一股淡淡的威压萦绕于屋舍中。

谢迢之问道："他人在何处？"

小林直冒冷汗："他、他叫我送了这封信后便转身离开了。许是不信我，怕我通风报信。"

谢迢之并未多为难他，得知他的来意之后，便叫人带他下去喝茶休息。

"我已知晓，劳烦你跑这一趟。"

这……这就完事了？小林瞠目结舌。

但身边已有修士礼貌地请他下去了。

小林虽然腹诽，到底在这位仙君面前没敢多待。

别看这仙君神情淡然，但站他面前小林总觉得怪瘆得慌的，像是风霜迎面打来，冻得他直哆嗦，不敢多说一个字。

待小林一走，屋里各宗门长老不由面面相觑："仙君，常清静他说了什么？"

谢迢之将信封重新合上："他与我约战。"

满座一惊。

谢迢之略一思索，信手在半空中虚虚一点，立时浮现出几行字迹来。

这正是信中的内容，观其字迹险峻冷峭，一个蜀山弟子道："这是小师——这正是常清静的字迹。"

谢迢之又道："便约在下月初一。"

众人不由得抬眸看去。

字不多，只短短几行。

内容简单概括一下便是，自扶川谷入魔起，便深受魔念困扰，弑师并非出自本意，行差踏错，走到这一步已无回头路，不愿再继续下去，也不忍再牵连无辜百姓，择定下月初一与岭梅仙君一战。

"下月初一，生死之战。"

众人默默咀嚼着这信中的内容。

"过往仇怨……以剑消之……死生不悔。"

谢迢之缓缓屈起指节，摩挲着桌面，闭上眼，沉默不言。

这信中的暗潮涌动只有他与常清静才知晓，常清静知道他想要什么，这才特地定下了这场只有他们两人的生死之战。

谢迢之合拢了信。

"那仙君……去吗？"有人犹豫地问。

谢迢之道："去。"

众人又"嗡"的一声炸开了锅。

"仙君不可。"

"这若是常清静的阴谋该如何？"

或是赞叹谢迢之愿以孤身济天下之危难的，或是真心担忧他的安危的，或是假意奉承的，混在一处，看不分明。

听着耳畔这嘈杂的吵闹声，谢迢之内心并无多大触动。

"愿以孤身济天下之危难"说得好听。谢迢之也知道自己算不上个好人，他愿意去，也无非不愿再打着什么苍生正义的旗号为自己谋私利。

他的私事，他多年的夙愿，他不愿假手于他人，他要自己亲自前去解决。

至于他这多年的图谋能否在一朝达成，则全凭二人实力。

这样很好。

小林在外客厅坐了一会儿，吃了几块糕点，喝了几杯茶，好不惬意，就有点儿不愿挪窝了。等有修士请他出去的时候，还有点儿不大情愿。不过在看到对方手里拿着的一包银子之后，小林立刻改变了自己的态度，麻溜儿地站起身，笑着接过了银子，脚底抹油转身就走。

走出这座民居后，小林没着急回去，而是照常清静的吩咐，四下晃悠了两天，留意有没有人追着自己来。

有了银子在手，这两天时间，他过得那叫一个舒服。等到第三天的时候，又上酒楼点了一桌好菜，敞开肚皮痛快地吃了一顿，还没忘打包一份给常清静带去。

"我说，你真要与那岭……岭梅仙君约战啊？"小林啧啧感叹。

此时此刻，两人正窝在城郊的一处土地庙里，面前铺开一张小林问酒楼要来的桌布，其上摆着几道菜。

常清静埋头吃菜："嗯。"

"但我看这仙君不是一般人啊。"小林表示无法苟同，"你确定你真打得过他？"

常清静手微微一顿，又垂眸继续去夹菜，喂入口中，咀嚼了两下。

早在数年前，他和师尊张浩清便怀疑这背后主使是谢迢之。但无凭无据，也不好轻举妄动。谢迢之吩咐秦小荷来挖他的魔核，这才真正坐实了他与张浩清的猜测无误。

这么多年来，他以谢迢之为假想敌修行，与其约战也不是突发奇想，异想天开，他潜心修炼魔道，苦心孤诣，等着的就是这么一天。

常清静吃得不多，胃里垫了点儿东西之后，就搁下了筷子，犹豫再三，最终抿唇，生涩地向这位热心的小乞丐道谢。

"那……多谢阁下这几日的照拂。"

小林顿觉不妙："你是不是要走了？"

常清静："是。"

小林追问："你要去哪儿？"

常清静道："休养。"

小林翻了个白眼："你这伤势一个人成吗？"

不等常清静开口，小林又道："这样吧，我这赏钱毕竟也有你这一份功劳在，我帮你找个养伤的住处你看怎么样？"

他可不愿欠别人的。

常清静微微一怔，又垂眸道："那……多谢。"

小林说干就干，动作倒也快，没半天工夫便赁下了一处民居。不大，但胜在干净齐整，毕竟小林他也舍不得多花钱。

本来都已经做好了被罚罪司折腾几天的准备，却没曾想到谢迢之力排众议，叫停了追捕，看这模样倒真打算要与常清静进行一场二人之间的生死之战了。

于是，这一来，常清静反倒又得到了睽违已久的安宁。

他这条腿有点儿麻烦。

常清静褪下裤子的时候，小林不由得张大了嘴，一股寒气顺着脚底板直往天灵盖儿上蹿。

这……这都是什么人啊，能折腾出这种伤口。

依小林之见，常清静这条腿可算是废了。

这大腿根处的肉几乎都快烂光了，深可见骨，看样子像是一刀一刀跟片牛肉似的片下来的。

也不知道是被什么兵器所伤，涂了几天的药都没好。

常清静道："没用的，刀气萦绕于伤口，凡人界寻常药物无用。"

"那怎么办？"小林发愁，"总不能让它一直烂着吧。"

常清静沉默了片刻。

凡人界的药物不行，修士的药物却可以，只是他如今身无分文，没有灵石也买不起药膏。

他只道："我用灵气每日调理，过些时日便好了。"

两个人都是男子汉，小林便肩负起了照顾他这伤势的重任。

虽然常清静说凡人界的药物无用，但擦点儿药总比不擦要好。

每天帮着常清静擦药，小林发现，常清静他虽然长得像个小白脸，却也是条汉子。

给手掌与脚掌的血洞上药时，需要把纱布硬生生塞进去，换药的时候又得抽出来，看得他都牙酸。常清静冷汗如雨，硬是咬紧了牙一声未吭。

这还好说，最鸡飞狗跳的是在如厕的时候。

小的倒还好，尤其是上大的，牵连到大腿根的肌肉，哆哆嗦嗦的半天都喘不匀一口气。

疼是其次，自尊粉碎才是大头儿。

当初上完大的，常清静沉默了半天。

和生存相比，所谓的尊严便也就不值一提了。

小林这个人，常年流浪乞讨在外，行事只看"对味儿"，只要谈得来就愿意交个朋友，当朋友也够义气，愿意花钱帮着常清静买药，照顾他一二。

当然这很大一部分原因是，他觉得常清静快死了，常清静肯定打不过那什么岭梅仙君。

于是，他这照顾更像是对一个将死之人善意的临终关怀。

常清静眼睫毛微微一颤，他不傻，能觉察到小林频频看向他的目光饱含同情。

今天天气不错，许久未开张，小林便扶着常清静出来，没忘记抄上了前几日为他打造的一副木拐，让常清静挂着拐杖跟自己一块儿乞讨。

别说，即便落了难，他容貌好，挂着个拐杖，就算垂着眼坐在这儿一声不吭，也有不少人见了心生同情，丢几个银钱。

小林悲痛大呼，这个看脸的世界太冷漠了。

晚上，两个人点了支蜡烛，坐在屋里数钱。主要是小林单方面数，常清静并不关心。越数小林越高兴，多久没有要到这么多钱了。

扭头看了一眼常清静，他审慎地伸着指头默默扒拉出十分之二的铜子儿，恋恋不舍地推到常清静面前："给，能要到这么多钱也算是你的功劳，这算是你的辛苦费。"

常清静："我是将死之人，用不上。"

这视金钱如粪土的品性，让小林大为叹服，立马把钱全都拢到了自己面前，生怕常清静反悔。

看常清静的确是不在意这钱，心里更平添了几分喜欢。这要是一起搭伙过日子，他负责要钱，常清静负责卖惨，两人合作不说日进斗金了，至少是不愁吃喝。

可他竟然要去找死，这么个大好青年去找死！

"你没什么家人、朋友吗？"小林苦口婆心，还在努力劝说他改变主意，"和人约战也不知会你家人、朋友一声？我是个孤家寡人，一人吃饱全家不饿。但我看你不一样，总是有一二好友的吧？"

常清静一顿，道："并无。"

他目光静静落在屋外，天气越发凉了，正是暮秋的天气，木叶萧萧，满目衰枝。

从前的确是有的，有一个一路相伴相携走来的……至交好友，也有玉真、玉琼、吕小鸿等不嫌弃他古板性子的同门。

常清静思忖了半秒，突然主动道："我与你唱首歌吧。"

小林自然是鼓掌表示自己的热情。

结果下一秒，他就后悔了，悔得肠子都青了。

这是人听的吗？！

常清静的嗓子好，但歌唱得不好，老跑调，跑得那叫一个"惨不忍睹"，完全就没在调子上。

怎能忘记旧日朋友
心中能不怀想
旧日朋友岂能相忘
友谊地久天长
……

"停停停！"在这接连不断的魔音穿脑之下，小林心态有点儿崩，"够了够了，别唱了。你唱的这都是啥啊。"

青年容色冷清，朦胧着残阳闲淡的余晖，闻言迷茫地睁大了眼，颇为无措："很难听吗？"

唱歌跑调的人往往不自觉自己唱歌难听，还挺乐在其中的。

他记得，宁桃总爱听他唱歌，每次唱歌都要笑，笑得腰都直不起来了。

小林惊恐地问："是谁给你的这个错觉，让你觉得你唱歌好听的？"

常清静足足沉默了半响："一位……朋友。"

他从未给别人唱过歌，宁桃是唯一一个，哪怕是师尊、舅父舅母、玉真、玉琼，甚至是苏甜甜也未曾听过。

小林默然了片刻，为这位远方的壮士竖起个大拇指："果然是真朋友，知己！"

多说无益，吹灯，又是一夜好梦。

第二天，常清静继续随着小林去乞讨。

小林一边走一边哭，哭说他这弟弟惨啊，为了替父报仇被打折了双腿，沦为了废人，编出了好一出大戏。

过往路人同情的目光直往常清静身上瞟。

常清静的脸也不是总能灵光，也有那见惯了这些套路的老江湖，不耐烦地叫他俩滚，又斜着眼盯着常清静看："大男人容貌气度都不错，跑来要饭？丢不丢人？"

清晨，天将明未明之际，宁桃就起来了。

起床洗漱，晨读，紧接着提着水桶浇花，帮着梅先生侍弄他这一院子的宝贝花草。

宁桃嘿咻嘿咻地提着水桶，在院子里跑来跑去，累得气喘吁吁，脸色红润。

有师兄师姐一手拿着个馒头，一手捧着卷书，从厨房里出来，见之一乐，问道："累不累啊？要不歇歇？"

宁桃擦了把脸上的薄汗，精神奕奕地笑道："师姐，你不懂，这叫晨练！"

"那行，你晨练完赶快来书房一趟啊。"某师兄吧唧吧唧咬着馒头，含糊道，"还有事儿交代给你呢。"

"对了，你上次讲的那个平面直角坐标系还挺有意思的，下午再讲讲？"

有一搭没一搭地闲聊间，一院子的花基本上也饮饱了水。

宁桃撸起袖子，正准备去书房干活儿之际，突然，孟狄在门口喊她。

"桃子，有人找。"

宁桃一愣："谁啊？"

孟狄："不认识，你自己看看。"

面前，高马尾少年笑得露出一口灿烂的大白牙："你好，我姓何，叫何其。是桃子的好朋友。"

宁桃刚噔噔噔跑到门口，忽然就说不上来话了，嗓子哑住了，睁大了眼："何何何道友！"

何其笑嘻嘻地伸出"爪子"，挥了挥："哟，桃子，好久不见。"

"之前他们说你……"何其审慎地挑拣着适当的词句，"又醒过来了，我还不信。"

"没想到不仅醒过来了，还变漂亮了。"何其轻轻搡了她一把，笑道。

照何其的话来说，他是为公务来诸暨县的。具体为什么事儿，他没说。

阆邱苦寒，阆邱弟子都习惯穿得毛茸茸的。诸暨地处江南，秋老虎还在张牙舞爪地作威作福。

一进屋，何其就大呼热得受不了。他确实是热得厉害，闷出了一身汗，白得剔透的脸憋得潮红，忙脱了带毛毛的大氅，只穿着件单薄的蓝色劲装。

宁桃帮忙接过了大氅，有点儿无语："你来这儿就没想到天气不一样？"

何其不以为然："忙忘记了。"

没有想象中久别重逢的尴尬、窘迫和生疏。宁桃帮着把大氅挂上衣架，转身倒了杯茶递给他，你一言我一语地彼此吐槽、拆台、插科打诨。两人相处起来，自然得就像是昨天才见过面一样。

何其对这一屋子的书不感兴趣，也生怕自己不小心碰了什么，刚坐下没多久，就主动提议："桃子，这还是我第一次来诸暨，你要不要带我去逛逛？"

"好，那你等等。"宁桃压下心头的雀跃，跑进屋拿了荷包出来，豪气冲天道，"我是东道主，今天我请客。"

两人刚跨出门还没走多远，正巧就听到了附近人家门口有动静。

"不要脸！没钱没钱！"

一个妇人打扮的女人，叉着腰，气势汹汹地站在门口，冲着她面前的两个乞丐怒喝道："还不快滚！快滚！"

小林拽着常清静，死乞白赖地赔笑着："大娘勿怪，大娘勿怪。实在是我这弟弟的腿需要治病啊。"

宁桃停下了脚步，不由得一怔。

另一个乞丐看起来有点儿眼熟，她好像在哪里见到过一样。

何其也停下脚步，问："你认识？"

宁桃挠挠头："不算认识，不知道是不是看错了？"

她驻足仔细一看，确实是上次见到的那个青年"乞丐"没错。

他依然侧身对着她，挂着个拐杖，眉眼低垂。

那厢，女人被小林纠缠得烦了，终于忍无可忍道："算了，我真是怕了你们了。你等着，我这就进屋给你们拿钱，拿完快滚。"

女人嘟嘟囔囔地走远："两个有手有脚的大男人，不去自己谋生计，在这儿问女人要钱。"

小林只当她是进屋拿钱的，心头不由得微喜。

等了半刻，女人终于出来了，却是端着一个木盆。

小林心里咯噔一下，暗叫："不妙！"扯着常清静正欲躲，未料女人动作更快。

哗啦——

兜头一盆污水就朝着两人浇了下去。

女人端着空盆啐了一口："不要脸！就该治治你们！我呸！"

"还有你，"女人骂完小林，又扬起眉毛，炮火对准了常清静，"有手有脚的大男人，不就腿受了点儿伤吗？又不是断了。长得人高马大的，好意思缠着女人问女人要钱。"

说完，"哐"地摔上了门。

那门板几乎都快摔到小林鼻子上去了，小林气得涨红了脸："不给就不给！骂什么人啊！"

第25章

常清静："走吧。"

小林犹在愤愤不平地喋喋不休。

常清静不再理会他，转身就走，污水顺着发丝往下落，刚迈出一步，却生生地刹住了脚步。

宁桃与何其并肩站在巷口，愣愣地看着他。

四目相撞的刹那，两个人脑子里都在嗡嗡作响。

常、常清静……

宁桃差点儿咬到舌头，以为自己看错了。

眼前的男人白发童颜，生着一双少年气的猫眼。

这的确是常清静无疑。

可他绝不该是眼前这副衣衫褴褛的模样。

男人被兜头浇了一盆污水，白玉的肌肤上脏污不堪，还有水沿着脸庞落下。

自从那天她求常清静放过她之后，宁桃就再也没见到过他。

常清静走后，宁桃也想过她说的是不是过分了点儿，转念一想，当断则断，这样对他和她都好。

没有人说话。

宁桃默默攥紧了手心，知道常清静过得或许艰辛，却做梦也没想到他会沦落到沿街乞讨的地步。

　　常清静脸上飞速褪去了血色，面色苍白，手脚都不知道该往哪儿放，脊背滚烫得仿佛在热油里翻来覆去地炸了几遍，这热度一直蹿升到了脸上，脸庞反倒是愈加不正常的苍白。

　　他从来没有这么丢脸的时候。

　　不吭声仿佛便能当作不认识，当作认错了人。

　　然而何其面上一震："常……道友？"

　　于是，粉饰的这一切尽数崩碎。

　　尤其是宁桃与何其并肩站在一块儿。

　　少女穿得干干净净，圆脸白皙，头发梳得整洁，眼睛清亮动人。而何其，也是少年风流，容貌秀气。

　　常清静眼睫毛颤了颤，不自觉地攥紧了脏污的袖口。袖口、衣摆、手肘、膝前的污垢在此时此刻显得格外显眼。这几天里，他和小林一道儿沿街乞讨，自然也无暇去关注身上的穿着体面与否。

　　方才不觉得那妇人的话伤人，此刻，那些话却仿佛一个接一个的耳光打在了他脸上。

　　常清静喉口干涩得几乎快说不上一个字来。

　　明明不想叫她撞见，却还是叫宁桃撞见了，偏偏在他如此狼狈之时。

　　小林觉察出来这气氛的古怪，没有吭声。

　　常清静慢慢垂下眼，提步便走，好像这样还能维护几分岌岌可危的自尊。

　　"走了。"

　　小林看了看宁桃，又看了看常清静，按下一肚子疑惑跟了上去。

　　常清静加快了脚步，脚步踉跄，拐杖磨得腋下生疼。

　　宁桃没有追来，而是同何其低声交谈着什么。

　　小林三两步追上，咋舌："常清静，刚刚的姑娘你认识？"

　　常清静道："不认识。"

　　"不认识就不认识，你走这么快干吗！怎么，在人家姑娘面前丢脸了？"

　　常清静脚程极快，没三两下的工夫，就将小林远远地甩在了身后。

　　小林跟在后面追，嘴里还不依不饶地埋汰人："省省吧，你没看这姑娘身边儿还有个大活人吗？人家什么样，少年风流，光鲜靓丽的，你看看你。"

　　小林揶揄道："将死之人了，还在乎这个——"

话到一半，堵在了嗓子眼儿。

常清静靠着墙，低头去换拐杖。刚刚走得太快太急，一直憋着没吭声，这时候终于憋不住了，疼得闷哼了一声，豆大的汗珠顺着苍白的肌肤掉了下来。

小林战战兢兢地看着常清静紧拧着眉毛，面皮抽搐的模样，一时不敢上前。

"你没事吧？"

常清静喘匀了一口气，嗓子有点儿抖："无妨。"

"伤口崩裂了？"

"嗯。"常清静努力稳住嗓音。

"我看看。"小林叹了口气，像个老婆子一样絮絮叨叨，"你能不能让我省点儿心。"

常清静："抱歉。"

由于得不到妥善的治疗，常清静的伤口反复得厉害，化了脓，脓血粘在布料上，看着就叫人牙酸。

小林下手十分简单粗暴，毫无"怜香惜玉"的意思。

而常清静竟然都没带吭一声的，任由小林揉来揉去。

小林狐疑地抬起眼，却看到常清静心思好像根本没在自己伤势上，只靠着墙，别过头看着不远处的街角，琉璃色的眸子，一转不转。

顺着他视线往前看，小林看到杨柳树下蹲着两个小孩儿，一男一女，年纪都不大，正聚精会神地在斗蛐蛐。

青梅竹马，笑从双脸生。

目睹这一幕，小林是彻底没了脾气。

好半天，小林这才轻轻捣了常清静一下："走了。"

回去之后，小林就发现常清静疯了。

秋天的太阳不算晒人，空气里有桂花的甜香。他躺在前屋睡得正熟，迷迷糊糊间听到后院传来一阵重物落地的动静。

叫人睡意一扫而空。

小林迷糊间摸到了后院一看，顿时清醒了，蒙蒙地暗叫了一声："不妙。"

常清静正闷头在后院练剑，他伤还没好全，每踏出几步，就要歪上一步，手抖得厉害。

他薄唇紧抿，脸上直冒虚汗，依然不肯放弃。

鬼使神差地，小林没有上前打扰，就看着常清静这么练了一下午，练到最后常清静整个人就像是从水里捞出来的一样，吃晚饭的时候，握筷子的手一直在抖。

小林斟酌着开口:"我觉得你今天就跟变了个人一样。怎么?还在想着那女人说的话啊?"

小林不知道他与宁桃的关系,还当他是被那妇人的一通骂给刺激了。

常清静也不欲多言,又握紧了差点儿脱手的筷子:"嗯。"

人在将死之前的心态或许都不一样了。

他出身优渥,幼时随舅父舅母生活,舅父舅母家亦算是书香世家,后来拜入蜀山。生活环境所致,常清静从小到大难免带着些"头巾气"。嘴上说着"苍生正义",但自始至终都离"苍生"远得很。

这几天里,他突然就走近了,也走进了。

他甚至能跟着小林一道儿走街串巷,主动讨要吃食,要不就安安静静倚着墙根坐着,听着普通百姓之间的家长里短,鸡毛蒜皮的摩擦小事。

小林看出来他从前生活优渥,怕他饱尝人冷眼后想不开,但事实证明自己的担心纯属多余。

人一向乐于为"苍生""天下""正道"这些模糊的大的概念牺牲献命,却很难喜欢上复杂多面的,或愚昧或自私的苍生"个体"。

就像是没人愿意拯救自己身边儿讨人嫌的仇家一样吧。

偏偏,"苍生"这个概念正是由无数个这样的"人"所组成的。

明了这一点后,常清静的道心又比以往更加坚定。

他快没有时间了,来不及了。

这段时日,他白天少外出,晚上很少睡。

日日夜夜在心中反复描摹着剑法,构想着谢迢之该如何出剑,他又该如何应对,如何一一接下对方的攻势。

"说实话,桃桃,我这回来诸暨,就是因为常道友这件事。"何其咽了口唾沫,润了润嗓子,低声缓缓叙说着,"前段时间,常清静向岭梅仙君下了战书……"

宁桃撑着下巴,一直没吭声。

何其有点儿担心:"桃桃?"

"我没事。"宁桃犹豫地问,"他真要与谢迢之决战吗?定在什么时候?"

何其道:"下月初一。"

"那你们?"

何其也不瞒她:"我们在这儿是以防万一,万一常清静不敌仙君,临阵脱逃,我们得抓他回来。"

"倘若他赢了……"何其动了动唇，低声道，"我们也不可能放他离开。"

不论输赢，总归是个"死"字。

谢迢之或许是另有打算，但其他宗门长老却没这么意气。

既然谢迢之愿意以身作饵，他们干脆将计就计，下月初一并解决，也好过去追捕他，多添伤亡。

"说实在的，"何其也觉得自己这话说出来不好，犹豫再三，却还是低声开了口，"我不知晓常道友身上发生了什么事儿。但他先是弑师，后又一路造下杀孽，这点是有目共睹的。"

宁桃抿了抿嘴唇："我……我知道。"

这一整天，宁桃都有点儿魂游天外，不在状态，心里闷闷的。

毕竟当初的感情摆在这儿，看到常清静这一路作死，终于要把自己彻底作死了，她还是有点儿难受。

何其和张琼思并肩站在一块儿，看着宁桃机械地往前走，有些着急。

张琼思拦住了他："让桃子一个人静一会儿。桃子的弱点就在于重感情。"

"放下"两个字说起来比做起来容易，不是说你做出这么一副不在乎的样子你就是真放下了。

要是宁桃真表现得她把常清静忘得一干二净了，那才是坏事儿了。她和常清静的过去虽然痛苦，但终究是她自己的一部分，逃避不了的。

就连何其也跟她说，常清静必须死。

宁桃趴在床上，整张脸都埋在了被子里，一动不动，缓缓地想。

所有人都说他死得好。

她要相信他吗？

恍惚间，耳畔好像响起了老头儿的声音：

"我死后，你要将我的肉身击为齑粉，不要让他落入谢迢之手中！我看不惯他！"

她一直不信谢溅雪，不信谢迢之，不信凤陵。

尤其是她在凤陵仙家看到过那样的幻境之后……

伴随着时日将近。

小林问常清静："你真没有挂念的家人、朋友什么的？"

"我的意思是，"他吞吞吐吐道，"你有没有什么遗言？我认真的，万一你回不来了，我还能帮忙带给他们。"

常清静沉默了片刻，指尖不自觉地缓缓摸索着袖中的发簪。

握紧了发簪，他摇了摇头，还是给出了和之前一样的回答："并无。"

死人留下的遗言对活人而言未尝不是一件负累。

交代了又怎么样，让玉真、玉琼他们日日夜夜活在痛苦和内疚之中吗？既然都已经决裂了，再做这些暧昧的举动毫无意义，到头来不过是感动了自己。

貳

真相

第26章

十月初一。

常清静与谢迢之约战。

诸暨可能承受不住两人的威力,为此谢迢之特地招来一片秘境碎片。这片秘境碎片,原是东海一处岛屿,谢迢之将它置于天上,不至于波及地上众生。

入夜,谢迢之驾云而上。男人半合双眸,神情沉静,稳稳地落在岛心。

岛屿四面环海,离天极近,星光洒落海面,如星子沉于海底,波光粼粼。落在水面上的月亮倒影比之地上的倒影,更为清冽圆硕。

小林没有去。

常清静去的时候,小林正蹲在街角墙根喝酒,抱着个酒坛子,仰头看天,心里被狠狠震了一下。他知道常清静或许是个神人,却没想到竟然如斯……牛。

这人世间的百姓也无一入睡的,或是站在街上驻足观看,或是打开窗子凭栏远眺。

海面覆压天际,宛如沧海与天地倒转。

沧海的影子洒落人间,落在人间的海波倒影犹如流动的云。

仿佛他们脚踩的是天,头顶的是沧海。

沧海银波万里,岛心月光摇荡,拖曳出两道人影,稳稳地站立于水波间。

这可是他的朋友啊。小林吧唧着嘴,十分萧瑟文艺地仰头喝下一口酒。

一杯敬这月色,一杯敬他这早死的"要饭搭子"。

前来观战的修士不少,宁桃也过去了,琼思姐姐、何其他们陪着她一道儿。

谢迢之把海都搬上了天,风冷飕飕的,众人都穿得十分厚实。

宁桃围着个围巾,有些恍惚地抬眼看,心里忍不住想:自己和常清静是怎么沦落到这个地步的呢?

谢迢之先来,常清静后至。

和谢迢之这排场相比，常清静就显得低调朴素许多了，他白发披散在腰后，身着一袭洗得发白的道袍，左手缠着白纱，就这么走到了岛屿中央。

这么多年的磋磨，洗净了少年身上的幼稚与戾气，但依然是一身傲骨撑着，猫眼里落了清冽的月色。

蜀山弟子面色都有了点儿变化。

常清静平静地看着谢迢之，没有低头，气势也没短上半分。

四目相对，两个人都没有说话。

谢迢之也出乎意料地没有打着正义的旗号，说些假大空的话，一上来，便朝他微微颔首。

轰然一声巨响！

海面骤起波澜，掀起万丈巨波，足足遮蔽了月光。

天地间陷入了一片黑暗！

来了！

小林抱紧了酒坛，浑身一个哆嗦。

浪头吞没了月色。

短暂的黑暗之中，一道极为璀璨夺目的剑光穿破巨浪，撕破了黑暗，骤然降临于人间！剑光代替了月色，将这片天地沧海照耀得如同白昼，又经由海面反射，亮得众人俱目眩了一瞬。

常清静眼眸低垂，也拔剑。

剑光上摩云霄，乍一看平平无奇，却兀地将这近乎绝世的剑光搅碎。

海面不堪威压，下沉了一瞬，忽而，又"轰隆"掀起更为猛烈的波涛。

飞扬起的海水，在半空中凝结。

一切好像安静了下来，唯有一片静默，像是过了很久，又像是只有一瞬。

剑气穿透水珠，漫天凝结的海水如同破冰般顿时化作雨露，倾盆而下，纷纷落在人间。

在场众人猝不及防被浇了个透彻，面色微微一变。

改换天象。

常清静的剑术竟然到了能改换天象的地步。

纵观人世间，也唯有当初的度厄道君楚昊苍能引渡天雷。

天际雷云滚滚，星月悄然移走，金蛇蜿蜒而下，如同天公怒劈向人间的一剑，将天幕撕开了个巨大的豁口，瓢泼大雨倾盆而下。

而位于水波间的两人，衣角与发丝却都是干的，不沾一滴水珠。

虽然在场众人不齿于常清静这欺师灭祖的行径，却还是犹豫着拍了拍弟子的肩膀。

"好好看，好好学，这一役必定是惊天动地，载入史书的一战。"

斡旋造化、颠倒阴阳、移星换斗，道家神通在这一刻淋漓尽现。

这一场战事一时半会儿是打不完的，宁桃移开了视线。

人群中忽地响起个熟悉的嗓音。

"桃桃。"

一回头，孟玉琼正站在蜀山弟子前，朝她微微颔首笑了笑。

宁桃一愣："玉琼大哥。"

孟玉琼竟然来了，那玉真……

下意识在人群中搜索了一圈，果然看到了玉真。

少年没了从前的飞扬，紧绷着脸，冷若冰霜，一声不吭地盯着天上瞧。

而之前曾在蜀山见过的杏林长老薛素也在其中，眉目紧拧，神情极为难看。

宁桃精神有点儿恍惚，忍不住猜测，蜀山弟子这时候又会想些什么。

只这一瞬的分神，天上的战局却陡然发生了改变。

常清静被谢迢之打退一步，他面色微微泛白，咽下一口血，一道剑气再度迎上。

此时，谢迢之终于开了口："我长你百岁。"他似是在思索，"是三百岁？还是四百岁？"

谢迢之又淡淡地道："数百年修为之差，你能做到这一步，已实属不易。"

修士斗法，战技固然重要，修为却才是重中之重。谢迢之年长常清静近五百岁，这五百年的修为差距如一道难以弥补和跨越的天堑鸿沟。

常清静是天才没错，但谢迢之少年时又何尝不是凤陵仙家最出类拔萃的天之骄子。

五百年差距在眼前，常清静却神情平静，毫无动摇之意："你活了五百年，难道就没看透自己的执念？"

谢迢之摇摇头："这不是执念。"他再度拔剑，"这是我的道。"

他毕生所求，他的道，就是寻求长生，寻求极致，寻求这天外之物。人寿有限，不能飞升迟早就得陨落。

两人说话时的语气俱是沉静，有礼至极，但稍一拉开距离，便又是惊心动魄的杀招较量。

隔得远了，众人听不清谢迢之与常清静说了什么，只穷极目力看到了常清静被谢迢之打退了一步。

众人不由得一喜，纷纷振声叫好！

"好！打得好！"

"仙君当之无愧的罚罪司司魁。"

"哈哈哈，当真大快人心！"

这些叫好声叫得宁桃心烦意乱。

宁桃悄悄走出了人群，深吸了一口气，把围巾往脸上拉了一拉。

现在这个情况很明显，所有人都不信常清静。

她当真能相信他吗？

孟玉琼心里不可谓不复杂。

他与玉真不一样，玉真是个非黑即白的直性子，与常清静有几分相似。

他这做大哥的，心思要比玉真更深。

那日茅府诀别之后，他不止一次做梦梦到过常清静。

他梦到，常清静背对着他，乌发直垂腰际，分明是少年模样。少年腰杆儿挺得格外直，直得甚至有些外强中干的软弱。他侧着身子，嗓音轻而哑，低声道："玉琼，蜀山交由你。"

"小师叔——"

孟玉琼想喊，嗓子却好像哑住了，怎么都喊不出声。

只能眼看着常清静越走越远，前方被一片血雾所遮蔽，少年渐渐地走入了这片血色中，再也看不分明。

醒来，孟玉琼往往惊出一身冷汗，踉跄着奔下床给自己倒了杯冷茶，捧着茶杯怔怔地想。

常清静是不是有苦衷，小师叔是不是有什么事在瞒着他们？

否则，又如何解释一向冷静持重的小师叔，一夕之间突然入魔？

常清静杀了苏甜甜他并不意外，但杀了掌教这事，让孟玉琼百思不得其解。

要知道，这世上最不可能杀掌教的人便只有常清静。

小师叔幼年丧亲，依赖着张浩清长大成人。与其说张浩清是师尊，倒不如说，掌教是他视之如父的精神支柱。

他对掌教的感情，比蜀山任何一个弟子都来得深厚。

常清静辈分比他高，年纪比他小，心思却比他更深。

他如果打定了主意瞒着他们，就别想轻易撬开他这张嘴。

看到人群中不见了一道身影，玉琼微微一愣。

"师兄？"蜀山弟子道。

"我没事。"玉琼顿了顿，"我离开一会儿，你们继续在这儿待着，好好看，这机会可遇不可求，世间还鲜少有人能在剑术一道上超出小师——常清静。"

"桃桃。"

宁桃没有回头："玉琼大哥。"

孟玉琼站在她身后，一阵无言。

两人沉默了一会儿，宁桃拉下围巾，鼓起勇气道："玉琼大哥，我……有话和你说。我不知道你是怎么想的，但我一直觉得常清静他入魔这事儿有点蹊跷。你别介意，我知道他对不起你们蜀山，但是——"

不等她说完，玉琼就打断了她的话，苦笑道："我明白你的意思，其实我也觉得小师叔入魔实在蹊跷，但苦于没有证据，无法向蜀山弟子交代。"

宁桃一愣，对上玉琼的视线。

四目相对的刹那，一切好像都不必说了。

宁桃低下头，轻声道："我之前曾经在凤陵仙家看到个幻境……这个幻境我一直没同别人说过，这个幻境事关楚昊苍、谢迢之和谢眉妩……"

当初，她和"李寒宵"一同陷入了幻境，随后她就被谢溅雪拉了出来，常清静看到了什么她无从知晓。

但她看到的东西，让自己惊出了一身冷汗。

夏。

凤陵仙家内，日头炎炎。

暑气歊蒸。

就在这炎热的午后，两个少年正在窗前对弈，主要是被迫关在书房里对弈。

书房里一丝风也没有，热得就像个大蒸笼。

对坐的两个少年，一个身形清越，容貌清隽；一个高大挺拔，俊美英武。

楚昊苍热得汗水直流，不耐烦地将手里的棋子一摔："有完没完了？这得下到什么时候？"

他出身于世家，礼、乐、射、御、书、数无一不通，无一不晓。

然而大夏天在这儿下棋，着实有点儿挑战他的耐心了。

谢迢之八风不动，容色淡淡，白皙的肌肤上不断有薄薄的汗水顺着脖颈淌下："你性子急躁，要不因为你，我们二人也不至于被关在这书房里，下下棋倒也能磨磨你的性子。"

楚昊苍脸一黑，额角青筋暴起，却只好耐着性子继续落子。

谢迢之这话说得也没错，两人目前这个困境的的确确都是因为他。

要不是他和人打架，两人也不至于被凤陵的长老拿下，关在了书房里。

一时间，书斋中安静得只能听到闲敲棋子声。

谢迢之顿了顿："你可听说了近日修真界一则传言？"

楚昊苍不耐道："什么传言？"

谢迢之动了动唇，垂下了眼，又落下一子："飞升。"

楚昊苍皱紧了眉。

这传言他是听说过的。

这几千年来修真界无一人飞升。

不知从什么时候起，渐渐有了传言，说是须得魔核，阴阳交感。

然而，这世上早没了纯魔，所谓魔，不过是由人之欲念而生，偏执入魔。

楚昊苍："你信这个？"

谢迢之言简意赅："宁可信其有，不可信其无。"

看着面前容色冷淡，垂着眼落子的谢迢之，楚昊苍一噎。

"我不信这些。"楚昊苍冷笑，"飞升有什么意思，谁知道飞升上界之后又是个什么样的光景。"

谢迢之拈着棋子的手一顿："不说这个，那不如说眉妩？"

话音未落，楚昊苍身形骤然僵硬。

"眉妩与你的婚事……"

突然，竹帘一动，一道白色的身影幽幽地从竹帘内飘了进来。

"大哥，楚大哥，吃瓜不？"

随之步入室内的是个一身白衣的少女，眉眼弯弯，说话的时候带着点儿凤陵的口音，软糯糯的，像是在撒娇。

面前的青年却如触电般一跃而起！握紧了手中的斩雷刀，俊美英武的脸上浮现出淡淡的羞恼之色。

"你到这儿来做什么？！"

谢眉妩惊讶又好奇地看着他："楚大哥，侬和大哥被关了这么长时间，我切了西瓜给侬解解暑嘛。"

"眉妩。"谢迢之搁了棋子，走上前来。

"大哥，"谢眉妩柔声招呼道，"来吃瓜。"

"楚大哥？"

目光落在少女身上，少女一袭白裙，云鬓半绾，姿容清丽。

想到方才谢迢之那句"那不如说眉妘""你与眉妘的婚事"，楚昊苍立刻面色铁青，胸闷气短，颇有些恶狠狠地说："我不吃，谁爱吃谁吃去。"

"你说，"楚昊苍皱眉，狐疑地看着谢眉妘，"你是不是长老派来盯梢的？"

此时谢迢之已经迤迤然地坐了下来，镇定自若地捧着瓜啃了好几口。

谢眉妘不解："长老？"

"我不是长老叫来的。"少女笑起来，"我不是长老派来的，我是偷偷溜进来的。"

这厢，谢迢之已经吃完了一块西瓜，又拿起另一块问：

"你当真不吃？"

"不吃，你自己吃。"

目光掠过谢迢之与谢眉妘兄妹俩，楚昊苍面色几经变化："烦死了，这书斋我是待不下去了。"

言罢，劈手夺过了谢迢之手里的瓜，一把将人拽起，踹开窗户，从窗户翻了出去。

两个少年如同一阵旋风，顷刻间，便从眼前消失了个无影无踪。

"欸。"

独留谢眉妘愣愣地捧着盘子："这瓜——"

这瓜还没吃完呢。

站定了，谢迢之默默理了理被拽皱了的衣襟，说："你最近很讨厌见到眉妘。"

少年背对着他，逆光站着，一身玄色的飞鱼纹曳撒，长靴紧紧包裹结实修长的小腿，侧脸冷峻，眉头紧锁，汗水濡湿了脑后这高高的马尾。

"我说了，我不想娶她。"

他对谢眉妘并无男女之情，如今一门心思也只放在修炼上，压根儿就没有成家立业的想法。

……

看了眼这一地狼藉，瓜皮与汁水四溅，棋子撒落了一地。

谢眉妘无奈地蹲下身，拿起抹布与扫把将这书斋重新清扫了一番，这才又捧着果盘推门出了书斋。

一出书斋门，一个压抑的冰冷的嗓音蓦然传来。

"谢眉妩，"凤陵的戒律长老面色阴郁，怨气森森地问，"楚昊苍和谢迢之呢？"

谢眉妩一惊："长老！"

戒律长老恨铁不成钢地一巴掌扇在了谢眉妩后脑勺上，扇得谢眉妩一个趔趄，哆哆嗦嗦地立正站好。

"不是要你看着他俩的吗！看丢了？！"戒律长老怒道，"这两个大活人呢，凭空不见了？！"

谢眉妩无奈地笑了起来，软和讨好："长老——"

"嬉皮笑脸成何体统！"

谢眉妩浑身一僵，心知这下不好解释了，思前想后赶紧提着裙子脚底抹油开溜。

"站住！你给我站住！还敢跑！"

谢眉妩性格温柔体贴、娴静淑雅，完全称得上凤陵仙家与楚家两家女神，但她不通武艺，修为毕竟粗浅，还没跑出半截路，便被戒律长老赶上，提溜着丢到了书斋前。

"既然人都给我看丢了，那你就替他俩，老实在这儿站着。"

等到楚昊苍和谢迢之终于回到了书斋前，就看到谢眉妩站在书斋前，在哭。

少女眼眶红红，眼泪汪汪的。

毕竟是凤陵女神，被摁在这儿罚站，自觉面子里子碎了一地，到底是女孩子家，一想到刚刚被不少凤陵弟子看了笑话，谢眉妩心在滴血，眼泪都流出来了。

楚昊苍脚步一顿，不解地皱紧了眉："大夏天你一个人站这儿做什么？又哭什么？"

谢眉妩道："是戒律长老叫我站这儿的。"

楚昊苍身形顿僵，立刻明白了过来，谢眉妩这是扫到台风尾巴了。

接下来，楚昊苍这个大直男与谢迢之几乎使尽了浑身解数，努力讨少女破涕一笑。

其实这么多年，总是这样过去的。

自小，楚昊苍便不乐意带着这么个跟屁虫，嫌弃女孩子身娇体软屁事多，总是拉着谢迢之出去，不顾谢眉妩在身后跌跌撞撞地跟着。

谢眉妩性子温柔，说起话来轻声细语的，情商又高，总是妥善地帮他俩收拾好这一堆烂摊子。只不过这一次，一不小心翻车罢了。

虽然心里嫌弃女人娇气爱哭事多，楚昊苍还是浑身不自在地努力哄谢眉妩叫她别哭了。

"他叫你站你就站？别站了！"青年眉头夹得紧紧的，一把攥住了谢眉妩的手腕，拽得她一个趔趄，"我带你出去。"

"你不是也想跟出去喝酒吗？"楚昊苍唇角抿得紧紧的，"我带你出去喝酒。"

凤陵仙家临水而建，正值炎炎夏日，水面上碧荷万顷，荷花铺满了云水交接之处。

楚昊苍坐在船头，手里拿着个船篙，奋力划船，激起水花飞溅，也不知道在和谁怄气。

谢迢之平静地递给谢眉妩一个剥好的莲蓬。

谢眉妩奇道："真不用管？"

谢迢之："不用管他。"

这一艘小舟，穿荷渡水而过，硬生生划出了飞艇的气势。

半晌，楚昊苍气闷地丢了船篙，面色难看："叫你罚站你就老老实实站着？"

谢眉妩道："侬不是不管我吗？眼下又来管我干吗？"

"你……你！"楚昊苍气结，面色铁青，"你是我没过门的妻子！"

说出去的话，泼出去的水，覆水难收。

意识到自己究竟说了什么，青年面色大变，坚毅冷峻的脸迅速涨红了。

谢眉妩"啊"地低呼了一声，脸蛋也红了个透。

楚昊苍差点儿就弃船而出了。可惜，"弃船而出"这个举动怎么看，怎么都有点儿此地无银三百两的意思。

谢眉妩脸红得像个番茄，嘴角却忍不住一直翘啊翘啊，怎么都压不下这笑意，她捂着脸磕磕巴巴地道："羞……羞死人哩。"

对上少女眉眼弯弯的脸，楚昊苍强撑着男人的自尊，粗声粗气道："还喝不喝酒了！女人就是婆婆妈妈的，烦死人了。"

谢眉妩点头如捣蒜，忙不迭道："喝！喝的！"

楚昊苍冷着脸往谢眉妩怀里塞了一坛子酒。

谢眉妩虽说是凤陵仙家的大小姐，酒量却远超许多男子。

眼看着半坛子都见了底，楚昊苍眼角一抽，又硬生生抢过了谢眉妩怀里的酒坛。

谢眉妩拍手抗议："喝，我还要喝，侬还给我！"

日落西山，烟水与岸齐平，小舟穿梭在浓密的荷荫下，飞渡。

杨柳下，一双鸳鸯趁着西风斜飞而去。

三个人四仰八叉地仰躺在小舟上，任由小舟随水漂流，层层叠叠的荷叶遮蔽双目，衣角都落了斜阳颜色与荷花瓣。

谢眉妩问:"大哥,你们以后想干啥?"

一向端正守礼的少年,此刻也喝得面色绯红,闻言却是沉默了一瞬,略一思索道:"我想要飞升上界,亲眼看看这上界究竟是何模样。"

谢眉妩激动地伸胳膊捣了捣楚昊苍:"楚大哥,你呢?"

楚昊苍眉头皱得能夹死苍蝇:"问这做什么!无聊至极!"

却还是勉为其难地冷笑道:"我?我要做这全修真界最强!"

一转眼,却看到谢眉妩已经抱着个酒坛子,晕乎乎地睡倒了,半边身子几乎快栽进了荷塘里。

楚昊苍冷脸将她捞回来,拍拍,摆好。

睡倒在小舟上,谢眉妩迷迷糊糊地说:"我啊,没什么大愿望,我就希望大哥、楚大哥,希望大家伙儿都能健健康康、平平安安的,希望大家伙儿能永远永远在一起。"

三人回去的时候已是深夜了,谢迢之很少这么晚归家,亲自送了谢眉妩回屋之后,少年在半道上被人截住。

"迢之,你同我来。"

谢迢之微讶:"爹。"

谢西河脸色淡淡,看不出喜怒。

谢迢之低下头,眼观鼻鼻观心地跟着谢西河往书房的方向去。

提脚在跨过门槛时,谢迢之顿了顿,意识到了自己这浑身湿淋淋的衣靴着实有些不够庄重。

少年在门前踟蹰了半晌,局促地进了书房。

谢西河是凤陵仙家的当家家主,性子一向耿直严厉。

他向来不主动训话,只用这股令人窒息的沉默来对付顽劣的弟子,压得弟子心里七上八下,先矮了一头。

眼下也是如此。

在许久的沉默之后,谢西河这才缓缓开了口:"迢之,你是我们凤陵百年难得的天才,我对你寄予厚望,是希望你能将精力全都放在振兴凤陵一事上。而不是像现在,玩物丧志,子时才归家。你是你,楚昊苍是楚昊苍。你近日的课业落后楚昊苍许多吧?他能玩乐,你能吗?"

谢迢之沉默不言。

他与楚昊苍的关系便是如此病态——既是好友,又是私底下暗暗较劲的竞争对手。

谢西河叹息："为父资质平庸，这辈子恐怕都无缘于飞升。我知道，飞升的希望就在你与楚昊苍之间。楚家与凤陵关系虽好，但在飞升一事上，我们凤陵一定要做第一个。你一定要做这修真界千年断代以来，第一个飞升上界的修士，好不辱没我凤陵门楣。"

一个人，倘若从少年时便被日日灌输这样的想法会怎么样？

这的确是他的道，也是他日日夜夜摆脱不得的梦魇。

他为此而活，如果离了这个信念，他找不到在这世上活着的意义。

他活在这世上的意义就是飞升，就是成为谢西河口中第一个飞升上界的修士，好保凤陵千年荣耀不坠。

所以，当那个娴静如花照水，又不失点儿活泼调皮的姑娘，在得知自己兄长的所作所为后，夹在两人之间，绝望之下，选择了自刎。

第 27 章

这个幻境，宁桃一直没开口对别人说。

此时的宁桃攥紧了围巾，慎重地表示："我说完了。"

玉琼面色微微一变："你在怀疑……谢前辈？"

宁桃摇摇头："我不知道。没有证据我不敢妄下论断。"

如果谢迢之真的为了满足自己的私欲逼得楚昊苍入魔，在计划落空之后，他完全有理由故技重施，选中常清静逼他入魔。

两人一时相顾无言。

不管了。

宁桃一咬牙，叫住了孟玉琼，双眼直视他："玉琼大哥，你能帮我到这秘境里面去吗？"

就在这时，又一声轰然巨响拉回了两人的注意力。

谢迢之一剑力压海水，剑意搅碎了沧海星辰落影，人人都知道岭梅仙君谢迢之善于神识，却没想到他竟然更擅剑。

然而常清静却更快一步，他垂下眼，信手将"行不得哥哥"一抛，长剑飒沓如流星般，竟然将谢迢之的剑光从中劈为两半！

剑招对撞，激起遮天巨浪。

小林似有所觉地，霍然站起身。

他虽然不懂剑，但莫名有预感，这一剑是定胜负的一剑。

海水浪涛掀起足有百丈高，宛如星辰直坠，挡住了两人身影。

哗啦——

伴随着浪涛回落，一切都归于沉寂。

常清静浑身湿透，白发紧贴着肌肤，丹田被一剑洞穿。

而"行不得哥哥"贴着谢迢之脖颈飞出，只差半寸。

透过常清静薄薄的道袍，能看到大腿根处的那抹血色，旧疾复发，失之半寸。

有目力好的，率先看清了天上的战局，不由得浑身一颤，惊叫出声："赢了！"

"谁赢了？"众人急切地追问。

"仙君！谢仙君赢了！"

谢迢之盯着如落汤鸡一般狼狈的常清静看了一会儿，抬手揩去了脖颈上一道细细的血线，很轻地叹了口气："你输了。若再给你百年时间，你或许能赢我。你于剑道一途上胜我许多，却输在我长你近五百岁。"

谢迢之没抽出剑，剑尖甚至又往前推进了几分，轻轻一搠，剖开了常清静的丹田。

常清静心下漫开一阵轻微的凉意，眼睫毛一颤，低低地看着谢迢之一剑搠开了他的腰腹，撕裂了血肉。

"等等，"众人面色微微一变，古怪地问，"谢仙君这是在做什么？"

谢迢之空出另一只手，将手探入常清静丹田中，信手一掏，掏出了个莹润的墨色的内丹出来，内丹染血，诡谲非常。

那目力好的结结巴巴地描述道："仙君、仙君把常清静的魔核掏出来了！"

谢迢之低眸看了眼自己通红的手掌，掌心托着一颗正往下滴血的魔核。

这一幕实在太过惊世骇俗，也实在太过血腥残忍。众人都屏住了呼吸，心里却敏锐地涌上了股不祥的预感。

有不明所以的弟子追问道："魔核？仙君掏出常清静的魔核做什么？"

还能做什么？！

有敏锐的修士，瞧见这一幕已经变了脸色："飞升。"

怔怔地看着天际，孟玉琼梦呓般地道："仙君——不，谢迢之要飞升。"

宁桃看到的幻境是真的。

飞升！

这两个字猛然砸在众人心上，砸得各宗门长老瞠目结舌，一时间说不出话来。

天际，谢迢之已然收起了魔核，指尖虚虚在半空中一点。

一道银芒没入了常清静丹田内，常清静全身上下绷得极紧，神情恍惚，眼里流露出空茫之色。

这道银芒牵扯着他体内的灵力，如浩荡江水般喷涌而出。

此时此刻，常清静如同破了洞的布袋一样，灵力正飞速往外流泻。

泼天的灵力自他体内涌出，鲜血也近乎淹没了他下半身，直将天际映照得通红一片。

沧海，变作了血海。

他输了。

浑身上下凉意渗透，常清静神色却平静至极。

师尊将此重担交予他，他终是辜负了师尊的信任。

他这一生，活得就像个笑话。

"行不得哥哥"，这几个婉转多情、寥落哀怨的字，是少年时他不愿接受的本命剑，最终还是预兆了他这可笑寥落的一生。

出乎意料的是，他竟然感到了一阵解脱。

他入魔、癫狂、杀友弑师，这一路像是有一只无形的大手推着他走在路上。

事到如今，常清静身形动也不动，麻木到平静，平静到遗憾。一直以来紧绷着的弦终于在此刻松懈了下来，犹如刺猬收了身上的尖刺。

闭了闭眼，常清静缓缓伸出手，探入前襟，去摸那最后一条退路。

这是他与张浩清留下的最后一步棋。

他杀了张浩清，挖出他的真元，要在最后关头，引爆真元与谢迢之同归于尽。

虽然早就料到了常清静必输无疑，小林还是急得直打转。

"谢迢之……谢迢之在吸取常清静的灵力！"

"这还是正道所为吗？这还是罚罪司的司魁当做的吗？"

无一人能回答，众人哑然无语，皱着眉留意着谢迢之的动作。

"被骗了。"薛素看着天空，霍然变色，喃喃道，"我们都被骗了！"

玉真："长老？"

"薛长老？"

在此人心浮动之际，薛素这句话无异于向人群投去一枚重磅炸弹，炸得众人头晕目眩，口干舌燥。

"谢迢之当真要飞升吗？"

"他、他怎么敢……"

"可……可仙君他孤身对上常清静，力挽狂澜啊。"

地上立刻吵得沸反盈天，这些宗门长老何其人精，略一琢磨，便想通了其中关节，纷纷色变。

"原来如此，难怪他愿意接受常清静的战书，一人与他决战，"何其愣怔，"原来是为了空出战场。如此一来，就没人能打搅他了。"

在场众人面色都有点儿难看，没想到忙活一场，竟是为他人作嫁衣，虽心有不甘，但到底是不能上去把谢迢之拽下来。只好纷纷望洋兴叹，叹息谢迢之好深沉的心机。

孟玉琼不动声色地看在眼中。看来这些宗门还没明白谢迢之为了飞升究竟做了什么。他们只当是谢迢之赢了常清静后，顺势为之。

谢迢之对地上的动静充耳不闻，黝黑的双目倒映着掌心的魔核，空出一手细细摩挲。

这么多年汲汲营营，终于在今朝得以功德圆满。

常清静身上的灵力俱被这一道银芒牵引，源源不绝地灌入海面，血红的海面升起一股漩涡，犹如无间地狱。

谢迢之立于浪头，巨浪漩涡犹如一只大掌，将他高高托起，往天际而去，越升越高，越升越高。

他体内的真元与手中魔核交感，天际竟然缓缓降下了一束金光，漫天花雨直降，鼓乐齐鸣。

这赫然是飞升之兆。

金光落在巨浪前，在空中凝实成阶梯状，牵引着谢迢之步步往上。

天梯……

凡是年纪稍长、有所见识的宗门长老皆是浑身一震，喃喃道："天梯开了。"

多少年了，修真界有多少年没有看到过天梯降世，引度神仙了？

这几乎已经成了传说中的一幕，如今竟然又重现于人间。

这金光如朝霞洒落人间，海面又澄澈如初。

孟玉琼愣愣地抬起手，感到被金光照耀的地方，浑身暖畅，身子也轻飘飘的，欲要乘风而去。

"难道就没人能阻止他吗？！"

"来不及了。"另有人答道，"谢迢之已经合上了秘境碎片，除非——"

除非有人在此之前，提前进入了秘境之中。

祥云开道，金光引度，花雨漫天。谢迢之顿了顿，提步迈上了天梯，又好似想到了什么，停下脚步，转身投去望向人间这最后一瞥。

就在此时，一个不起眼的圆点突然直冲云霄。

"圆点"踏云飞渡，不敢耽搁，一路狂奔，终于在天幕即将合上之际冲入了秘境之中，降落在岛屿中央！！

众人只看到一个俏生生的姑娘，犹如从天而降般，握着刀挡在了常清静面前。

握着刀，宁桃左右扫了一圈儿，长舒了一口气："还好，终于赶上了。"

何其睁大了眼："桃子是怎么跑上去的？！"

众人的震动不比何其少："不妙，这是宁桃，只怕是来帮常清静的。"

众人虽然不甘心谢迢之飞升，却也不愿看到有人来帮常清静。

小林又跌坐回了地上，傻了眼。

这不是之前那个姑娘吗？

地上那些议论纷纷已经与她无关。

宁桃沉下一口气，举起刀，刀气化作一条金龙绕着天梯盘旋而上。

龙口一张，竟然朝着天梯狠狠咬了下去。

谢迢之身形微微一晃，连忙稳住脚步，却还是感到脚下一空。

天梯竟然从中间断成了两半。

——天天天梯还能断？！

还好，天梯没有断，这挑战他们世界观的事并未发生。

下一秒，金色的天梯便又合龙，重新凝实。

好在谢迢之已经跌落了下来。

飞升近在咫尺，被宁桃打断，谢迢之脸上也没露出任何不虞之色，反倒是若有所思地微微一怔。

在这紧要关头，他竟然在走神。

走神只持续了不到半秒，谢迢之道："没想到来的竟然是你。"

不过短短数月的相处，宁桃给他留下了深刻的印象。

谢迢之问："你来帮他？"

常清静跪倒在地上，身子摇摇欲坠，眼神趋于涣散，他还在努力地对焦，茫然地望着宁桃的身影。

桃桃，她怎么会到这儿来？

宁桃摇摇头："我不是来帮常清静的，我是来求一个真相。"

宁桃深吸了一口气，天上的狂风吹得她发丝与裙摆乱舞，打在脸上，微微发疼。

"楚昊苍的死和你到底有没有关系？"

谢迢之看了她一眼，言简意赅："然。"像没想过这一个字会引起多少轩然大波。

宁桃眼前一瞬恍惚，勉强逼自己站稳了，她的嗓音从来没有像今天这般冷静。

"是你逼前辈入魔的吗？"

"然。"

宁桃顿了许久，又问："那常清静——"

"然。"

谢迢之补充道："扶川谷的杀孽也是我一手促成。"

"怪不得，怪不得你派出去追杀常清静的弟子，都是些修为低阶的小辈。那你为什么又肯承认了？"不等谢迢之回答，宁桃又自顾自道，"因为没意义了是吗？"

因为他马上就要飞升了，众人的评判，众人的目光于他而言早已没了意义。

谢迢之道："你看过炼丹吗？想要淬炼出丹药，就必须往里面添炭火。"

宁桃问："他们就是你为了重新炼出魔核的炭火？"

谢迢之道："是。"

宁桃看了谢迢之一眼。

论战技，她打不过谢迢之。

论修为——

天光照得她有些头晕目眩，她晃了晃脑袋，在众目睽睽之下，竟然从袖中掏出了一样东西。

"前辈临死时，曾经吩咐我击碎他的肉身，我照做了。"宁桃嗓音很轻，"这颗内丹是前辈留给我的。"

"前辈的仇，我要自己报。"话音未落，一阵黑雾冲天而起，足以遮天蔽日。

黑雾中竟又是一颗大放异彩的魔核。

比之谢迢之手中的魔核更精粹，魔气也更浓郁。

第28章

"会死的。桃桃会死的！"蛛娘尖叫起来，"她要和谢迢之同归于尽！"

妖精大多直觉敏锐，张琼思变了脸色，一巴掌盖上了蛛娘的脑袋："别瞎说！"

她知道宁桃想死，但……她一直都还在努力地活着。

谢迢之瞳孔骤缩。

他一眼认出这是楚昊苍的魔核，在楚昊苍死后他遍寻不得，也曾猜测会在宁桃手上，却不知楚昊苍用什么办法替她遮掩了。

身旁的风飞速倒流，记忆好像也回到了当初那个盛夏，纵横的棋盘间，一黑一白，来来往往，终是楚昊苍棋胜半着。

有了魔核加成，宁桃沉下一口气，刀气豁开金色的祥云，荡平了沧溟，就要钉入谢迢之的肩胛骨。

谢迢之身形一晃，眨眼间，已缩地成寸，一步迈到了宁桃身前。

两人交手极快，剑气与刀光足以将天际的流云荡碎。

何其口干舌燥、头昏眼花地注视着天际的人影。

她会死的。即便有老头儿的魔气加成她也打不过谢迢之。

此时此刻，他们三人站在云端，距离天际已不足丈远。

"唊"的一声破空急响，谢迢之的剑已近在眼前。

宁桃手握魔核，呼吸仿佛也停滞了，眼睛一眨不眨地紧紧留意着谢迢之的动作。

耀眼的天光刺得宁桃想流泪。

天幕薄而清透，宛如一张可随意揉碎的纸，轻轻一撕，就能破碎虚空到达另一个世界。

在这天光之中，宁桃好像看到了宁爸爸、宁妈妈、学校的电动伸缩门。

她咬紧了牙，揉了揉眼角，再度迎上。在谢迢之杀到之前，她会捏碎手中的魔核，与之同归于尽。

冲天的魔气终于唤醒了常清静的神志，猫眼渐渐地找到了焦点，落在了宁桃身上。

桃桃？

常清静眼睛一眨，不可置信地看着她。

目睹这一幕，他目眩了一瞬，抿紧了唇，飞快封住了全身上下各处还在流血的关窍。

伴随着剑尖越来越近，宁桃浑身上下抖得厉害，将心一狠，梗着脖子，死死地闭上了眼。

预想之中的痛苦并没有到来，她落入了个冰冷如霜的怀抱。

滴答——

宁桃睁开眼，入目是常清静惨白的脸。

他琉璃般的眼眸幽深，唇瓣皲裂，眼睛、鼻孔、耳朵里正缓缓流出哀艳非常的血迹来。

常清静浑身上下冷得就像是死人，脸色也惨白得像是幽魂，呼吸间喷吐出来的气息宛如霜雪。

"常，常清静。"

眼前的人渐渐与记忆中的少年重合。

少年抬起眼，清凌凌的目光落在了她脸上，脑后的乌发被夜风吹得四下飞舞，怀中满是冰雪清冷的气味。

"桃桃，我接住你了。"

呼——

呼啸的云气在远去。

他一手牢牢扼住了她手腕，阻止她捏碎魔核，另一只手摁着她的头将她揽入了怀中。

宁桃颤抖着，似有所觉地看向常清静，他原本已空荡荡的腹腔又横出了一柄长剑。

常清静像是未有所觉。

下面，何其、孟玉琼几人几乎快叫出声来，怔怔地看着相拥的两人。

常清静很快就松开了她，带着她身形一转，又以肉身扛下了来自谢迢之的一击。剑气如雨点般凿在他身上，很快，青年白衣染血，血肉模糊，但大掌依然牢牢护着宁桃的脑袋，嘴里溢出微不可闻的闷哼。

疼。

很疼。

常清静却恍若未觉，眼睫毛微颤地凝视着宁桃。

他甚至开始走神，想到了客栈里那弯冷月。

松开了禁锢着她的手腕，常清静空出一只手去摸她的脸。

宁桃愣愣地任由他糊了自己一脸的血。

"我来帮你，"他喘息了一声，嗓音因为痛苦而扭曲，"我认识的宁桃，绝不会轻易放弃自己的生命。"

宁桃睁大了眼。

他认识的宁桃，究竟是什么样的"宁桃"？

不会放弃自己的生命吗？

宁桃有点儿想笑，但更想哭，鼻子一酸，眼泪又顺着脸颊流了下来，哭哭笑笑像个傻子。

她一点儿都不坚强，她懦弱极了，懦弱又胆小。

可在这一刻，看着面前的常清静，看着他漂亮得有些疏离的眼，好像和当初的少年重合了，那个她的好朋友"小青椒"，不嫌弃她拖后腿，愿意牵着她的手和她一起飞奔下山，愿意将她护在身后，愿意给她做姨妈巾的"小青椒"。

她突然又想活下去了。

对啊。

除了小青椒，她还有琼思姐姐，有蛛娘，有小扬子……她如果死了，他们会很伤心很伤心的。

宁桃抽了抽鼻子。

其实她一早就知道，幻想着死后能回到原来的世界，不过是她给自己找的理由，找到的一个安心死亡的托词。

没有人能保证她能回去。

但是……

宁桃抬起眼，刺眼的天光刺得她眼睛生涩。

天梯近在眼前。

她如果加倍修炼，说不定有朝一日就能破碎虚空，踏上回家的路。

这才是回家的正确方式，这才不会辜负老头儿对自己的期许。

看着常清静，宁桃想，如果她没有喜欢上常清静，如果没有那些事，他们会成为很要好的知己、同伴，甚至战友。

宁桃死命咬紧了嘴唇，一股说不清的勇气突然自心底涌出，她擦了把眼泪，从常清静怀中挣脱，把魔核往常清静手上一塞，再度握紧了刀："小青椒，我和你一起！！"

小青椒这个称呼落入耳畔，常清静浑身巨震，背对着她，吐出一个颤抖的字："好。"

谢迢之迟疑地顿住了脚步，仰头看着面前的两个小辈。

从万妖窟到天上沧溟，两个朋友好像又冰释前嫌，站在了一起，并肩作战。

没有人能用语言形容这一招。

刀剑和鸣，劈开了天上沧溟，划海成陆，朝着谢迢之而去！

剑气影响天时，天上，红日迅速西坠，月亮伴着群星升起。

小林心里一个咯噔，看着这骤然暗下来的天色："天黑了？"

然而这还没完，一川烂漫的星斗俱向北倾斜。

月华与星光暴涨，在这一刻，万物转宫，逆转阴阳，杀生灭元！

谢迢之面色微微一变，剑尖洞穿了他的心脏。

但他反应也极快，竟然反手拔出了剑刃，断作两截，自身化作一道剑光，日行千里，朝宁桃飞越而去！

常清静猛地晃了一下，几乎在谢迢之化作金光的下一秒，也化作一道纵地金光，挡在了她面前。

宁桃来不及反应，愣愣地看着眼前翻涌的血海，看着天上日月飞速变化。

紧接着，她被人紧紧抱住了。

就在她被他抱住的下一秒，一柄长剑同时洞穿了两人的身躯。而谢迢之的手指也轻轻摁在了她的眉心。

宁桃瞳孔一缩，清楚地看到了鲜血飞溅上了常清静如玉的脸颊。

在这呼啸的云气中，她看到了少年的脸。

青涩、稚嫩、英俊，像个小古董。

他好像也看到了她愣怔又恐惧的神情，眼里流露出了一阵茫然和困惑。

过了很久很久，身上的疼痛终于唤回了常清静的理智。

常清静抿了抿唇，像是看到了她眼里的恐惧，像初见时那般小心翼翼地，摸了摸她的脸颊："别怕，桃桃，这是我欠——"他顿了顿，"不——"

不是因为亏欠，是因为——

那个穿着蓝白色校服，背着大书包的小姑娘，怀抱着漫天的星光，从异世界坠入他怀中。星星纷纷地砸在了他脚边，给那个古板的小道士，带来了光怪陆离的，五光十色的世界。好像一伸手就能触摸到她所说的那个绚烂的文明。

"我喜——"

这几个字渐渐被风吞噬，宁桃只能看到常清静唇瓣一张一合，说了些什么。

谢迢之收回手，极轻地叹息了一声。

这一剑本来能杀灭宁桃的，但常清静突然挡在了她面前，替她承受了大部分威力，不过好在，他仍然留有后招，宁桃的眉心有他埋下的一颗种子，而这颗种子蠢蠢欲动必有破土的一日。

方才那一剑已经用尽了他所有的灵力，站定在两人面前，谢迢之的脸竟然渐渐变得透明，身形隐隐有消散之迹象。

"我输了。"他面如金纸地叹息着，放下了手。

宁桃："我再问你一个问题。为何我能在凤陵仙家看到你的幻境？"

谢迢之沉默了一瞬："你身受他的修为。"

这个"他"是谁不言而喻。

宁桃看到的幻境正是谢迢之的心魔幻境，他闭关这么久，既是为对付常清静做准备，也是为排遣自己的心魔。

"那黑雾是你日日排遣不得的心魔是吗？你的心魔没有对他二人设防。"

宁桃低声道。

谢迢之的心魔没有对谢眉妩和楚昊苍设防，身负楚昊苍修为的她进去了。常清静却被拖拽入另一重幻境之中。

虽然赢了，可是宁桃一点儿都不开心。

她哽了一下，却不是为谢迢之："那你后悔吗？"

"后悔吗？"谢迢之若有所思地念道，又果决地摇了摇头，"你问这些没有任何意义，该做的事不该做的事我都已经做了，后悔也无用。

"输了，我不后悔。"

谢迢之的身形越来越透明，天光穿透了他的身体，彻底将他击碎。

漫天的光点在宁桃眼前升起，如点点萤火，越升越高，渐渐地被天光吞噬了。而那道天梯也越来越薄，与祥云一同散尽。

星月悄然移走，黑夜散去，露出了一碧如洗的晴空。

伴随着谢迢之消散，常清静像是终于承受不住跪倒在地，嘴角呕出滴滴鲜血。

宁桃大脑一片空白，颤抖着手，努力将剑刃从两人身体中拔出，刚拔出剑，却未料到一股气劲从身后袭来，直将常清静打飞出去数丈远。

"将罪人常清静带回！"

秘境在这一刻破裂，地上各宗门长老弟子终于能驾云直上。

宁桃脑子里"嗡"的一声，跌坐在地上，愣愣地看着不知何时已经横隔在她与常清静之间的修士。

胳膊被人拽起，何其将她护在身后，皱眉问："桃子，你没事吧？"

宁桃屏住了呼吸，呆呆地看着不远处的常清静。

他已经没了昔日的矜贵冷淡，衣衫褴褛，腹部空空。

他从地上爬起，却没看面前的修士，那双圆睁的猫眼，像是失去了所有神采一般，目光涣散地盯着她。

他记得，他还有话没说完。

动了动唇，正欲开口，便被数柄刀剑架住了脖颈。

"还不快将罪人常清静带回！"

"慢着，"薛素厉声道，"如今罚罪司司魁已死，将常清静带回罚罪司是否于理不合？这是我蜀山弟子，于情于理，也当由我蜀山来清理门户。玉真、玉琼，你们快上前，把常清静带回。"

孟玉琼猛然回神，看着面前几乎已成了个血人的常清静不由得鼻尖发酸：

"小——"

玉真不愿承认，见他这模样也红了眼眶。

常清静琉璃似的眼眸微微一动，阻止了玉真、玉琼的动作。

在众人注目之下，支撑着血淋淋的身子，摇摇晃晃站起身，伤势太重，刚一起身，他几乎又跌了回去。

常清静沉默了一会儿，终于放弃了，他一步又一步，爬到了宁桃脚边。

众人俱惊得没了话，看着这昔日孤冷出尘的仙华归璘真君，双眼迷惘，一步一步爬到宁桃面前，又沉默了下来。

这终于用尽了他全部的力气。

"桃桃。"

他仰起头，双目赤红，眼神空茫，眼里缓缓流出两行血泪来。

他摊开掌心："抱歉，只这一次，只打扰你这一次——以后绝不会再打扰你了。"

掌心，躺着一支桃花簪，由五朵桃花攒成，晕着淡淡的胭脂色，犹如隔岸烟水生长着的桃花，朦胧着人世间的炊烟。

他想说"喜欢你"，末了，却改了口。

他小心翼翼，且生涩道："桃桃，生辰快乐。"

叁

入梦

第29章

金印姓王，全名王金印，打小就生活在王家庵里。

王家不算大，红砖砌成的房子已经旧了，堂屋里供着一尊观音像，每天她娘都要擦上个七八遍的，她是王家长女，一人肩负起了全部的家务，又要帮着父母做农活。

王金印每天都要下地，脸盘子被热得红通通的。常年风吹日晒，她生得黝黑，眼睛却明亮，像头机敏健壮的小鹿。

农村的孩子，素来都是野惯了的，王家也鲜少管她。

一大早，王金印就背了箩筐上了山挖些草药什么的补贴家用。

下山的时候，日头已经老高。

在路过山上龙王庙的时候，王金印犹豫了一下，走到了庙里，将箩筐放在墙根，绕到香火台子后面。

"老林，你在吗？"

她前几天遇到了这个乞丐，孱弱佝偻，闭着眼躺在龙王塑像后面，进气多出气少，眼看着就要不行了。

王金印当时有点儿怕，犹豫着拿起个小木棍，去戳他的脸，想看他死没死。

他像是从山上摔下来的，腿摔断了，用尽了力气才爬到龙王庙里。

虽说十根指头被磨烂了，但好歹进了龙王庙有个片瓦遮风避雨。

老乞丐很快睁开了眼，眼里还很清明。

王金印参着胆子和他说话，问他："你是谁？怎么在这儿？我有什么能帮你的吗？"

实际上，王金印心里也清楚，都摔成了这样子，这个老乞丐恐怕要不行啦。

这个老乞丐倒是很平静，没有一点儿将死之人的恐惧，

这乞丐说自己姓林，从前人们都叫他小林，他现在老了，她可以叫他老林。

王金印本来想叫人帮忙把他抬下山。

但老林却没让她动。

老林说，他活这么久，也该到时候了，他知道，他活不成了，等抬下山这么一折腾，估计早就没气儿了。

王金印心道也是，便从箩筐里翻出来了两张饼，又拿了供果的盘子倒了点儿水，递给他。

老林谢过了她，还想报答她，奈何他衣衫褴褛，身无分文，无以为报。

察觉到这点，老林沉默了一瞬，道："那我给你说几个故事吧。"

他说，他少年时四处行乞，见过许多奇人异事。

王金印长这么大还从来没出过王家庵呢，不由得押长了脖子，聚精会神地听着，听得几乎入了神，他说的是那些仙人的故事。

他说这世界上有仙人。

王金印忙道："我晓得！听说那个……那个仙华归璘真君，之前还来过我们王家庵，在这儿住过呢。"

王金印自豪地问："你见过仙华归璘真君吗？"

老林一愣，忽而又笑起来，说："见过的。"

非但见过，他俩还是朋友呢。

王金印不大相信。

于是老林便同她讲起了仙华归璘真君的故事。

这一讲，足足便讲了两天。

今天，王金印惦记着老林和他没讲完的那个故事，忙活完了，便忙不迭地来到了龙王庙找他。

老林果然还在那儿，合着眼睛躺着，他比之前更虚弱了，却还是支起身子，要把这故事讲完。

王金印又给他带了俩馒头，一壶茶。

"我上回讲到哪儿了？"老林问。

或许是人老了，记性不如以前好使了，王金印也不在意。

"讲到宁桃与真君一道儿打败了谢迢之。"王金印急切地追问，"后来呢，后来宁桃原谅真君了吗？"

与谢迢之这一战结束后，常清静被带回了蜀山，宁桃也在。

时隔这么久回到蜀山，宁桃并没有感到任何恍惚和不自在，她心情很平静，经过这一役，明显又成长了不少。

攥紧了袖子里的桃花簪，宁桃想，常清静是为了救她才弄成这个样子的……于情于理她该跟着一块儿看看。

这两天蜀山忙得一团乱，无暇招呼她。等宁桃再见到孟玉琼的时候，已经快十天后了。

孟玉琼眉眼疲倦，眼下青黑，却还是打起精神，笑着来找她说话。

宁桃问："玉琼大哥，常清静他……怎么样了？"

孟玉琼谨慎地回答："总算保住了一条命。"

为了常清静，薛素可算是耗尽了心血，连自己的养老底儿都掀了出去，各种灵丹妙药喂着，终于捡回来了常清静这条命。

薛素这事儿在蜀山闹得很大，人人都说，不该救这个蜀山叛徒。

不顾众人非议，薛素仍一意孤行，别人议论得狠了，薛素就皱着眉道："常清静不能死，他身上这事儿有蹊跷，我得等他醒来问个清楚。"

被逼得实在是烦了，薛素暴跳如雷，一张嘴叽叽叭叭毫不客气。

"他和谢迢之这事儿明眼人都能看出有蹊跷！你们眼睛是瞎了不成？！怎么！你难道愿意掌教死得不明不白的？"

一抬出掌教，别人就算再不满也只能纷纷噤声。

两人交谈了两句常清静的近况，孟玉琼又问："桃桃，你什么时候走？"

"再过两天就得走了，我那儿还有正事干。"

正事——

难道小师叔算不上正事吗？或者说，这正事比小师叔还重要吗？

想到躺在床上依然昏睡不醒的常清静，孟玉琼微微一愣。

他不好问出口，也知道自己心底这想法有点儿难为人，只好微微苦笑。

宁桃低下眼问："玉真大哥呢？玉真大哥怎么样了？"

一提这个，孟玉琼就头疼："玉真已经把自己锁屋里好几天了，谁喊都不出来。"

明眼人都能看出来谢迢之和常清静之间有古怪。

在常清静弑师叛道这事儿没弄明白前，估计他是不会出来的。

"桃桃，"思来想去，孟玉琼还是迟疑地开了口，"你有没有什么话要跟小师叔说的？"

话题终于还是绕到这个了。

宁桃浑身一僵，又缓缓放松了身子，握紧了面前的茶杯，面色复杂，诚实地说:"我……我不知道。"

她真的不知道。眼下要如何面对常清静?宁桃犹豫地想。

之前在天上,她喊小青椒,不管是出自有意还是无意,目的都是催化这份战友情,一起去干翻谢迢之。

等到这一切结束了,她又迟疑了。

她现在对常清静的感情特别复杂,复杂到自己都糊涂了。

他又救了她。

于情于理,她都要表示一下自己的感激和慰问。

宁桃顿了顿,还是低声说:"你让他好好养伤。"

孟玉琼笑了一下:"然后呢?"

然后?

宁桃又是一愣,心里五味杂陈,又憋出几个字:"你让他,好好和蜀山解释,别赌气,别一个人承担。"

孟玉琼道:"好,然后呢?"

"你让他,好好吃饭,我看他瘦了挺多的。"

孟玉琼道:"好。"

"你让他,多穿点儿衣服,蜀山很冷,不多穿点儿,他这伤势以后容易得风寒。"

一个循循善诱,一个磕磕巴巴,不知不觉间,也积攒了一箩筐的话。

其实宁桃也没什么话可说,到了现在,她发现,她和常清静之间竟然无话可说了,翻来覆去的,说的都是些客气的场面话。

最后,宁桃想了想,又从袖子里摸出那支桃花簪。

孟玉琼一愣:"这是……"

宁桃把桃花簪推到了孟玉琼面前。

"你帮我把这个还给他吧。"宁桃轻声道,"我用不着这个。"

孟玉琼脸上的笑意淡去了几分,摇了摇头,神情肃然:"桃子,这个恐怕不行。这个……好歹是小师叔给你的生辰礼物,也是他的一份心意,你就收下吧。"

宁桃也很固执:"你帮我还给他,我生辰已经过了,而且我平常也用不上这个。"

她心里也很乱,一闭上眼,就是常清静流着血泪的模样。

这发簪里的东西太沉重了,她不敢要。

她害怕,每天对着这支发簪,朝夕相处,时间久了,有些东西就由不得她了。

孟玉琼深深地看了她一眼，好脾气的青年到底还是尊重了她本人的意思，收了下来。

宁桃一直等到常清静醒来，得知他醒来之后，长舒了一口气，和张琼思他们一道儿下了山。

"桃子，你真不去看看常清静呀？"小扬子问她。

"走吧。"宁桃摇摇头说，"我们是去给梅先生帮忙的，梅先生还等着我们呢。"

孟玉琼这几天一直不合眼地照顾着常清静，他醒来的时候，孟玉琼正守在他床边。

"小师叔，你醒了。"

常清静睁着眼，轻轻地"嗯"了一声，那双漂亮的眼睛盯着虚空看了一会儿，面色很是虚弱苍白。

孟玉琼没吭声，看着常清静偏头看向他身后，像是想要找什么。

他身后什么也没有。

常清静眼睛一眨，又收敛了所有情绪，眼里怔然又好似失落，不说话了。

孟玉琼看了出来："桃子已经走了，看你醒过来了，她就走了。"

常清静动了动唇，似乎想说些什么，但什么也没说。

孟玉琼顿了顿道："桃子有话要我带给你。"

常清静瞳孔微睁，他问："是什么？"

十多天没张过嘴，常清静嗓音嘶哑，像是能渗出血来。

孟玉琼："她说，让你好好养伤。"

常清静很轻地说："好。"

"她说，让你好好和蜀山解释，别赌气，别一个人承担。"

常清静道："好。"

"她说，让你好好吃饭，她看你瘦了很多。"

常清静道："好。"

"她说，让你多穿点儿衣服，蜀山很冷，不多穿点儿你这伤势以后容易得风寒。"

常清静道："好。"

孟玉琼每说一句，常清静便说一声好。

仿佛是透过他，隔着时空与宁桃对话。

宁桃说得没错，常清静确实瘦了很多，青年瘦骨嶙峋，眉眼低垂，少了点儿锐气，两颊泛着高热的嫣红，吐息好像都是热的。

孟玉琼："她让我把这个东西还给你。"

常清静一看，愣住了。

孟玉琼看着这一幕，心里，就像是被沾了黄连的刀捅了一刀，又苦又涩。

他都难受，遑论常清静。

可是常清静什么也没说，他接过桃花簪，也没问为什么，还是低声道："好。"

孟玉琼道："小师叔，你刚醒，好好休息，我便不打扰你了。"

他给小师叔留独处的时间。

常清静道："好。"

孟玉琼站起身出了屋，离开前想想不放心，又回头看了一眼。

他看到常清静蜷缩着身子，像受伤的无言的大猫，那支桃花簪就搁在胸前，头一偏，几缕霜白的长发滑落，将脸也埋入了枕巾之中。

便也没看到他眼睫毛一颤，滚落的眼泪。

第30章

天很快地就黑了下去。

一个人影在门口犹豫徘徊了半天，长叹一声推开了门。

"醒了？"

常清静一愣，没想到在孟玉琼之后，来看他的竟然是小林。

小林也跟着一道儿回了蜀山，一听常清静醒了就坐不住了，正想着过去看一眼呢，孟玉琼却出来了，轻声道："让小师叔一个人待会儿，他心里难受。"

小林又茫然地坐了回去，到底放不下心，悄悄溜到半掩着的门前，往里面看。

只看到个模糊的影子，蜷缩在床上，半天都没挪窝，小林这才有些急了，长叹一声推开门。

小林问："醒了？"

常清静扶着被褥支起身子："嗯。"

小林一时默然无语，透过昏暗的烛光偷觑了常清静一眼。

常清静好像已经恢复了昔日的漠然与冷淡，只是脸色红得不正常，眼睛透亮，看着叫人有些心悸。

他虽然知道常清静牛，却压根儿没想到常清静竟然如斯牛。

在蜀山这段时间，小林听了一耳朵的"仙华归璘真君"的光荣事迹，虎躯一震，惊叹于自己竟然还能结识这等人物，再和常清静说话就别扭了不少。

小林也不知道怎么安慰他，只好说："你……好好养伤，其他的事儿别往心里去。"

"他们……"常清静长眉半拧，"可曾难为于你？"

小林受宠若惊："这倒没。"

常清静醒来后不久，便有罚罪司的修士找上门，叫常清静给个说法。

薛素又力排众议，以常清静如今还没脱离危险为由给拒绝了。

于是，常清静便又在蜀山留下来养病，三个月后再召开各方针对他的会审。

方便起见，薛素叫来吕小鸿照顾他。

再见到常清静，吕小鸿心里不是不别扭。

常清静如今大半身子都不能动，坐在轮椅上，也不多说话，大部分时候都很安静。

小道童却像是在使性子似的，拧了热毛巾给他擦脸，动作大得像是在刷墙，常清静也不在意。

慢慢地，吕小鸿意识到，真君又变了。

之前的真君虽然冷淡，看着难以接近，但他身上还有着"人气儿"。

现在的常清静，更好接触，可身上这股人气儿好像都消散了。

形如槁木，心如死灰，无感无求，寂泊之至。

蜀山很多弟子不喜欢他，不明白薛素非得把这个叛徒留在蜀山做什么。

既然薛素非要留，他们干脆就消极抵抗，以此来表达对张掌教的尊重和追思。凡是常清静出现的地方，蜀山弟子皆避着他，绕道而走。

常清静又搬回了松馆，吕小鸿和小林经常能看到他在松树下坐一天，肩膀上都落了厚厚的一层雪。

小林问："你想什么呢？"

常清静顿了片刻，张了张嘴，徒劳地摇摇头："我不知道。"

他睫毛上还结着霜花，迷惘的模样看着竟然有些可怜。

"我……只是觉得，"常清静一字一句地斟酌着语句，"突然没有了意义。"

小林："说来听听。"

常清静看了他一眼，没有避讳他："这几十年来，我的目标唯有一个，便是达成与师尊的约定。"

而如今谢迢之死了。

常清静目光里几乎透着小心翼翼的茫然。

他这才发现，原来他这辈子，都活得这么潦倒，从来没为自己而活，如今真的空了下来，突然觉得整个身子都被抽空了，甚至不知道自己想要什么。

他这才发现，原来他与这个世界的联系竟然淡薄到了这个地步。

"这世上哪有什么东西有意义啊。"小林嗤笑道，"意义都是人赋予的。"

嘴上这么说着，小林心里头也唏嘘。在蜀山待了这么多天，他对这位昔日的"要饭搭子"也增进了不少了解。

这人少年时，一板一眼，压抑自己做人的欲望，不苟言笑，力图将一切都做到最好，只为了不辜负恩师期望。这也导致了他情商低到令人发指，被苏甜甜骗惨了，认错了自己的心，和宁桃闹掰。

宁桃"死"后，支撑他活着的动力，就成了赎罪，完成和张浩清的约定。

天下大义的担子压在了他肩膀上，然而他只是个人，就算是少年天才，也没到能靠一己之力挑下整个天下的地步。

这世上哪有什么多智近妖的人啊，这都是话本里写的，他也就是个比常人聪明不了多少的凡人，毛病一大堆。

他丹田一连受此重击，修为被谢迢之废去，如今更是和凡人无异。

不……凡人还比他好点儿。

他现在就是个半残废。

总而言之，到现在终于完成和张浩清的约定了，原本支撑他活着的东西没了。

人们从少年到青年、壮年，一直到老年，往往都会思考人生的意义，思考自己的未来，自己的方向。

可是常清静没有，他从来没有。他就是个按照别人意愿被摆弄的提线木偶。

线一抽走，什么都不剩了。

小林深深地觉得，"命运弄人"这四个字再适合常清静不过，他就是个大写的"惨"字。

"那宁姑娘呢？"小林试探着问。

常清静浑身一僵，犹如一根直挺挺的木头。

小林无言：得，说到重点了。

"我觉得宁姑娘没有那么恨你，她……挺好的，"小林咧嘴一笑，浑不吝地往自己脸上贴金，"你看，到头来，不是只有我和她相信你吗？"

"你现在也不用死了。"小林挠挠头，"你要不要试着，和宁姑娘重新做朋友啊？她连你唱歌都能听下去！"

这次谈话最终不了了之。

常清静什么都没说。后来看他嘴唇冻得都发乌了，小林先把他推回了屋子里。

在会审开始前几天，薛素道："你别给我装傻，我知道你跟张浩清之间肯定有什么事瞒着我，你老实交代，听到没有？"

他本来都已经做好了磨破嘴皮子的准备，毕竟常清静这小兔崽子心思深，性子又倔，薛素拿不准他愿不愿意向罚罪司的人袒露自己的秘密。

薛素的准备无用武之地。

只因为，常清静道："好。"

薛素见了鬼了。

他竟然觉得常清静乖顺是怎么回事？

他白发柔顺地垂在腰后，纤长的眼睫毛落了温暖的弧光，看上去就像只指甲全被拔干净的大猫，乖得不像话。

罚罪司那场会审，常清静将昔日与张浩清的约定一一交代了清楚。

这不过是他一面之词，虽有谢迢之一事作为佐证，但不信的人居多。

又经过几个月的拉扯，蜀山最终还是保下了常清静。

自打常清静回来之后，孟玉真就没和常清静说过话，但那场会审，少年和蜀山几个弟子，亮出了剑。

"该交代的，蜀山已经交代了。"孟玉真冷声道，"谁若是还想动常清静，就是没把我们蜀山放在眼里。不将蜀山放在眼里，就休怪我们刀剑无情了。"

愿意相信他的人，相信他。不信他的人，认准了那不过是蜀山向罚罪司施压徇私。

是非由人，毁誉参半。

常清静不在乎这个，他最近在"复健"。

被谢迢之废去修为后，又透支气力使出了那化海成陆、移星换斗的一剑，他彻底沦为了个废人。

常清静是保下了，仙华归璘真君没了。

这意味着，他又要跟着刚入门的蜀山弟子，从头开始，一点一点学，学着引气入体，怎么握剑，怎么出剑。

刚开始是很艰难的，离开了轮椅，走几步，常清静额头直冒冷汗。虽然疼，他硬生生是抿着唇憋着，不叫出一声。

会审结束后，小林很快就向常清静辞别。蜀山虽好，不愁吃喝，但他漂泊久了，待不习惯。

老林讲到这儿便停了下来。

王金印给他倒了杯水，追问道："后来呢？老林后来呢？"

老林像是在思索："后来，我时不时会回蜀山看看。"

等到他再回到蜀山，已经是年关了。

蜀山越发冷了，大雪封山，冻得小林直打哆嗦。他上山的时候正好碰上孟玉琼从山下采买完年货回来。

孟玉琼与他已经很熟悉了，笑着招呼他一道儿来吃年夜饭。

小林自然没拒绝，顺便把自己带的土特产送到了孟玉琼手里。

孟玉琼惊讶地笑起来："来都来了，还带什么东西。小师叔看到你肯定高兴。"

小林打趣道："这我看不出来。"

孟玉琼也笑："你也知道的，小师叔不苟言笑惯了，什么事儿都埋在心底下。"

两个人边说边聊，很快就到了松馆。

见到小林，常清静一愣，又生硬地抿着唇，扯出个很淡很淡的笑来。

小林还是头一回看到有人能笑得这么拘谨又局促。

但这一笑，却好像天涯霜雪初霁，狠狠地闪了小林一下。

说是年夜饭，其实也就小林、薛素、玉真、玉琼、常清静、吕小鸿这六个人。

六个人坐一桌子也算很热闹。

这么久过去，孟玉真和常清静说过的话依然屈指可数。

小林和孟玉琼都懂，玉真年纪小拉不下脸来。

年夜饭少不了要喝酒，推杯换盏之下，常清静多喝了几杯，他如今身体不好，面色经年累月地苍白，酒量也小，喝多了容易上脸。

薛素有意让他俩多接触接触，转头对孟玉真道："劝劝你小师叔，别让他喝了。"

气氛一下子凝滞了下来。

孟玉真顿了半天，竟然真的破天荒地，伸手拦下了常清静的酒杯，嗓音冷淡，一板一眼。

"别喝了。"

常清静瞳孔睁大了点儿。

一晃眼，好像又回到了少年时，孟玉真没带书，常清静将书借给了他。

少年微不可察地屏住了呼吸，眉目虽冷，但紧张显而易见。

眼下这情景几乎是一模一样的。

在孟玉真伸手去拦的时候，常清静显而易见地僵硬，很快便又放松了脊背："嗯。"

这一来一往，两人之间的气氛突然软化了不少。

不声不响地对抗了这么久，其实破冰也很简单，就是这么一个来回的事儿。

孟玉真有些郁闷，又道："喝多了对你身体不好。"

除了带回了不少土特产，席上，小林还带回来了几个消息。

"秦小荷被抓住了。"

常清静低眉顺眼地吃他自己的，没有反应。

"哦，对，还有谢溅雪，谢溅雪死了。"

讽刺的是，谢溅雪是自杀的。

第31章

"谢溅雪死了"这个消息，让常清静颇为意外，面上露出了抹显而易见的惊愕之色。

小林道："之前有凤陵保他，现在凤陵保不住他了。"

谢迢之这个人对什么东西都很淡，就算知道谢溅雪做的那些事儿，也没有要帮他遮掩的意思。

谢迢之一死，凤陵仙家没了家主，一切事务都由楚沧陵代为处理。

罚罪司算总账的时候算到了谢溅雪头上，楚沧陵一皱眉，直接将谢溅雪给交了出去。

当时谢溅雪足足沉默了半天，这才扯出个苦笑。

"我想活有错吗？"

想活没错，但不该用别人的命填自己的命。

谢溅雪这个人傲，打小养尊处优生活久了，押解的路上，受不了磋磨。

押解他的那天，来了不少凡人百姓，言语都不客气。

谢溅雪这凤陵仙家的少爷，一天都没说话，当天半夜，就咬舌自尽了。

罚罪司修士发现的时候已经太晚，他表现得尤其镇定，坐在篝火前，面色都没变。对方给他递水的时候，谢溅雪还柔柔地微笑，随手将水囊放在一边，没有动。

直到咽气前，才说了最后一句话："我想活，但这么活，毋宁死。"

小林说完，撇撇嘴，下了个评判："这人要真有这副傲骨，当初就不该为了自己活命而杀人。说白了，就是怕，凤陵仙家保不住他了，他名声没了，怕前途无望，受尽磋磨。

"他是个懦夫。"

这句话，为谢溅雪的生命画上了句号。

死者为大，几人都没再谈论谢溅雪的死。

没了头上那些乱七八糟的光环，常清静反倒成了别人眼里，一只镇静的、好脾气的"大白猫"。

酒席散去后，"大白猫"想了很久，终于还是提笔写了一封信。

其实这封信在年关之前他就想写。一封信足足写了半个月，撕了又写，写了又撕，一直拖到了大年三十。

落笔的时候就只剩了四个字。

"新年快乐"。

小林怕他反悔，赶紧抢过信给他送了出去。

一直等到年过去，常清静都没收到宁桃的回信。

他并不意外，只是终究还是有些失落。

没想到的是，等开春，宁桃突然回信了。

常清静心口跳得厉害，强作镇定地去拆信，眉眼沉凝，逐字逐句，无比专注地看了下去。

信上说，她和张琼思几个人到处跑，没收到他的信，等收到他的信的时候已是前几天。

虽然年早就过去了，但在这儿也祝他安好。

那天晚上，宁桃收到了信。

小扬子好奇地探头问："谁呀？"

宁桃怔了一下，缓缓地攥紧了信，低声道："一个朋友。"

自那之后，宁桃与常清静的交流又慢慢地多了起来。

刚开始还算生涩，到后面越来越流畅自然。

人与人之间的关系也就是这样，时间会冲淡一切，在这经年累月的互通书信下，他们重新做起了朋友。

常清静的话不多，寄来的信大多是几句叮嘱，或是谈自己近况。

　　展信佳。

　　前几日下山除妖，机缘巧合，去了桃桃你曾经提起过的雁荡山。

　　山峰竦桀，俱可手揽。远望云里诸峰，苍苍隐天。

景色的确奇秀深杳。
　　你四处游历，暑雨祁寒，注意添衣保暖。
　　望君珍重。
　　万水千山只盼平安。

　　前几日，玉琼送了我一本旧书，于我无用，我觉得你或许会喜欢，已经给你寄去。

又或是——

　　这几日剑法未有精进，许是连日以来心浮气躁之故。修道之人，最忌心思不定，下次改正。

常清静很尊重她的想法，对于宁桃的事从不置喙，在他们每决定前往一处地方前，甚至都会细心地帮宁桃他们做好了攻略。
　　每一封信，宁桃都会看得很认真。
　　她抗拒那个仙华归璘真君，但抗拒不了这样的常清静，这样的常清静太像从前的小青椒了。
　　再说，他为她挡了刀，她再不闻不问也太不是人。
　　琼思姐姐说得对，她心软得一塌糊涂。
　　宁桃回的信大多也很简单。
　　比如说——

　　小扬子和蛛娘在一起啦！

两个小孩整日朝夕相处，走到一起是顺理成章的事。
　　是蛛娘先告的白。
　　告白那天几乎毫无预兆，小姑娘牵着小扬子的衣摆，踮起脚尖，摸了摸他青色的头皮，小声地问道："小扬子，我喜欢你，你要不要和我在一起啊？"
　　小扬子傻了眼："啊？"
　　蛛娘认真地看着他："我喜欢你啊，你要不要和我在一起啊？"
　　宁桃和张琼思激动得直拍桌子。

小扬子脸皮薄，被她俩起哄，他从耳朵红到了脖子根。

蛛娘："我喜欢你，你喜不喜欢我啊？不喜欢我就算了。"

小扬子慌了，小鸡啄米似的点头，眼睛睁得大大的："喜欢！我喜欢你！"

两人情窦初开，整天腻在一块儿，牵着手死活都不愿意放开。

被喂了一嘴的"狗粮"，宁桃生无可恋地在信里抗议：

饱了饱了，吃不动了，我这个狗粮养大的。

相较之下，她和常清静的这些书信可算是毫无暧昧之意。

小林见到打趣道："你俩这是君子之交淡如水。"

可不是淡如水吗？

经过了这么多，早就歇了那些乱七八糟的心思。

每次在远方，有一个人不忘三言两语分享自己生活中的琐事，诉说自己的苦恼，这感觉美好到他不敢，也不愿意打破。

又过了小半年，宁桃寄来了信，说是有事要来蜀山一趟。

收到信的时候正好是早上，常清静瞬间就清醒了，紧张得几乎同手同脚，一大早上还打翻了脸盆。

吕小鸿匆忙赶过来，就看到自家真君像只落汤鸡一样呆呆地站在屋里。看着笨手笨脚的常清静，吕小鸿叹了口气。

匆忙撒了尿回来，常清静特地翻出了件崭新的道袍，领口的扣子扣到最高，十分禁欲拘谨，又像少年一样，对着镜子散开头发，梳了又扎，摆弄了将近半个时辰，这才梳好了一顶镶红宝石的高冠，两侧袖摆被风一吹，犹如鹤翼，整个人就像是用喙精心梳理好羽毛，光鲜亮丽、精神焕发的丹顶鹤。这一身郑重的正装，打扮得活像是要面见什么门派的长老。

等站到山门前的时候，常清静又犯了难，不自在地直扯袖子，后知后觉到这一身实在太过庄重。

宁桃几人比约定的时间来得还早一点儿。几个人背着行囊，风尘仆仆，踏着晨光上了蜀山。红日照耀在少女圆润的脸颊上，好似镀上了一层金辉。宁桃从晨光中走出来，脸上火辣辣地扯着裙子，站定在了常清静面前。

在风尘仆仆的四人组中，宁桃显得尤为光鲜靓丽，打扮的精神程度，比常清静有过之而无不及。

她穿着件亮眼的黄金裙，裙角绣着细细勾勒的白菊纹样，金灿灿的裙摆照耀着白玉的肌肤，柔光微晕，栗色的头发垂在腰际，鬓间簪着桂花样的簪子，在脑后垂下长长的发带。

两个人把自己打扮得就像是求偶的花孔雀，格格不入地站在人群中，呆若木鸡，突然觉得大早上就开始精心打扮的自己好丢人。

脑子里不约而同地浮现出这个想法，宁桃和常清静齐齐地羞愧。

一抬头看到对方的装扮，花孔雀对上花孔雀。两只孔雀大眼瞪小眼，忽然又"噗"地齐齐笑出声来。相信彼此的紧张程度不比对方要小。

这一笑冲淡了久别重逢的尴尬，琼思姐姐拽着蛛娘和小扬子先去安顿，常清静领着她在蜀山四下转了一圈儿。

说不紧张是假的，宁桃呵出一口白气，闷头踩在石砖上，照着奇怪的规律一跳一跳往前蹦跶。

"时间过得好快啊，又到年关了。"

常清静道："岁月如奔驹。"

抬起头，天空依旧那么蓝，从前的岁月好似近在咫尺，一伸手就能触碰到。

从前第一次认识到这个世界原来这么大，便想着要到处走走，要做出一番事业，就算粉身碎骨也无悔。经历过这么多人和这么多事，最终停留在身边的竟然还是当初的人。

正好看到论剑台上的弟子在练剑，宁桃有点儿意动。

常清静停下脚步，侧过脸来问她："要不要上去看看？"

宁桃一口答应了下来："好啊。"

宁桃现在用起刀来已经驾轻就熟，两个人交手的时候，少女神采飞扬，裙角的白菊朵朵绽放，几乎要跳出来。也就在这时候，宁桃发现，常清静真的是在从头开始练剑。当初张浩清为他留下一颗真元，便是希望日后他要是能活下来，可以靠这颗真元来化解体内魔气。谢迢之死了，他再也不用修习魔道，正好修为被尽数废去，干脆重新开始兢兢业业地修习正道。来来回回地这么折腾，是个人都扛不住，常清静甚至接不下她十招。

宁桃没给他面子，抿着唇，眼眸晶亮地笑："小青椒你现在都不如我了。"

剑被打落在地上，常清静也不恼，他早就不是当初那个暗戳戳的、好胜心强的少年。重新修习正道后，魔气对他的影响已经几近于无。如今的常清静真的就像是一只好脾气的大白猫，随便撸的那种。

他的猫眼里掠过了点儿迟疑，局促地说："下次努力？"

作为东道主,常清静将宁桃一行人照顾得妥帖极了。不论大事小事,吃穿住行,都是他亲力亲为。

就在半夜,常清静突然敲她的房门:"我能进来吗?"他踟蹰。

宁桃正趴在桌子上写东西呢,忙抬头道:"可以啊,随便坐。"

他手中提着个食盒,面容被灯光一照,泛着温润细腻的光泽。

"这是夜宵。"常清静嗓音干涩,低声道,"你看书太晚,吃些夜宵垫垫肚子吧。"

本来以为他是存着挽尊的意思,但揭开食盒一看,宁桃反倒真的惊叹了。

"小兔子?!做得好精致。"

一只一只雪白的、圆滚滚的小兔子乖巧地排成队列在食盒内,或许是因为捏兔子的人技术不到家,兔子耳朵都歪了半边。

宁桃指着那只歪耳朵兔子看了一会儿,果断地说:"垂耳兔。"又看向面前的常清静。

他身量修长,皮肤极白,白发微散,落了星星点点的雪花,看上去就像个垂耳兔。

"坐吧。"抱着食盒,宁桃仰起脸,"我们一起吃。"

食盒统共有三层,将这三层全部打开,宁桃顿时蒙了。不知道常清静是怎么想的,只能说不愧是生活技能为零吗?他竟然把这三层塞得满满当当的,全是兔子!一想到这件事,宁桃就要按捺不住内心的吐槽欲了。甜食本来就容易吃腻,这兔子不知道是常清静从哪儿买来的,实惠得吓人,皮薄馅儿厚,用料极其大方。

宁桃拿起筷子一戳,糯米皮破出一个洞,往下流豆沙。

"这只给你。"宁桃哭笑不得地把这只兔子放在自己碗里,又小心翼翼地夹起一只完好无损的放在常清静面前。

常清静眼睫毛微微一颤,伸出手拿起筷子送入嘴中,"啊呜",吞下了半个脑袋。宁桃"啊呜"吞下了半个圆滚滚的屁股——好甜。甫一入口,宁桃就被甜得脸都皱成了一团,差点儿躺出了眼泪。

"怎么这么甜!这是谁家做的!"

常清静握着筷子的手一顿,面色僵硬地问:"是不合口味?"

"这也太甜了!投诉,绝对要投诉!"

这甜得冲脑袋,宁桃一口气灌了半杯茶,才努力把这甜腻腻的感觉压下去,无奈地抬眼看向常清静,打算好好教育他,让他以后别乱买东西了,却没想到常清静垂着眼,正襟危坐,面色却有些奇怪地僵硬。

宁桃眼珠一转,又夹起一个放进嘴里,话到嘴边立刻改了口。

"其实也还好啦。"

面前的青年好像微不可察地放松了身体。

这一层里大概有八个，宁桃配着茶水吃了四个，实在有心无力吃不下了。而常清静一口气吃了八个后，终于也被腻到，微微皱起眉。

宁桃顺坡下驴地举起手："吃饱了，不吃了！我把它放柜子里存着明天再吃吧！"

常清静也不多打扰她，看她吃饱，自觉收拾起了桌子。

宁桃惊奇道："小青椒你生活技能提升了不少！"

他擦桌子动作之流畅自然，俨然是个家务能手的模样了，和当初那个生活白痴有了天壤之别。

常清静抿了抿唇角，收拾好食盒，起身同她道别："明日我再来看你。"

明天，不再做兔子糕点了——常清静想。

出门前，看着又趴回桌子上的宁桃，常清静迟疑了一瞬，有些拿不准要不要叮嘱她注意保护视力。他这样会不会显得太多管闲事？

内心默默纠结了半天，常清静还是含蓄地开了口："桃桃你早些歇息，不要在灯下看书太久。"

桃桃弯了弯眉眼："知道啦。"

嘴上答应得好好的，实际上还是没多大长进，宁桃看话本看得几乎废寝忘食。常清静看她这样，什么都没说，隔天就给她送来了一碗凉血明目汤。

熟地黄一钱五分，甘菊花五分，甘草三分，川芎一钱，当归一钱，白芍八分……对照着药方，在薛素的监督下，常清静谨慎地往里面添加药材，其眉眼之认真，其态度之严谨，犹如治学，守在炉子前等药熬好了，又提着食盒来到了宁桃屋里。

他不多干涉她的生活习惯，只是偶尔叮嘱劝诫两句，眼看劝不动，就另找办法帮她补救。

药汤端来的时候，宁桃受宠若惊："谢谢你！"

常清静一愣。他并不觉得他多做了什么，但宁桃好像很高兴的样子，放下了手中的纸笔，端起了碗。

药汤里加了五分黄连，很苦。

宁桃一闻就闻出来了，这肯定很苦！

她又不愿当着常清静的面拒绝他的好意，赶忙屏住了呼吸咕噜噜一口气喝了个精光。

少女拿起瓷碗的时候，明显顿了一下，眼里流露出了点儿挣扎和英勇就义般的神色。但她喝了个干净，拿着空碗冲他笑。

她眼里流转着淡淡的光泽，对上这视线，常清静沉默良久，才道："我做的不算什么……"

宁桃敲着桌子笑起来："你有这份心意我就很满足了。"

这些相处中的零零碎碎，就像是软刀子，刀刀见血，无一不提醒着他，他从前对她有多疏忽，甚至没有对苏甜甜的关心来得多。

少年成熟得晚，向来都是宁桃照顾他多一些。

他们之间的关系并不对等，他发了疯地想要补偿她，然而他做的越多越意识到，他为她做的甚至都比不上她曾经为他做的十分之一。

可是宁桃已经很满意现在这样的相处时光了。常清静贴心得简直让她惶恐，这个家务小能手真的还是当初的常清静吗？！出门前，他会提醒她多穿衣服；留意到她喝药汤时一瞬的迟疑，第二天再送药汤来，食盒中就多了颗蜜饯；察觉到她砚台没墨了，主动挽起袖子帮她磨墨；怕她在蜀山待久了嫌烦，大晚上突然围着围巾叫她一道儿出来看星星。

"蜀山常年积雪，放眼望去，一片雪白，"常清静低声道，"看久了难免觉得枯燥。但论剑台的星星很好看，我幼时常来这儿看星星。"

他会陪她坐在一块儿看流星，趁她闭上眼，飞快地在她衣服上偷偷打结。

宁桃敏锐地睁开了眼："你在干吗？"

被逮了正着，常清静不自在地动了动，换了个姿势："在我家乡，看到流星的时候，飞快在衣服上打个结，愿望就能实现。"

他知道，他知道原来她想死，他忘不掉客栈中那一眼，每每午夜梦回，总能梦到她躺在浴桶中，面色苍白，裙摆随水波浮动，像是一朵盛开的菡萏。

伴随着年关将近，天越来越冷。常清静开始往宁桃、小扬子他们被子里塞小暖炉。他每天泡在厨房、杏林堂内，一门心思研究药膳，白发束作了个马尾，只余两缕碎发柔软地垂在鬓角。

他不提旧事，不过问她的私事，不给她任何压力，从不逾矩，只尽职尽责地扮演着"朋友"这个角色，一切都恰到好处。

"欸，好舒服，都不想走了。"埋在柔软的被褥中，将自己翻了个身，张琼思含混不清地嘟囔。

宁桃正在整理东西，闻言停下手，转身推开门走了出去。

张琼思忙站起身:"桃子?你去干吗?"

宁桃道:"我去找常清静。"

常清静这么周到……都过这么久了。

宁桃揉了揉自己的头发,于情于理,自己好像都该去道个谢。

宁桃来到松馆时,松馆门是半掩着的,屋里很是简陋。

宁桃伸手敲了敲门,问:"常清静,你在吗?"

没有回答。

宁桃再三敲了敲门,依然没有人应声。

人不在怎么门还开着?

宁桃想了想,往屋里迈进了一步,却隐隐听到屋里有水声传来。常清静俊秀的脸苍白,整个人泡在温泉里,长发披散在水面。这方温泉是薛素特地为他开辟出来的,叫他每隔一段时日就泡泡药浴,对他身体有好处。他浑身上下苍白得就像是死人,即便泡在了温泉中,也冰冷得如同久焐不化的玄冰。

宁桃往前走一步就停下了脚步。

透过面前这扇素绢的屏风,她好像看到了个熟悉的人影……

宁桃尴尬得脸色微红,轻声问:"常清静,你在洗澡吗?"

屏风上倒映着一个羸弱清瘦的身影,白发披散在水面,如同漂浮的水藻。他脊背挺直,脊柱沟往下,肌肉紧实,如玉的肌肤上斑驳着淡色的疤痕。

常清静浑身一颤:"桃桃?"

"是我,你在洗澡吗?"鼻尖萦绕着微潮的药香味儿,宁桃问。

常清静:"我马上好,你坐那儿等一会儿。"

宁桃坐在椅子上。

室内安静得只能听到哗啦的水声。

"我来找你道谢的,"这种情况下,宁桃深深地觉得,自己必须找个话题了,"常清静,谢谢你照顾琼思姐姐他们。"

屏风内安静了一瞬。

"张道友、蛛娘他们是你的朋友……"

宁桃:"嗯?"

明知宁桃看不见,常清静还是垂下了眼,踌躇着回答:"也是我的朋友。"

不愿让宁桃久等,他本想匆匆泡完就披衣起身。桃桃或许也是怕他尴尬,絮絮叨叨地和他说这些旅途中的见闻。桃桃的声音不像其他姑娘一般软糯动听,嗓音听起来很脆,有些男孩子气,十分清亮。

之前将近一年没见，日思夜想的姑娘隔着一道屏风，近在咫尺间，常清静面色僵白。

"常清静，你还没好吗？"

"再等等，马上。"

宁桃察觉异样："常清静，你……你没昏过去吧？别泡太久。"

常清静有些懊恼地抿紧了唇，低低地恳求："桃桃，你能不能不与我……说话？"

这是什么奇怪的要求？

宁桃一愣，却还是顺从了他的意思，闭上了嘴："好。"

"桃桃，你能不能与我……说说话？"

宁桃彻底蒙了，茫然地问："说……说什么？"

常清静出来的时候，浑身还是湿的。

青年如落汤鸡一般浑身湿透，及腰的长发紧贴着如玉的肌肤，苍白的肌肤泛着病态的嫣红，水珠顺着低垂的眼睫毛滑落，又顺着高挺的鼻梁一直落入紧抿的唇瓣中。他浑身萦绕着些淡淡的苦药味儿和若有若无的……异香。

宁桃觉得有些奇怪，但不知道为什么，忽然也觉得很热，很紧张，紧张得喉咙发痒。

常清静嗓音发紧："桃桃，我……洗好了。"

宁桃："嗯……嗯。"

明明两个人没有任何视线接触，说的也都是正事，可全都大汗淋漓，简直像共同从一场盛宴中抽身而出一般。

还是常清静主动开了口："你何时下山？"

宁桃心跳得厉害："再过几天吧。"

他喉口紧了又紧，小心翼翼地道："过了年关再走吧。"

他不愿让她离开，可他甚至找不到理由阻止她的脚步。

她属于天地山川，他只能想尽办法做片刻的挽留。

宁桃颤着嗓音，鼓起勇气抬起头，笑了一下："好啊。"

第32章

年三十很快就到了，这一次，玉琼从山下买了不少烟花来放。

常清静邀请宁桃一道儿去看烟花。

"屋外风大，"他不知道从哪儿拿出来一条围巾递给她，"桃桃，围上这个。"

宁桃接过围巾，翻来覆去地看——围巾针工很是粗糙，网眼忽疏忽密，一看就不像是在山下买的。

宁桃睁大了眼："这，这，这是……你织的吗？"

常清静自己织围巾啦。

常清静脸上微臊："嗯……织得不好。"

是真的不好，将这围巾送到宁桃面前，常清静觉得忐忑。他脖子上也围了个羊毛围巾，温暖的围巾拥着棱角分明的下颌。

既然是常清静的心意，宁桃不再犹豫，三下五除二将围巾绕上了脖子，率先噔噔噔跑出了屋。

"走吧！"

他们都穿着簇新的衣服，在论剑台放烟花。

他说："桃桃，新年快乐。"

这一次不用再像去年一样，连句新年快乐都要跋山涉水，耗费数月才能传递到对方面前。

宁桃轻快地转了个身，裙摆划开了飞雪。

正对着常清静，宁桃抬起头笑起来，小声地说："新年快乐啊！"

烟花在他们头顶绽放。

常清静心情很平静，也很温暖，垂着眼为她祷念祝词。

他希望她能开开心心、平平安安，喜乐无忧一辈子。

过了年关，用不了多久就是元宵。

元宵节那天，蜀山山脚下张灯结彩。

前几天下山的时候，宁桃就嗅到了节日的气息，等到元宵节当天，主动找到常清静。

他刚从杏林堂内出来，落了满头的雪花，身姿匀称清瘦。

"小青椒，今天我们下山去看灯吧！"

常清静顿住脚步，疑惑地问她："去哪里？"

"山下。"宁桃吃惊道，"你都不知道山下有灯会？"

他迟疑。他身体大不如前，每隔一段时日，便要去薛素那儿调养身子，今天一如既往。更何况，他身份特殊，不像其他弟子一样能自由出入蜀山，每每下山总要提前请示。宁桃主动邀请他，他舍不得放弃这个两人相处的机会，也不愿让她失望。

明知薛长老定要气得跳脚，常清静还是柔声道："好。"

他年少时身为执剑弟子，以身作则，循规蹈矩地活了这么多年，这还是头一次公然违抗师长的意思。常清静心中不由得怦然，这就像是一场紧张刺激的冒险。两个人避着蜀山弟子的耳目，悄悄地溜下山，可惜到山门前还是被执剑弟子拦下了。

执剑弟子皱着眉，看着常清静心中有些犯怵："真君，派中交代过，您不得私自下山。"

宁桃不死心："这不是元宵嘛，我想带他下山看灯会，麻烦大哥通融通融。"

执剑弟子动摇了。

宁桃反应极快，立刻拽住常清静的手，飞一般地穿过了山门，远远地喊道："等我们回来就去找薛素长老请罪！"

常清静几乎是无措地被她拉着。他紧张得手指根根蜷缩，风好像倾倒一般，从两人身侧呼啸而过，就像是一场盛大的私奔。他们跑得越来越快，手握得越来越紧，将那满山的灯火都甩在了身后，义无反顾地跑到山下去了。

宁桃停下脚步，好像看到了常清静脑门儿上写了两个大字——左边是"呆"，右边是"萌"。

常清静给她的感觉特别像只刺猬，在浑身上下的尖刺收敛后，露出来的肚皮柔软得不可思议。

她不由得眉开眼笑道："小青椒，你放松点儿，别那么紧张。"

"嗯。"他低下眼乖顺道。

山下热闹很久了，清扫过的路面不余任何积雪。

他任由她牵着，两人在花灯下流连驻足，看着这旖旎如梦般的光晕，几乎着了迷。

疏落的雪花落在两人眼前，他们聚精会神地一块儿猜灯谜。

宁桃一直都不大擅长猜这些东西，迷惘地戳了戳常清静："'小姑娘'，猜一个字？这是什么？"

常清静比她还迷惘。

倒是身边的人脱口而出："妙！是妙！"

两人整齐划一地风中凌乱了。

对啊！她（他）怎么没想到呢。

"接下来一定行。"宁桃小声挽尊，"小青椒你等着。"

小贩热情招呼:"太阳西边下,月儿东边挂。"

两个人默默对视了一眼。

宁桃咳嗽了一声:"喀喀,不猜了不猜了。"

两个人看了半天,竟然连一个字都没猜出来。

"不玩了不玩了。"宁桃心酸地想,自己脑容量果然有限。

她没猜出来也就算了,常清静竟然也没猜出来。

再也不玩了,宁桃挫败道:"我们去吃汤圆吧。"

常清静:"好。"

随便拣了个路边摊坐下,宁桃深吸了一口气,刚拿起筷子,突然就听到了人群中一段不大友善的对话,不知道是从哪个方向传来的,听语气好像是几个也来这儿游玩的修士。

"我刚刚是不是看到了常清静?"

"好像是,从那里走过去了。"

宁桃浑身一僵,心中的喜悦好像也被这段对话冲散了。

"他竟然还敢四处闲逛。"对方恨恨道。

"蜀山不管他我们管,离了蜀山地界他还真以为薛素能保住他?"

宁桃下意识去看常清静的反应,他容色很是平静。虽然如此,但宁桃还是动作顿了一下,随后伸出手握住常清静的手,沉声道:"别声张,吃完我们偷偷走。"

常清静的手很冰,她手覆上时,他明显微微一滞,又低下头,故作平静地舀汤圆:"好。"

宁桃心酸得眼泪都快掉下来了,闷闷地"嗯"了一声,调整姿势挡住常清静。她低着头,飞快地扒着碗里的汤圆,芝麻馅儿的汤圆,吃起来却毫无滋味。两只手握得紧紧的,一直没松开。

"结账!"宁桃翻出碎银子拍在桌上,拉着常清静埋头混入人流之中。

常清静的身形即便混在人流中,也依然引人注目,尤其是这一头白发。

"在那儿!我看到了!"

"快追!"

宁桃紧张得心跳加速,拉着他飞快跑动了起来:"快跑!"

前面的人冷不防被撞到,转身怒目而视:"不会看路啊!"

宁桃口干舌燥,连声道歉:"不好意思,有急事!"

他们七拐八拐地穿过一个又一个路口。

宁桃气喘吁吁:"追上来了吗?"

常清静迟疑："似是甩掉了。"

"太好了！"宁桃长舒了一口气，突然又觉得哪里不大对劲。两道视线不约而同地落在了两人紧紧交握着的手上。宁桃愣愣地看着常清静，又看了看两人交握的十指，一股细微的触电感仿佛顺着手腕一寸一寸爬上了手臂。常清静一条胳膊陡然一僵，好像结了冰一般动弹不得。两个人都意识到了这暧昧，却还是握得紧紧的，没人主动松开。

不知道是谁先主动，两个人站在灯光深处接吻，试探着、生涩地、小心翼翼地亲吻。

常清静试探性地去碰宁桃的嘴唇。少女的唇瓣很软。

他垂着眼，纤长的眼睫毛像两把小扇子一样，打在宁桃眼皮上，宁桃觉得微微痒。宁桃涨红了脸，这热度隔着亲密相贴的脸颊传来，常清静一个哆嗦，耳根烧红了，扶着宁桃腰肢的手好像都在抖。

他专注地去亲吻她，一点一点探索她，抖得厉害，那清冷出尘的气息好像在触碰到她的一瞬间，顷刻崩盘。

事后他俩肩并肩，同手同脚地走在花灯下，都闹了个大红脸。宁桃脸热得像能煎蛋了——她、她、她和常清静接吻了！这个吻和之前那个是全然不同的滋味。宁桃红着脸胡思乱想——他尊重她的感受，这个吻，她并不讨厌。

一股尴尬的气氛在两人之间流动。

宁桃干巴巴地打破了沉默："那……那个……要不要继续逛逛？"

常清静的耳朵红得像是一汪流动的血色琥珀："好。"

完全没敢看身边的人，宁桃抻着脖子左顾右盼，像是抓到了救命稻草一样，指着叫道："你看，那边好多人啊，哈哈。"

常清静干巴巴道："的确有许多人。"

手被宁桃紧紧拽住，常清静一个踉跄，忙调整脚步跟上她的步伐，挤在人群中围观。

人群中竟在放烟花盒子，星陨如雨，碎玉溅金，灯光朦胧地照着常清静清冷的侧脸。或许是这漫天的灯火太过旖旎，常清静呼吸不稳，侧过脸去看她。少女脸盘子圆圆的，面上落了灯光，绯红得像是有火在烧，眼里流光溢彩，如涌动的星湖。

不知是为了缓解尴尬，还是真的看得入了迷，她目不转睛地盯着眼前叫人目不暇接的烟火盒子，金盆落月、线穿牡丹……烟火"咻"地爆开，像是有星星落在了她鬓发间。

"桃桃。"常清静动了动手指,心里好像有什么东西蠢蠢欲动,即将破土而出,那是他……在凤陵花灯节上没有讲出口的话。

常清静闭上眼,攥紧宁桃的手,小声地在她耳畔说了些什么。宁桃睁大了眼,心脏怦怦直跳。"地老鼠"在她裙边旋绕不绝,犹如裙摆前散开的流星。

喧嚣的烟火声中,常清静小声地说:"桃桃……我、我喜欢你。"

没有预想之中的尴尬,说出口后常清静反倒松了口气。兜兜转转之后,他终于说出了口。他不敢去看宁桃的神情,怕她拒绝,便上前一步拥她入怀,扶着她脑袋摁在胸前,摁得紧紧的。

宁桃浑身烫得厉害,挣扎一下没有挣开,过了好半天,小声道:"嗯。"

又过了半晌,感受着胸膛前传来的震动,宁桃磕巴着:"常清静你心跳得好快啊。"

常清静觉得丢脸,一声不吭。宁桃紧张得都语无伦次了,一抬头却看到常清静通红的耳根,立刻笑起来,踮起脚尖伸手去捏他的耳根:"你耳朵也好红。"

常清静像是被烫伤了,猛地扭过头,攥住她的手又紧了紧。

他们回到蜀山的时候已经是深夜了,一路上,手牵着手没有松开,一道儿猜灯谜,吃糖葫芦,一碗又一碗地吃小汤圆,吃松子糖。

糯米吃多了,不好消化,宁桃走路都有点儿困难。

常清静的手紧紧包裹着她,牵得很稳。

宁桃心里几乎是又羞耻又雀跃。

这是她的小男神。

常清静问:"在想什么?"

"我在想之前你第一次教我掌心雷的时候。"

少年当时束着个干净利落的马尾,穿着洁白的上襦,淡青色的下裤,眉眼沉静,犹如一只昂扬的小鹤。当时她就觉得常清静真帅啊,小老师真帅。宁桃眼睛有点儿发酸。她之前真的特别特别特别喜欢他,喜欢得不得了。虽说暗恋是她一个人的事,可她总是会有些……不合时宜的期待就是了。她硬着头皮抱他大腿,追着他跑,锲而不舍地上蹿下跳,努力引起他的注意力,到后来渐渐失望、绝望。她不再为他停留,决心为自己向前,这一次却换成他追了上来。

常清静沉默了很久很久,白玉般的脸朦胧在月色下。

"当初,李寒宵说的话,都出自我的本意。"

"什么?"宁桃错愕地抬起眼。

常清静低声说:"桃桃,你很好,是我配不上你。你有很多朋友,既娴文史，又通究时政，去过许多地方，对各地风俗了如指掌。我自愧不如，心生惧意，怕失去。"

他记性很好，慢慢复述道："毕竟在你这一众好友之中，我算不得什么特殊之人，不过占据了与你相结识更早这一优势，于是自作主张，不谈风月，只做肝胆相照的腹心之友。"

不知不觉间，他们竟然已走到了三清殿前。

听到这段激情告白，宁桃几乎快羞耻到化成一摊水了。路过三清像前时，宁桃眼神闪烁，想法一路漂移，莫名其妙想到了之前那段惊世骇俗的三清像言论，也不知道常清静还记不记得了。常清静顺着她的目光望去，明显也是想到了这一茬儿。

他心里打鼓，喉口滚了滚，磕巴地问："桃桃……我能不能……"

常清静嗓音微哑，眼睛明亮极了："能不能再亲亲你？"

宁桃脸上温度骤然又攀升了好几度，故作大方镇定地垂下了眼："好……好啊。"

常清静弯下腰去亲她，小心翼翼地，宁桃被亲得迷迷糊糊。常清静的身上好凉，像白玉一样，还泛着点儿降真香的气息，好闻得要命。

宁桃几乎快哭出来了，常清静反应极快地放开她："抱、抱歉。"

宁桃满脸通红。

这一路上，两个人都没敢再说话了，安静得只能听到雪落在肩头的声音，簌簌作响。冰凉的落雪一点一点冷却了脸上的温度，常清静神思渐渐安静、清明。他一路上鲜有什么多余的动作或反应，一直将她送到门前，却突然开了口。

他方才考虑了一路，脑子里翻来覆去都是一个问题——

他想要娶宁桃。

他想要她嫁给他。

他……

人永远贪心不足，得到前不敢想，但凡得到了，又无比贪婪，贪婪地想要更多。他迟疑，是因为这不是一件小事，他必须确保自己有足够的能力保护她，能肩负起护佑两个人的责任。

他想了很久，终于还是抵不住内心的诱惑。

在宁桃进门前，青年攥紧了手指，猫眼沉凝，报着唇，小心翼翼地道："桃桃，方才，是我太过孟浪，冒犯了你。你……嫁给我好不好？"

桃桃如遭雷殛，呆立在门前。

他们刚交往就进展到求婚了吗？这也太快了吧！诚然，今天互通了心意，她真的很高兴。但结婚不是一件小事，她可没脑袋发热到一口就答应下来。明知常清静会失望，宁桃还是对上了他的视线，坚定地摇了摇头："我……现在恐怕不行。结婚不是一件小事，我还没做好成家立业的准备。"

这是意料之中的事，但他没想到竟然会这么快，这么坚决。

少女脸上的温度很快降了下来，琥珀色的眼睛专注地看着他。

常清静面色略微苍白，觉得唇瓣发干，轻声道："是我唐突了，抱歉。"

"等等，"宁桃喉咙滚了一下，扶着门框，一本正经地说，"你要求婚也得有点儿诚意啊。"

常清静怔怔地看着她，疏落的雪花落在他鬓发间，看着柔软极了。

宁桃恨铁不成钢地教育他："你忘记我和你说过什么了？在我们老家，女孩子结婚，一般都是要求男方有车有房的。"

宁桃掰着手指头一边数，一边笑："我们老家的人认为的优质男性，是那种有车有房有稳定工作的。你没车又没房，还这么穷。"

宁桃夸张地吓唬他："你两手空空的就要让我嫁给你，要是我爸妈知道了，非把你打出门去。"

"你先攒钱买房子和车子，"宁桃放下手，葡萄一样的眼睛熠熠生辉，"到时候我再考虑嫁给你。"

常清静喉咙也滚了一下，心里像是被什么东西撞了一下，雀跃得几乎快溢出来。

哑着嗓子，他郑重地说："好。"

第33章

讲了半天，天色不知不觉间已暗了下来。

老林道："天色已晚，你该回去了。"

原来天色已经这么晚了啊。

王金印惊讶地扬起了眉毛。

龙王庙外的天都黑了，山里起了夜雾，草木朦胧在雾气中，流萤熠熠，流光四散。

这么晚，她回家又要挨批了。

王金印有点儿心虚，却又舍不得走，眨着眼睛，追问道："后来呢？老林后来呢？"

老林苦笑了一下，半边身子都摔坏了，不能动弹，甚至坐不起来。他喘匀了气，像是在思索："那场花灯会具体的情况我也不清楚，毕竟当时我也不在场。总而言之，看完这场花灯之后，他们俩就在一起了。"

在小林看来，几年相处下来，宁桃和常清静会走在一起简直是再自然不过的事了。两人相恋后，并不多腻味在一起。元宵一过，宁桃就向常清静告别，忙自己事业去了。常清静很想多亲近宁桃，但宁桃比他要独立许多，不黏人，也从来不担心两个人因为异地而分手。

和宁桃相比，常清静反倒成了没有安全感的那个。他日日夜夜做梦，不是梦到宁桃掉水里去了，就是梦到她爬山的时候一脚踩空，坠入悬崖，或是梦到她在异地遇到其他人，比他更年轻、更优秀、更合适。

他们一年中见不了几次，每一次见面都和其他小情侣一样依偎在一起。

大漠，残阳如血。

远处的沙丘绵延起伏，朦胧着浅金色的微光，卷着沙砾的风拍打在脸上，激起一阵细密的刺痛。

入夜，人们团团而坐，生起篝火，架起铁锅烧水煮汤。大漠夜里温度极低，这些被困在大漠中的修士，个个拢紧衣衫，靠得紧紧的，脸色疲惫，唇瓣干裂。

他们都是接了悬赏令前来除妖的修士，未曾想到，妖怪没找到，反倒被困在这大漠中，且已有半个月了。

在这疲倦的一行人中，最引人注目的是个少年。他乌发如墨，束着高马尾，瞳孔是极淡的琉璃色，脸颊如白玉水洗，被这篝火的光一照，成了旖旎般的粉。他神色冷清，唇瓣虽然也起了皮，但大漠的风沙好像格外怜惜美人，其脸蛋一如既往地白皙光滑，看得李三娘心里头格外羡慕和忌妒。

"要不是要养家糊口，我才不来这鬼地方。"

人群中，一个鸡窝头的人嘟囔着抱怨了一句。

李三娘走上前递给了他一杯热水："喝点儿热水暖暖身子吧。"

少年微微颔首："多谢。"

李三娘笑着附和了对方一句："我们这些人要不是缺钱，谁会到这鬼地方来。"

鸡窝头嗤笑："要不是给的赏钱够多，请老子来老子都不来。"

另一个穿蓝布衫的也道："被困在这儿倒也好，听说那沙虫可怕至极，前头死了十几个修士，都没拿下。"

这一队修士统共四男三女，几个姑娘抱着膝坐在一起，叽叽喳喳地聊天。

"三娘你到这儿来干吗？"

李三娘苦笑："家父欠了别人债，实在走投无路了。"

几人说话的时候，少年也不吭声，只平静地看着篝火，眼神疏离，像是在想着什么。

"李道友呢？"鸡窝头随口问道，"大家相处这么久了，好像还没怎么听李道友说过话。"

这李道友，就是常清静，也是李寒宵。自从宁桃说过求婚要有车有房，常清静便上了心，认认真真、兢兢业业地攒钱。他身份特殊，人们或是不信他，或是不敢请他。没有办法，他只好又换上了"李寒宵"的身份外出接活儿。李寒宵寂寂无名，接到的除了些鸡毛蒜皮的小活儿，就是这些不怕死来钱快的险活儿了。

鸡窝头和李三娘也觉得奇怪。李寒宵这人性子淡，说话做事彬彬有礼，就是基本不参与他们的谈话，常常捧着一本书钻研，偶尔伸着手指头在衣服上画，凑过去一看，竟然是西洋书。

顶着众人热切的视线，常清静垂下眼道："为了攒老婆本儿。"

众人都惊了。

"老婆本儿？李道友你成家了？"

主要是李寒宵给人感觉特仙气飘飘，感觉和成家这事儿是八竿子打不着的。

常清静："还未。"

"这什么老婆本儿值得你出来这么卖命啊？"

常清静道："她说要有车有房，存款百万，才愿意嫁我。"

几个人连声感叹，顿时脑补出了个嫌贫爱富的姑娘形象，看着李寒宵的目光不由得多了几分同情。

"连李道友长这么好看的，都这么搏命，这姑娘得有多好看哪。"众人窃窃私语道。

"没想到这李道友还是个妻管严。"

人群中，一个姑娘却偷偷红了眼眶。

身边另一个姑娘赶紧拍着肩膀安慰："小雅，别哭了。"

这叫石雅的姑娘暗恋李寒宵，在队伍中是尽人皆知的事。他们本来以为李寒宵是单身，谁能想到早有心上人了啊。小雅扯了扯唇角，眼眶通红地"嗯"了一声。到半夜，小雅还一直睡不着觉，脑子里翻来覆去想的都是这事儿。她就觉得不甘心。

她越想越替李寒宵觉得不公平。什么叫必须"有车有房，存款百万"啊？李道友怎么会喜欢上这么势利的女人？而自己整天在他身边打转，他怎么不多看看自己呢？思来想去睡不着，小雅坐直身子，拢着衣服出了帐子，远远地，竟然看到篝火前坐了个身影，是李寒宵。少年微皱着眉头，正凝神看着膝盖上的书。

小雅鼻子一酸，抽了抽鼻子，鬼使神差地走了过去，问："李道友，你还没睡哪。"

常清静闻言抬起头，看了她一眼："嗯。"

小雅咬紧了唇。她也知道这样不好，但脑子里晕乎乎的，凭着本能走到他身边坐了下来说："我也没睡着，冷死了，也不知道什么时候才能走出去。"

"说起来，李道友你今天说起攒老婆本儿这事儿的时候，可把我们都吓了一跳。"小雅笑起来，"我们都觉得李道友你这种人……和成家这事儿不沾边……"

"尤其是……尤其你心上人还是这么……"小雅斟酌着措辞，"这么个会过日子的姑娘。"

常清静低声道："这世上没神仙，人人都得过日子。"

小雅愣了一下，尴尬地低下了眼，继续努力找着话题："你在看什么？又是西洋书。"

女孩眼里闪烁着敬佩和羡慕："李道友你懂得真多。"

少年顿了一下，诚实道："我看不懂。"

小雅"啊"了一声，呆住了。

但宁桃喜欢这些。天文历史算术之类的，他尚且懂上一些，还学得不错，毕竟身为道家弟子，这些都是要自小学起的。可与宁桃相比，他又显得不够看了。他不是很懂几何，为了能与宁桃多有些共同话题，每天晚上都是枕着这些几何原本睡的。

少年迟疑地看了小雅一眼，神情看着有些困扰："石姑娘，你下次不要再找在下了。"

小雅有些没反应过来："什、什么？"

常清静顿了顿："她不喜欢。"

众人是被小雅的哭声惊醒的。

小雅哭得眼睛肿得像个核桃，扑在李三娘怀里嘤嘤地哭。

李三娘茫然地问："这是怎么了啊？"

好不容易把小雅哄回帐子里了，小雅还是哭闹个不停。

"这什么人啊？谁天天黏着他了？"

"他以为他是谁啊！"将头埋在被子里，小雅觉得从来就没像今天一样这么丢脸过，自尊心简直被李寒宵踩在地上，还蹑了一脚。

女孩自觉脸上过不去，发狠地号啕大哭："有病吧，这么自恋！"

她企图和李寒宵迅速划清界限，将自己这么多天以来围着李寒宵转的这件事洗干净，归咎为李寒宵太自恋，她就是热情了点儿，对他压根就没别的意思。

其他男人脑袋都大了，想说什么又不好说，最终只能拍拍常清静的肩膀表示安慰。然而，"李寒宵"的反应沉静如昔，小雅的骂声穿过帐子落在耳畔，他垂着好看的猫眼，继续翻看几何原本，就好像小雅骂的根本不是他一样，他完全不在意众人的目光，除了……桃桃。他并不知道桃桃到底在不在意小雅，但这样说，就好像她很在乎他一样。

又过了几天，众人终于找到了沙虫的踪迹。

这场战斗果真凶险至极，结束时众人都万分狼狈。

一次次濒临险境的时候、一次一次吃着难以下咽的硬馍枕着风沙入睡的时候、撑不下去的时候，他就会闭上眼想想桃桃。快了，马上，马上他就能攒够钱买车子房子，攒够钱去娶她了。一连骂了几天，李寒宵，或者说常清静反应一如往昔地沉静，石雅讨了个没趣，自知理亏，终于闭上了嘴，一直到分别前，都没再和常清静说过一句话。

直到分别当天，想到这一别或许就是一辈子了，小雅终于忍不住了。

"李寒宵，抱歉。"女孩哭了出来，"对不起啊，之前这么说你。"

她说完就后悔了，这几天翻来覆去地想着这事儿，就觉得自己欠李寒宵一个道歉。

常清静道："没关系。"

看着少年这模样，石雅破涕为笑："你知道吗？我就讨厌你这八风不动的样子，就好像谁都影响不了你似的。我真想知道你要娶的姑娘，能影响你的姑娘是谁。"

"她真好啊。"

某一天，小林又逛回了蜀山，恰逢常清静前脚刚接到宁桃的来信，宁桃说下午回来。

小林对常清静目前这个生活状态彻底无言以对，忍不住道："常清静，你不觉得你特像一个等着丈夫归家的……老婆吗？"

常清静脸不红心不跳，压根儿就没觉得这是件丢脸的事，垂着眼睛忙活自己的，时不时回小林一句："昔三代明王之政，必敬其妻子也。尊敬妻子，才是大丈夫所为。"

小林啧啧感叹："还没娶过门就喊上妻子了？"

常清静的从容平静终于略微破功。

他顿了一瞬，耳根微红，面色犹豫道："或许是早晚之事？"

"你看你这没出息的模样。"小林扼腕，"我看那什么闺怨诗最适合你。"

"什么'云中谁寄锦书来''斜晖脉脉水悠悠''泪眼问花花不语'。"

常清静的面皮彻底绷不住了，脖子都红了个透，手不由得悄悄探入袖口，摸上个微凉的东西出了神。求婚这事他计划了很久。桃桃说，她老家男人向女人求婚都要戒指的。他弄不来所谓的钻石，只好弄了个金戒指。

宁桃信上虽说是下午到，但常清静连午饭也没心思吃，匆匆地扒拉了两口，就来到了渡口等着。

下午的时候，宁桃风尘仆仆地拎着大包小包回来了。

"玉琼大哥！玉真大哥！小林！"少女脸蛋红润地挨个儿打招呼，"这是我给你们带的土特产！"

就成亲这事儿，他皱着眉在心里演练上百场都有了，偏偏计划赶不上变化。不过和她在蜀山逛了一会儿，他鬼使神差地嘴一秃噜直接就说出去了。"桃桃，嫁给我。"说完，常清静就后悔了，悔得肠子都青了。宁桃被吓了一跳，就看到常清静深吸一口气，一不做二不休地翻出来了枚……戒指？递给了她。

"这是金戒指？"宁桃惊讶地看着他递过来的戒指。

常清静颔首："是。"

"你说……你们老家男人向女人求婚，都要戒指。"怀揣着破釜沉舟的心思，常清静镇定了不少，琉璃般的眼专注地直视着她，"桃桃，我只能弄来这金戒指。"

实际上，在等着宁桃答复的时候，他紧张得几乎都不会呼吸了，想到怀里的地契与寄放灵石的库房钥匙，像是抓到救命稻草一样，抿着唇，赶紧又将它们掏了出来："这是地契与存款。"

他动作太急，地契飘落在地上，宁桃赶紧去捞，却没多看那地契一眼："你先拿着。"

手里捧着戒指，宁桃顿了一会儿，将戒指套到手指上，涨红了脸，小声嘟嚷道:"你这样我还怎么拒绝你啊?"

常清静一怔,感觉像是被从天而降的馅饼给砸蒙了:"你……"

宁桃不好意思地低下了眼:"我答应你,但是——"

不敢直视常清静的目光,宁桃语无伦次道:"我们成亲的话,你不能纳妾。要是你变心了,我们就离婚,财产对半分。我不想要孩子,或者说,不想那么早要孩子。我怕疼,生孩子太疼了,总而言之要孩子这事儿以后再说。还有家务,成亲之后,别想着我能在家做家务带孩子。"

"我来。"常清静忽然道。

宁桃愣住了:"什么?"

宁桃这一盆盆的"冷水"浇下来,他非但没有失望,反倒还幸福得几乎目眩神迷。

"我来。"握紧了宁桃的手,常清静低声道,"你不想要孩子就不要,不想做家务我来。"

"也不用你一人包揽。"宁桃反握紧了他,惊讶地笑,"我们对半分,这样很公平。"

"但是你得想好了,我和你成亲后,可能不怎么归家。我很满意我现在的生活方式,不想因为婚姻妥协。"

只要她愿意嫁给他,他愿意做饭洗衣,奶孩子,愿意像小林口中的闺怨诗主角一样守着她回来,在她从天南地北,披着一肩风霜跑回来的时候,给她一个温暖的归处。她很好,他配不上她。从前她卑微,并不是因为骨子里自卑,只是愿意热烈地追求自己的爱,敢于将一颗真心捧出来,为爱低头。当不爱了,她就能洒脱地放手,做那个众人眼前大放异彩的宁桃。

虽然答应了常清静的求婚,但晚上宁桃坐在桌子前的时候又有点儿后悔了。这可能就是婚前恐惧症吧?对着烛光看着手指上的金戒指,宁桃觉得自己都快精神分裂了——一半是雀跃的自己,心里像喝了蜜一样甜,嘴角的笑怎么都压不下来;另一半又是迟疑的自己,心底泛着莫名的恐惧。

将戒指摘了下来,放在桌子上,宁桃抿紧了唇。烛光照耀在戒指上,折射出炫目的暖光,亦如幻梦。现在她经历的这一切,简直就像一场梦一样。她还是会感到恐惧,不信任常清静。毕竟……他曾经那么喜欢苏甜甜。

当初的这段感情如此深刻,以至于为之入魔。这么浓烈的感情,真的是能说放下就放下的吗?别多想了。宁桃用力地敲了敲自己脑瓜子,冷静下来,他们都到谈婚论嫁这个地步了，至少得给彼此一点儿信任吧。

要成亲，嫁衣的准备实乃重中之重。

半个月前，就由常清静负责去找蜀山附近的绣坊，婚礼逐项事宜也都由他一人负责。白发童颜、冷峻出尘的仙君，皱着眉头认真地货比三家这事儿，着实惊了蜀山附近的一众绣坊一把。绣坊里的绣娘也都好奇，究竟是哪位姑娘能将这位仙君调教得如此勤俭持家。常清静的想法却很简单，他想尽他所能让宁桃穿上最好看的嫁衣。第二天一早桃桃就要去绣坊试衣服了。

当天晚上，宁桃坐在灯下，跟手里的裁缝活儿死磕。自打常清静送给她一条围巾之后，她就想着缝副护膝给他，但没想到，一连做了几天，还是这副惨不忍睹的样子。

到这地步，宁桃终于不得不承认自己没有女红的天赋。

门吱呀一声开了，常清静走了进来，是来给她送药汤的。

"啊谢谢，你放这儿就行，我待会儿喝。"

放下药汤，常清静自然而然地坐在她身边，问："哪里不会？"

"这儿。"宁桃指着这护膝苦笑，"我本来想绣个鹤纹，没想到连落针都不知道从哪里落。"

常清静道："我来。"

他自然地接过了她手里的护膝和针线低头继续刺绣，宁桃撑着下巴看着他刺绣。昏黄的灯光柔和了他稍显锐利的猫眼，他眉眼冷凝，专心致志地忙着手里的活儿，手上飞快地穿针引线，绣了一会儿之后，将护膝还给了她，无声地提示她继续。

宁桃看着又一个恍惚——常清静他……变了好多。从前那个冷傲又直男的少年好像已经被彻底埋葬在时光中了。这一切简直就像是一场梦。她宁愿他像从前那样冷淡、傲气，好像那才是她熟悉的常清静。

宁桃睫毛颤了一下。说起来，是苏甜甜让他变成这样的吗？曾经不懂爱的少年，与狐妖相恋之后懂得了爱。以前其实挺不理解恋爱中斤斤计较的男女的，可现在，她忍不住成了胡思乱想的一分子。苏甜甜是他的启蒙老师，教会了他如何去爱。哪怕她现在和常清静在一起了，也无法抹去他身上苏甜甜的印迹、苏甜甜的影子。

这念头一浮现，宁桃察觉不对，不能再继续，飞快地又将它按了下去。

现在的常清静很好，她很喜欢这样的他。

她接过常清静递来的护膝，毫不吝啬地大力吹捧他。

"小青椒！你好厉害！"

第34章

第二天一早，宁桃终于看到了她嫁衣的真面目——通体是红色与青色，红是嫁衣的红，青是山水的青，腰间压着珍珠腰链，润泽温和；裙摆不像时兴的嫁衣绣了凤纹牡丹之类的讨吉祥的图样，反倒是以青色和金色勾勒出了千里群山，烟波浩渺的江河，其上日月高悬。

宁桃浑身一震，呆呆地摸着这嫁衣，好半天都没说出话来——太太太好看了！

常清静是住在她脑子里了吗？宁桃激动地说："我觉得这不像嫁衣，感觉我要去登基。"

绣娘噗地笑出声来，帮她穿上。

宁桃牵着裙子，新奇地左看看右看看，越看越喜欢。

绣娘笑道："真君不叫我们绣龙凤，让我们绣山川，我刚开始也觉得奇怪，不过做出来，倒是好看大气极了。"

他知道，婚姻束缚不了她的脚步。

她属于天地山川，嫁衣也该是疏朗磅礴的。

坐在镜子前，绣娘帮她绾了个发髻，这发髻繁复至极，简直就像是在脑袋上搭房子，看得宁桃眼花缭乱。少女的长发细细地抹了发膏，光亮柔顺，盘作了飞天鬓的形状，饰以珠玉，明珠罗列，光彩夺目；眉间轻轻旋摁出瓣瓣梅花，唇上压着薄红，眼尾勾勒出一抹桃花胭脂色。就算是再普通的姑娘，此刻也如同神妃仙子，灵眸绝朗，顾盼生辉。

"太漂亮了。"绣娘放下手不由得赞叹，"这哪里是成亲，穿上这山河日月的嫁衣，分明要飞升去了。"

装扮好的宁桃就好似生活在浩渺江波、千里群山中的神女活了过来，青丝如墨，眼眸灵动。

绣娘这话让宁桃有点儿脸红，镜子里的少女太过陌生，看得她十分……不好意思。她从来不知道自己竟然也能这么好看。镜中的少女圆圆的脸蛋涨红，色若春华，又添了几分亲昵可爱的烟火气。

就在宁桃提着裙子准备下楼的时候，不经意间一瞥，镜子里的少女却突然大变样，成了她熟悉又陌生的模样。少女顶着毛茸茸的狐狸耳朵，柳眉樱唇，脸上的汗毛被绞了个干干净净，肌肤胜雪，犹如一颗蚌珠，苏甜甜朝着她甜蜜又羞涩地笑，不好意思地抖着耳朵，诉说着自己的忐忑："桃桃，你看！"镜子后的她，那个真正的宁桃顶着黑眼圈困倦地倚靠在床上强撑起眼皮。那个灰扑扑的姑娘，被明耀的少女压得黯淡无光。

她愣了一下，怔怔地看了苏甜甜许久，鼻尖有点儿酸，闷闷地道："嗯，好看。"

宁桃愣愣地停下了脚步。那个，才是她，当初那个局促的、灰扑扑的姑娘，才是她。

绣娘走在前面催促："宁姑娘？"

宁桃忙回神，提着裙子奔下了楼："来了！"

说不紧张是不可能，绣娘笑嘻嘻地看着楼梯前已经僵硬的白发仙君，揶揄道："仙君放松点儿，新娘子马上就下来啦。"

青年"嗯"了一声，苍苍白发束入简单的发冠内，一袭红衣，腰身劲瘦，衣摆也皆绣山川日月纹，与新娘嫁衣堪堪配作一对；往日漠然冷淡的面容，此时也多了几分昳丽，猫眼呆愣愣的。古往今来，男性化妆毕竟都不如女孩们细致。

常清静这儿早早就换上了婚服，只等着宁桃下楼。

"小青椒！"一声熟悉的呼喊声猛然唤醒了常清静的意识！常清静骤然僵住，如坠梦中般抬眼望向前方。少女圆圆的脸蛋红扑扑的，正站在楼梯前，朝他挥手。

桃桃——常清静唇瓣微微一动，几乎失了神。穿着嫁衣鲜活的桃桃美得几乎不像是人间的姑娘，倒像是天上活泼的仙娥。四目相对的刹那，宁桃先笑了出来，拎着裙子脚步轻快地嗒嗒嗒冲下了楼。她跑得越来越快，越来越快。

清晨浅金色的日光曚昽在她发间，她就像是从楼上坠落一样，怀抱着漫天的五颜六色的星光，从云端坠落，从异世界坠落。

绣娘似有所觉地扭头看去，却惊讶地看到这位仙君身形一晃，精致的猫眼呆愣愣的，就像是无措的少年郎一样，看起来快哭了。他如梦游般地，也加快脚步跑动起来，想要接住她。

宁桃就像是一阵火红的小旋风，从楼上呼啦一声卷到楼下，裙摆下的小鹿皮靴将木质的楼梯踩得咯吱作响。在还剩两三级楼梯时，宁桃往前一跃蹦了下来，直直地撞入他怀中。

常清静瞳孔微缩，双臂一紧，就好像搂住了满怀的星光。这些五颜六色的星星，就这样纷纷砸在了他脚边。他拥住了这片星光，一同坠落、沉溺于这片深不见底的星湖里。

试完嫁衣后，宁桃换回了之前常穿的柿蒂花襦裙。

与常清静一道儿走在街上，宁桃摸了摸脑袋。

"感觉好奇怪。"她发髻自然也卸了下来，重新绑了个马尾，不过妆没卸。这一身日常的装扮和脸上这昳丽的妆格格不入。

常清静静静地看了她一眼："很好看。"

自从她换了这身嫁衣，常清静耳朵尖一直都是红的，他一直静静地凝视着她，漂亮的猫眼里涌动着她看不懂的情绪，看得宁桃脸上火辣。

"你饿了吗？"宁桃停下脚步，看向了不远处的馄饨摊，"常清静，我请你吃馄饨吧。"

常清静像是这才意识到自己眼神不妥，慌乱地移开视线，匆匆地动了动唇："好。"

忙活一早上，宁桃确实也饿得前胸贴后背了，热气腾腾的小馄饨一端上来，不顾自己口脂还没擦，匆忙拿起了筷子准备开动。桌椅拖动的声音响起，两三道身影笼罩在桌前，投下了一片阴影。

"常清静，是你？"几个凤陵仙家的弟子，拖着椅子来到两人面前，皱着眉冷声道。

宁桃垂下了眼，拿起了桌子上的醋，倒了点儿到碗里，不用看也知道这是来挑事儿的。这么多年过去，只要她和常清静外出，十次里有八次会被其他门派的修士认出来，继而来挑衅。几次三番下来，对付这事儿，宁桃已经驾轻就熟。那几个凤陵弟子又说了几句老生常谈的话，突然将目光放在宁桃身上。

"我听说，你要与宁姑娘成婚了？"

"看你们从绣坊出来。"凤陵弟子道，"今天是来试嫁衣的？"

常清静心中突然微感不安，不由得皱紧了眉，冷声道："是。"

宁桃舀了一勺子汤，觉得味道有点儿淡，又加了点儿辣椒油。或许是看不下去宁桃这副平静的模样，那几个凤陵弟子你看看我，我看看你，忽而又将矛头对准了她。

"宁姑娘，你与常清静认识了这么多年，该不会不知道我们凤陵的师姐苏甜甜吧？"

少女终于抬起了眼，琥珀色的眼眸目光平静。

"诸位道友这是什么意思？"

那几个凤陵弟子忽然迟疑地看着她："你当真不知道？"

宁桃眉头皱得更紧了："我不知道你们在说什么。"

"我们是指，"凤陵弟子耐心地问，"宁姑娘你可知道苏师姐已经死了？"

宁桃道："我知道。"

她只知道苏甜甜死了，但这中间又发生了什么，她并不关心。

"那宁姑娘可知道苏姑娘是怎么死的？"

苏甜甜是……怎么死的？宁桃一愣。

"看来的确不知道了。"那几个凤陵弟子眼神顿时有点儿复杂，又好像掺杂了点儿同情，"这么说来，我们归璘真君是没有告诉宁姑娘啊。就快成亲了，竟还将自己的妻子蒙在鼓里吗，还是……不敢说？"

宁桃心里突然涌出了股不祥的预感，下意识地去看常清静。常清静坐在馄饨摊前，手里还握着筷子，却突然觉得一阵头晕目眩。天旋地转间，他置身于宁桃、凤陵弟子的视线下，说不出话来。

在少女无声的目光下，常清静面色一点一点变得苍白，浑身抖得厉害，唇间勉强挤出几个字："桃桃，我们走吧。"

他甚至想立刻发出一道剑气，杀了面前这几个凤陵弟子，阻止他们继续说下去。他如何不知道苏甜甜是怎么死的，苏甜甜，就是他杀的。那一瞬间，他已经自乱了阵脚，无法想象宁桃得知了真相后会是什么反应。可他的表现，已经说明了一切。

"等等，"宁桃没有再看常清静，盯紧了面前的凤陵弟子，"你们说清楚。"

"苏师姐，是被常清静杀死的。"

常清静抖得更厉害，那张白皙俊美的脸上甚至露出了恐惧的神情，他再也说不上来一个字。

凤陵弟子一字一句道："被常道友亲手杀死的，就死在洞庭城茅家。师姐死得不光彩，蜀山和凤陵一道儿瞒了下来。但我们几个想，这事无论如何都该让宁姑娘你知情。常道友入魔之后，苏师姐想要唤醒他，却没想到落了这么个下场。"

信息量太大，宁桃脑子里嗡嗡作响。

"常清静，你真的……"宁桃嗓音干涩，一字一句地问，"杀了苏甜甜？"

不……她并不是要去指责常清静什么……也不是替苏甜甜感到不公……她只是，觉得错愕，连她自己都想不通。

常清静眼里失了焦距，不知道该用什么神情面对她。

在这一刻，他选择逃避，面色惨白，错开视线，落在空茫的远处："桃桃……我……"

"对不起，常清静，"宁桃抿了抿唇，站起身，摇头道，"我现在心里很乱，我想自己一个人静一静。"

眼看宁桃远去，凤陵弟子收回视线，冷笑道："怎么？常道友是敢做不敢认了？"

常清静脸上的表情凝固了，他缓缓地坐直了身子，一动不动——碗里的小馄饨还是热乎的，一股凉意却好像顺着袖口渗了出来，他觉得，他现在必须做点什么，不论是什么。

在凤陵弟子喋喋不休的言语中，他拿起了勺子，一口一口，慢慢地吃起小馄饨来，吃得很认真，也很专注。

宁桃一回到蜀山，就将自己关了起来，谁也不见。

玉真、玉琼错愕了半天。

孟玉琼讶异："这不是去试嫁衣了吗，怎么弄成了这副样子？"

孟玉真："吵架了？"

孟玉琼走上前敲了敲门，温和地问询："桃桃？你怎么了？是小师叔欺负你了？"

隔了一会儿，门内才传来了少女的嗓音，脆生生的，听上去没什么异样："孟大哥我没事儿！就是有点儿累，提前回来了。"

"小师叔呢，他没陪你？"玉真不大相信。

"他留在绣坊了，跟绣娘商量事情呢。"

玉真和玉琼还是不大相信的，但是宁桃的语气很平静轻松，说的话也没什么蹊跷之处，除了心头那股拂之不去的古怪……

孟玉琼苦笑："那好，桃桃你要有什么事，小师叔要是欺负你了，你一定要和我们说。我们帮你教训小师叔。"

听到门外玉琼大哥和玉真大哥离去的动静，宁桃换了个姿势，将脸埋在枕头底下，深吸了一口气。她现在心情很混乱，完全不知道自己在想些什么。几天前她还在想，当初常清静与苏甜甜这段感情是这么轻易说放下就能放下的吗？现在她却忍不住在想，常清静是怎么做到说杀了苏甜甜就杀了的？杀了张浩清是他与张浩清之间的约定，可是苏甜甜呢……

他无视这么多年的情谊、这么多年的纠缠，如此轻而易举地就杀了苏甜甜。这样的常清静让她觉得陌生，甚至不寒而栗。宁桃眼眶有点儿热，无力地张了张嘴。她也不知道这该不该怪常清静……宁桃失魂落魄地赤脚走下床，坐在镜子前，看向了镜子里的自己——镜子里的少女全然没有了之前的动人，头发乱糟糟的、面色惨白，妆晕得一塌糊涂，唇瓣皲裂，残留的口脂像是干裂的墙皮，通红得刺眼。宁桃抬起手，用力地在嘴唇上摁了一下，看着指尖这抹刺眼的红出神。原本浪漫的、旖旎的、如梦的二人时光，在此刻也染上了血色。

她和常清静的这场婚礼沾染了人血，染上了柳易烟、刘慎梁、苏甜甜……扶川谷这么多修士的血。这让她还怎么能故作不知，甜蜜幸福地和常清静拜堂成亲？

她在镜子前坐到了深夜。到了夜半，宁桃终于撑不住将头枕在胳膊上沉沉地睡了过去。

她做了一个梦。

她梦到了他们还在凤陵仙家的时候。她、常清静、苏甜甜、吴芳咏，他们四个还是朋友，还是路上的伙伴。她和苏甜甜吵了一架之后，苏甜甜惊慌失措地找到她，苏甜甜一看到她，什么话都没说眼泪就先掉了下来。"桃桃！你一定要帮帮我！"

苏甜甜扑倒在她怀里，哭得上气不接下气："小牛鼻子他、他不记得我了。"

梦中，她重新回到常清静喝下忘情水忘记苏甜甜的那段时光，窗外大雨倾盆，屋里青灯如豆。两个人身板挺得笔直，宁桃两只手搁在膝盖上攥紧了衣裳，豆豆眼乱瞟，脸红得像个大番茄，磕磕巴巴地开口："小、小青椒，你真的一点儿都没想起来吗？"

常清静微微一顿，张了张嘴，神情专注地看着她，有些迟疑，又有些忐忑："桃桃，你希望我想起来吗？"

宁桃愣了一下，条件反射地开口："我当然是希望你想起来了！"

常清静的神情看上去有些黯淡。

"我觉得想不起来倒没什么不好的。"少年移开目光，昏黄的烛光落在他脸上，冷峻的侧脸柔和。

宁桃蒙了。

常清静深吸了一口气，好像也格外紧张，攥着衣裳的手指都微微发白。

"桃桃。"他琉璃色的、浅淡的眸子看向她，眼里好像有许多说不清道不明的情绪。

"我——"

夜雨敲在屋檐上，宁桃心尖猛地一颤，对上少年眉眼的刹那，心里无端涌出了一股莫名的感觉，如果这一路走来，没有苏甜甜的出现，她和常清静说不定真的会走到一起。

那一瞬间，风雨大作，狂风骤雨惊急飒飒。

夜雨梧桐落叶，阶下青苔暗滋生。

好像只要她开口说出那句话，她就有机会了。

宁桃口干舌燥，忽然觉得一阵眩晕，胸口打鼓一般怦怦怦直跳，就好像魔鬼捧着鲜艳的果实，突然降临在她身侧。魔鬼大声地狞笑，在引诱着她一步一步走向不可知的深渊。只要说出"喜欢你，想做你的新娘子"，她就有机会了。就算常清静日后恢复记忆，以他的性格，在没有和苏甜甜做出承诺之前，也一定会对她负责。

而这一次，她愣怔一下，过了很久很久，梦呓般喃喃道："我、我喜欢你。"她接受了魔鬼的馈赠。

"我喜欢你。"宁桃露出了个几乎快哭出来的表情。

"小青椒我喜欢你，我喜欢你。我从一开始就喜欢上你了，从在万妖窟你接住我的那一次，我就喜欢上你了。我喜欢你，是想做你新娘子的那种喜欢。"

少年错愕地睁大了眼，浑身巨震，像是被一个浪头打着了，被铺天盖地的意外之喜所淹没。

"桃桃……我……"常清静唇瓣快速地动了动，眼神躲躲闪闪，耳朵根漫上了红云，像是鼓足了所有勇气一般，磕磕巴巴地给了她回应，"我喜欢你……我也喜欢你。在王家庵的时候就喜欢上你了……"

这一夜过得是如此甜蜜。他们并肩坐在廊下，手攥得紧紧的，捂得都出汗了，谁都不愿意松开。她困了，便将头依靠在他肩上沉沉地睡了过去。少年身形还未长开，肩膀清瘦单薄，却已经有了日后坚实的雏形。

第二天如往常一样，苏甜甜急切地追问宁桃，常清静的记忆有没有起色？

宁桃一时间不敢看苏甜甜憔悴的脸，心脏怦怦直跳，摇了摇头道："没有。"

苏甜甜没有怀疑她，眼里掠过了显而易见的失望，又挤出一抹笑："我知道了。"

苏甜甜走后，宁桃站在长廊摊开手发了一会儿呆。

她感觉她就像是一个卑劣的小偷，乘人之危偷走了常清静。

常清静和她确定了关系之后，果然如她所想的那样迅速和苏甜甜划清了界限，果决、薄情、冷淡。

这么多天的困扰，几乎已经将常清静逼到临界点上，少年拧着眉头，冷声道："苏姑娘我当真不认识你。"

苏甜甜愣住了。

"如果真如你所说，我是为了忘记你才喝的这杯忘情水，"常清静顿了顿，眼里飞快地掠过一抹歉意，"那这也是我的决定。于当初的我看来，或许这段记忆实在没有值得存在的意义，也没有回想起来的必要。喝下忘情水前的我，和喝下忘情水后的我，都是我。在下希望姑娘能尊重我个人的意志。"

常清静说完，朝她微微颔首，绕过苏甜甜走了出去。纸是包不住火的，很快，众人都察觉到了常清静和宁桃之间的关系变化。情窦初开的少年，哪怕故作冷淡，也掩饰不了眼里的爱意。他总是偷偷地去拉她的手，攥得紧紧的，恨不得一天到晚都和她待在一起。他们一起上下课，坐在一起吃饭，肩并肩地自习，回到了昔日的亲密无间。他们坐在灯下一块儿奋笔疾书，常清静却心不在焉。好近，少女身上的笔墨清香在鼻尖挥之不去，少年一寸一寸绷紧了身上的肌肉，努力冷静下来，专注于今天的课业，然而，收效甚微。

想了想，少年耳尖通红，哑着嗓子低声地问她："桃桃……我……我能亲亲你吗？"

宁桃心里怦怦直跳。他们交换了一个小心翼翼的、蜻蜓点水般的吻，紧跟着就飞快坐直了身子，再也不敢看对方了，脸上也浮现出抹红。接下来，他们谁也没说话，就这样脸庞发烫地分开坐着。一直到写完今日的课业，离开讲堂后，常清静竭力恢复镇静去牵她的手。他的眉眼看似清冷，但只有他们两个人才知道，他的心脏跳得有多快。有时候，宁桃也会想，如果常清静恢复了记忆会怎么办？他会不会觉得自己是个乘人之危的卑劣小人？

"怎么了？"少年察觉出了她的异样，低声问询。

宁桃摇了摇头："我没事——"

就在这时，她忽然看到了苏甜甜。苏甜甜站在回廊尽头，穿着件雪白的襦裙，面如金纸，单薄的襦裙被夜风吹动，紧贴着肌肤，宛如一缕幽魂。苏甜甜神情恍惚地看着他们，看着他们紧握的双手，眼睫毛一颤，像是被惊醒了。她像是什么都明白了，黯淡无光的脸上突然露出了点儿笑容，眼里闪烁着淡淡的恨意。

"宁桃，你会后悔的。他永远都不会忘掉我的。早晚有一天，他会想起我。你乘人之危，就不怕常清静他有想起来的那一天吗？"

常清静眉头一拧，往前迈出一步，挡在宁桃身前。苏甜甜倔强地扬起脸，与他目光相对，像是不肯服输，眼里却掉下了豆大的泪珠。常清静身形微滞，脑子里轻轻地"嗡"了一声，忽而有些混乱。他总觉得眼前这一幕好像有点儿熟悉，苏甜甜却已经转身跑开。

"常清静？"宁桃心里突然很乱，抿着唇，不安地扯了扯常清静的袖口。

"我没事。"少年摇了摇头，仿佛在确认什么，攥着她的手用上了几分力气，"我们走吧。"

就在被苏甜甜撞破的第二天，吴芳咏就找到了宁桃。

他大声指责："你怎么能这样！"

宁桃愣怔了半秒，低着头道："这是常清静他自己的选择，他说了，他喝下忘情水，就是因为当初的他觉得这段记忆实在没有存在的意义。"

吴芳咏难以置信地看着她："我们都知道常清静是一时冲动啊！等他冷静下来他会后悔的！"

宁桃直截了当地说："我觉得我们要尊重他的意志。"

一步错步步错，她在魔鬼的指引下，一步步迈向了深渊。

她已经管不了那么多了，人总是要自私一点儿的，不是吗？

吴芳咏就像是看到鬼一样，张大嘴看了她半天，转身跑掉了。

第 35 章

宁桃是被吵醒的。她好像做了个梦，梦到常清静失忆的那段日子，但在梦里，有什么东西好像和过去不一样了。

半夜下起了雨，夜雨如注。

青年如落汤鸡一般浑身上下湿漉漉的，低垂着眼睫毛，长发及腰，漂亮的眉眼泛红，像一具行尸走肉一样推开了宁桃的房门。

回顾从前，他并不后悔杀了苏甜甜。他现在只是害怕，害怕得浑身战栗，害怕宁桃会因此恐惧他、远离他。宁桃的道德标准远比他、吴芳咏、苏甜甜，比他们中的任何一个人都要高。她的那个世界教育出了这样的她，正直又真诚，平凡中闪烁着耀眼的正义感。

常清静眼睫毛还沾着水珠，带着一身潮气机械性地放轻脚步，坐在宁桃身边，神思迷茫地看着面前的少女。他拿不准，宁桃会不会因此不愿与他成亲。她头枕着胳膊，伏案睡着了，睡得好像不是很安稳。哪怕他已经很小心，这一点动静还是吵醒了她。

宁桃掀起了眼皮，迷茫地看着他："小……小青椒？"

常清静僵坐在她身前。

这个称呼。

她是不是……原谅了他？没有害怕他？

"桃桃……"他漂亮的眼睛里飞快地掠过几乎祈求般的神色。

这个时候宁桃终于清醒了。她睁开眼，神情复杂地看了常清静一会儿。

此刻的常清静，简直就像是夜雨中迷路的大白猫，茫然又恐惧得直打哆嗦。

他害怕被抛弃。

宁桃低下头，闷闷地"嗯"了一声。

睡梦中被吵醒，宁桃困倦地打了个哈欠，揉了揉惺忪的睡眼："你衣服湿了，我去给你拿件干衣服换上。"

她趿拉着鞋子，平静地走到柜子前，翻出了干净的道袍，指着屏风道："你去后面换上。"

常清静愣愣地接过道袍，几乎是唯唯诺诺地走到了屏风后面。他很快就换上了干净的衣服出来，温暖的葛布道袍摩挲着肌肤，微痒。这细微的触感好像将他从幽魂般的雨夜猛然拉入温暖的现实中，常清静脑子里一片迷惘，拿不准宁桃的态度。

这时候宁桃已经倒好热水推到了他面前，言简意赅地说："喝点儿热茶，你就可以离开了。"

常清静坐了下来，却没有动，手指犹豫地伸向茶杯，又收了回去。

看他这么一副模样，宁桃也明白了他的意思，嘟囔道："随便你吧，你想留下来就留下来。"

他个头儿已经很高，潮湿的白发垂在颊侧，落在苍白的唇瓣前，柔软又脆弱："桃桃。"

她上了床，拉开被子躺下。

常清静坐在床前，发帘垂在腰后，犹豫了很久很久。

"嗯。"宁桃将头朝里，背对着他，"睡吧，有什么事明天再说。"

他轻轻地"嗯"了一声。

宁桃敏锐地察觉到被子被掀开，一阵微凉的潮气涌入被窝里，常清静就睡在床边上，占据了很小的一块地方。

屋里安静得只能听见烛火噼啪声。

他犹豫很久，摸索着拉过她的手，紧紧地攥在掌心，贴在胸口，垂下了两扇眼帘。

一夜无话，一夜无梦。

第二天常清静特地留意了宁桃的反应，宁桃就像没事人一样，绝口不提退婚的事儿。宁桃不主动提，常清静不敢多问，便也装作什么都没发生过一样，继续操办着婚礼大大小小的事宜。

日子早在几个月前就定下来了。

他们都没有亲人，要请的人不多。

"薛长老、小林、玉真大哥、玉琼大哥、琼思姐姐、蛛娘、小扬子……"

再加上太初学会的师兄师姐，这么一数，好像也没多少人，大多还是她这边儿的。

"请帖写好了吗？"宁桃探出身子好奇地问。

常清静搁下笔，低声道："好了。"

宁桃拿起面前这藏青色泥金的请帖看了一眼："小青椒，你的字写得越来越好了。"

常清静："不如你。"

宁桃奇怪地看了眼常清静："你有什么话就直说吧，这么吞吞吐吐的干吗？"

这几天常清静的反应都很奇怪，总是抿着唇躲避她的视线，小心翼翼得像是怕惊扰了什么。

常清静身形一晃。他必须问出口的，苏甜甜就是他与宁桃之间的一根刺，拔出来必连带血肉，但不得不问。

"桃桃……"常清静脑子里乱成了一团，"你没怪我吗？"

"我怪你什么？"

常清静缓缓："苏甜甜之事。"

宁桃叹息了一声，对上常清静那双极为浅淡的眸子，那双眼里好像有胆怯和恳求。

"我只是觉得，那是你和苏甜甜之间的事儿。你们之间具体发生了什么我也不清楚。"宁桃低下眼，将这些请帖重新拢好，"你们之间的事，我不想多管，也无权置喙。"

无权置喙。

常清静有一瞬的恍惚，用力地绷紧面皮，应了一声，不再吭声。

他们明明快成亲了，她却还在说"无权置喙"。她明明有权利表达自己的看法，除非她到现在根本都没将自己看作是他的妻子。他不敢再问，害怕一开口事情就会滑向不可挽回的境地，只好装聋作哑，自欺欺人地继续筹措下去。

她嘴上是这么说的，可真是这么想的吗？

宁桃撑着下巴，将目光投向屋外。

苏甜甜正站在松树下，头发和肩膀上落了层薄薄的积雪，眼里闪烁着淡淡的恨意，露出个凉而讥讽的笑来。

"宁桃，你会后悔的。他永远都不会忘掉我的。早晚有一天，他会想起我。"

这几天，常清静忙得脚不沾地，来回奔波在蜀山与山下。

或许是怕宁桃反悔，他拼尽了全力想要做到最好。

"这个天，蜀山还没大雁呢。"

孟玉琼和小林一边翻看着单子，一边建议。

"常清静要不你用木头雕一对吧，这平常人家都是刻木代之的。"

常清静："不好。"

孟玉琼沉吟："要不用其他野鸡野鸭？用羊也行。"

《周礼》曾言，卿执羔，士执雉，庶人执鹜，工商执鸡。

要是没有大雁，这些都能作代替，并不算违背古礼。

常清静摇头婉言拒绝，语不惊人死不休："我南下捉一对回来。"

小林手里的单子啪嗒一声砸在了桌子上，张大了嘴。

"你南下……捉一对？"

"你疯了吗？这来来回回路上的时间就够你喝一壶了。你还想不想成亲了？"

常清静沉声道："一天，够了。"

修为至大成者，自然能游神御气，一日千里。他修为未被谢诩之所废之时，至多半日就能南下至闽地一带，如今这一天时间，还是勉力为之。耳畔风雪呼啸而过，眼前白雪皑皑，风雪肃杀的蜀山渐渐远去，成了天际起伏不平的线条；一路南下，冰雪消融，山川开合，苍茫千里；半日之内，至三峡，江水湍急，两峰秀色，近在咫尺；又至江南，见杏花微雨，烟柳画桥。

等到傍晚时分，小林看到常清静衣衫未乱，眉眼冷寂，抱着一对肥硕的大雁回来的时候，整个人差点儿就给常清静跪了。

"这个，烦请师伯将其一并送到桃桃那儿。"

成亲之前宁桃被张琼思等人接走暂住于太初学会。

常清静顿了顿，低垂着眉眼，拿出了置于袖中的一枝桃花。

孟玉琼惊讶地接了过去。这桃花明显是刚从枝头折下来的，犹带着江南朦胧的微雨。

常清静道:"江南无所有,聊赠一枝春。"

他这一日之间游遍天下,也曾停下脚步,想带回一两份伴手礼,但思来想去,没有满意的,最终还是在江南折下了一缕春风置于袖中。他日行千里,捉了一对大雁,又折下一枝春色。

孟玉琼微微叹息:"小师叔,这世上再也没有比这更珍贵的聘礼了。"

宁桃郑重其事地将这一枝桃花插入黄铜瓶中摆在案头。

"桃桃,"张琼思问道,"蜀山送来的其他聘礼,你要不要去看看?"

"不用了。"宁桃抿了抿唇,一手抚上桃花瓣,"有这个就够了。"

第 36 章

张琼思动了动唇,明显还想说些什么,但最终没再开口。她总觉得这几天的宁桃有点儿奇怪,不像是待嫁的少女一般脸含羞怯,眼含期盼,忐忑不安;相反,神色有点儿恹恹的,总是盯着一个地方走神,半天都缓不过来。

将这一枝桃花安置好,困意袭来,宁桃头枕着胳膊,再度伏案沉沉睡去。睡得多了,她几乎都快分不清现实和梦境了。这几天她一直做梦,梦到凤陵,梦到失忆的常清静,梦到她乘人之危和常清静走到了一起。

梦里,她和常清静成亲了。

"常清静,"或许是怕夜长梦多,她鼓起勇气道,"我们成亲吧。"

小道士错愕地睁大了眼:"桃桃?"

这太匆忙了。

常清静错愕归错愕,却还是耐心地缓缓安慰着她。

"桃桃,成亲这事并非儿戏,我总要向师尊禀明……"

"我不,"宁桃摇头打断了他,斩钉截铁道,"我这个月就要和你成亲。我喜欢你。"

她急切地说:"我想和你在一起。"

他想象中的婚姻,该是有父母之命,媒妁之言,该是堂堂正正地牵着她的手,带她去蜀山在师尊面前奉茶。常清静拗不过她,只好顺从她答应了下来。他俩的亲事不得任何人的祝福,婚礼也十分简陋——没有人做媒,便不需要媒人;没有父母双亲,便到月老祠拜月老;没有宾客,有他们二人就足够了。

斜阳时分,月老祠前点上了灯,烛火幽微,照着描金重彩、慈眉善目的月下老人。石阶前已苔藓斑驳,藤萝与桃花掩映着雕甍绣槛的月老祠,一副大红对联上写着:"婚牍配成百年姻,红绳牵就千里缘。"

月老祠内只有他们两人,宁桃与常清静拜了堂成了亲。她穿着件匆忙赶制出来的嫁衣,两人对拜时抬起了头,四目相对的刹那,对上了彼此炽热又明亮的视线,不由扑哧齐齐笑出声。

成亲后常清静对她很好,第二天就带着她去了蜀山见过了张浩清。

"你紧张吗?"常清静牵着她的手低声问。

"紧张。"宁桃心里怦怦直跳。

"别怕。"少年故作小大人的模样,沉声安慰一句,又过半天,自己倒先是绷不住了,末了,又红了脸,支支吾吾地小声说,"我也紧张。"

好在张浩清笑眯眯地认下了她。

他们在蜀山小住了几天,之后便又像从前那样结伴,天南海北到处跑。

少年夫妻初相处也是跌跌撞撞、鸡飞狗跳的,焦头烂额地忙着学习如何维持一个家庭的运转,柴米油盐酱醋茶——都要精打细算。

初春时,春雨霏微,如贯珠自檐下垂落,随风飘洒。

宁桃在太初学会念书,家里的纸笔用得很快,随手一抽,竟然摸了个空。

常清静想都没想,抄起雨伞,沉声道:"我去买。"

他快步出了屋,消失在两溜青篱外。不知道为什么,这春雨让她坐立不安,看着少年挺拔的身影消失在薄雾中,宁桃攥紧衣摆,深吸了一口气。她等了很久都没有等回来常清静,思来想去,还是踮起脚尖拿起了墙上的斗笠、墙脚的桐油伞,出门找他。

她没有走多远,就看到淅淅沥沥的春雨中,多出了一道颀长的身影。少年怔怔地拿着伞,低着头,游荡在田埂上。他没有撑伞,乌发凌乱地垂在额前,唇薄、鼻挺,眸光淡而远,浅淡漂亮的眸子前朦胧着冷冷的雨雾。

见到这一幕,宁桃喉口仿佛被哽住了,愣愣地走上前,将雨伞撑在少年乌黑的发顶上。

"常清静。"

常清静抬头看了她一眼,苍白的唇瓣动了动,似乎想说些什么,但什么也没说,从袖中摸出来一沓干燥柔软的宣纸。这宣纸用灵力包裹着,一点儿都没被雨水沾湿:"桃桃,我将纸买回来了。"

而他这一开口,灵力散去,顺着他眼睫毛滑落的雨水啪嗒落在宣纸上,洇出了一点湿痕。

看着这样的常清静,宁桃大脑里几乎一片空白,莫名地,心底就浮现出了个念头——他……想起来了吗？

宁桃突然感到一阵恐惧，不自觉地往后倒退了一步。常清静却什么都没说，他的嗓音很冷，好像泛着山间冷冷的雾气："桃桃，我们回家吧。"

宁桃心里几乎一团乱麻，怔怔地走回家，替常清静拿来干净的衣服，伸手想要替他擦头发的时候，常清静却微微侧身躲开了她："我来。"

"嗯……啊……好好。"她用力挤出个欢快的笑，嗓音轻快道，"你的手好冰，我去给你倒杯水暖暖身子吧。"

她端来了热茶，常清静却没有喝。

入夜，两人沉默不言地和衣而卧。

宁桃的心终于一点一点沉了下去——常清静想起来了。

她不知道该用什么表情来面对常清静。

第二天，常清静起得很早，宁桃伸手一摸，身旁的被褥已经冰冷没有余温。她点起灯，屋里也没有了常清静的身影。宁桃呆呆地坐在镜子前，披散着头发，从来没觉得自己如此面目可憎过。她接受了魔鬼的馈赠，必将迎来坠入地狱的惩罚。宁桃难过得几乎快喘不上来气了，愧疚的眼泪滚滚而下。可她不敢问常清静，不敢问他是不是想起了苏甜甜，不敢看他的神情。

"桃桃。"少年清朗的嗓音忽而在脑后响起，微含迟疑。

宁桃一个激灵，猛然扭过头，手足无措道："常清静，你、你回来啦。"

"嗯。"常清静神情依然是紧绷着的，眉眼依然萦绕着山间的冷意，"我出去练了会儿剑。"

"你没事吧？"他的目光落在她眼角，微讶。

"我没事。"宁桃飞快地摇了摇头，欲盖弥彰道，"睡了这么久还是好困，眼泪都流出来了。"

常清静不疑有他，或者说是故作不知，匆匆换上干净的衣物后走进厨房帮她打下手。她做饭的时候他就帮着择菜、洗菜、切菜、生火，饭后的碗也都由他捋起袖子，一人承包。

他换了件白色的上襦、淡青色的下裤，束着马尾，只余几缕乌黑的碎发垂在颊侧，伴随着忙碌的动作，曳出冷然的弧度。看着常清静这副模样，宁桃又迟疑了。常清静他真的想起来了吗？这会不会只是她不作数的猜测。

接下来的这段日子，常清静依然对她很好，除了与她的肌肤接触少了，依然对她体贴入微。可这一切，终于在苏甜甜与吴芳咏的到访下打破了。

那天也下了雨，她前几天坐在桌子前念书的时候忘记关窗，到夜里就烧了起来，第二天一早，常清静三人便一道儿外出给她买药去了。宁桃拥着被子，头重脚轻，鼻子里堵塞得难受，脸上烧得发烫，一摸眼角好像也是烫的。

常清静还没有回来……宁桃甩了甩昏昏沉沉的脑袋，努力支起身子坐起来，摸索着下床穿上了鞋，想出去看看。她终于在药坊门口找到了他们，吴芳咏已不知去向，常清静与苏甜甜站立在伞下。苏甜甜仰着头，同他说着些什么。他一只手握着伞柄，另一只手提着药包，手指修长如玉。雨雾太大，掩去了少年脸上的神情，也盖住了两人的话。两个人就像是在大雨中亲昵的恋人，在这个世界中只剩下彼此，兜兜转转之后又走到了一起。

少年腰杆儿挺得很直，天生生就一副冰雪之姿，白色的上襦被雨水洇湿了，隐约透出肌肤轮廓。他低着头神情专注地同她说着些什么，脸上掠过了微不可察的紧张，浅淡的眸子里倒映出苏甜甜的轮廓。

大雨倾盆，苏甜甜的裙角却只半分微湿。

宁桃转身就走，脚步很快，眼泪顺着眼角接连不断地涌出来。哭什么呢？有什么好哭的？明明是她做错了。宁桃面色潮红，大脑昏昏沉沉的，只剩下了个冷静的念头——她要与常清静和离。

她千不该万不该，不该乘人之危、乘虚而入。

恍惚中，苏甜甜站在廊下冲她露出个苍白的笑。

"宁桃，你会后悔的。他永远都不会忘掉我的。早晚有一天，他会想起我。"

苏甜甜说中了。现在，她后悔了。

她从来没觉得自己如此卑鄙又如此滑稽，就像是一本小说，哪怕有恶毒女配角从中作梗，男女主角也终将战胜一切艰难险阻，有情人终成眷属。

宁桃平静地坐在桌前提笔，匆匆写就了一封并不正式的和离书。头更痛了，宁桃抽了抽鼻子，浑身上下烫得像个小火炉。她才搁下笔，就像被抽空所有力气一样。可她还不能够停下，她还有事情要做。强撑起身子，宁桃咬着牙，翻出几件换洗的衣服，几两碎银，几本书，匆匆打包了。她做不到再面对常清静与苏甜甜，她要走。具体要走到哪里，她不知道，脑子里只有一个念头在不断叫嚣——她要走，她要离开。

"你真的一点儿都不恨她？"苏甜甜的嗓音轻飘飘的，在雨中愈加显得飘忽不定。

"桃桃是我的妻子。"常清静的这一句话表明了他的态度，苏甜甜忍不住笑起来，眼泪涌了出来。

"可你明明是喜欢我的啊。她明明也是知道这一点的。"苏甜甜语无伦次道,"她明明就是趁着你失忆,故意的。"

常清静:"即便恢复了记忆,于我看来,当初那段记忆实在没有存在的意义,也没有回想起来的必要。我的答案永远不变。"

刚恢复记忆的那段时间,说不茫然是不可能的。他在替宁桃买纸的时候突然恢复记忆,纸张散落了一地。忘情水强化了大爱大恨。那一瞬间,他满脑子都是苏甜甜,一会儿是苏甜甜的哭,一会儿又是苏甜甜的笑,是她火红的身影强硬地闯入了他的生活,打乱了他的秩序,打乱了他的一切。

那一刻,他对苏甜甜的感情复杂到了极致,或者,也可以说是随之而来的爱意也汹涌到了极点。可幸好他还没有忘记,他是桃桃的丈夫,他已经娶了桃桃。他还没有忘记喝下忘情水的初衷,是因为苏甜甜的两面三刀、妖言惑众,是因为桃桃。

他花了半个多月的时间,被忘情水影响的大脑终于渐趋冷静。

也就在那一刻,他突然明白了——拨开纷乱的迷雾,从最初的最初,这一切发展到今天这个地步,只是因为桃桃,这一切只是因为他的胆怯,他的求而不得。

常清静顿了半秒:"抱歉。"

为与她纠缠而感到歉疚,为不能回应她的心意而感到歉疚,为她曾经背着他走出扃月牢而感到歉疚。

一阵风雨吹来,他将伞稳住,又往苏甜甜头上多移了寸许,替她遮挡风雨是他最后能为她做的。

想到桃桃还在家中等着他,常清静一路加快脚步,不顾浑身湿透,将药包贴着胸口放好。

朦胧的雨雾中,两溜青色的篱笆大敞着。

常清静脚步一顿,心里登时生出了股不祥的预感。少年如风一般迅速掠入屋内,扶着桌子。看清桌上的书信后,常清静一阵目眩,勉力稳住身子,脸上血色顿失。

这是和离书。

他无暇多想为什么桃桃突然要与他和离。眼前好像有大片黑暗漫开,少年飞一般地蹿了出去。雨下得越来越大了。他找不到她。他被冻得浑身发抖,脚步一深一浅地行走在旷野中。

不知过了多久,他终于在雨幕中看到个熟悉的身影。

"桃桃？"他头晕目眩地飞快抿一下唇角，追了上去。

小姑娘好像受惊的兔子一样，踉跄着往后躲。

她眼睛红肿得像个核桃，呆呆地看着他，忽而开口道："常清静，对不起。"

他僵在了原地。

宁桃抽噎得越来越厉害："对不起，对不起，我不该这么自私的……"

她一扭身，跑开了。

常清静："你去哪儿？"

她能去哪儿？桃桃茫然。她不知道，她只是想躲开常清静，躲得越远越好，她只是想躲开他。她跑得越来越快，裙角飞溅了一连串泥巴点。她太想躲开他了，没注意到自己已经跑到了河边，没有注意到少年骤然大变的脸色，他在喊她，猫眼里掠过了深深的恐惧。

"桃桃！"下了雨的河岸泥土湿滑，她脚下一个踉跄，坠入滚滚的河水中。

宁桃从梦中惊醒。

她睁开眼，入目是灿烂的日光。

宁桃略一晃神，大脑空白了一瞬——又是梦吗？

直到张琼思推了她一把："桃桃醒醒，在这儿睡该着凉了。"

"你怎么了？"张琼思皱起眉，摸了摸她的脸，"脸色怎么这么差？"

"我觉得你这几天一直心不在焉的。"张琼思转身倒了杯茶递给她，担忧道，"桃桃，你是不是不舒服？要不我们去跟常清静说把婚期推迟两天？"

宁桃眨了一下眼。

推迟婚期……这四个字无疑有着巨大的诱惑力。

捺下心头的意动，意识终于慢慢回笼，她摇头："我没事，琼思姐姐。我就是觉得……有点儿累。"

"对了，"宁桃摩挲着茶杯，犹豫地问，"苏甜甜会来吗？"

张琼思彻底顿住了："桃桃……苏甜甜已经死了。"

宁桃有点儿不知所措，闭上眼深深地吸了口气，抓了抓头发："我睡迷糊了。"

她竟然连现实和梦境都分不清了。

迎亲前一日，由女方家将家具器物送至男方家中，铺设新床，挂上帐幔。

张琼思将这些东西送上蜀山，常清静接过手："我来吧。"

张琼思惊讶地睁大了眼，看了半天都没把这仙气出尘的常清静和家务活儿联系在一起。

"你能行吗？不好意思我不是这个意思。"

"我知晓，让我来便好。"常清静一边低眸弯腰铺床，一边道，"我与桃桃生活日久，知晓她生活习性。"

床褥都是新换的，大红牡丹纹样，看着俗气归俗气了些，但胜在喜庆。

看着常清静抱着牡丹被子铺开，细致地一一抚平被褥上的褶皱，又转身挂上帐幔，张琼思眼角一抽一抽的。小林几个倒是一副见怪不怪的模样。

屋里他点了些降真香，宁桃很喜欢这个味道，她平常看书看得多，点些安神的香有助于她睡眠。他耐心地思索着，脸上虽然不显山露水，但心中几乎快被喜悦所涨满了。

"箱子放在这儿。"指挥着抬箱子的短工，常清静道，"就放在床头。"

这里面都是宁桃的话本闲书，乱七八糟地堆叠在一起，常清静谨慎地没有多碰。他知道，这些书看着乱了点儿，但宁桃心里有数，一伸手就能捞到自己想要的。他乱碰她这些东西，替她整理妥当了，她反倒不自在。

这里……是书案。他特地差人打造了两张，按照各自身形来的。如此一来，他与宁桃两个人不必挤在一张桌子上，迁就彼此，这对她眼睛也好。

"将这烛台换掉。"

张琼思目瞪口呆地看着常清静动手点燃烛台。

他盯着烛光看了一会儿，突然道："这灯光太暗，对眼睛不好。"

基本上，铺设新房也就走个过场罢了，家具也都是紧着漂亮、精致的来，像常清静这种事无巨细一一检验的她还真没见过。

"傻了吧。"小林深有同感地默默扶额。

张琼思揉了揉额头："桃子是怎么把常清静调教成这样的？"

面前这位还是之前那冷峻孤傲的归璘真君吗？这褪去一身戾气，温和又柔软的男人是哪位？！

掠过这些惊讶的视线，常清静沉声继续交代。这里可放一面素面屏风，屏风前可放一盆矮松作为遮蔽。这里是她的梳妆台。宁桃虽然平常不多爱打扮，但哪个女孩子不爱俏？成亲前，他特地多买了一些首饰和胭脂水粉，不管宁桃常不常用，都尽可能备全，免得日后她打扮的时候缺东西。他将首饰分门别类一一整理好。

"这些字画可以取下来。"常清静道，"挂上地图吧。"

短工惊讶："真君您确定？"

"就挂上地图。"常清静低声道,"字画不实用,这地图她日日都能看。"

他记得她曾经说过,她一直都有个梦想,就是等到她攒够了钱,就可以学着她老家那些妇人往地图上射飞镖,射中哪里就去哪里游玩。

"这椅子太高了。"常清静顿了顿,道,"你们是照我身形定制的吗?她坐着不舒服,烦请诸位另外花心思重新再打造几把。"

不得不说,这样的常清静细致得实在有点儿啰唆……

几个短工面面相觑,但常清静看着虽然冷了点儿,一言一行都十分谦逊有礼,几乎给足了他们面子。见他这样,他们也纷纷没了脾气,只好无奈地苦笑照做。

"真是的,没见过这么认真的新郎官。"

"这新娘子嫁给你真是享福了。"

常清静眉尖轻轻一蹙,纠正:"在下做的这一切,并无任何值得夸耀吹嘘之处,只不过是分内之事。"

入夜,等众人离开后,常清静一人静静地留在新房内,等了一会儿。

明日就是迎亲的日子了。

他愣愣地抬头看了眼天上的月色,复垂下眼,一手摁在了胸前,胸腔里这一颗心在激烈地跳动着,这满腔的喜悦几乎到了快要跳出喉咙的地步。

"明天就是迎亲的日子了。"张琼思一本正经地戳着宁桃脑门儿,教育她,"记得打起精神来,别老是这么一副心不在焉的样子,知道了没?"

少女有些恹恹的:"我知道了,琼思姐姐。"

"是你自己答应要嫁给常清静的,可没人逼着你啊。"

宁桃移开了视线:"嗯。"

"说起来一开始把你嫁给常清静我还不放心。"张琼思轻轻叹了口气,理一下裙子走到她身边坐下,"你们明天要成亲了,我也不想多说这些……但桃子你也知道,常清静之前和苏甜甜……"

"我知道。"

"我就怕他还念着苏甜甜。但今天一看,我算是放了一半的心。"张琼思莞尔一笑,"我看他对你很是上心。"

在张琼思看不到的角度,宁桃的视线有些空茫。

苏甜甜真的死了吗?可她怎么今天好像还看到了苏甜甜?

非但看到了苏甜甜,她好像还看到了老头儿,看到了柳易烟、刘慎梁,看到了吴芳咏……她甚至看到了谢追之。庄周梦蝶,宁桃摊开掌心,愣愣地想。不知道是庄周做梦变成了蝴蝶呢，还是蝴蝶做梦变成了庄周？她是不是又在……做梦了？

第37章

半夜，张琼思领着蛛娘、小扬子风风火火地就把宁桃从被窝里拽了出来，准备开脸。之后宁桃又小睡了一会儿，醒来后沐浴更衣，梳洗打扮，一通忙活直到傍晚，这才到了迎亲的时辰。

由于她和常清静双方都没有父母，便略去了其中不少礼节，倒是拦门的时候耽误了不少时间。太初学会一众师兄师姐，铆足了劲儿，势必要折腾常清静。常清静被太初学会的师兄师姐拦得狠了，白发微乱，清清冷冷的脸上露出了点儿显而易见的窘迫之色，最后还是张琼思乐不可支地主动解围："你们这也太过分了，问的这些问题常清静哪里晓得。"

蜀山的弟子你一言我一语："我们只看到过念诗的，还没看到过要做算术题的。"

这算术题是人做的吗？天知道他们根本都听不懂题面！

多亏了这几年来的钻研，常清静起初倒也能面不改色，稍加思索回答几道，但越往后越艰涩，终于回答不上来了。还好大家都还记着拦新郎就是图个热闹喜庆，见状眼珠子一转，也没再为难他。

常清静白玉肌肤微红，轻声道："多谢……"顿了顿，"张道友。"

"叫我什么？"张琼思揶揄。

常清静嗓音微哑，眼睫毛颤得厉害："师姐……"

众人轰的一声笑开："新郎害羞了啊！"

常清静胸口闷得厉害，每走一步都好像踩在软绵绵的棉花上，精神恍惚，差点儿一个踉跄，又闹了笑话。他穿着件红袍，肩宽腿长，玉带束腰，肌肤如霜雪，于日光下更显得眉眼剔透，昳丽惊艳，这笨手笨脚的模样，不显得愚钝，倒显得分外真情可爱。

如今还没开春，天气尚有些冷，临近黄昏，斜阳更泛着点儿冷意。

宁桃在蛛娘等人的簇拥下，晕头转向地走了出来。她远远地就看到了常清静，紧张得握着团扇的手渗出了汗。常清静猫眼睁大了点儿，一眨不眨地看着面前的少女，少女手执团扇，挡住了脸，一步一步，走得很小心很矜持。她身穿嫁衣，裙摆曳地，恍若行走在山川江河上的仙娥，乌发如墨，点缀明珠，行走间，天姿精耀，明光浮动。

"新郎看痴了呢。"众人哄堂大笑。

常清静面皮又是一红，慌乱之下，忙中出错，匆匆往前迈出一步，想要去牵她的手，被小林和玉真、玉琼赶紧拦下。

"常清静你傻了吗？这是能拉手的时候吗？"

强行稳定了心神，常清静终于冷静下来，嗓音发紧，一字一顿，却无比郑重："桃桃，我来接你了。"

上了车，宁桃还有些如在梦中的不真切之感。

之前在杜家村的时候——宁桃想，她坐在摇摇晃晃的轿子里，身边是古怪的纸人，抱着膝盖一遍又一遍默默祈祷常清静快点儿来。常清静与苏甜甜成亲的时候，她又有多羡慕。可当真嫁给了从前梦寐以求的"小男神"，她却没有想象中那么高兴，不知道这算不算是婚前恐惧症？

宁桃喉口滚了滚，心知这话不能对任何人说，只好往马车里面又坐了坐，将手放在膝盖上不吭声。

拜堂时，她和常清静几乎被人指挥得团团转，要干什么、做什么，都由人领着。双方没有父母，拜堂的时候便拜三清。

被搀扶着来到青庐内的床上坐下，喜果与铜钱如同冰雹一样噼里啪啦地砸在两人身上。

撒帐礼之后便是合髻与合卺，宁桃晕头转向地放下了扇子。

烛光微黄，映照着少女肌肤似白玉，如蚌珠，温润细腻；乌发盘作了飞天髻，余发皆散垂腰后；眼尾曳出胭脂色，眉心旋作梅花妆。迢递燕支山尽入眉间，悠悠江汉尽入眼帘。如芙蕖初绽放，借了北地燕支山绮丽的霞光。帘影透嫁衣，烛火笼轻纱，嫁衣透逸于地，亦如千里江山行于鞋底。

饶是之前在绣坊的时候见过一次，乍一在灯光中相见，常清静还是僵住了："桃桃。"

少女从前一直穿着那身蓝白色的校服，鼻梁上架着眼镜，挡住了那双葡萄般漂亮的眼睛。她圆圆的脸蛋，稚嫩有余，说漂亮却是算不上的，而现在稍做打扮，竟然漂亮得让他几乎不敢与之对视。

常清静紧张得手足无措，低下头，雪莲一样漂亮的颊侧也飞快染上了薄红。他偷偷将那支桃花簪，郑重地交付于她袖子里。宁桃眨着眼，飞快地戴在了脑袋上。

众人笑着叫他来敬酒，常清静有点儿依依不舍，又有点儿可怜巴巴，飞快抿了抿唇角："我……马上回来。"

常清静一走，宁桃微不可察地松了口气。可能是一天没吃饭了，她头重脚轻，看东西好像都成了重影。众人的笑闹声从青庐外传来，宁桃想了想，拎起嫁衣站起来走了出去。

修士本来就不讲究那么多虚礼，成亲也没那么多避讳。

走出青庐，看着面前热热闹闹的宾客，宁桃眼里掠过了一瞬茫然——好像有哪里不对……她怎么记得她和常清静成亲并未得到大家的祝福呢？吴芳咏之前还同她大吵了一架。吴芳咏来了吗？宁桃愣愣地提着嫁衣穿梭在人群中，看到了金师姐，看到了柳易烟，还看到了刘慎梁……看到了许多凤陵仙家的弟子，就是没看到吴芳咏和苏甜甜。

好像有不少人在喊她，有人抓了她胳膊一把。

"桃子？"

眼前的虚影越来越模糊了，宁桃努力地辨认着面前的人。

"楚……沧陵前辈？"

对方很是惊讶："我不是楚沧陵，桃子，是我，玉真。"

宁桃沉默地咬紧了下唇，拂开孟玉真的手，继续往前。

她终于看到了常清静。少年穿着鲜艳的婚服，雪肤乌发，如同高山之巅的雪莲，风姿秀彻，气质清冷。宁桃目光一转，落在少年面前的人身上，呼吸不由得顿住了。她找到苏甜甜了。两人在说着些什么。苏甜甜飞快地吐了一下舌头，露出个讪讪的活泼的笑，嗓音清糯地在喊"小牛鼻子"。

"桃桃，你怎么在这儿？"常清静似有所觉，转过脸来，看到她愣了一下。

少年脸上竟然露出了一副紧张的神情。他紧张什么？

宁桃眨眨眼，他是不愿意在这儿看到她吗？

苏甜甜也转过脸来，一脸惊讶："桃桃？"

他们亲密无间地站着，就好像她才是那个不应该出现在这儿的人。看到她这精心的打扮，苏甜甜更惊讶了，惊讶得几乎说不出话来，支支吾吾道："桃桃……你怎么打扮成这副样子啊？"

"今天……"苏甜甜小心翼翼地觑着她的脸色，"今天是我和小牛鼻子的婚礼啊。"

宁桃浑身一颤，这才猛然意识到苏甜甜也穿着嫁衣。

她凤冠霞帔，俏生生地站在那儿，如同一颗熠熠生辉的明珠。

苏甜甜担忧地看着她，像是怕惊动一个疯子。

这是苏甜甜和常清静的婚礼，而她穿着嫁衣……就像是一个求而不得来挑衅的疯子。

宁桃脑子里轰然一声，嗡嗡地炸开了，下意识地抬起头去看常清静的脸。

少年漂亮的猫眼里也蕴含着惊讶，神情忽然变得格外复杂。

"我的……我的蛇果子？"

苏甜甜怔了一下："蛇果子我们吃不了，太酸啦，我倒掉了。"

"桃桃，三爷爷家送了桃子来。"常清静抿了抿唇，"我……我已经洗干净了。"

小虎子看着她，突然走上前，恶狠狠推了她一把，痛骂道："桃桃！你明明知道常清静就在家里！你故意的对不对？！你故意骗甜甜的对不对？！就因为甜甜把你蛇果子扔了？！"小虎子大叫起来，"甜甜都跟你道歉了，你怎么这么样！记仇不说还骗她，我就知道你不喜欢甜甜，你忌妒她。"

她被推了一把，不敢抬起头看常清静的脸，只能看到少年整洁的白靴，素净得像雪。

常清静眼里流露出惊讶和复杂，抿紧了唇，看着她的眼神冰冷。

"我不，我不！我真的喜欢你！我们妖精才不像你们人那样虚伪呢，我们妖精都是直来直去，爱得坦坦荡荡的，我就是喜欢你！"

"臭牛鼻子！"

"闭嘴。"

"臭牛鼻子，臭牛鼻子，臭牛鼻子！"

"闭嘴！"

"清静，你也买了吃的？！"

然而宁桃袖口下的手指刚刚一动，面前的少年却将这蒿子粑粑不偏不倚地递到了苏甜甜面前。常清静冷声道："给。"

任由那"八万颗上品灵石三次"落下，常清静缓缓垂下眼。

258

成交。

"猪大哥,我想上厕所。"
"憋着。"
"憋……憋不住了,要拉在裙子里了。"
"那就拉呗。"

老者笑完了,嗓音微哑:"小娃儿,送上来的血食我岂有不吃的道理?
"因为恨,因为恨啊啊啊!
"恨,恨阆邱那些老东西怎么还不死,哈哈哈,岭梅仙君,该死,该死,蜀山该死。
"小娃儿,过来,到我这儿来,献祭给我的畜生就应该被我吸收消化。
"来,每多吃一人我这功力就更上一层,等我摆脱了这扃月牢,就是他们的死期。"

或许是因为她的灵气起了点儿成效,少年眉头紧皱,嘴里胡乱地吐出几个字来。
"苏姑娘。"
"小……小青椒,你等等,一定要坚持住。"
周遭的世家少年纷纷靠拢了上来,目光落在宁桃这位陌生的圆脸姑娘身上时不由得微微一愣。
"这位……姑娘?"
"苏姑娘呢?"
吴芳咏的神情看上去也有些动怒了:"桃子,你乱跑什么?!你不知道大家都很担心你吗?!"

那些纸人竟然开始动了,咯咯地笑起来,还有撒"谷豆"的,就是这"谷豆"不是真的"谷豆",是那种死人撒的圆圈圈的纸钱。宁桃咽了口口水,匆匆忙忙发了一道传音符给常清静,心里默默祈祷。这一次常清静一定要来啊!毕竟,毕竟她心里也没底。

吴芳咏皱着眉,几乎审视般地看着她:"传你挖苏甜甜的墙脚,捡……捡苏

259

甜甜不要的男人。桃子,你告诉我,你到底有没有这么干?"

"小青椒,先喝药吧。"
闻言,常清静微微侧头,看她的眼神如同看一个无关紧要的看客。
"小青椒——"
眼看常清静提步要走,宁桃慌忙跟上,高高举起了药碗,没想到常清静看都没看她一眼,拂袖发出一道剑气,击碎了她手里的碗。"哗啦"——瓷碗在宁桃手中破裂,滚烫的药汁立即洒了宁桃一手,她躲闪不及,碎瓷片贴着脸颊肌肤飞了出去,留下一道醒目的血痕。

常清静只背对着她,毫不犹豫,抬脚走了。

"小青椒!求求你开开门!"
"我……我有急事找你!"
"楚前辈要死了,求求你,求求你救救楚前辈!"
"小青椒——求求你——
"我们不是朋友吗?求求你,求求你帮帮我。"

"好孩子。
"好孩子。临死时有你这么个乖女儿是我一生之幸!我输给了谢迢之,我认栽了!但有个乖女儿,到底不亏!哈哈哈哈哈哈哈!
"你受我百年功力,去做你想做的事吧,有这修为傍身,你不要害怕。"

别说了别说了别说了别说了。
"活该——"
别说了别说了别说了。
"别说了,别说了!"

宁桃想,她可能要死了,被常清静亲手掐死的。
她不想死。眼泪不争气地喷涌而出,宁桃一边哭一边想。
为什么,为什么事情会发展到这个地步?

对……对……等等,她好像想起来了,她的确不该出现在这儿。宁桃蹲下身，慌乱地抱住头，铺天盖地的羞愧和绝望几乎淹没了她，好像有无数个扭曲的拉长的鬼影包围着她，在尖声嘲笑。

苏甜甜赤着脚，胸口破了个血洞，笑意讥讽而凉薄："他永远都不会忘掉我的，早晚有一天，他会想起我。你乘人之危，就不怕常清静有想起来的那一天吗？"

她的确不该出现在这儿的，她要去哪儿？

她要回家，对，她要回家。

"我、我是宁桃。"

"你骗人，你压根儿就不是桃桃，你看看你现在的样子。"

"王怡文！"

"周彤！"

"叶昊！张明宇！你们等等我！"

她要回家，她要回家。

宁桃绝望地抱着脑袋，终于崩溃大哭。

"桃桃！"少年瞳孔骤缩，慌乱地想要伸手来拉她。

"别过来别过来。"宁桃拼命摇着头，疯了一般地扒拉着头上的发髻，去脱身上的嫁衣。

"我要回家。"

"我要回家。"

"我要爸爸妈妈！"

"别看我，常清静你别看我，别看我。对不起对不起对不起，我不该杀了你们的。"

"别说了，求求你们别说了。"

她号啕大哭，哭得双眼红肿，像个迷路的绝望的孩子，一把推开常清静，推开眼前的人。

这嫁衣太过繁复，仅凭她一人之力根本脱不下来，宁桃脚步踉跄，哭得鬓发散乱，脸颊潮红。她飞一般地冲出了屋。她受了楚昊苍百年修为，整个人都如同风中的飘蓬，竟无一人能追上她。眨眼之间，她就已经冲上了楼台。常清静浑身一僵，迈开腿像一阵风一般地刮了出去。

"桃桃……"他面色骇然，苍白地呢喃，"桃桃。"

他甚至都不知道发生了什么。

张琼思尖叫:"桃桃!回来!快回来!"

可宁桃已经听不到了。

就在常清静追上去的时候,她已经冲到了楼顶。

她穿着嫁衣,跑得越来越快,越来越快,裙角勾勒了夕阳的光。她从高楼一跃而下。

她以为这样她就能回家。

第38章

轰然一声,整个世界都好像安静了。

常清静瞳孔竖成了个针尖大小,渐渐地又一点一点放大,涣散,眼前铺开了大片大片的血红。斜阳如金蛇狂舞,他跪倒在地上,茫然地去看自己的掌心。他抓不住她。

这一切发生得太快,他都没回过神来。最后那一刻,他只伸手捞住了那一支桃花簪。桃花簪静静地躺在他手心,犹如隔岸烟水生长着的桃花,朦胧着人世间的炊烟。

追上来的众人,都被这惨烈的一幕镇住了。

"桃桃……桃桃……"

张琼思浑身抖如筛糠,手脚发凉,一步一步走近,却不敢多看。人的生命是如此脆弱,这世上哪有那么多死而复生之法。走到已经没了气息的少女身前时,张琼思终于承受不住,呜咽了一声,跪倒在地,崩溃大哭。

等一切收拾妥当的时候,已是深夜了。

这本该是一场惹人艳羡的婚礼,最后却以如此惨烈的结局收场。出人意料的是,常清静没有哭。他身上还穿着婚服,目光涣散,眼里流露出了迷茫和不解。就在不久前,他还可怜巴巴又依依不舍地看着她,在众人的揶揄笑声中手足无措,雪莲一样漂亮的颊侧染就了薄红。一向冷淡的常清静像个慌张不安的孩子,但眨眼间,就如同一具被抽空了生气的行尸走肉。他走到已经没了气息的少女身前抱紧她,任由鲜血将两个人都浸透了。

心知常清静这偏执爱钻牛角尖的性子,玉真和玉琼本做好了他不愿让宁桃下葬的准备。

他却平静地脱下婚服，换上雪白的丧服，解开发冠束了个马尾，一一帮宁桃打理后事，一如之前铺设新房一样细致耐心。

"她回家了。"常清静唇瓣动了动，脸上并无什么多余的神色，他垂下眼轻轻地说，"桃桃回家了。"

回家。很好。

他垂着眼，帮她整理着仪容。他舍不得她受折磨，不愿拘着她的肉身，要将她打扮得漂漂亮亮地送回家。事已至此，他还有什么不明白的？

是谢迢之。

当初那柄剑洞穿他二人身躯之时，谢迢之的手指也轻轻戳在了她的眉心。凤陵仙家最擅幻术，虽然不知道宁桃为何哭着跳楼，但他大致猜出她看到了什么。她看到了他，看到了从前那个薄情冷淡的他。伤害既已造成，他的努力、他的偿还或许可使这疤痕淡化。但无论如何，曾经造成的伤害永远都不会因此抚平。疤痕是永远留在那儿的。他对她的伤害，生生世世，永生永世，无法粉饰无法偿还。他终于明白，也终于接受了这一切。

宁桃第二天就要下葬。

常清静缄默地轻轻脱了外衣，躺在她身边，拉过她冰冷的手，拉得紧紧的，就像是少年时紧握着彼此的双手，一道儿披荆斩棘，闯过无数艰难险阻一样。

他依偎着她，蜷缩起身子，在这夜深人静无人之时，终于缓缓睁大了眼，大颗大颗的眼泪无声地从眼眶里滚了出来。

"桃桃，对不起。"

他将脸埋入她的颈间，睫毛轻轻扫过她的肌肤。

固执的矜傲在这一刻终于统统崩碎。

"对不起。"

王金印愣了半天，想说些什么，又不知道说些什么，喃喃地问："后来呢，老林？后来常清静怎么样了？"

"后来，"老林道，"后来常清静倒是平静，别人问起宁桃，他便平静地说她回家去了。

"人人都说他不相信宁桃死了，他是心如死灰了。"

王金印又问那宁桃真回家了吗？她觉得心里堵堵的，谁能想到在这儿陪了他两三天，最后听了出悲剧啊。这多烧心啊。

老林道："常清静是这么认为的，所以宁桃死后，他没发疯，没抱怨，他只是修炼。"

修炼、修炼。昼夜不辨,寒暑不分。

他最终成了这修真界破碎虚空的第一人。

三百年后某个风和日丽的日子,天穹如洗,登天梯再现。

无数激动的修士拥挤着,睁大了眼看着这神迹,既惊又羡,连声高呼不可能。

天际缓缓投下一束金光,鼓乐齐鸣,漫天花雨纷纷扬扬,祥云开道,接引着一道白衣身影凌然跃上晴空。登天梯消散,很快,常清静便消失在了天际。从此之后,再无人看到过他。

时至如今,人们谈论起他时还热情不减。

"常清静"这三个字意味着修真界的传奇,少年时是享誉在外的蜀山英才,后来误入歧途,好在临到头悔过,最后终于得以修成大道。

当年他与宁桃成亲时,宁桃受谢迢之曾经埋下的幻象影响,从楼上一跃而下。人们都说,正是自那之后,常清静大彻大悟,看透了爱恨,身如槁木,心如死灰,冷寂无声,只一心投身于修炼,得与天地同。

可没人知道,他花了三百年的时间,耗尽心血,终于破碎虚空,只是为了能在这三千世界中,找到她。

肆

夕阳

"没了？"王金印正听得入神呢，老林却突然闭上了嘴不说了。

"没了。"老林道。

王金印忽然就有点儿惆怅，咂巴着嘴，怅然若失。

老林讲了太久，嘴唇都是乌紫的。王金印不好再打扰他，她看着老林心里有点儿发酸。这么几天的相处，她真舍不得他，可她同时也知道，他活不成啦。正如老林说的，把他搬到山下求医，那是提前要了他的命，他准死在半道上。老林年纪大了，说了那么多，已经昏昏欲睡。王金印给他生了火，烧了一锅热水，又放下几个馒头。老林虚弱地睁开眼，冲她笑了笑。

王金印道："老林，我明天再来看你。"

老林特平静，笑了笑，冲她说，故事讲完了，不用来看他啦，如果她真想来看他，再过两天来吧——再过两天替他来收尸。

王金印轻声问他："老林你后悔吗？"

老林笑着说后悔什么呀，他年轻的时候天南海北地到处跑，别提有多潇洒了，死在这儿算是圆满了。王金印点了点头，背着箩筐走下了山，一路上心里沉甸甸的。明明老林和她讲的故事结局很完整，可她眼眶有点儿热，或许是想到了老林这个朋友不日就要死的缘故。

要是有修士就好了。要是有修士能来王家庵——那一定能救老林。

王金印一个鲤鱼打挺从床上坐起。

她娘被她吓了一跳："不睡觉干吗呢？"

"娘，"王金印激动地坐起来，黝黑的眸子在昏黄的烛光下闪闪发亮，"娘，你晓得哪里能找到修士吗？"

王张氏愣了一下："好端端的你找修士干吗？再说这大晚上的，我上哪儿给你找修士去？"

王金印支支吾吾："我就——好奇，娘，你告诉我哪里能找到修士呗。"

王张氏不以为意地低下眼，帮她拾掇被子："远着呢。"

王家庵没有，镇上，县里也没有，想找修士那至少得去府里，要不就是看缘分。有缘分，说不定你上山捡毛栗子的时候都能碰到来斩妖除魔的修士。王金印怔怔地躺了回去，第二天一天都没什么说话的兴致，无精打采地搬了个板凳，和王张氏一块儿坐在院子里剥豌豆。

"你这孩子干吗呢！"王张氏弯腰俯下身子去捡碗里的豌豆，面色不大好看，"这豆子都长虫了你没看到，还往碗里丢？"

王金印看了一眼，扯了扯嘴角："我这不是没注意呢。"

王金印也不再乱想，加快动作，专心致志地把地上这捧豌豆给剥完了。就在这时，家门口突然响起一阵动静，像是有一大帮人拥挤着往这边走了过来。王张氏是正儿八经的村妇，当下豆子也不剥了，好奇地抻着脑袋往外张望，没忘使唤王金印："去，把碗送到厨房去。"

王金印端着碗往厨房里走的时候，心里突然漏跳了一拍，一个大胆的想法猛地从她脑子里跳了出来——会不会是修士，会不会是修士来她们王家庵了？那老林是不是有救了？

怀揣着这样的想法，王金印匆匆忙忙跑出厨房，一眼就看到了门前两溜篱笆外拥挤着的人群。透过人潮缝隙，她清楚地看到了两三个背负长剑的少年，以及他们黑、金二色的衣角。

第39章

王金印愣了一下，飞快地冲过去，脚步没收住，差点儿一头栽在对方面前，王张氏被她这疯劲儿吓了一大跳。

"慢点——"一个少年微讶，伸手接住了她。

王金印抬起头，和这少年四目相对，黝黑的脸不由得微微红了。

那少年收回手，眉眼弯弯地看着她。他生得一副好样貌，皮肤莹白如玉，眉眼俊秀："没摔着吧？"

王金印嘴唇动了动，赧然又气虚地往后退："没、没呢。"

眼看那少年朝她微微颔首，准备走了。

王金印又不知道从哪儿冒出来的勇气，叫住了他们。

"你们、你们是蜀山弟子吗？"

那几个少年停下了脚步，刚刚扶她的少年更是愣了一下。

"你知道？"

他错愕于一个乡野的小姑娘是怎么认出他们来的。

"嗯……"王金印讪讪道,"我听说过,听一个人说过。"

扶她的少年——张蓬倒也没在意。

小姑娘忽而又开了口:"你们……你们能不能帮我一个忙?"

王张氏抽气:"金印?"

张蓬微感纳闷:"什么忙?你们这儿有什么妖怪还是——"

"不是,我就想请你救一个人,这是我在山上认识的。他……他认识你们蜀山的玉真和玉琼师叔。"

好像是叫这两个名字吧。

张蓬一愣,眼见这姑娘竟然能叫出玉真和玉琼师叔的姓名,当下也不敢疏忽,叫她走上前来,细细问她缘由。王金印心脏怦怦直跳,竹筒倒豆子似的噼里啪啦全说了:"他……他快不行啦,你们快去救救他吧。"王金印说着就哭了出来。

张蓬:"姑娘莫急,我们这便去看看。"

王张氏震惊又疑惑,和其他村民看热闹似的挤在后面,往山上的龙王庙走,也没好当着这些小仙长的面问个仔细。进了龙王庙,果然就看到了个人靠在墙上,半边身子都摔烂了,低着脑袋。张蓬走上前,去摸了摸他的鼻息,又探了探他的脉搏。

"没气了。"张蓬有点儿不敢看王金印的目光。

王金印怔怔地,像是没缓过神来般。她看了看低着头的老林,又看了看张蓬,终于忍不住哭了出来。"老、老林——我把修士带回来了,老林——"

张蓬不忍再看,轻声安慰道:"姑娘莫哭了,这位林道友死前十分安详,想来是没有遭受痛苦与折磨,安然离世的。"

王金印走上前,看了一眼。

老林闭着眼,果然是很平静地走的。

她心里难受,胡乱擦了两把眼泪。

张蓬和其他蜀山弟子帮忙准备把老林的尸身运到山下去,搬动尸身的时候从老林怀里掉出来个什么东西,用白布缠绕了一圈又一圈,看起来是一把剑的形状。

张蓬捡起来,白布脱落,露出了其中的剑身。

剑光一漾,连同张蓬在内的几个蜀山弟子都变了脸色。

"行不得哥哥——"张蓬难以置信地盯紧了这把剑,喃喃道。

白布解开，露出的胭脂色的剑身细长，剑柄蜿蜒攀着枝桃花装饰，剑身流泻珠玑光辉，琅琅皎皎。

"'行不得哥哥'……"王金印问道，"'行不得哥哥'不是常清静的佩剑吗？"

张蓬看了她一眼，又看了眼老林的尸身。

"是，但归璘真君的剑怎么——"

王金印道："是常清静送给老林的吗？他们关系可好了。"

张蓬踌躇着，吞吞吐吐道："不可能。本命剑形同我们蜀山弟子半身，从不离主，就算关系再好，归璘真君也不可能将自己本命剑送给旁人。"

归璘仙君早已飞升多年，这个问题他们想破了脑袋也想不清楚，除非……除非这个老林就是早已消失在众人眼前数百年的仙华归璘真君常清静。他们倒也想弄明白，可是老林尸身都已经冰了，明显已经咽气多时了。

张蓬叹了口气，神情凛然道："先将这位道友运下山好生埋了吧。"

在他去世前十年，他曾经回到过蜀山一次。那也是仙华归璘真君常清静"飞升"后，第一次出现在玉琼面前。没有谁比常清静更清楚，所谓"飞升"不过是这世间最大的一个骗局。

"飞升"之后没有上界，他也没有成仙。他还被拘在这世间，能做到的不过是乘天地之正，御六气之辩的逍遥无拘。身与天地同，超脱樊笼，这世上再无任何东西能拘束他。除了这份沉寂和超脱之外，别无他物。

他曾经尝试破碎虚空，却又不出意料地失败了。

修道修道，修到最后，只是"鹪鹩巢于深林，不过一枝；偃鼠饮河，不过满腹"的清静无欲之心。

数百年的执念，在一朝化为飞灰。

去世前十年，他算到了他寿元将近，即将离世，便回了趟蜀山。

见到常清静的时候，孟玉琼几乎不敢相认。

"小、小师叔？"

面前的人，单从外貌来看不过三十出头的模样。他眉眼低垂，容貌冷淡如昔，只是消瘦了很多，显得鼻梁尤为挺直，唇薄却无血色，深陷的人中附近一层淡青色的胡楂，如霜白发松松垮垮地系在脑后，这一路踏着飞雪走来，眉间也被染作了霜白。

眼前的常清静，更像个年过三十，沧桑于江湖风霜中的剑客，却不像已经飞升上界，荣耀加身的"仙华归璘真君"。他睁开眼看玉琼的时候，清冽的眼底仿佛有耿耿星云，有风雪下的千里山川。那双眼，使玉琼认定，他就是常清静。他沉默许多，也冷寂许多，皲裂的唇瓣微微一动，颔首唤他："玉琼。"

破碎虚空只是个骗局，长生亦成了一种折磨。

常清静不知道用了什么法子，让自己成了现在这副模样，会老会病会死。

他在等死。玉琼喉口仿佛梗住了，说不出一句话来。

自打见到常清静的第一眼起，玉琼就意识到，他在平静地等死，等一个归宿，一个终结。几百年没见，再见面，哪怕心里有再多的话，也都成了几句尴尬的寒暄。

"小师叔，这些年，你过得还好吗？"孟玉琼低声道。

常清静脚步窸窸窣窣地踩在雪地上，闻言道："还好。"

不远处的论剑台上有几个蜀山弟子在练剑，你来我往，其中一个竟然一跤从论剑台上跌落了下来。常清静浑身一怔，瞳孔放大了点儿，在玉琼看过来的时候，又摇摇头。这是他的老毛病了，他听不得重物落地的声响。宁桃回去之后，他就落下了许多大大小小的毛病。这是其中之一。

余下的，诸如彻夜难眠，一闭上眼就是她穿着那身大红的嫁衣，跑得越来越快，越来越快。

他不知从何时起开始恐高，上不了楼，去不了高处，甚至御不了剑。

他同时也看不得女子穿红色的罗裙，冬日的梅，街角红色的灯笼。他下意识地逃避一切跟红色有关的色彩。

他畏惧夕阳。

每当日落，他便将自己锁在屋子里，静静地等着太阳彻底落下去，待到天色暗了下来，方才出门。

玉琼如今已是蜀山新任的掌教，冗务缠身，不能多陪他，玉真此时也不在蜀山中。这一晚上，他心绪难定，未曾入眠，干脆捧着一卷道书伏案夜读。读至深夜，困意渐渐袭来，他揉了揉额头，趴在案几上睡着了。人之将死，他渐渐地开始多梦，梦境无非宁桃。

她跑得太快，他抓不住她。

或许是这一次身处熟悉的地方，他又梦到了她。这一场梦比之前任何一场都要甜美。

十五六岁的模样，正值青春，她坐在船上笑嘻嘻地拍着水，唱着歌儿，歌声飘过芦苇荡，飘到山那头去了。小道士眼睛睁得大大的，昔日仙气飘飘的小道士，这个时候就像只呆呆的、圆滚滚的青蛙，又像是被煮熟了的螃蟹，莹润如玉的脸上红通通的。王二叔笑得几乎直不起腰来，将船桨划得飞快，船桨捣碎了晚霞，惊动了水面上的浮萍与水蜘蛛。

入了夜，他俩并肩闲坐在廊下看星星，看着这天上星丸错落。她穿着只套了一半的绣鞋，仰着头，刚洗完的长发微潮，带着些花香。那是他最意气风发之时，御剑长空，伴同鹤唳，去地千尺，足蹑长风。

梦里，小姑娘伸着手去抚摩他眉心的褶皱，羞赧地抿着嘴角笑起来。

"小青椒，你老了好多啊。"

忽而，烛火毕剥的动静使他惊醒了，浮光掠过他眉眼。

他独坐了许久，夜已深了。

林间飞雪有声，蓬蓬萧萧，忽而回风雪急，松风瑟瑟。

他忽然意识到，他已经老了，不再是当初那个初出茅庐的小道士了。

第二天一早，他起身向孟玉琼请辞。

孟玉琼错愕中很是不舍："小师叔，你不多待几天？"

常清静道："不了，我尚有许多要事。"

与其说是要事，倒不如说是去完成他临死前的一桩心愿。

十年的时间，常清静思忖着，足够了。

他给自己预留了十年时间。他向玉琼请辞，独自一人带着她的遗骨上了路。他想在去世前，看看她曾经看过的景色。他背着她的遗骨，由长江往洞庭，又抵岷江，继而又去了金沙江，由金沙江抵于澜沧。他寻访五岳，亦去了黄山、五台山、峨眉山、雁荡山、玉龙雪山。他曾在姑苏城外，就着摇摇晃晃的乌篷船小憩，也曾西至大漠，南至乌蒙、哀牢、腾冲，见过西南诸族，也见过濊貊的冰雪。

"濊貊冰雪堆积如玉，每当入夜，家家户户点起灯，漠漠寒烟，重重雪色，星火错落，一如琉璃世界。"

他一如既往地提笔写信，烧给那个远方的世界。

在她死后不久，他曾经去过一趟王家庵。

王二叔和王二婶早已经去世，小虎子身子还算硬朗，坐在院子里含笑逗弄着孙子。

"爷爷，爷爷，吃地瓜干。"小孙女乖巧伶俐，摊开掌心，奶声奶气地喊他。

小虎子抱着她，已经松动的牙齿嚼着地瓜干，看向篱笆外的桃花。

在常清静和宁桃离去不久之后，他就同村里的姑娘成了亲，生下了一双儿女，如今，儿女又纷纷成家立业，给他生下了孙子孙女。小虎子偶尔也会想起曾经的好友，那个总是背着古怪的大书包的小姑娘和冷淡的小道士，但也只是想想而已。他想，他们肯定有比他更为精彩的人生。

小虎子离开的时候很是安详，儿女们大哭了一场，替他办了场风光的葬礼，葬礼几乎请了全村的人。唢呐呜呜地吹着，请了和尚超度，众人哭了一场之后，便又笑着看起了杂耍表演，一男一女在唱山歌小调，男的间或调戏两句，动动手脚，女的别过脸啐了一口，欲拒还迎。

众人俱哈哈大笑起来，村妇抱着小孩儿挤在人群里，也羞红了脸。

之后，小虎子的儿女也老了。等到小虎子的孙子孙女、曾孙子曾孙女都离了世，入了土，他还在这世间踽踽独行。他无处可去，思来想去，还是回到了王家庵。

这十年时间内，他苍老得很快，上山的时候高估了自己的体力，脚一滑摔下来，半边身子摔坏了，无奈之下，只好循着记忆，手脚并用，爬进了龙王庙里，静静地等死。

多少人事变迁，当初的故人悉化飞尘。

如果宁桃没有从楼上跳下来，如果她没有回家，他们或许会成为人人称羡的一对神仙眷侣，或许会一道儿背着斗笠行囊，远眺山河，或许会一道儿去看芦苇秋风，去听塞外雁声，去佛塔看灯，看着七级浮屠，明灯千盏，错落如星火。春天去桃花深处的人家沽酒，冬天策蹇寻梅。就像她说的那样，去落梅坡看梅花，去江畔的酒肆喝酒，去芦苇荡里看鹤。仗剑随行，醉倒洞庭，闲云野鹤。

只可惜没有如果了。

他在记忆中搜索着她曾经和他讲过的那个世界的点点滴滴，拼凑成了个故事，讲给王家庵的那个小姑娘听。死前的那一晚，他又做了个梦。他回到少年时的模样，愣愣地站在夕阳下。他看到不远处有很多古怪的铁盒子呼啸而过，此地的建筑屋顶很是平整。突然，他面前像栅栏一样的门开了。明明没有人去拉开它，它自己缓缓地退向一边。过了一会儿，有几个少男少女跑了出来。然后人越来越多，他们都穿着宁桃穿的那一身古怪的蓝白色校服。常清静心口猛然漏跳了一拍，似有所觉地在人群中寻找着她的身影。

他终于在人流中看到了她。

她戴着眼镜，穿着宽大的蓝色校服，背着书包，书包上的"Hello Kitty"吊饰伴随着她轻快的脚步，晃来晃去。

他静静地看着她，仔仔细细地看着她，出乎意料的是，心底十分平静。

风吹动了他鬓角的华发，他怔怔地摸向自己皲裂的唇、深陷的人中。就在这时，他这才感到了一股深重的绝望，这绝望超越了生死。他曾经以为只要他没日没夜地修炼，总有一日，定会破碎虚空找到她。可直至今日，他才明白，原来两个人的世界，他永远无法逾越，他战胜不了天。

他看着她和朋友们说说笑笑，蹦蹦跳跳地越走越远，渐渐消失在那霓虹灯光中，消失在那个绚烂的文明世界中。

眼前的霓虹灯光趋于模糊，他感受到身子一股撕裂般地疼。

他又回到了龙王庙里。

昏暗的灯光和刺鼻的檀香中，只有他。

萤火飞扑错落，山雾婆娑。

庙外的桃花已经谢了。

他也曾经足蹑长风，一日千里，也曾经移星换斗，游神御气，踏破山川。

可到头来他才知道自己有多平庸。

他合上了眼。

等到张蓬赶来的时候，便看到他已经死了，不知道什么时候咽的气，死的时候很平静。

番外

散场

金乐镇里有一吴姓的富户。吴老爷和吴夫人夫妻俩都是温厚好说话的性子。两人所育独子，名唤吴芳咏。

小少爷生来就羸弱多病，夫妻俩是捧在手里怕摔了，含在嘴里怕化了。

某天，小少爷吴芳咏和表哥去西南边的偃月城游玩，说好的玩个把月就回来，日子一到，回来的却只有愁眉苦脸的表哥。吴老爷和吴夫人一问得知，小少爷跟着蜀山的朋友跑了，一跑就是大半年。

吴老爷、吴夫人面面相觑，心底虽担忧，却总不能亲自把他捉回来，只好叹了口气，多备点儿银子寄给自家儿子，叫他在外千万要注意安全。

半年后，小少爷吴芳咏回来了。

少年面色苍白，失魂落魄，一回来，就回到屋里，把门一关，不吃不喝，任谁叫也不搭理。

看着又原封不动送回来的食盒，吴夫人急得团团转："不是出去玩儿了一趟吗？怎么就成这副样子了！"

说着，她不由得埋怨起吴老爷来："都是你！非说什么好男儿志在四方，他从小到大都养在我跟前，极少出远门，这回你让他一人出门，坏事了吧！"

吴老爷急得像热锅上的蚂蚁，闻言不答话，只让厨下再多烧点小少爷爱吃的菜，再叫丫鬟继续试试往里面送。

到了第二天傍晚，小少爷依然滴水未进，粒米未食。

吴夫人终于忍不住了，对着那扇紧闭的门，抹着眼泪哭起来。

"外面出了什么事儿，你跟爹娘说啊。爹娘又不责怪你，你跟自己较什么劲儿呢。你这根本不是折磨自己，你这是折磨你亲娘啊。"

屋里没点灯，傍晚稀疏的余晖落在窗棂上，只能照见空气中浮动着的细小尘埃。

少年放下床帐，将自己蜷缩在床上，听闻吴夫人的哭声，沉默不言地眨了一下眼，眼圈已红了。

他长那么大，根本就没离过家，性子养得是孝顺又软弱。

吴夫人的哭声传来，吴芳咏心里一软，眼泪掉了下来，暗骂了一句自己混账。

门吱呀一声开了，吴夫人愣愣地抬起眼。

少年站在昏暗的斜阳下，头发乱蓬蓬的，眼眶通红地看着她。

"娘，我害死了我朋友。"

吴芳咏哭道。他害死了桃子。

吴小少爷虽然从屋里出来了，可精神实在是萎靡不振，在吴夫人的安慰下，才勉强吃了一碗白粥。这几天吴夫人想尽了办法使他打起精神来，却收效甚微。

"这是前几天从西洋传来的新鲜玩意儿，娘想着你或许会喜欢。"吴夫人怜爱地望着他，"试试？"

这竟然是个望远镜，吴芳咏一愣，下意识地接过了望远镜，对着天空望了一眼。桃子一向喜欢这些东西，之前他不明白，如今终于也耐下性子去摆弄这望远镜了。

她"死"的时候是秋天，一晃眼便入了冬。坐在廊下，他冻得手脚冰凉，连呼吸都结了冰。将望远镜对准深远的苍穹，吴芳咏认认真真地看去。这也是第一次他发现，这星星是如此迷人，如此冷漠悠远。

桃子说，这些星星离他们很远很远，这些星星发出的光要走甚至上百年才能到达他们这儿。故而，他看到的光，是数百年前星光的惊鸿一瞥，是宇宙中残落的记忆。

长河渐没，星子冷落。

和宇宙相比，人这一生的确短促。

人总有一天都要死的，都会化作这宇宙中的尘灰。

这一看不知看了多久，直到天际微明，他仰着头脖子酸胀得不能动，冻得唇瓣青紫，早起的仆妇吓了一大跳，慌忙将他拉回屋里，用水擦身，棉被裹体，裹了许久，身上才渐渐回温。

时间过得真快，一晃眼就到了正月初一。

大年三十那天夜里，五更的时候，人们起来烧香放炮仗迎接新年。一晚上没合眼，吴芳咏困得眼睛都快睁不开了。往年这个时候，他都要小睡一会儿。今年他却没有心思，站起身活动活动手脚，往外看去。

天还没亮，下人们却忙抬着案几到堂屋去，挂上祖宗神像，燃香点蜡。

吴老爷叫他过来也拜，天际微明之时，又叫他去门口放炮仗。

每年开门的头三声爆竹都是他来放的，目的便是替他取一个"驱赶邪祟疫病"的好兆头。

吴家小少爷蹲下身点燃了炮仗,快步跑到一边,看着地上乱窜的火星子,鼻尖萦绕着冰雪与硝烟的气息,听着耳畔这噼里啪啦的动静。吴芳咏放下手,终于露出个很淡的笑来。

回到金乐镇后,他便开始有意无意地逃避着修士,逃避着来自凤陵、蜀山的消息。他性子本来就软弱,经过这一遭,吴芳咏想,他或许终其一生,都不会再与修士有任何牵扯了。

他怕,怕得不得了。

儿子能静心,吴夫人高兴得很,替他请来先生叫他在家里安心念书。

三月,凤陵来了信,是苏甜甜寄来的。

收到信的时候,吴家小少爷正埋头苦读。

吴芳咏看着手里的信,有些惊讶,惊讶的是,自己心里竟然如此之平静。他仔细想想觉得也是,他对甜甜妹子的爱慕多始于颜色,发热的头脑冷静下来了。纵使喜欢又如何,他与她人妖殊途,她心中又只有常清静一人,更何况,还有桃子。

一想到宁桃,吴芳咏喉口一紧,心里像是被钢钎钉了进去。他没拆信,叫小丫鬟把信退了回去,拨弄着灯芯,继续挑灯苦读。桃子虽然并非因他而"死",可苏甜甜将她骗了出去,这事儿叫他如鲠在喉。

一晃神,眼前又是小姑娘血泪哀求的模样。桃子"死"了,倘若他再同甜甜妹子拉拉扯扯,实在是与畜生无异。他过不了良心这一关。

日子就这样不紧不慢地过去了,一年,一年,又一年。

他二十岁加冠,吴夫人和吴老爷便寻思着要为他找门亲事了。

他恭恭敬敬地行礼:"咏儿但凭爹娘做主。"

吴夫人将他看在眼里,不知何时,素来调皮捣蛋的小少爷已长成了个书卷气十足的俊秀书生,一身绸面的青衣,腰系玉坠,唇红齿白。

明确了他的意思后,吴夫人便开始张罗起他的婚事来,到年底终于敲定人选,是金乐镇曹家的独女曹娴。两家人安排着两个小的见了一面。

元宵节灯会那天,由仆妇丫鬟领着"巧遇"一回。

在这灯火温柔处,他终于见到了这位未过门的妻子。

少女仰着头赏灯,看不清容貌,身形却让吴芳咏一时恍惚,差点儿以为自己看到了甜甜妹子。然而少女一转头,却非苏甜甜那明艳俏丽的脸蛋。少女容貌与苏甜甜相比，着实有几分寡淡，圆脸盘，眉毛很淡，细细弯弯的，唇薄。四目相对的一刹那，曹娴忍不住红了脸，朝他略一福身。曹娴年长他两岁。

自家儿子什么德行吴夫人再清楚不过了——年纪小，性子软，平日行事有些飞扬跳脱，这几年虽然心定了不少，但两个人过日子，必须有个人能照顾他且压得住他。

对上这"小姐姐"，吴芳咏脸上火辣辣的，不敢抬头直视她，弯腰还了一礼。

曹娴领着丫鬟消失在灯火通明之处，一举一动十分贴合吴夫人心目中儿媳妇端庄大方守礼的模样。

也——无趣至极。

吴芳咏收回身，思绪又忍不住跑远了。

小姐姐？哦。他恍惚地想，他好像记起来了，桃子以前最爱这么叫人，说她们老家都喜欢"小姐姐""小哥哥"这么称呼人。

吴芳咏想到这儿，忍俊不禁，身旁的小厮十分有眼力见儿地调笑道："少爷，人曹姑娘都走远了，您傻笑什么呢？"

这话如一盆冷水兜头浇了下来，吴芳咏顿觉一阵无力，沉默半秒，彻底失去了逛花灯的兴趣。

他对曹娴的态度是既不喜欢也不讨厌，吴夫人喜欢，他也愿意讨娘亲喜欢娶了她，两人搭伙过日子而已。

和桃子他们厮混了这么长时间，吴芳咏很清楚自己有几斤几两。那足蹑长空、身与天地同的日子与他无关。他就是个普通的书生，该过普通的日子，按部就班地娶妻、生子、养孩子，孩子长大了养孙子，再颐养天年，安安稳稳地老死。

这样很好。有哪里不好？

二十一岁，他与曹娴成了亲。拿下扇子的那一刻，他清楚地看到灯火下她红了脸。灯火映照着她莹润微丰的肌肤，她默然不语，脸上如云霞在烧。

他看着这个年长的姐姐，也红了脸，紧张得打摆子，说不出话来。

众人都在笑话他，叫他说两句话。

他憋了半天，堪堪憋出酸不拉几的一句："日后，还望娘子多多指教了。"

众人哄堂大笑。

婚后，两人相敬如宾，举案齐眉。曹娴将他照顾得妥帖极了，主持中馈，孝敬公婆，他心里却好像总有个疙瘩，到底是意难平。

夜半，他对着灯读书的时候，身后响起一道轻柔的女声。

曹娴不知何时已经走到他身边坐下，温和地问他："你还不睡吗？"

吴芳咏一个激灵，这才意识到自己已经成亲了。

成家立业，这是多陌生多玄妙的词。

"我还不困，想再看一会儿。"他躲避着她的视线，慌乱地拿起书，闷闷地说，"你先去睡吧。"

曹娴好像沉默了，良久，这才低声道："好。"

曹娴一走，他心里难受极了。

愁眉苦脸地抓了抓头发，觉得自己特像桃子说过的那什么……那什么——渣男！对对对渣男！从成亲到现在，他还从未尽过一个丈夫的义务，曹娴或许是伤心了。她性子端庄大方，简直像是从妇德女戒中描出来的人，就算难过，也都是默默不语的，藏在心底的。

吴芳咏想到这儿，又觉得难受，书卷上的字是一个都看不下去了。他站起身，叹了口气，红着脸磨磨蹭蹭地走进内室。曹娴已经睡着了，背对着他，侧着身子。他走到床前，也躺了上去。

曹娴被他的动作惊醒，微微一怔："你不看书了吗？"

"不看了。"吴芳咏闷闷地说，"陪陪你。"

他咽了口唾沫，鼓起勇气，将她揽入怀中。

曹娴很温顺，他的手在她头发上有一搭没一搭地缓缓抚摩着，摸着她的发，她的额头，一直到她的眼角，指尖一顿。指尖停顿在眼角时，他分明触摸到了一抹湿意。

如果，如果——

吴芳咏心里不是滋味，蜷着手指，默然地想，他要是回来得再晚一些，或者说干脆没回来，那永远都不会知道她原来哭过。

二十二岁，他与曹娴的感情日趋深厚。

成亲之初，"阿娴"这称呼太过亲昵，吴芳咏觉得不自在，思索再三，张口叫她"曹姐姐"。每次叫她曹姐姐，曹娴只抿着唇笑，好像很喜欢这个称呼。吴夫人起初不乐意，觉得这叫什么话，揪着他耳朵将他骂了一顿："你是不是还惦记着那什么狐妖啊？"

吴芳咏脸都憋红了，忙告饶："娘！儿子没有！"

曹娴"扑哧"一笑，上来打圆场。

渐渐地，吴夫人也就不管了，只当这是小夫妻之间的情趣。

他喜欢曹娴吗？喜欢，但还不够喜欢。

二十三岁，曹娴怀了身孕，吴芳咏如遭雷击，当场呆若木鸡。

他要当爹了？

他还是个少年呢！

一直都在吴老爷与吴夫人的庇护下，吴芳咏的心理年龄比同龄人要小上不少。

既然准备当爹了，吴芳咏咳两声，板起一张俊俏的小白脸，努力拿出为人父的严肃架子来。他也开始接手家里的生意，跟着下人去收租，帮着吴老爷主持镇子上诸多事宜。

人人都说小少爷当了爹后，成熟了。他生意做得也十分平庸，没什么起色，也没什么大的亏损。他就是个守成之辈，不至于把祖宗的家底儿给败光的那种。

吴桃子出生的那天，很是凶险，吴芳咏急得在外面团团转。他惨白着一张脸，手抖得厉害，也就在这时候，恍然明白了——他失去不了曹姐姐。他喜欢她，或者说，他终于爱上她了。

孩子平安出生，他不顾众人阻拦，跟跟跄跄地冲进产房，摔倒在曹娴面前。

"曹姐姐！"他急急忙忙握住她的手去看她。

曹娴浑身湿透了，脸色苍白如雪，见他这模样，不由得笑道："多大人了，怎么还这么笨手笨脚的？"

稳婆将孩子抱来，是个女儿，皱巴巴的一团，软绵绵的。

他小心翼翼地戳着她的脸，十分没出息地哭了。

又是一阵鸡飞狗跳。

孩子被他取名叫作"吴桃桃"。

孩子被抱下去后，他鼓起勇气，握紧了她的手，捋着她脸侧汗湿的乌发，轻声地说："曹姐姐，我喜欢你。我……我不能失去你……"

"我……"他眼睛明亮，不好意思地垂下头说，"我爱你。"

曹娴怔住了，眼里涌动着许许多多莫名的情绪，终于捂着脸也哭了出来。

生下桃子后，曹娴忧心忡忡地一直想给他生个儿子，吴芳咏不愿意，稳婆都说了她不适合生第二个了。光是生桃子就这么凶险了，他不敢让她再生。

想到这儿，吴芳咏愁眉苦脸地叹了口气。曹姐姐什么都好，就是实在迂腐死板，脑子里都是什么一定要给他们吴家留个后。吴家一家都很开明，生不生儿子吴老爷夫妻俩不甚在意，整天沉迷于逗弄小孙女，笑着说以后要让桃子继承家业。

曹娴看在眼里，别过头，悄悄地去擦眼泪。

他缓缓握紧了她的手，一声不吭。

三十岁。吴老爷得了一场急病去世了。

世事无常，人的生命实在短促脆弱。

出殡那天，看着哭到厥了过去的吴夫人，他突然意识到他是真正地长大了，他有妻儿有寡母要照顾，吴家的担子终于落在了他一人肩膀上，再也没有笑眯眯的吴老爷替他遮风挡雨。

这几天他没睡好觉，吴老爷下葬后这一晚自然也没睡好。

第二天，他起得格外早，一眼便看到曹娴正背对着他，坐在镜子前梳妆，乌发直垂腰际，朦胧着淡淡的晨光。

他走到她身边说："我来吧。"

他拿了支眉笔，认认真真地帮她描眉。

他成亲后就成了"二十四孝"好丈夫，描眉这事儿自然不在话下。

曹娴抿着嘴角，冲他莞尔一笑，伸出手，轻轻地碰了碰他下颌的胡楂："有胡子了。"

当初那个被从万妖窟里救出来的一惊一乍的纨绔小少爷，已经成了个优秀的父亲、丈夫和儿子。

他握紧了她的手。

此时，院子里忽然传来了一阵踢踢踏踏的脚步声，吴桃桃像只横冲直撞的小老虎冲了进来，要爹爹抱。爷爷去世后，小姑娘哭得眼睛都肿了，更是黏着他夫妻二人寸步不离。

梳洗过后，他一手抱起粉雕玉琢的小团子，一手牵着曹娴，去向吴夫人请安。

昨夜下了一场雨，风急雨骤，打落了一地落花下来。

之后的日子他不做多想，对于凤陵、蜀山那些修真宗门的消息也并不关心。吃过饭后，他牵着桃子去外面玩，脚踩着蜿蜒曲折的青石板，看着这穿城而过的小河，落花逐水漂向了水云交接的远方。

"人生代代无穷已，江月年年望相似。"

桃桃曾经给他讲过一个故事，叫《红楼梦》，里面有段话他记得很清楚，是："说什么脂正浓、粉正香，如何两鬓又成霜？昨日黄土陇头送白骨，今宵红灯帐底卧鸳鸯。"

物换星移，物是人非，他偶尔也会想到宁桃，想到常清静，想到苏甜甜。

但天下无不散的筵席，到头来，他们也该如那书中所言，"聋子放炮仗——散了吧"。

图书在版编目（CIP）数据

忽惊春到小桃枝.终章 / 黍宁著. — 天津：天津人民出版社，2024.7（2024.10 重印）
ISBN 978-7-201-20503-8

Ⅰ.①忽… Ⅱ.①黍… Ⅲ.①长篇小说—中国—当代 Ⅳ.① I247.5

中国国家版本馆 CIP 数据核字 (2024) 第 107398 号

忽惊春到小桃枝. 终章
HU JING CHUN DAO XIAO TAOZHI. ZHONG ZHANG

出　　版	天津人民出版社
出 版 人	刘锦泉
地　　址	天津市和平区西康路 35 号康岳大厦
邮政编码	300051
邮购电话	（022）23332469
电子邮箱	reader@tjrmcbs.com
责任编辑	范　园
特约编辑	曹　岩
装帧设计	纯白设计工作室
印　　刷	嘉业印刷（天津）有限公司
经　　销	新华书店
开　　本	700 毫米 ×980 毫米　1 /16
印　　张	17.75
插　　页	4
字　　数	318 千字
版次印次	2024 年 7 月第 1 版　2024 年 10 月第 2 次印刷
定　　价	49.80 元

版权所有　侵权必究
图书如出现印装质量问题，请致电联系调换（010-82069336）